L'entremetteuse

J'AI LU

GUY DES CARS	*ŒUVRES*
L'OFFICIER SANS NOM	*J'ai lu* 331***
L'IMPURE	*J'ai lu* 173****
LA DEMOISELLE D'OPÉRA	*J'ai lu* 246***
LA DAME DU CIRQUE	*J'ai lu* 295**
LE CHÂTEAU DE LA JUIVE	*J'ai lu* 97****
LA BRUTE	*J'ai lu* 47***
LA CORRUPTRICE	*J'ai lu* 229***
LES FILLES DE JOIE	*J'ai lu* 265***
LA TRICHEUSE	*J'ai lu* 125***
AMOUR DE MA VIE	*J'ai lu* 516***
L'AMOUR S'EN VA-T-EN GUERRE	*J'ai lu* 765**
CETTE ÉTRANGE TENDRESSE	*J'ai lu* 303***
LA MAUDITE	*J'ai lu* 361***
LA CATHÉDRALE DE HAINE	*J'ai lu* 322***
LES REINES DE CŒUR	*J'ai lu* 1783***
LE BOULEVARD DES ILLUSIONS	*J'ai lu* 1710***
LES SEPT FEMMES	*J'ai lu* 347****
LE GRAND MONDE-1	*J'ai lu* 447****
LE GRAND MONDE-2	*J'ai lu* 448****
SANG D'AFRIQUE	*J'ai lu* 2291*****
DE CAPE ET DE PLUME-1	*J'ai lu* 926***
DE CAPE ET DE PLUME-2	*J'ai lu* 927***
LE FAUSSAIRE (DE TOUTES LES COULEURS)	*J'ai lu* 548****
L'HABITUDE D'AMOUR	*J'ai lu* 376***
LA VIE SECRÈTE DE DOROTHÉE GINDT	*J'ai lu* 1236**
LA RÉVOLTÉE	*J'ai lu* 492****
LA VIPÈRE	*J'ai lu* 615****
LE TRAIN DU PÈRE NOËL	
L'ENTREMETTEUSE	*J'ai lu* 639****
UNE CERTAINE DAME	*J'ai lu* 696****
L'INSOLENCE DE SA BEAUTÉ	*J'ai lu* 736***
LE DONNEUR	*J'ai lu* 809**
J'OSE	*J'ai lu* 858**
LE CHÂTEAU DU CLOWN	*J'ai lu* 1357****
LA JUSTICIÈRE	*J'ai lu* 1163**
LE MAGE ET LA BOULE DE CRISTAL	*J'ai lu* 841*
LE MAGE ET LE PENDULE	*J'ai lu* 990*
LE MAGE ET LES LIGNES DE LA MAIN	
... ET LA BONNE AVENTURE	
... ET LA GRAPHOLOGIE	*J'ai lu* 1094****
LA FEMME QUI EN SAVAIT TROP	*J'ai lu* 1293**
LA COUPABLE	*J'ai lu* 1880***
LA FEMME SANS FRONTIÈRES	*J'ai lu* 1518***
LA VENGERESSE	*J'ai lu* 2253***
LA VOLEUSE	
LE FAISEUR DE MORTS	*J'ai lu* 2063***
JE T'AIMERAI ÉTERNELLEMENT	
L'ENVOÛTEUSE	*J'ai lu* 2016*****
LA MÈRE PORTEUSE	
L'HOMME AU DOUBLE VISAGE	
LE CRIME DE MATHILDE	*J'ai lu* 2375****

Guy des Cars

L'entremetteuse

Éditions J'ai lu

LE TEMPS DES CHRYSANTHÈMES

Pourquoi commencer ce matin? Quelle est la force mystérieuse qui vient de m'obliger, après tant d'hésitations et sans doute aussi beaucoup de paresse, à m'asseoir devant cette table-bureau et à me pencher enfin sur ces feuilles blanches que j'ai achetées, il y a déjà plusieurs mois, avec l'intention de les noircir? Je ne parviens pas à comprendre comment j'ai un tel courage aujourd'hui... Car ce n'est pas mon métier d'écrire! Je sais bien que les femmes, plus que les hommes, aiment se raconter, surtout lorsqu'elles se retrouvent, comme moi, absolument seules. Mais entre vouloir écrire et le faire, il y a une marge! Et pourtant, j'ai l'impression qu'aucune date ne convient mieux à de tels débuts : ce 1er novembre...

Peut-être sont-ce « mes » morts, qui me sont chers tous les trois à des degrés différents, qui me poussent à agir ainsi un pareil jour? A moins que je n'éprouve le secret besoin de libérer ma conscience à leur égard? Je n'en suis pas certaine car les remords, s'ils existent, ne m'ont jamais tellement tourmentée.

A quarante-six ans je ne me sens pas encore âgée et pas du tout « vieille » au sens terrible de ce mot. Je peux encore faire preuve d'une réelle activité et ce serait presque une lâcheté de ma part que de continuer à errer dans cette grande bâtisse où je finis par m'ennuyer. Le fait même de commencer à écrire me donne l'illusion d'avoir enfin trouvé une occupation. Malheureusement elle ne saurait être pour moi que passagère. Y prendrai-je goût par la suite ? J'en doute. La seule chose dont je sois à peu près certaine, c'est qu'après m'être débarrassée sur le papier d'une première tranche d'existence, qui fut quand même assez lourde à supporter, je me sentirai plus à l'aise pour en aborder une seconde. Mes prochaines pages de vie se révéleront-elles aussi fructueuses que celles qui sont déjà tournées ? Je me le demande également avec quelque angoisse...

Car ce n'est pas tout de parvenir à se constituer un solide capital comme je viens de le faire pendant un quart de siècle. N'est-il pas indispensable de savoir ensuite le faire fructifier ? Toute fortune qui n'augmente pas diminue.

Vais-je continuer à exercer mes talents dans cette même branche où je pense, sans nullement me vanter, avoir acquis une certaine maîtrise ? Je ne demanderais pas mieux que de changer de profession mais suis-je seulement capable d'en exercer une autre ? C'est tellement délicat de s'adapter avec bonheur à de nouvelles tâches... N'est-ce pas là ce que l'on appelle aujourd'hui le problème de la reconversion ? Ne guette-t-il pas tous ceux de ma génération quand ils n'ont pas su prendre à temps, c'est-à-dire avant la cinquantaine, de sages précautions ? Si un homme qui a tâté de la politique conserve toujours l'âme d'un politicien, si une fille reste toujours une fille même si elle est parvenue à s'embourgeoiser, si un officier de carrière ne peut pas cesser d'être un ancien militaire, une femme telle que moi — dont la vocation a été jusqu'à ce jour de jouer le rôle d'intermédiaire entre hommes

et femmes, entre femmes et femmes et même, cela m'est arrivé plus d'une fois, entre hommes et hommes, tout cela pour permettre aux uns et aux autres d'assouvir des aspirations ou des besoins intimes — doit éprouver un mal infini à ne plus être une entremetteuse.

Le voilà lâché, au fil de la plume, le seul qualificatif qui puisse s'appliquer à mon activité passée... Et n'ai-je pas trouvé là un titre évocateur au possible s'il me prenait un jour l'envie de publier ces écrits ? Oui, je dois le reconnaître, j'ai été — et ceci dans toute la force du terme — « l'Entremetteuse »; celle qui se commet partout et spécialement dans les domaines les plus secrets pour rendre service en échange d'une juste rémunération... Ce fut là pour moi un métier tellement passionnant que j'en arrive à me demander si j'en trouverai jamais un autre qui soit capable de m'apporter d'aussi rares satisfactions! N'est pas entremetteuse qui veut! Pour le devenir, il faut d'abord être habitée par une sorte de fièvre passionnée qui pousse à s'acharner au travail... Il faut aussi savoir mêler l'indifférence à la compréhension : quel est l'être humain qui n'a pas ses faiblesses ? S'il arrive que parfois les exigences du métier vous contraignent à vous montrer cruelle, vous devez être capable, en contrepartie, de faire preuve de cœur... Il faut, plus que pour toute autre profession, avoir la main ferme dans le gant de velours et passer, presque sans transition apparente, de l'incompréhension voulue à l'attendrissement calculé. Surtout, il ne faut jamais perdre son sang-froid. Bien que les rouages essentiels du délicat mécanisme du proxénétisme soient toujours les mêmes, chaque « affaire » a sa particularité propre : il faut donc savoir s'adapter aux circonstances avec une extrême rapidité. Ce qui exige une forme d'intelligence. Une femme sotte peut donner une honnête prostituée, mais jamais une bonne entremetteuse. En somme, c'est un métier assez difficile où les profits sont d'autant plus appréciables que les risques sont immenses. Et c'est sans doute pourquoi on a un mal infini à ne plus l'exercer. Il faut aussi être douée pour ce genre de travail : je n'ai aucune honte à écrire que j'ai eu la chance de l'être dès ma petite jeunesse. Déjà, alors que je n'étais qu'une enfant à la communale, ma maîtresse disait à l'inspectrice de l'enseignement qui passait deux fois par an dans l'école pour constater les progrès que nous faisions : « Cette petite Caroline réussira grâce à sa serviabilité. » Elle ne se trompait pas tellement, cette femme que je détestais par ailleurs parce que je la trouvais laide et peu soignée : je me souviens encore avec horreur de ses cheveux gras qu'elle rassemblait en un chignon ridicule perché au sommet de son crâne... Mais passons! Elle n'a guère compté dans ma vie.

Ce n'est pas sans une certaine surprise que je viens d'écrire mon vrai prénom : Caroline... Ceci parce qu'il ne m'a pratiquement servi que pour l'établissement de ces pièces officielles, cartes d'identité, certificats de travail, bulletins de sécurité sociale ou autres dont on ne peut se passer : la véritable identité est une invention sinistre. Ne l'ayant jamais utilisé pour l'exercice de mon métier, j'ai presque oublié ce vrai prénom que je n'aime pas. Mais j'adore que l'on m'appelle « Madame Carole » : n'est-ce pas plus respectueux à mon égard et plus évocateur pour les autres?

Depuis que je vis ici, dans cette semi-retraite, je ne suis pour tout le pays que « Madame Bineau ». C'est là mon vrai nom de famille : celui qu'un père, que je n'ai jamais connu puisqu'il est mort avant ma naissance, m'a légué. C'est d'ailleurs la seule chose que j'ai héritée de lui. Comment pourrais-je aussi me souvenir de ma mère qui est décédée deux années après ma naissance ? Je suis née dans un hameau du Morbihan à une vingtaine de kilomètres de Vannes. Je ne sais pas pourquoi, mais j'ai toujours été fière d'être bretonne bien que cela ne m'ait strictement servi à rien.

Mes parents étaient, m'a-t-on toujours dit, des ouvriers agricoles et je fus leur unique progéniture. Après la disparition de ma mère, le seul membre encore vivant de ma famille se trouvait du côté paternel : une tante qui se nommait aussi Bineau. Veuve et plus toute jeune, elle n'avait pas, paraît-il, les moyens de subvenir à mon éducation. C'est pourquoi je fus prise en charge par l'Assistance publique de l'époque, devenue depuis l'Aide sociale à l'Enfance, qui me plaça en nourrice dans un autre village du département, chez une femme dont le plus clair des revenus provenait des allocations qu'elle touchait pour élever ceux que l'on appelle pompeusement « les pupilles de la Nation ». Cette nourrice ne fut pas à mon égard une mauvaise femme. Elle remplit sa mission avec conscience, mais sans cette chaleur humaine qui est vitale pour les tout-petits : chez elle, les enfants sans parents se succédaient en lui permettant de subsister. Sans doute ne m'aima-t-elle pas plus que tous les autres enfants qui m'avaient déjà précédée dans sa maison et que ceux qui m'y ont succédé... Mais cela n'eut pas, après tout, une grande importance puisqu'elle non plus je ne l'aimais pas. Je ne la détestais cependant pas autant que l'institutrice du village qui m'accueillit à l'école dès que j'eus cinq ans.

Mes premières affections n'allèrent pas à une personne mais à l'école elle-même où je retrouvais de petites camarades : là je ne me sentais pas seule. Peut-être est-ce la raison pour laquelle je ne me suis pas montrée trop mauvaise élève ? A treize ans j'obtins sans difficulté le certificat d'études primaires. Entre-temps, comme j'appartenais à une région très « bien pensante », on me fit faire ma première communion après m'avoir envoyée au catéchisme de M. le recteur : un très brave homme, ce recteur... Je n'ai jamais cru vraiment à tout ce qu'il nous apprenait de l'Ancien ou du Nouveau Testament, mais, comme je voulais lui faire plaisir, je fis semblant d'y croire : j'ai toujours eu des dispositions pour la dissimulation. Je reçus également la confirmation des mains de l'évêque de Vannes : la venue de ce haut dignitaire ecclésiastique m'impressionna. C'est peut-être même l'un des rares personnages qui m'aient réellement impressionnée : il avait grande allure, ce prélat qui savait porter la soutane avec une dignité que l'on ne retrouve plus guère aujourd'hui chez les prêtres catholiques qui singent mal les clergymen. J'ai toujours eu un faible pour le faste et le décorum.

Ce qu'il est presque risible d'appeler « mes études » étant terminé, que pouvait-on faire d'une jeune paysanne orpheline et sans le sou, sinon « la placer » comme fille de ferme ou comme bonniche! J'ai été les deux, ne faisant en cela que suivre la filière normale des filles livrées à leur destin de solitude.

J'ai commencé par la ferme, située au nord du département et où je ne fus pas très heureuse non plus : d'abord, et c'est sans doute chez moi un curieux instinct puisque j'y suis née, à moins que ce n'en soit la vraie raison, j'ai horreur de la campagne! Je ne la conçois que si l'on y vit — et encore pas toute l'année! — dans une très belle demeure, luxueuse et confortable comme celle où j'écris en ce moment, et qui m'appartient. La pauvreté est atroce partout mais elle se fait encore plus sentir à la campagne où la pluie se fait trop remarquer. Il existe dans une ferme l'insoutenable promiscuité avec les animaux. Je déteste les animaux : c'est pourquoi je n'ai jamais voulu avoir chez moi ni chien, ni chat, ni oiseaux, ou aquarium. Il m'a fallu subir aussi les fermiers, leurs deux fils et le valet de ferme... Ah! ces trois-là, jamais je ne pourrai les oublier! Qu'est-ce qu'ils ont pu m'ennuyer et me courir après! C'était à croire que ces lourdauds ne pensaient qu'à ça, alors que j'avais de toutes autres idées en tête, et une très particulière : aller à la ville... Je sentais que je pourrais beaucoup mieux m'y débrouiller. Il y avait deux raisons à cela : je me savais moins sotte que les filles de mon âge vivant dans les fermes du voisinage et, sans être une beauté, je n'étais quand même pas laide.

Si je marque un temps d'arrêt sur ce dernier point c'est qu'il a eu une grande importance, presque déterminante, dans la suite de mon existence. Je n'ai jamais été ce que l'on appelle une très jolie fille et je ne suis pas aujourd'hui une belle femme. M'imaginer le contraire serait la plus grande preuve de stupidité. Si j'avais eu une telle chance, je n'aurais certainement pas choisi mon métier. J'aurais fait l'autre : celui de toutes celles dont j'ai été le faire-valoir. Mais avec le recul du temps et quand je vois ce qu'elles sont devenues pour la plupart, je suis certaine qu'aujourd'hui je serais beaucoup moins riche! Faire des rencontres, avoir des aventures — surtout quand on est bien « guidée » par une personne d'expérience — c'est à la portée de la majorité des jeunes femmes si elles ne sont pas des laiderons. Mais parvenir à se faire entretenir sur ce que j'appellerai « un pied agréable » et surtout à se faire épouser, c'est une tout autre histoire! Si je me suis retrouvée prématurément l'égale d'une veuve, j'ai quand même vécu avec l'homme que j'aimais et qui a su m'aimer à sa manière. Et j'ai pu hériter de la fortune que nous avons édifiée ensemble. C'est pourquoi je ne regrette pas de ne pas avoir été une beauté : c'est tellement fragile — et dangereux — la beauté! Ça passe, tandis que l'argent dure parfois...

Mais, à seize ans, je me croyais mieux que je n'étais en réalité et certainement beaucoup plus intéressante que toutes celles de mon âge : l'un des rares privilèges qui reste à la jeunesse, c'est l'orgueil d'elle-même. J'en étais pourrie : ce qui m'a permis d'obtenir de l'assistante sociale, qui avait la charge de surveiller « mes progrès » de fille de ferme, qu'elle modifiât le cours de ma destinée en me faisant entrer comme bonne à tout faire chez un médecin de Vannes qui recherchait désespérément la perle rare. Pour moi, Vannes, c'était déjà « la Capitale ». Pour le service du médecin, je n'avais aucune qualité de la perle à l'exception du toupet : mon nez, qui est toujours resté retroussé, me prédisposait à en être largement pourvue.

Je ne voudrais pas clore le chapitre de l'assistante sociale sans confier qu'elle fut la première — et peut-être ne fût-ce là, chez cette femme dévouée, que l'un des aspects de son besoin de s'occuper d'autrui ? — à m'initier à certaines pratiques que l'on apprend souvent, alors que l'on est beaucoup plus jeune, dans les écoles ou les pensionnats. Car à seize ans — je n'ai aucune honte à l'avouer aujourd'hui... je serais même plutôt fière d'un tel aveu — j'étais pure, très pure. N'ayant connu aucun désir charnel au contact de mes petites amies de l'école et ayant réussi à éviter ce que je considérais alors comme étant le pire, les piètres galanteries des trois lascars de la ferme, j'avais encore cette sérénité qui auréole les vierges, les oies blanches ou les attardées. La seule qui commença à me révéler un peu à moi-même fut l'assistante sociale... Et j'en arrive à me demander, avec le recul du temps, si finalement je ne dois pas lui en être assez reconnaissante.

Cette femme fine et intelligente sut ce conduire à mon endroit avec un grand savoir-faire et une réelle délicatesse... Dire que je pris goût à ce genre d'aventure serait exagéré. Il existe deux sortes de femmes : celles qui sont clitoridiennes et celles qui sont vaginales. Les premières sont prédisposées aux plaisirs de Lesbos, les secondes à la satisfaction des hommes qui peut devenir également la leur. Ayant découvert, grâce à ma protectrice devenue ma grande amie, les joies réservées à la première catégorie de mes sœurs, je crus pendant quelques années que je n'en trouverais jamais d'autres qui pussent leur être comparées. Ce ne fut qu'un peu plus tard, alors que je venais d'atteindre ma majorité, que je me rendis compte que j'avais fait fausse route. Le véritable artisan de cette nouvelle révélation fut André, mon Dédé, qui repose maintenant pour toujours dans le petit cimetière où je me rendrai cet après-midi de la Toussaint. Oui, il est l'un de « mes » trois chers morts qui y dorment à quelques mètres l'un de l'autre. Je me recueillerai aussi sur les tombes des deux autres, mais sans doute avec un peu moins de ferveur : seul André, même si je n'ai jamais porté son nom, sut être « mon époux » et l'unique homme qui, après me l'avoir fait découvrir, m'a fait savourer les joies inégalées de l'accouplement normal.

Mon Dieu! Voilà les cloches de Villeneuve qui commencent à sonner pour annoncer la grand-messe. Villeneuve, c'est le nom du petit village qui se trouve en bordure de la clôture de mon parc. D'ici, par la fenêtre, j'aperçois l'église. Je dois me hâter : je ne veux pas manquer le début de l'office. Je n'en ai d'ailleurs pas le droit : ce serait très mal vu de la population qui me respecte. On doit toujours rendre aux gens leur estime, surtout quand on est devenu, comme moi, « la dame du château ». Peut-être parce qu'ils ont plus de temps devant eux que les citadins, les gens de la campagne prennent celui d'observer et même d'épier les faits et gestes de ceux ou de celles qui représentent encore pour eux quelque chose. Ce serait presque un scandale si j'entrais dans l'église après que les cloches auront fini de sonner et au moment où M. le curé sera déjà devant l'autel.

C'est assez inattendu, mais cela m'ennuie un peu de m'arrêter d'écrire quand je sens que ma plume commence à vraiment courir sur le papier... Tant pis! Le devoir passe avant tout : le mien est de faire semblant de prier et de croire en la rédemption universelle comme je le faisais déjà, dans ma jeunesse, pour faire plaisir au bon vieux recteur. La distraction épistolaire — je commence à me demander si ce n'en est pas une — doit passer au second plan. Je la retrouverai tout à l'heure, lorsque j'aurai été sanctifiée, et elle m'aidera à ne pas trop penser au triste pèlerinage que je dois encore faire cet après-midi en me rendant au cimetière. Écrire à nouveau sera alors pour moi l'entracte, en ce temps des chrysanthèmes...

Il y avait beaucoup de monde sur l'unique place de Villeneuve, devant l'église, après la célébration de l'office. Les messes de la Toussaint et du 15 août restent à peu près les dernières qui parviennent à remplir les sanctuaires. La chance voulait que, contrairement à ce qui se passe le plus souvent le jour de la Toussaint, le ciel cherchait à se montrer clément : sans être tout à fait bleu — à une pareille époque il ne faut pas trop lui demander — il était d'un gris bleuté, reposant pour la vue, fait d'un petit peu de bleu et de beaucoup de gris. La tristesse de commande s'annonçait tempérée.

Dans la foule bavardante, composée d'agriculteurs et de commerçants du bourg, une femme se faisait remarquer par l'empressement qu'elle mettait à aller d'un groupe à l'autre, serrant des mains — toutes les mains — et sachant trouver un mot pour chacun ou pour chacune... Femme certainement exceptionnelle, puisqu'il n'y avait pas un seul de ses interlocuteurs qui ne lui adressât des marques de réelle déférence. Et pourtant, rien dans l'habillement de cette créature n'était fait pour attirer l'attention. Vêtue d'un strict tailleur noir, la chevelure dissimulée sous un chapeau en forme de calotte qui pouvait très bien avoir été acheté en solde aux « Nouvelles Galeries » de la ville la plus proche, gantée et bottée également de noir, de visage assez anodin en dépit d'un nez légèrement retroussé, de taille moyenne, ni forte ni maigre, donnant l'impression d'être entre deux âges, la dame respectée pouvait appartenir à l'immense foule de celles qui réussissent à passer anonymement dans la vie.

Sa voix était douce et feutrée : certaines des intonations auraient même pu laisser supposer qu'elle était un peu mielleuse... Mais ce ne devait être là qu'une impression fugitive venue de ce que la femme pouvait avoir le cœur et l'esprit envahis par une fringale instinctive d'amabilité. Voix qui ne disait d'ailleurs que des choses gentilles :

— Bonjour, madame Letourneur : comment vont vos chers petits-enfants?... Oh! monsieur Saravon... — c'était le boucher de Villeneuve —, je tiens à vous féliciter pour la qualité de la viande que vous me livrez depuis quelques semaines : elle s'est nettement améliorée... Et vous, monsieur Rupied — c'était le boulanger —, ne croyez-vous pas qu'une fois par semaine, le samedi ou le dimanche et surtout des jours fériés comme celui-ci, vous pourriez nous fournir des petits pains de fantaisie? Je suis persuadée qu'ils seraient les bienvenus et très appréciés... Ah! mademoiselle Bertin — c'était la vieille demoiselle qui tenait l'harmonium pendant les offices —, si vous saviez comme je pense à vous en un jour pareil : deux mois déjà que votre chère maman, que j'aimais tant, n'est plus ! S'il existe quelqu'un qui est, hélas, bien placé pour compatir au chagrin des autres, je crois que c'est moi : la plupart des êtres qui m'étaient chers ne sont plus... Bonjour, monsieur le curé... Merci pour ce merveilleux sermon que vous venez de faire et qui nous a tous émus en nous faisant réfléchir une fois de plus sur la vanité des biens terrestres ! Quand me ferez-vous le plaisir de venir déjeuner ou dîner au château ? La semaine prochaine peut-être ? De toute façon vous savez que votre couvert vous y attend en permanence... Ah ! monsieur le maire... Je vous cherchais justement pour vous demander de bien vouloir me pardonner de n'avoir pas assisté à la dernière réunion du conseil municipal : seul un début de vilaine grippe a été la raison de mon absence... Et ce projet d'adduction d'eau, est-il en bonne voie ? Vous savez aussi que je maintiens mon offre de faire don à la commune du champ qui borde le mur de mon parc pour le transformer en un terrain de sport : il faut que la jeunesse du pays ait quelques distractions saines. Ce sera la seule façon de la faire rester à Villeneuve et de lutter contre ce regrettable besoin qu'elle éprouve d'aller à la ville !

Il en fut ainsi pendant une quinzaine de minutes. A chaque bribe de conversation, les interlocuteurs répondaient : « Merci, madame Bineau... Mais certainement, madame Bineau... Vous êtes trop bonne, madame Bineau. »

Puis la silhouette de la dame en noir s'éloigna discrètement de la place pour rejoindre d'un pas très alerte la grille placée à l'entrée de la grande allée traversant le parc et conduisant au château. Une grille fraîchement repeinte en noir, ayant bonne allure, et qui restait ouverte jour et nuit pour indiquer que la vaste propriété voulait rester celle du bon accueil pour tous ceux ou celles qui avaient besoin d'un secours, d'un réconfort ou même d'un judicieux conseil...

Je reprends la plume. La corvée obligatoire pour moi est enfin terminée : ils auraient tous été tellement déçus s'ils ne m'avaient pas vue à leur grand-messe de la Toussaint! Ils sont sinistres, ces gens de la campagne qui éprouvent le besoin de se mettre en noir les jours de fête et que je me dois d'imiter. Et, pour peu que l'on réfléchisse, c'est inepte de se donner des allures de tristesse un jour pareil! La Toussaint devrait être une fête gaie, joyeuse même, puisqu'elle est celle de tous les saints que l'on croit entrés dans un paradis où ils ne peuvent qu'être heureux... N'est-ce pas également notre fête à tous, nous qui sommes encore accrochés à la vie, puisque nous portons les noms de ces saints? Ma patronne, sainte Caroline, doit être là-haut, elle aussi! Si les gens étaient logiques, ils ne se vêtiraient de noir que demain, 2 novembre, ce jour réservé au culte des morts par le calendrier liturgique. Seulement voilà : les gens sont toujours pressés... Ils veulent tout célébrer en même temps. Peut-être pensent-ils aussi qu'en mêlant l'imagerie de la gloire des prétendus élus et le souvenir de ceux qui continuent à pourrir dans la terre, on obtient une juste moyenne? Après tout, ils doivent avoir raison.

Mais je m'égare dans des considérations qui n'ont rien de très philosophique. Je dois revenir à ceux dont je commençais à parler au moment où les cloches ont sonné : mes trois morts auxquels je rendrai visite tout à l'heure. J'irai d'ailleurs très tôt pour éviter de retrouver au cimetière tous les vivants que je viens de rencontrer à la sortie de l'église et auxquels j'estime en avoir assez dit aujourd'hui. Je profiterai de l'heure sacrée réservée par tous ces gens au déjeuner et à la digestion : celle où les rues des villes et des villages sont désertes, où l'on peut circuler sur les routes et où les cimetières ne sont pas encore envahis. Mais je ne fleurirai aucune des trois tombes parce que cela ne sert qu'à faire croire qu'à un jour fixe et bien déterminé de l'année on a pensé à ses morts... Comme si l'on n'y pensait pas tout le temps quand on sait très bien, comme moi, que s'ils n'avaient pas été dans ma vie, je ne serais rien aujourd'hui! Ne leur dois-je pas tout? Ce qui n'est pas là chez moi un sentiment de reconnaissance, mais seulement une constatation. Enfin je déteste à peu près autant les chrysanthèmes que les œillets : les premiers sanctionnent un malheur qui a été annoncé par les seconds.

Il y a quand même une chose qui m'a vivement réconfortée tout à l'heure sur la place : c'est de constater que ma popularité n'a fait que grandir à Villeneuve. Ce qui prouve que la tactique de la main tendue, de la voix compatissante et du sourire perpétuel commence enfin à porter ses fruits ici comme elle les a toujours donnés quand j'exerçais ma profession.

Angèle, ma servante, vient de frapper à la porte de ce boudoir pour m'annoncer que le déjeuner était servi. Elle a dû être bien étonnée quand je lui ai répondu que je ne déjeunerais pas aujourd'hui. Ce n'est pas là chez moi un geste d'abstinence ou de mortification voulu en un pareil jour : c'est simplement parce que je n'ai pas faim. Peut-être prendrai-je une tasse de thé agrémentée de quelques toasts à mon retour du cimetière : l'air vif stimule l'appétit et la seule contemplation de tombes incite à reprendre ces forces qui sont nécessaires si l'on veut reculer l'échéance fatale.

Puisque je viens d'écrire son nom, je dois réserver

quelques lignes à Angèle. C'est l'épouse d'Émile qui entretient mes voitures et qui abat le gros travail dans la maison. Il y a toujours beaucoup à faire dans une demeure de cette importance. Angèle me sert de cuisinière et de femme de chambre. Je ne pourrais pas vivre décemment ici sans avoir un couple : celui-ci m'est dévoué parce que je l'ai fait venir de loin et qu'il ne fraye pas avec les gens du pays. Je me méfie tellement des ragots! Je sais très bien qu'il n'y a pas si longtemps, avant que je ne devienne propriétaire des lieux, une telle bâtisse, qui compte une vingtaine de pièces réparties sur un rez-de-chaussée et deux étages, nécessitait un personnel plus nombreux. Mais comme je ne reçois jamais personne à demeure et que l'on trouve de moins en moins de domestiques, j'ai dû me faire une raison comme beaucoup de propriétaires distingués. Un couple pour une femme seule, c'est suffisant à condition que ce soit un vrai couple et qu'il ne soit pas trop jeune. Ce dont je me méfie le plus, c'est le genre soubrette ou bonniche : je me sens mieux placée que quiconque pour juger de la valeur de ces servantes de maison bourgeoise puisque, grâce aux bons offices de « mon amie » l'assistante sociale, j'ai exercé ce métier pendant quatre années après avoir quitté la ferme exécrée.

En quatre années, j'ai fait quatre places — ce qui est une honnête moyenne de nos jours — toutes dans « ma » capitale de l'époque : Vannes. Sucessivement j'ai été chez un médecin, un notaire, un professeur et un libraire : ce qui tendrait à faire croire que j'ai eu une prédisposition très nette à me mettre au service des professions libérales.

Dans ces places je me suis toujours entendue avec les patrons mais beaucoup moins bien avec leurs épouses qui m'en voulaient de ce que j'étais plus jeune qu'elles et certainement moins sotte. C'est fou ce qu'il peut exister de femmes bornées et mesquines chez les petites-bourgeoises qui ont la conviction d'être devenues des dames parce que leurs maris ont la possibilité de leur offrir une bonne!

Le médecin était un oto-rhino : homme bien conservé, paraissant beaucoup plus jeune que son épouse. Ce qui n'était probablement pas le cas, mais il y a des femmes qui vieillissent très vite dès qu'elles se sont engluées dans la routine du mariage ou qu'elles ont eu un enfant.

Quand je débarquai dans l'appartement assez confortable d'un immeuble moderne, construit à l'entrée de la ville sur la route de Lorient, je me trouvai face à un trio : le médecin, sa femme, leur fils âgé de six ans. Un gosse insupportable auquel la maman donnait toujours raison à mes dépens. S'il commettait une sottise, c'était de ma faute; s'il revenait de l'école avec un vêtement déchiré, c'était encore de ma faute; s'il se tenait mal à table, c'était toujours de ma faute. Ce que je ne pouvais tolérer, c'était quand cette femme prétentieuse s'adressait à moi sur un ton de supériorité inexistante pour me dire : « Ma fille, faites ceci... Ma fille, faites cela... » Je ne pouvais admettre d'être appelée ainsi, n'ayant rien d'une fille. Depuis, sans que je le sois jamais devenue moi-même, j'ai appris à connaître les filles... Eh bien, contrairement à une croyance solidement établie, elles viennent assez rarement des milieux domestiques à moins qu'elles ne soient réellement des beautés.

Les seuls moments agréables pour moi dans cette première place étaient quand un client du docteur venait en consultation : ce qui se passait pratiquement tous les jours, dimanche excepté, entre 13 h 30 et 19 heures à une cadence accélérée. J'avais la mission d'ouvrir la porte et d'introduire le visiteur dans le salon d'attente. Dès que la sonnette retentissait, je me précipitais en pensant : « Quelle tête va avoir celui-là ou celle-là? » Si c'était quelqu'un que j'avais déjà vu, ne fût-ce qu'une seule fois, je ne manquais pas de dire le plus aimablement possible : « Le docteur va vous recevoir dans quelques instants. » J'ai toujours été une excellente physionomiste : cela m'a beaucoup servi dans ma profession où l'on n'a pas le droit de se tromper dans ce domaine. Quant à « l'accueil » et à « l'attente » dans le salon, ce sont deux situations de fait qui, depuis, ont pris une grande importance pour moi. Oui, c'est certainement chez ce docteur de province qu'a commencé à s'ancrer dans mon esprit l'idée que, quelle que soit la profession que l'on exerce, on doit se montrer assez habile pour ne jamais laisser repartir un client.

Malheureusement ces petites joies quotidiennes pour la jeune personne très curieuse que j'étais déjà ne compensaient pas le double désagrément de l'enfant odieux et des incessantes réprimandes de sa mère. Je sentais très bien aussi que cette dernière ne me pardonnait pas — comme elle ne les pardonnerait à aucune de ses servantes — les sourires normaux que la clientèle masculine ne manquait pas d'adresser à la gentille bonniche. Après douze mois, la situation étant devenue intolérable pour moi, je réussis sans trop de peine à faire partager mon désespoir à l'assistante sociale qui me trouva une autre place. Comme je ne m'étais pas montrée trop feignante, j'eus droit à un bon certificat rédigé par le médecin lui-même sur son papier à en-tête où l'on pouvait lire « *Docteur X,... ancien interne des hôpitaux de Paris* ». Ne tenais-je pas enfin là le premier laissez-passer qui allait me permettre de franchir beaucoup de portes, toutes les portes même ?

Quand je quittai cet appartement, dont les habitants ne m'avaient guère interressée, ce fut pour me retrouver le soir même, en plein centre de la ville, dans la maison plus que cossue d'un notaire. Ce personnage, très compassé et d'une extrême froideur à l'égard de qui que ce soit, devait assez bien incarner le spécimen de la profession; mais comme je n'avais encore jamais vu de notaire, il m'intrigua pendant les premiers jours : jamais je n'aurais pu penser qu'un homme pût vivre et se complaire dans une atmosphère aussi triste que celle d'une étude! Depuis j'ai été amenée à changer d'opinion sur les tabellions. Ma vie d'entremetteuse m'a permis de connaître d'autres notaires qui furent de joyeux lurons : des notaires en goguette qui, pour la plupart, venaient de leur province à Paris pour y oublier rapidement le sérieux de leurs sombres études, excellents « payeurs » aussi pour moi et dont deux furent arrêtés pour avoir dilapidé l'argent de leur clientèle en menant la grande vie. Quand on a côtoyée, comme je l'ai fait, la vie dans ces études de province, on les excuse presque.

« Mon » notaire de Vannes, s'il vit encore, n'a jamais dû quitter sa ville. C'était un consciencieux, un méticuleux même, qui ne semblait être heureux que lorsqu'il déambulait d'une pièce à l'autre de son étude occupant tout le rez-de-chaussée de la vaste demeure. Étude importante puisqu'elle nécessitait, en plus du patron, la présence de quatre clercs et d'une demi-douzaine de dactylos-secrétaires qui, toutes, étaient plus laides et plus rébarbatives les unes que les autres. Toutes aussi devaient être myopes : les verres épais de leurs lunettes sans élégance les contraignaient à ne voir que de très près les petites mesquineries de la vie et à en ignorer certains aspects qui peuvent la rendre infiniment plus agréable.

Ma seule véritable hantise était le moment où, après le départ des employés de l'étude, je devais faire le ménage dans cette officine. Jamais je n'ai d'ailleurs vu un pareil amoncellement de papiers dans les corbeilles! Et les mégots accumulés en pyramides puantes dans les cendriers du bureau où travaillaient les clercs ! Ils me firent cependant comprendre, ces mégots, que le tabac peut devenir l'unique drogue de ceux qui sont condamnés à se pencher pendant toute leur existence sur des actes de vente, de mariage ou de succession. Les murs de chaque pièce de l'étude étaient tapissés d'une tenture uniforme, qui, après avoir dû être verte, n'était plus que verdâtre, et qui s'était imprégnée pour toujours de l'odeur de tabac mêlée à celle de l'ennui.

Le premier étage de la maison était réservé aux salons et à l'appartement privé des patrons. Le deuxième était celui de la progéniture, constituée par deux filles assez disgracieuses. Ce qui n'empêchait pas le plus jeune clerc de l'étude de faire une cour plus ou moins réussie, mais pressante, à l'aînée, qui avait dix-huit ans comme moi. Après tout, pourquoi ce garçon sans le sou et plein d'ambition n'aurait-il pas couru l'unique chance de sa vie ? En épousant la fille aînée du notaire, ne risquait-il pas de devenir plus tard le maître des lieux ? La seconde fille, qui n'avait que treize ans, vivait son âge ingrat avec tout ce que la nature avait pu mettre d'ingratitude physique sur elle. Le troisième étage enfin était réservé au personnel domestique qui se réduisait à la cuisinière et à moi-même : ce qui était peu pour une telle habitation.

Il y avait surtout — et c'eût été trop beau qu'elle n'eût pas existé ! — l'épouse du notaire... Une femme terrifiante qui, en quelques heures, réussit le miracle de me faire regretter l'épouse du docteur ! Étant née fille d'un huissier-audiencier, on peut imaginer ce qu'une telle créature peut devenir quand elle a eu la chance d'épouser l'un des plus importants notaires de la ville. Se sentant « quelqu'un », elle se croyait tout permis. Et naturellement c'était la bonniche qui pâtissait de ses exigences. Elle faisait une chose dont j'avais horreur : chaque soir, quand je nettoyais les bureaux de l'étude, elle entrait à pas feutrés pour surveiller mon travail et elle passait son index sur les meubles pour vérifier si j'y avais laissé ou non de la poussière. Mais, en même temps, elle me répétait que je ne devais rien déranger. Comme si c'était facile de travailler dans de pareilles conditions! Très vite, je pris le dégoût de mon travail... Il est vrai que je n'ai jamais ressenti une passion particulière pour faire le ménage, surtout quand c'est celui des autres. Il y a des filles qui doivent être venues au monde avec un plumeau et un aspirateur à la main : c'est leur vocation. Ce n'a jamais été et ne sera jamais la mienne. C'est pourquoi, sur ce point, maintenant qu'à mon tour j'ai les moyens d'avoir des domestiques, je leur laisse une paix royale : c'est d'ailleurs la seule façon de les garder.

Chez le notaire je n'avais pas, comme chez le médecin, le plaisir d'ouvrir la porte aux visiteurs : c'était là un privilège réservé à une dactylo. Je n'avais le droit de descendre, par l'escalier intérieur, dans l'étude, qu'après 8 heures, quand elle s'était vidée de toute présence humaine : il n'y restait que les piles de dossiers inertes saupoudrés de l'odeur de renfermé. Mais il y avait pourtant quelque chose qui me fascinait et qui restait toujours placé au même endroit, à portée de la main et auprès du téléphone, sur la grande table-bureau derrière laquelle trônait le notaire, quand il officiait dans son cabinet. Ce quelque chose, d'apparence très anodine, n'était qu'un petit carnet à couverture bleue dans lequel se trouvaient inscrits, de la main même du notaire et par ordre alphabétique, des noms d'hommes ou de femmes ainsi qu'un numéro de téléphone correspondant à chaque nom. Il n'y avait aucune adresse mentionnée.

Parmi les noms on découvrait un peu de tout : des roturiers, des confrères notaires, des avocats, des aristocrates même dont les doubles particules rocailleuses fleuraient bon le terroir de la noblesse bretonne... Des vicomtes, des comtes, des comtesses et même une marquise douairière! J'en déduisis à l'époque que ce devaient être là les noms de clients importants ou d'hommes de loi et d'affaires avec lesquels le notaire devait être en relations constantes. C'était une sorte de fichier qui, après tout, n'avait rien de très secret puisque son propriétaire ne craignait pas de le laisser en permanence sur sa table, même quand il s'absentait de son cabinet.

Si je m'attarde sur ce qui fut alors pour moi une sorte de découverte, c'est que trois années plus tard — et alors que je venais de commencer à travailler à Paris — je dénichai en un tout autre lieu deux petits carnets similaires, l'un à couverture jaune et l'autre à couverture rose. Mais ces carnets-là ne traînaient pas à la disposition de n'importe qui! Ils étaient enfouis au fond d'un tiroir qui restait toujours soigneusement fermé et dont deux personnes seulement possédaient une clef. Sur l'un et l'autre étaient inscrits des noms suivis de numéros de téléphone, mais pas d'adresse non plus.

Dans le carnet jaune, on ne trouvait que des noms d'hommes et, parmi eux, surtout des noms à consonance étrangère. Les noms français se répartissaient en ceux d'industriels connus, de gros commerçants, de banquiers, de politiciens, d'acteurs de théâtre ou de cinéma et aussi — ils étaient de loin les moins nombreux — de quelques membres de l'aristocratie. Mais ces noms à particule étaient archi-connus : on n'y trouvait pas trace de noms de hobereaux bretons. Sur le carnet rose, il n'y avait que des prénoms de femmes : beaucoup de *Brigitte* et de *Valérie,* trois ou quatre *Maud* ou *Peggy,* des *Muriel,* des *Lara,* des *Cléo...* Mais oui! Il y en a encore... Une nuée de

Cathy, de *Marie-France* et d'*Eva*... Un fort contingent de *Myriam* mais très peu de *Rébecca*, et une seule *Sarah*... Les numéros de téléphone correspondants étaient surtout des *Bagatelle*, des *Auteuil*, des *Jasmin*, des *Kléber*, des *Passy*, des *Poincaré*, des *Médicis*, des *Odéon*, des *Mirabeau*, quelques *Laborde* et pratiquement pas de *Ménilmontant* ou de *Clignancourt*.

Ayant compris que le petit carnet bleu était la seule découverte intéressante que je pourrais faire chez le notaire, j'attendis patiemment d'y terminer mon année de service pour bénéficier des étrennes. Le temps me parut moins long qu'on ne pourrait le croire car je pensais déjà que si l'on est nantie d'un petit carnet — et à condition de connaître ou tout au moins d'avoir entrevu ceux ou celles dont tous les noms y sont mentionnés — on doit pouvoir se créer des relations profitables...

Les étrennes empochées, je demandai mon deuxième certificat de travail et de moralité après avoir alerté ma tendre protectrice qui — sachant que, décidément, j'avais une nature farouchement allergique à la domination de « patronnes » — me trouva une troisième place chez un célibataire. A ce sujet je dois faire une confidence : si je n'ai jamais pu admettre d'être dominée ou commandée par une femme, cela implique que — contrairement à ce que l'on pourrait supposer — mon amie, l'assistante sociale, qui avait quatorze années de plus que moi, ne m'a pas dominée : c'est moi qui ai joué le rôle de « petite maîtresse » parce qu'elle était amoureuse de moi et que je ne l'ai jamais été d'elle. La seule fois de ma vie où j'ai été amoureuse — et je crois bien l'être toujours restée malgré la tombe qui nous sépare — ce fut d'un homme : André, mon gentil Dédé...

Le fait que mon troisième patron de Vannes fût célibataire et entre deux âges ne l'empêchait pas d'être un homme aimable qui sut se montrer d'une correction parfaite à l'égard de la fille innocente que j'étais encore dans le domaine essentiel de l'amour : celui des rapports avec l'homme. Peut-être aussi que ma liaison féminine m'incitait à faire preuve d'une grande méfiance vis-à-vis des hommes. Les quelques gestes obscènes faits à mon intention par les trois lourdauds de la ferme de mes débuts n'avaient pas été non plus pour me donner l'envie de rechercher des fréquentations masculines ! Et celle qui se voulait « ma protectrice » m'avait maintes fois mise en garde en me faisant comprendre que, face à un homme, je courais tous les dangers, alors qu'avec une amie femme comme elle je découvrais une forme certaine du plaisir sans frôler le moindre risque de suites fâcheuses. Tout cela donc je le savais, mais si j'essaie aujourd'hui de me replacer loyalement dans l'état d'esprit où je me trouvais alors, je ne pense pas que ce sont de telles considérations qui m'ont retenue. Et pourtant, si je l'avais vraiment voulu — qu'est-ce qu'une fille de dix-neuf ans ne peut pas arriver à imposer à un homme qui a atteint la quarantaine si elle le veut réellement ! — je suis convaincue que j'aurais pu devenir la maîtresse de ce « patron » solitaire. Malheureusement il ne me plaisait pas. A cette époque déjà, j'avais décidé depuis longtemps que, s'il m'arrivait de sauter la barrière, ce ne pourrait être qu'avec un très bel homme dont je serais très amoureuse. Il y a toujours eu, dans le fond de mon cœur, une vague de romantisme qui revient encore parfois à la surface et qui m'étonne moi-même. Et je n'ai toujours eu en tête, depuis le temps où j'étais fille de ferme jusqu'à maintenant, qu'un seul type d'homme : le grand blond aux yeux bleus et aux cheveux dorés légèrement bouclés. Je me doute de ce que je dois sembler stupide d'avoir ainsi limité mes aspirations secrètes, mais n'ai-je quand même pas eu raison, puisque j'ai rencontré un jour André qui était, et qui restera toujours dans ma mémoire d'amoureuse, cet homme exceptionnel pour moi.

Le professeur, petit et brun, était affligé d'une fâcheuse tendance à l'obésité! Ce qui, je ne saurais trop le redire, ne l'empêchait pas d'être infiniment sympathique et d'un commerce agréable. Il enseignait les mathématiques dans une institution libre de Vannes. Quand j'entrai à son service, il habitait déjà depuis une dizaine d'années dans un modeste appartement de trois pièces meublées sans le moindre goût et situé au deuxième étage de l'un des immeubles les plus vétustes de la ville. Le désordre régnait en souverain absolu dans ce capharnaüm, où le locataire avait accumulé une foule de meubles et d'objets hétéroclites allant du simili paravent japonais au bahut en faux « style breton » et où les bonniches qui m'avaient précédée n'avaient dû faire le ménage qu'avec une extrême parcimonie. La poussière était la seule véritable maîtresse des lieux, mais, comme je m'étais déjà familiarisée avec elle dans l'étude du notaire, elle finit par ne plus me paraître redoutable. Décidée à m'entendre avec elle, je la laissais là où elle se trouvait.

Le professeur, qui était d'une distraction inimaginable, n'avait même pas dû la remarquer. Peut-être fut-ce aussi la raison pour laquelle il ne s'aperçut pas que j'étais jeune et pas trop mal faite. Ce qui m'assura la paix tant recherchée après les deux années de réprimandes des épouses du médecin et du notaire. Je n'habitais pas dans l'appartement — ce qui eût été très déplacé chez un membre célibataire du corps enseignant catholique — mais dans une chambrette perchée au cinquième sous les toits où je grelottais en hiver et où j'étouffais dès que les beaux jours revenaient. Mais j'étais tellement heureuse dans ce pigeonnier que je n'attachais aucune importance au manque de confort. Je pouvais enfin faire tout ce que je voulais dans une place, c'est-à-dire le moins possible.

Mon patron vivait comme une sorte d'ermite : il déjeunait tous les jours à l'institution où il enseignait et je n'avais qu'à lui préparer le repas du soir dont le menu était invariablement le même : un potage de légumes passés, deux œufs à la coque (« cuits pendant quatre minutes » : il me l'avait spécifié une fois pour toutes le jour de mon arrivée), un yaourt. Le tout arrosé d'eau d'Évian : un tel repas quotidien ne pouvait pas faire un homme très gai.

A 20 h 30, j'étais libre de remonter dans ma chambre ou de sortir : ce dont je ne me serais pas privée s'il y avait eu beaucoup de distractions à Vannes. Ce qui n'était pas le cas. Le seul dérivatif était le cinéma que je découvrais à cette époque. Dire que cet art m'a passionnée serait exagéré : pour moi il n'a été et ne sera toujours qu'un passe-temps permettant d'imaginer qu'un jour peut-être viendra où l'on vivra comme les grandes vedettes de l'écran : dans le luxe. Parce qu'il n'y a que cela à m'intéresser vraiment.

Il ne faudrait pas croire non plus que je me rendais dans les salles obscures pour y faire des rencontres ou y ébaucher des flirts ! Je n'ai jamais été pour le flirt qui, à mon avis, n'est que du temps perdu. Je suis pour l'amour, le grand, le vrai, l'unique qui meuble toute une tranche de vie : celui que j'ai connu avec André. A chaque fois qu'elle le pouvait, mon amie m'accompagnait... Ce fut l'époque où cette présence féminine, s'ajoutant à la surveillance presque maladive de cette créature très spéciale, commença à me peser. Quand je voyais toutes les filles de mon âge accompagnées de garçons, je me demandais si vraiment ce n'était pas plus agréable...

Mais, n'étant pas d'une nature très sensuelle, je ne me

laissais quand même pas entraîner. Deux ou trois fois le samedi soir, en cachette de mon amie, je me suis rendue à des bals où je ne me suis pas du tout amusée. D'abord, si je ne déteste pas voir danser les autres, je n'aime pas la danse pour moi-même : je trouve que, comme le flirt, c'est une perte de temps. Quand je ressortais assez déçue de ces sauteries, c'était le plus souvent pour retrouver mon amie qui m'attendait au volant de sa voiture dans une petite rue située derrière l'immeuble où j'habitais. A chaque fois elle me faisait une scène de jalousie inutile sans se rendre compte que ses caresses me faisaient de moins en moins d'effet et finissaient même par me devenir odieuses. Ce qu'elle ne pouvait pas, ou ne voulait pas comprendre, c'était que je m'étais servie d'elle pour abandonner la campagne et « aller à la ville ». Maintenant que j'y étais et sachant que bientôt j'atteindrais ma majorité me libérant pour toujours de sa tutelle légale, qui devenait presque tyrannique, je n'avais plus besoin de sa présence. Je me savais tout à fait capable de voler de mes propres ailes sans l'aide de qui que ce fût : ni d'une femme ni d'un homme.

Je sens, quand j'écris, combien je dois paraître frigide et sans cœur. C'est très possible et même probable que je sois ainsi ! Mais dois-je m'en plaindre ? Si je n'avais pas été telle, aurais-je pu m'occuper en toute lucidité des affaires de cœur des autres ? Et ne dit-on pas que les vraies amoureuses ne connaissent qu'un seul grand amour ? Dans ce cas, n'en serais-je pas une ? On prétend aussi que l'image la plus exacte du couple est celle d'une pomme coupée en deux : tant que l'une des moitiés du fruit n'a pas retrouvé l'autre, aucune vie commune n'est possible. André a été l'une des moitiés de cette pomme et moi l'autre.

Le professeur ne m'adressait la parole que pour les rares besoins du service courant et je compris très vite que ce distrait se doublait d'un timide. Je n'aime pas les timides, surtout quand ils sont intelligents : ils peuvent devenir dangereux, car cette timidité même n'est chez eux qu'un complexe, fait d'orgueil caché et d'aspirations insatisfaites, qui peut les rendre méchants. Plusieurs fois, alors que j'exerçais mon métier, j'en ai eu la preuve : quand je présentais des filles à un timide je n'étais jamais tout à fait tranquille. C'était bien rare qu'il n'y eût pas une histoire en fin de compte ou que la fille ne vînt me trouver après en déclarant : « Qu'est-ce que c'est que ce client-là ? C'est un fou ? En tout cas, quel que soit le prix, je ne veux plus le « faire ! » » Presque invariablement je répondais : « C'est simplement un brave homme qui se défoule ». Que pouvais-je dire de plus : n'était-ce pas un client comme les autres puisqu'il payait ?

Ce qui devait arriver se produisit : je commençais à m'ennuyer dans la compagnie trop silencieuse et trop distante du professeur. Après une année de service, je lui annonçai que j'allais le quitter. Il en fut tout éberlué. Je le vois encore, avec son visage inquiet, me demandant :

— Pourquoi, Caroline ? Vous n'êtes donc pas bien ici ?

— Je suis très tranquille, monsieur. Seulement dans quelques jours j'aurai vingt ans, et à vingt ans on n'aime pas tellement la tranquillité.

— Vous avez trouvé une autre place ?

— Mlle Blaise — c'était l'assistante sociale — s'en est occupée pour moi... Mais comme vous vous êtes toujours montré un bon patron à mon égard pour rien au monde je ne vous laisserai dans l'embarras. Mlle Blaise m'a dit ce matin qu'elle avait trouvé pour vous une remplaçante : je ne partirai que lorsqu'elle sera arrivée et je la mettrai au courant du service.

— Mlle Blaise est une personne très obligeante.

— Ça, je le sais, monsieur...

Huit jours plus tard, pourvue de mon troisième certificat peut-être encore plus élogieux que les précédents, j'entrais au service d'une étonnante famille.

Curieuse en vérité et passionnante!

Composée de cinq membres : le père, la mère, une fille de seize ans, un fils de quatorze et un autre de huit, elle habitait dans un appartement relié par un escalier intérieur au magasin situé au rez-de-chaussée et qui permettait au quintette de vivre plus ou moins bien. Car ce n'était pas l'opulence, loin de là! Il faut dire que le commerce, géré avec une extrême fantaisie, était l'un de ceux où il n'y a qu'une seule alternative : la grande réussite ou le désastre. C'était une librairie. La famille n'avait qu'une même passion : celle des bouquins... Tout le monde passait son temps à lire; les seuls moments où cette folie collective cessait étaient ceux où il fallait bien servir la clientèle qui entrait dans le magasin précisément pour acheter des livres. Mais on sentait que ces libraires ne se séparaient d'un ouvrage, quel qu'il fût, qu'avec regret... Pour eux, voir partir un livre aimé, parce qu'il avait été lu et relu, était presque un drame. Tous les cinq travaillaient dans le magasin ou tout au moins l'occupaient : le père dirigeait l'ensemble en conseillant le moins possible les clients et ceci dans le secret espoir que, découragés par un tel accueil, ils n'achèteraient rien; la mère faisait semblant de tenir la caisse tout en ayant toujours devant elle un livre ouvert, placé derrière la machine enregistreuse; la fille faisait office de vendeuse mais ne se hâtait jamais d'abandonner la chaise, où elle restait assise en lisant, pour venir au secours d'un client plus qu'hésitant devant l'abondance des titres empilés sur les rayons dans un indescriptible fouillis; le plus grand fils ne quittait que rarement une longue blouse grise qui lui donnait des allures de commis; quant au petit dernier, il devait en principe livrer à bicyclette les commandes à domicile, mais, plutôt que de pédaler dans les rues de la ville, il préférait se tapir dans un coin près du radiateur, pour lire lui aussi des récits d'aventures exaltants.

Je n'avais pas été engagée pour lire mais pour faire la cuisine et le ménage dans l'appartement du premier. Eh bien, huit jours à peine après mon arrivée, je commençais à lire moi aussi! Aucun membre de la famille ne s'était permis de critiquer la qualité de ma cuisine qui était exécrable, ni d'oser dire que je ne me fatiguais pas trop pour faire les lits, mais tous m'avaient regardée avec un très net mépris, et presque avec pitié, quand ils avaient découvert que je n'étais pas dévorée par la même passion qu'eux et que je n'avais pratiquement rien lu jusqu'alors à l'exception de mes livres de classe et de ces quelques ouvrages illustrés que l'on retrouve dans les mains de tous les enfants.

La première chose que l'épouse du libraire m'avait demandée en m'accueillant et avant même de jeter un regard sur mes brillants certificats avait été :

— Aimez-vous la lecture ?

Et comme j'étais restée muette, quelque peu interloquée, elle avait ajouté :

— Nous n'admettons pas que nos employés ne lisent pas. C'est le moyen le plus efficace qui soit à leur portée pour leur permettre de se former et de se cultiver.

Comme j'étais l'unique « employée », je compris aussitôt que je devais me mettre rapidement à la lecture si je ne voulais pas déplaire à cette patronne d'un genre très différent de celles que j'avais déjà connues. Et puisqu'on me laissait le droit de prendre n'importe quel ouvrage dans la librairie pour l'emporter dans ma chambre à condition de le rapporter après lecture, je me mis en devoir de faire plaisir à tout le monde. Immédiatement la méfiance à mon égard disparut et je ne fus plus entourée que de visages bienveillants et même souriants : ce que je trouvais très agréable! Quelques jours à peine après mon arrivée, moi qui avais toujours été seule dans la vie, j'avais réussi — grâce à cette complicité de lecture — à me constituer une sorte de famille nombreuse.

Le plus surprenant — et je me demande encore aujourd'hui comment un tel miracle a pu se produire chez la paysanne futée mais ignare que j'étais encore à cette époque malgré mes vingt années écoulées — c'est que je finis par prendre un tel goût à ce passe-temps que plus rien d'autre ne m'intéressa! Les libraires n'avaient ni radio, ni télévivion, ni électrophone : trois machines à bruit qu'ils détestaient. Pour eux, et j'ai appris depuis à mesurer la qualité de cette vérité qui pourrait surprendre beaucoup de gens aujourd'hui, il n'existait d'authentique évasion que dans le silence de la lecture... Je cessai même d'aller au cinéma, préférant me plonger pendant des nuits entières dans un et même plusieurs bouquins.

Qu'est-ce que je lisais? Un peu de tout, mais principalement des romans : n'étais-je pas déjà femme? Pour fixer mon choix, je me fiais le plus souvent au titre, pensant qu'un bon titre annonçait souvent une bonne marchandise. Et finalement, après avoir énormément lu en vingt-cinq années, je ne crois pas être tellement dans l'erreur sur ce point. Car je n'ai jamais perdu ce goût de la lecture qui m'a presque été imposé par la famille du libraire de Vannes. Dans la profession que je viens d'exercer, on a le temps de lire pendant « les heures d'attente » avant que les clients ne se présentent et même quand « ils opèrent » avec celles qu'on leur a présentées. Que peut faire une « patronne de Maison » à ces moments-là? Du crochet ou du tricot? Cela ferait ouvroir pour vente de charité... De la tapisserie? Cela risquerait de faire croire qu'elle s'occupe du mobilier de sa future demeure seigneuriale... Des mots croisés? C'est fatigant et il faut souvent un dictionnaire à portée de la main. Ça ferait cours du soir... Boire? Jamais quand ce n'est pas un client qui paie; ça fait tomber le chiffre d'affaires sur « la petite recette » qui est fournie par le prix des consommations... Écouter de la musique douce ou de charme? Pour ce qui est de la douceur, il n'en faut pas trop dans la profession. Quant au charme, il doit toujours y être organisé... Préparer de savantes combinaisons pour le tiercé? C'est là un privilège qu'il faut laisser aux « minets » des filles... Vraiment, il ne reste que la lecture qui est une distraction facile ne troublant pas l'harmonie discrète d'une maison de qualité. Quand il m'arrivait, dans la librairie, de fixer mon choix sur un livre dont la bande portait la mention d'un prix littéraire connu, le père me disait : « Ma chère enfant, méfiez-vous des prix littéraires! Ce n'est pas parce qu'ils ont un semblant de consécration, dû à des combinaisons n'ayant que de lointains rapports avec la vraie littérature, qu'ils sont intéressants et bien écrits. Lisez plutôt ce que vous avez sincèrement envie de lire sans vous préoccuper de l'avis des autres : ce sera pour vous la seule façon de ne pas être trop déçue ». Depuis j'ai toujours suivi ce conseil sans avoir jamais eu à le regretter.

Quand je repense aujourd'hui à cette sympathique famille, c'est avec un double sentiment de reconnaissance : elle m'a donné le goût de la lecture qui m'a permis d'apprendre beaucoup de choses essentielles de la vie que j'ignorais et elle a été le canal qui m'a conduite à Madame Agnès... C'est la première fois que le nom de cette femme assez exceptionnelle vient sous ma plume : Madame Agnès, qui fut le pont indispensable me permettant de franchir sans heurts l'obstacle que je voyais se dresser, presque insurmontable pour une fille aussi seule que moi, entre une jeunesse qui s'était révélée sinistre et un avenir que je souhaitais très différent.

Comment pourrais-je oublier la première rencontre entre Madame Agnès et moi? Je venais juste d'atteindre cette majorité tant attendue qui me donnait le droit légal de me débarrasser de toutes les entraves et surtout de toutes les influences qui avaient pesé sur mon inexpérience. C'était fou ce que j'avais d'idées en tête quand je pensais à ma majorité! Je voyais déjà le monde à mes pieds puisque j'étais devenue la maîtresse absolue de ma propre destinée... La première chose que je fis fut de me débarrasser de ma « protectrice », l'assistante sociale, dont je ne pouvais même plus supporter la présence et, à plus forte raison, le déferlement amoureux.

Je ne perdis pas de temps : le lendemain même de mes vingt et un ans, j'annonçai à celle qui croyait que je resterais toujours son amie, que je venais de prendre la décision de changer complètement d'existence. Ce fut entre elle et moi une scène pénible mais je sus conserver mon calme. Malgré ses reproches, ses conseils et même ses suppliques larmoyantes, je restais de glace; cette froideur de ma part exaspéra celle que je ne considérais déjà plus depuis longtemps comme ma complice mais seulement comme une créature ne pouvant plus me servir à rien et ne faisant qu'entraver ma route. Il faut avoir le courage de rompre brutalement si l'on veut réussir. A un moment cependant je craignis le pire : celle que j'abandonnais sans regret me déclara que j'avais brisé son existence — ce qui était faux — et qu'elle allait se suicider. Si le scandale éclatait, il rejaillirait sur moi. Il n'en fut rien : les amoureuses parlent beaucoup mais agissent peu. Sans doute celle-ci trouva-t-elle assez vite une proie consolatrice puisque je ne la revis plus. Au bout de quelques jours je commençai vraiment à respirer et à me sentir libre. Ce fut la seule action d'éclat que je fis pour célébrer ma majorité.

Trois semaines plus tard, Madame Agnès entrait dans ma vie, mais d'une tout autre façon. Cela se passa à la fin d'un après-midi d'août où la chaleur avait été accablante et où la clientèle de la librairie s'était faite rare : les grandes vacances avaient vidé la ville de ses habitants. En revanche, le magasin avait reçu la visite de quelques touristes en villégiature dans la région et plus désireux d'acheter des cartes ou des guides Michelin que des bouquins. Je me souviens très bien que j'étais dans le magasin en train d'aider le libraire et sa famille à faire des paquets de livres invendus, envoyés en dépôt par les éditeurs et qui n'avaient tenté personne. L'entrée de Madame Agnès ressembla à une tornade. Cette femme, à qui il était très difficile de donner un âge, avait une apparence plus que convenable rappelant celle de certaines dames patronnesses de la ville. Elle parlait avec une extraordinaire volubilité et tout le monde l'écoutait dans la famille du libraire comme si ses moindres mots eussent été ceux d'un oracle. Et pourtant, tout ce qu'elle dit ce jour-là fut d'une extrême banalité! Je crois l'entendre encore :

— Bonjour tout le monde! La famille est en bonne santé? Si vous saviez comme je suis heureuse de vous retrouver, ainsi que tous mes bons amis de ma chère ville! Tiens... Qui est cette petite? Auriez-vous engagé une vendeuse?

C'était de moi qu'il s'agissait. On expliqua à la visiteuse que je n'étais que la servante, mais une servante qui avait fait de gros progrès puisqu'elle cherchait à se cultiver par la lecture — et que je m'appelais Caroline. Elle enchaîna aussitôt :

— Un très joli prénom qui lui va bien... De plus il est

à la mode : à Paris, cette année, il y a beaucoup de Caroline...

Puis elle posa une foule de questions, toutes les questions, sans attendre les réponses parce qu'on sentait que la seule chose qui l'intéressait réellement, c'était de s'écouter parler elle-même. Malgré ce petit travers, un très net courant de sympathie immédiate, auquel il était difficile de résister, se dégageait de cette créature exubérante. Et assez vite on arrivait à croire qu'une telle femme savait tout, connaissait tout et que, même si elle ignorait quelque chose, elle devait être assez habile pour donner aux autres l'impression qu'elle était « au courant »... Elle se mit même à parler de littérature en désignant les titres exposés et en demandant pour chacun :

— Ça se vend ? Et ça ? Et celui-là ? On m'a dit que ça ne valait pas grand-chose... Voilà un titre que je n'aime pas du tout : il ne me dit rien ! Par contre cette couverture illustrée ne manque pas de chic...

Elle n'acheta cependant aucun livre et déclara avant de ressortir du magasin avec la même célérité dont elle avait fait preuve pour y pénétrer :

— Je reviendrai demain, ou après-demain... Mais vous comprenez : je ne suis arrivée qu'hier soir. Il faut bien que je fasse ma petite tournée annuelle pour retrouver tous ceux que j'aime... A bientôt !

Après son départ, le silence revint dans le magasin, apportant une véritable sensation d'apaisement. La tornade était passée, mais toute la famille du libraire semblait avoir trouvé ce passage normal.

Ce ne fut qu'au cours du repas du soir que j'appris, par les bribes de conversation glanées pendant mon service, que cette Madame Agnès était une personne très importante, vivant à Paris, où elle dirigeait une pension de famille. Chaque année, au mois d'août, elle venait passer ses vacances dans sa ville natale, Vannes, où elle possédait une très belle maison ancienne qu'elle avait fait restaurer dans l'intention, disait-elle, de s'y retirer plus tard. J'appris également qu'elle était veuve depuis très longtemps et que personne en ville n'avait jamais connu son époux. En revanche, elle était très bien apparentée dans la région : son frère était curé-doyen d'un chef-lieu de canton des environs et deux de ses nièces, filles d'un second frère mort, étaient religieuses. Je ne comprenais pas très bien pourquoi toute la famille l'appelait — avec un certain respect, je dois le dire — « Madame Agnès » au lieu de la nommer par un nom de famille. Mais après tout, cela n'avait que peu d'importance en comparaison de ses mérites qui semblaient être certains. Son seul défaut, qui amenait le sourire sur les lèvres de ceux qui parlaient d'elle, était d'être très bavarde. Mais qu'était-ce, quand on savait par ailleurs que sa générosité sans limites ne refusait jamais un secours pour les pauvres de sa chère ville natale qu'elle adorait.

Deux jours plus tard, et en cela elle tenait sa promesse, Madame Agrès revint au magasin. Mais je ne m'y trouvais pas, étant occupée à ce moment-là à faire du repassage dans la cuisine de l'appartement. J'eus cependant le soir même quelques échos de ce qui s'était dit, ou plus exactement de ce qu'elle avait dit au cours de cette nouvelle visite. Et ceci parce qu'il y avait été incidemment question de moi.

Alors que toute la famille était encore réunie dans la salle à manger après le dîner, l'épouse du libraire me demanda avec gentillesse :

— Caroline, vous avez bien expliqué l'autre jour à mon mari que, maintenant que vous étiez majeure, vous aimeriez aller travailler à Paris ?

— Oui, madame.

— Pour rien au monde, si tel est vraiment votre désir, nous ne vous retiendrons ici. Nous avons pour principe de laisser faire aux gens ce qu'ils veulent. De plus, depuis une année que vous êtes à notre service, nous avons pu vous juger : vous êtes intelligente, capable de mener votre barque vous-même et sachant très bien ce que vous voulez. Je ne vous cache pas non plus que nous regretterons votre départ tout en pensant que vous commettez peut-être une erreur en vous laissant attirer par le mirage de la capitale.

— Je crois au contraire que ce ne sera qu'à Paris que je pourrai trouver une situation qui me convienne.

— Vannes ne vous suffit plus ?

— Vannes est une ville charmante qui s'est révélée pour moi une étape nécessaire, mais rien de plus.

— Puisqu'il en est ainsi, mon mari et moi avons le devoir de vous dire que, dans votre obstination de devenir « parisienne », vous avez peut-être une certaine chance... Madame Agnès est revenue nous voir ce matin pour nous demander si nous ne connaîtrions pas une jeune fille sérieuse et majeure qu'elle prendrait volontiers à son service et qu'elle emmènerait avec elle à la fin de ses vacances quand elle retournerait à Paris. Ce serait pour travailler dans sa pension de famille : bien entendu, vous y seriez logée et nourrie comme ici. Quant aux appointements, ils dépasseraient sensiblement ce que nous pouvons vous donner. Elle nous a même précisé qu'avec les pourboires laissés par la clientèle de sa pension-hôtel, cette servante arriverait non seulement à gagner très bien sa vie, mais aussi à mettre rapidement quelques économies de côté. Je pense que cela vous intéresse...

— Qui n'a pas besoin d'argent, madame ?

— Sans vous nommer expressément, nous avons aussitôt pensé à vous qui nous aviez déjà fait part de vos intentions. Donc, si vous êtes d'accord, nous parlerons de vous dès demain à Madame Agnès...

— Je vous en serai très reconnaissante.

— Et si tout va bien, vous pourrez nous quitter à la fin du mois. Ce qui nous console un peu de votre départ, c'est que nous savons, ma petite Caroline, que vous serez en de bonnes mains chez une telle patronne ! Nous osons espérer que vous lui donnerez autant de satisfaction qu'à nous.

— Je vous promets, en souvenir de l'aide que vous voulez bien m'apporter, de ne pas me montrer ingrate : la meilleure façon de m'acquitter de ma dette de reconnaissance à votre égard ne sera-t-elle pas de bien faire mon service dans cette place que je vous dois ?

Les années ont passé : je pense m'être mise très vite « au courant » chez Madame Agnès, mais n'ai-je pas été un peu ingrate à l'égard de ces braves libraires que je n'ai jamais revus depuis mon départ de Vannes en compagnie de ma nouvelle patronne ? Il est vrai que je n'ai jamais eu envie de retourner à Vannes, ni même en Bretagne ! Il faudra quand même qu'un jour je me renseigne pour savoir si la librairie existe toujours et si ses propriétaires sont les mêmes... Peut-être les enfants ont-ils succédé aux parents ? Il se passe tant de choses en vingt-cinq années !

Mais j'écris et l'heure tourne... Il est grand temps de me rendre au cimetière avant que la foule de la Toussaint n'y soit. Je crois que lorsque je me serai recueillie devant les trois tombes je reviendrai ici plus maîtresse de mes souvenirs et plus sûre de moi pour pouvoir parler enfin de mes morts.

La dame en noir avait bien choisi son heure de visite : quand elle pénétra dans le cimetière, elle y était le seul être vivant. Avec le même pas alerte qu'elle avait eu pour revenir de l'église au château, elle prit l'allée de gauche, bordée de tombes, qu'elle ne regarda même pas, et ne s'arrêta que devant la dernière, placée à droite avant un espace de terrain encore libre, qui devait être prévu pour accueillir les prochains défunts.

La tombe qu'elle contemplait, dans une attitude figée par le respect, ne se différenciait en rien des autres. Elle n'était faite, comme elles, que d'une simple dalle de pierre sur laquelle se trouvaient gravés en lettres noires un prénom et un nom suivis de deux dates permettant à n'importe quel passant d'apprendre qu'*André VASSEUR* était mort deux années plus tôt à quarante-huit ans. Il n'y avait aucune autre inscription sur la dalle indiquant une parenté quelconque du genre : *A mon cher époux... A mon cher fils... A mon frère adoré*, ni de mots exprimant *les regrets éternels* ou précisant que le défunt *reposait dans la paix du Seigneur*.

Quelles pouvaient être les pensées de celle qui se tenait immobile, les yeux rivés sur le nom et sur les deux dates ? Des yeux qui n'étaient pas embués et qui ne brillaient d'aucun souvenir passionné : un regard atone qui donnait l'impression de s'être exercé depuis longtemps à n'extérioriser aucun sentiment. Combien de temps resta-t-elle ainsi ? Elle-même n'aurait pas pu le dire. Puis, brusquement, sans que ses lèvres eussent balbutié la moindre prière ni qu'elle eût fait le signe de la croix, elle s'en alla pour se diriger vers l'autre extrémité du cimetière où elle s'arrêta devant une deuxième tombe qui, elle, était beaucoup moins simple que celle d'André Vasseur. Tombe même assez démentielle dont la présence dans cet humble cimetière de campagne était insolite et rappelait ces monuments funéraires d'un goût discutable qui foisonnent dans certains cimetières parisiens, tel celui du Père-

Lachaise, et peut-être encore plus dans les cimetières italiens du style « Cimetière de Gênes ».

Assises nonchalamment sur la pierre tombale deux femmes sculptées, ayant des appas certains et des formes opulentes, semblaient regarder avec complaisance l'inscription gravée en lettres d'or sur la dalle : *A RICHARD LEVESQUE, la ville de Villeneuve reconnaissante.* Les deux dates indiquaient que cet illustre disparu était mort quatre ans plus tôt après avoir vécu soixante et une années. Un peu plus bas, toujours sur la dalle, une autre phrase gravée disait : *Nul ne fit plus que lui pour l'amélioration de la race charolaise.* Le touriste devait en conclure qu'un compliment aussi élogieux ne pouvait s'adresser qu'à la mémoire d'un grand éleveur, d'un gros marchand de bestiaux ou à la rigueur d'un vétérinaire génial. Et il comprenait mieux la présence des deux créatures plantureuses symbolisant sans doute ces mamelles de la France que furent le labourage et le pâturage. L'ensemble qui n'avait rien d'émouvant ne pouvait pas ne pas être remarqué.

Il semble que le visage de la dame en noir, qui était restée impassible devant la tombe d'André Vasseur, fût contracté par un imperceptible rictus de mépris devant celle de Richard Levesque. Mais cela ne dura qu'un instant car la station qu'elle fit devant le monument alambiqué fut beaucoup plus courte que la précédente. Sans s'attarder elle repartit de son pas, toujours égal à lui-même, vers le centre du cimetière où se dressait une petite chapelle qui, sans être un chef-d'œuvre, n'était pas agressive. Elle ressemblait à tous ces sanctuaires réduits qui sont édifiés au-dessus des caveaux de familles aisées.

C'était en effet un caveau familial, celui des anciens propriétaires du « Château » dans lequel vivait maintenant la dame en noir : les MARNET-MELVAL. Il suffisait de pousser la petite porte en fer forgé de la chapelle — comme le fit la visiteuse solitaire — pour constater que les Marnet-Melval étaient nombreux dans ce caveau. En lisant les inscriptions gravées sur les plaques de marbre blanc tapissant les murs intérieurs de la chapelle on pouvait découvrir que l'illustre famille avait contracté, au cours des deux derniers siècles, de nombreuses alliances avec les plus grands noms de l'aristocratie. On trouvait aussi sur les plaques les noms de défunts ou de défuntes de branches collatérales : des MARNET-TOUCHARD et même quelques MARNET-MOLLIER. Enfin, si l'on voulait bien se donner la peine de compter les plaques mortuaires, on arrivait au total appréciable de trente-trois défunts.

Le plus récent était le *Baron MELCHIOR de MARNET-MELVAL* décédé six années plus tôt à l'âge de soixante-quatorze ans : seule la plaque, indiquant sa présence dans la crypte, parut intéresser la visiteuse dont les lèvres, naturellement minces, furent effleurées, l'espace de quelques secondes, par un soupçon de sourire. Mais elles surent retrouver toute leur dureté quand la dame en noir ressortit de la chapelle pour se diriger vers la porte du cimetière.

Maintenant que la triste corvée annuelle est accomplie et que le seul fait de m'être retrouvée pendant quelques instants devant les tombes de mes disparus m'a permis de faire revivre dans ma mémoire leurs personnalités tellement différentes, je me sens mieux armée pour reprendre le fil de ces confidences écrites.

Je n'ai d'ailleurs pas prié au cimetière. Je sais que tous ceux ou celles qui croient au pouvoir bienfaisant de la prière y trouvent une réelle satisfaction et même un apaisement moral. C'est là pour eux une forme de consolation égoïste : en priant pour ce qu'ils appellent « le repos éternel » de défunts qu'ils ont connus, ils ont l'impression de libérer leurs consciences de vivants. Malheureusement pour moi sans doute, je ne suis pas de cette race-là : si je ne croyais déjà pas à ce que l'on m'enseignait au catéchisme, ce n'est pas aujourd'hui que je pourrais changer. Je ne crois qu'à ce que je vois ou à ce que j'ai vu. Ceux qui sont dans l'au-delà, s'il existe, ne restent rattachés à moi que par mes souvenirs. Quand je serai disparue à mon tour, il en sera de même pour ceux qui m'auront connue. Et ce n'est pas si mal ! C'est déjà beaucoup d'avoir quelques souvenirs...

Mais revenons d'abord à « Madame Agnès » ou plutôt à ce qu'elle m'expliqua dans le train qui nous amenait de Vannes à Paris. Nous eûmes la chance inespérée d'être seules dans un compartiment de 1re pendant toute la durée de ce long voyage qui me parut presque court grâce aux choses, stupéfiantes pour moi, que me raconta ma nouvelle patronne.

Ce fut ainsi que j'appris que la « Pension de Famille » dirigée par Madame Agnès était d'un genre assez spécial : en réalité la clientèle, en majorité masculine, ne faisait qu'y passer à un rythme plus ou moins accéléré sans y séjourner. Elle y « rencontrait » des femmes, assez jeunes, qui n'étaient pas considérées comme des clientes mais plutôt des « pensionnaires ». Pas tellement pensionnaires d'ailleurs puisque ces aimables personnes n'habitaient pas non plus dans « la pension ». La plupart d'entre elles n'y venaient que sur appel téléphonique de Madame Agnès et pour un temps limité. Quelques-unes, cependant — jamais plus de trois ou quatre et « les moins intéressantes » au dire de ma patronne — arrivaient vers 11 heures du matin et restaient tard dans la nuit pour les besoins de « la clientèle » jusqu'à ce qu'elles aient reçu l'autorisation de rentrer chez elles. Une pièce spéciale d'attente avait été aménagée pour elles au quatrième étage et elles ne pouvaient en sortir que si la patronne les convoquait, par le truchement d'un téléphone intérieur, pour les faire descendre au bar du rez-de-chaussée où avaient lieu « les présentations ». Il leur arrivait parfois de rester pendant des journées entières dans leur cachette du quatrième, mais elles « ne s'y ennuyaient pas », ayant le droit de fumer, de lire, de faire du tricot et même de s'y faire monter des consommations agrémentées de sandwiches à condition, bien sûr, de les payer. Pour simplifier les choses, ces consommations étaient déduites, au moment où elles repartaient chez elles, du « fixe » qu'elles touchaient chaque jour en rémunération de leur constance et de leur assiduité. Un fixe d'ailleurs assez minime qui n'excédait jamais les cent francs. En revanche, quand — après avoir été « présentées » dans le bar au client — elles avaient la chance de plaire, elles étaient autorisées à aller passer, en compagnie de ce monsieur, « un moment agréable » dans l'une des confortables chambres du premier, du deuxième ou du troisième étage. C'était alors à elles de « s'entendre » avec le client pour augmenter leurs revenus. Le choix des chambres où « l'on montait » était fait par Madame Agnès selon la disponibilité des lieux. Mais aucune des pensionnaires — qu'elles fussent de la brigade « permanente » ou de la cohorte « extérieure » — n'avait de pourcentage sur les consommations commandées par les clients et qui allaient de la bouteille de champagne sous toutes ses formes jusqu'au whisky en passant par tous les alcools de marque, apéritifs, digestifs, eaux minérales, Coca-Cola et même jus de fruits.

Les pensionnaires venant de « l'extérieur », à la suite d'un appel téléphonique bien déterminé de la patronne, n'étaient pas « présentées » au bar, mais dans un salon plus discret situé également au rez-de-chaussée et bénéficiant d'une entrée autonome sur le vestibule. Ce qui permettait à la clientèle de choix de ne pas se commettre dans la promiscuité du « fretin de passage » et des pensionnaires de seconde zone. Les dames ou demoiselles « de l'extérieur » ne touchaient pas le fixe minimum représentant une sorte de garantie de salaire : c'était là un privilège qu'il fallait laisser à celles qui attendaient stoïquement sur les lieux mêmes du combat. Les autres, par contre, avaient chacune leur tarif à elles que Madame Agnès connaissait et qu'elles exigeaient pour « frais de déplacement ». Tarif très variable qui ne descendait jamais au-dessous de trois cents francs et qui pouvait, pour certaines d'entre elles, atteindre des sommets insoupçonnés.

Cette catégorie de pensionnaires, si elle ne connaissait pas la rassurante régularité d'appointements modestes mais sûrs, gagnait quand même plus d'argent que la première : c'était pourquoi les filles étaient généralement plus appétissantes et surtout mieux habillés. Mais il existait une sorte de « code du métier », voisin du « code d'honneur », qui voulait que la direction de « la pension » — c'est-à-dire Madame Agnès — demandât au client appâté et séduit le double du tarif exigé par ces femmes « déplacées » de chez elles : ce qui, en fin de compte, pouvait rendre très onéreux les quarts d'heure, demi-heures ou heures de charme organisé. C'était là un contrôle absolu pour la direction de l'établissement alors qu'il était très difficile de l'exercer sur les sommes que les pensionnaires à prix fixe parvenaient à se faire remettre par leurs clients : ce n'était pas tellement grave car il existait une autre loi voulant qu'à quelques exceptions près le client se montrait d'autant plus généreux que la fille en valait la peine. Ce qui n'était pas le cas de celles appartenant à la première catégorie.

Madame Agnès m'avait expliqué tout cela le plus naturellement du monde, avec sa volubilité et sa bonhomie habituelles qui avaient de quoi dérouter même l'auditeur le plus averti. Et comme je ne l'étais pas, quand elle fit enfin une pause pour retrouver sa respiration, elle me vit bouche bée. Ce qui lui fit me demander :

— Pourquoi me regardez-vous ainsi? Y a-t-il quelque chose que vous n'ayez pas compris?

— Je pense avoir tout compris, mais Madame doit bien se rendre compte que tout cela est assez nouveau pour moi...

— Vous n'allez quand même pas me dire qu'à vingt et un ans vous êtes encore une oie blanche? J'ai su par vos précédents patrons que vous avez travaillé pendant un certain temps dans une ferme où vous vous occupiez sans doute des culs de vaches... Si vous avez préféré venir en ville, c'est sûrement parce que vous en aviez assez de faire ce métier : ce qui prouve que vous n'êtes pas trop sotte et très capable de comprendre aujourd'hui que dans ma pension on s'occupe plutôt des culs de femmes.

— Cela aussi, je l'ai très bien compris, et c'est pourquoi je me permets, avant que nous n'arrivions à Paris, de poser à Madame une question : dans quelle catégorie de « pensionnaires » a-t-elle l'intention de me ranger? Celle des filles « à prix fixe » ou celle des « extras » venant de l'extérieur? Étant donné que Madame m'a indiqué, lorsqu'elle m'a engagée pour un mois d'essai, le montant de mes appointements — qui me conviennent parfaitement — et précisé que je serais logée et nourrie dans sa « Pension », je pense être en droit d'avoir quelques inquiétudes : Madame ne me jugerait-elle pas digne de réussir dans la seconde catégorie?

Je crus, après que j'eus dit tout cela d'une traite, que Madame Agnès allait s'étrangler de rage. Après avoir verdi, son visage, d'habitude assez anonyme, avait pris une teinte apoplectique. Elle avait le souffle coupé et il fallut un certain temps avant qu'elle me réponde d'une voix qui, cette fois, n'était plus du tout avenante, mais sifflante :

— Pour qui vous prenez-vous ? Pour une vamp ou pour une star ? Est-ce que vous vous êtes jamais regardée dans une glace ? C'est comme bonniche que je vous ai connue et ce ne sera que dans cette fonction que vous travaillerez chez moi. Vous aurez votre chambre au sixième étage, vous serez nourrie, vous toucherez chaque mois les appointements sur lesquels nous nous sommes mises d'accord et qui seront sanctionnés par les bulletins de la Sécurité sociale. Quel sera exactement votre travail ? C'est peut-être cela que vous n'avez pas très bien compris... Vous n'aurez pas à faire la cuisine : j'ai une femme experte, qui est à mon service depuis dix années déjà, et qui est une véritable perle. Elle aussi est bretonne, mais elle vient des Côtes-du-Nord. Étant bretonne moi-même j'ai une prédilection spéciale pour la domesticité bretonne qui est l'une des dernières à savoir encore faire preuve d'un peu de dévouement... Votre journée de travail commencera à 8 heures : vous m'apporterez mon petit déjeuner dans mon appartement privé qui est au cinquième. La cuisine est en sous-sol mais vous n'aurez pas trop d'escaliers à monter : j'ai fait installer un ascenseur qui m'a d'ailleurs coûté une fortune ! J'ai pensé que le rendement serait meilleur pour le confort de la clientèle, pour la santé de mes pensionnaires et pour pouvoir conserver du personnel.

» Il pourra arriver que vous ayez à porter des petits

déjeuners dans les chambres où des clients se seront attardés... Mais ce sera pour vous tout bénéfice car il existe un principe absolu dans mon genre de commerce : tout déplacement du personnel mérite un pourboire immédiat. Ce sera à vous de vous débrouiller.

» Ensuite vous ferez le ménage dans les chambres qui, après avoir été occupées pendant la nuit, seront libérées de leurs occupants provisoires. Tout cela est très normal, fait partie de vos attributions et vous mènera jusqu'à l'heure du déjeuner. Il est rare que je déjeune chez moi : je suis le plus souvent invitée, ayant compris depuis longtemps que la politique des « déjeuners d'affaires » peut être bénéfique. Mais, si cela m'arrive de rester, je prends toujours ce repas à la cuisine : ce qui me permet de vérifier les comptes de la cuisinière qui fait les achats.

» De 13 heures jusqu'à la nuit, votre activité se répartira en trois : ouvrir la porte quand la sonnette retentira, monter le champagne ou les consommations dans les chambres et refaire les lits. A chaque nouveau client, il faudra changer les draps : c'est à cela que l'on reconnaît les bonnes maisons. A chaque fois aussi vous passerez l'inspection des cabinets de toilette et y remettrez des serviettes propres... Mais attention! Pas plus de deux serviettes par client! Vous n'avez pas idée comme le blanchissage est ruineux dans ce genre d'exploitation!

» Le soir je prends un léger repas, également dans la cuisine au sous-sol pour ne pas déranger la bonne marche de la maison au rez-de-chaussée. Il m'arrive parfois de convier à ce repas l'une ou l'autre de mes pensionnaires fixes si elle a bien travaillé dans la journée : dîner « avec Madame » constitue pour ces filles une sorte de récompense. Pendant ce temps-là vous restez au bar où vous assurez le service qui est toujours restreint entre 20 et 21 heures. C'est l'heure creuse : la clientèle réapparaît vers

22 heures et ça peut durer jusqu'au moment où je n'accepte plus personne : 2 heures du matin. Les clients qui sont encore dans les chambres à cette heure-là y restent généralement jusqu'au matin, ce qui permet de leur appliquer le tarif de nuit. Quelques-uns hésitent cependant car ils doivent remplir une fiche pour le cas où il y aurait un contrôle de police, ce qui est assez rare — je me suis organisée depuis longtemps avec ces messieurs qui me coûtent suffisamment cher! — mais qui peut quand même arriver. Il suffit qu'un « nouveau » de la Brigade des Hôtels, Meublés et Garnis veuille faire du zèle!

» De toute façon à 2 heures vous montez vous coucher. Je sais que cela vous fera des journées de travail assez longues mais les innombrables pourboires, que vous recevrez en plus de vos appointements mensuels, constitueront pour vous une substantielle compensation. Naturellement vous aurez pour jour de congé le dimanche, la maison étant fermée ce jour-là. Voilà... Je crois vous avoir résumé en gros votre emploi chez moi. Est-ce que cela vous convient? S'il en était autrement, il vaudrait mieux me le dire tout de suite et je vous rendrai aussitôt votre liberté pour vous permettre de trouver une autre place à Paris puisque c'est dans cette ville que vous voulez travailler désormais. Il va de soi, dans ce cas, que je ne vous réclamerai pas le montant de ce voyage en chemin de fer. J'attends votre réponse?

— Je suis très contente de travailler chez Madame.

— Alors c'est parfait. Vous verrez d'ailleurs que vous ne le regretterez pas... Ce genre de travail sera infiniment plus agréable, plus vivant, plus instructif et surtout plus rémunérateur que n'importe quel autre dans une maison bourgeoise. Et vous me remercierez un jour de vous avoir mis ainsi le pied à l'étrier. Qui sait? Peut-être que plus tard, vous aussi, Caroline, vous aurez « votre » Maison? Il n'y a pas de sots métiers...

— Puis-je quand même demander à Madame pourquoi elle m'a choisie plutôt qu'une autre?

— Pour plusieurs raisons. D'abord vous êtes majeure : ce qui est indispensable pour travailler chez moi. Sinon on court trop de risques! J'en ai connu des Maisons qui ont été condamnées à des amendes fantastiques et même fermées pour avoir utilisé les services de mineures! Une femme de chambre qui monte dans les chambres pour y apporter les consommations risque d'y voir certaines choses et, si elle n'est pas majeure, elle a le droit de porter plainte contre ses employeurs. Deuxièmement, tous vos certificats et les éloges que m'ont faits de vous mes amis libraires m'apportent l'assurance que vous n'êtes pas feignante. De plus vous êtes d'une constitution solide : il faut de la santé pour assurer le service que vous allez avoir. Vous faites saine. Tâchez de toujours le rester! Enfin, et ne m'en veuillez pas de ce que je vais vous dire, vous n'êtes pas un prix de beauté! Je me méfie des petites bonnes qui sont trop jolies : elles plaisent automatiquement à une certaine catégorie de clients, qui a une attirance instinctive et presque maladive pour les amours ancillaires, et font donc une concurrence déloyale aux « pensionnaires ». Ce qui crée des histoires. Avec vous je suis sûre d'être tranquille : vous avez le visage et l'allure que l'on ne remarque pas et qui conviennent pour ma maison... Avez-vous d'autres questions à poser?

— Non, madame.

En réalité, si j'avais pu étrangler cette horrible femme à ce moment-là, je crois bien que je l'aurais fait! Comment se permettait-elle, avec la silhouette et l'âge qu'elle avait, de me dire qu'à vingt et un ans je n'étais pas appétissante? Je savais bien que je n'étais pas très jolie, mais quand même il y a des limites et je pouvais très bien plaire à un homme : la preuve, c'est qu'à peine un mois plus tard j'ai rencontré André à qui j'ai plu et dont je puis me vanter d'avoir été la femme de sa vie... Mais, dans le train qui me rapprochait enfin, seconde par seconde, de ce Paris auquel je rêvais depuis tant d'années, je n'avais qu'à me taire et à ronger mon dépit. Ce que je fis en me donnant l'air de n'attacher aucune importance au dernier jugement que Madame Agnès venait de porter sur moi. Mais je me promis qu'un jour viendrait où je me vengerais de l'affront et où je lui ferais expier cruellement ses paroles : ce qui s'est produit comme je le raconterai par la suite.

Un taxi nous déposa, dans une rue calme du XVIIe arrondissement, devant l'entrée de la Maison de Madame dont l'apparence extérieure était celle de ces charmants petits hôtels particuliers qui abondent encore dans ce quartier et n'avait rien de la façade d'une pension de famille ou d'un hôtel pour voyageurs.

Madame sonna : la porte ne fut pas longue à s'entrouvrir prudemment en laissant entrevoir une silhouette de femme assez peu avenante qui s'encadra sur un fond de vestibule mal éclairé. Et une exclamation, lancée par une voix pointue, rententit :

— Oh ! C'est Madame... Nous pensions qu'elle ne rentrerait que demain... Comment va Madame ? Madame a-t-elle fait bon voyage ?

— Excellent, Marie... Je reviens avec notre nouvelle femme de chambre : Caroline.

Marie était cette cuisinière dont elle m'avait parlé avec ravissement. A moi, cette vieille femme aux cheveux douteux et sales me fit l'effet d'un authentique souillon : impression qui ne fit que se confirmer par la suite. Et de plus, elle était un exécrable cordon-bleu, mais je dois dire à sa décharge que Madame Agnès était tellement pingre que le budget alimentaire de la « Pension » ne permettait aucun excès. Les pensionnaires fixes, auxquelles elle croyait faire un honneur sans précédent en les invitant parfois à sa table, n'acceptaient l'offre que parce qu'elles ne pouvaient pas faire autrement.

Dès que je la vis, je compris que cette Marie me détesterait et ne cesserait plus de me faire la tête pendant tout le temps où je resterais au service de sa patronne.

— J'espère que Mlle Angélique est là? demanda Madame Agnès avec un peu d'inquiétude.

— Mais oui, madame. Elle est au bar avec des clients. Il y a eu beaucoup de monde aujourd'hui. On voit que les vacances sont finies et que les gens sont rentrés.

— Tant mieux, car le mois d'août n'a pas été bien fameux!

Et Madame de m'expliquer :

— Il existe une autre loi de notre métier qui veut que la plus grande des erreurs soit de fermer ce genre de maison au mois d'août. Si la clientèle parisienne est absente, les étrangers sont là, avides de distractions et d'amusements. Cette même règle s'applique aux théâtres de pièces à grand spectacle, aux music-halls et aux cabarets où l'on présente des strip-teases : c'est peut-être l'époque où ils font leurs meilleures recettes. Si en ce mois d'août nos visiteurs ont été moins nombreux, cela ne tient pas à la médiocrité de mon « cheptel » mais aux difficultés que les offices de change de tous les pays s'ingénient à créer. Plus qu'aucun autre commerce peut-être, le nôtre est le premier à pâtir des difficultés économiques. Malgré cela, je suis fière et je m'honore d'avoir laissé ma maison ouverte. Pour sa réputation, pour son prestige, et surtout pour maintenir sa réputation maintenant solidement établie, c'est indispensable.

A peine étions-nous dans le vestibule qu'une porte s'ouvrit sur la droite pour laisser apparaître « Mlle Angélique » : créature des plus anguleuses, vêtue d'une triste jupe noire tombant jusque sur les chevilles et qu'elle devait avoir toujours portée dans l'exercice de ses fonctions, devançant en cela de vingt-cinq ans la mode actuelle des maxi-jupes... Jupe surmontée d'un corsage blanc à jabot tuyauté et se terminant, à la hauteur du cou, par un col rigide et droit, rappelant les guimpes de nos grands-mères qui contraignaient la tête à rester perpétuellement altière, haute et droite. Le visage, qui avait des traits réguliers, aurait pu être beau s'il ne s'était pas montré aussi sévère. Mlle Angélique, dont le teint était glabre, n'avait pas l'ombre de maquillage et ses cheveux étaient relevés sur la nuque en un chignon grisonnant assez impressionnant. Cette Mlle Angélique pouvait rappeler aussi bien l'institutrice libre que la gouvernante d'avant 1914 ou la receveuse des P.T.T. qui ne se serait pas rendu compte que même les P.T.T., malgré la défectuosité de leur téléphone anachronique, ont beaucoup évolué à notre époque. Toute sa silhouette se tenait aussi raide que son cou et cela donnait, des pieds au sommet du chignon, une taille qui ne devait pas être loin des 1,80 m : ce qui lui conférait, d'emblée, une autorité physique. Dès le premier abord, on sentait qu'elle était parée pour affronter tous les périls et toujours dominer la situation. « Bonjour, madame Grange », dit la nouvelle venue d'une voix grave et bien timbrée s'harmonisant avec sa personne. Ce fut à cet instant précis que je connus enfin le nom propre de ma patronne à qui je n'avais pas encore eu le courage de le demander. Donc « Madame Agnès » s'appelait pour l'état civil « Agnès Grange ».

— Bonjour, ma chère Angélique, répondit cette dernière avec une sorte de tendresse déguisée que je ne lui avais pas encore connue, avant de lui dire en me désignant :

— Voici Caroline que je ramène de Vannes comme je vous l'ai annoncé avant-hier par téléphone. Je l'ai déjà mise au courant de pas mal de choses et j'ai tout lieu de penser qu'elle se mettra très vite au travail.

Puis, se retournant vers moi :

— Angélique est une amie de toujours qui veut bien m'aider aux périodes de pointe et me remplacer dans la direction de cette maison quand je dois m'absenter... Vous me ferez le plaisir, Caroline, de l'appeler, comme tout le monde ici, « Mademoiselle Angélique ».

Et sans même prêter attention à mon acquiescement exprimé par un hochement de tête, elle demanda aussitôt à son adjointe :

— Qui est au bar en ce moment?

— L'ambassadeur, un Libanais qui a été amené par lui et monsieur Robert.

— Lequel de « nos » ambassadeurs?

— Celui que nous appelons *Fifi*.

— C'est le plus charmant de « nos » diplomates. Vous lui avez donné satisfaction ainsi qu'à son ami?

— J'attends d'un instant à l'autre Brigitte et Ida auxquelles j'ai téléphoné.

— Elles sont idéales pour eux : ça marchera! Vous leur avez bien dit les prix?

— *Fifi* ne lésine jamais et comme ce sera presque sûrement lui qui paiera pour son ami, il n'y aura aucun problème... Ils en sont d'ailleurs déjà à la deuxième bouteille.

— C'est bien. Et qu'est-ce que veut monsieur Robert?

— Il a demandé Marianne, mais il doit attendre parce qu'elle est actuellement en main au 14.

— Avec qui?

— Un client de passage... Oh! Telle que nous la connaissons, ce ne sera pas long! C'est une expéditive... J'ai fait patienter Monsieur Robert!

— C'est un bon client, mais prudence! Il n'a pas toujours très bon caractère.

— Pour le moment, ça va : il parle avec l'ambassadeur et il en est à son troisième whisky.

— Évitez qu'il en prenne un quatrième : c'est à ce chiffre-là qu'il devient méchant. Appelez Marianne par le téléphone de l'office et dites-lui de se presser.

— C'est déjà fait.

— Marie, ordonna Madame Agnès à la cuisinière, montez mes valises dans mon appartement. Caroline portera la sienne. Ensuite vous l'accompagnerez jusqu'à sa chambre au sixième. Prenez l'ascenseur.

Au moment où Marie allait ouvrir la porte de l'ascenseur donnant dans le vestibule, le voyant lumineux s'alluma pendant que Mlle Angélique s'exclamait :

— Attendez! On descend...

— Tout le monde dans l'office! ordonna la patronne.

En deux secondes nous nous retrouvâmes — Madame Agnès, Marie, et les valises — dans un réduit qui portait le nom d'office et où je remarquai qu'il y avait en effet, fixée au mur, une planchette supportant un appareil téléphonique. Seule Mlle Angélique était restée dans le vestibule après avoir pris soin de pousser précipitamment derrière elle la porte communiquant avec l'office. Mais comme celle-ci était restée entrouverte, nous pûmes entendre distinctement, après que la porte de la cage de l'ascenseur se fut ouverte, la voix grave de « l'adjointe » dire :

— Au revoir, monsieur... J'ose espérer que vous avez été satisfait?

Nous n'entendîmes pas la réponse, en supposant que

le client ait pris la peine de répondre. En tout cas il devait être assez pressé de partir puisqu'un instant plus tard ce fut la porte donnant sur la rue qui claqua. Mlle Angélique revint aussitôt à l'office en annonçant :

— La voie est libre. Prenez vite toutes les deux l'ascenseur.

Ce que Marie et moi fîmes, en portant les valises. Les dernières paroles que nous entendîmes dans le vestibule furent de Madame Agnès :

— Dites à Marianne de descendre tout de suite au bar, mais par l'escalier!

La cuisinière et moi, nous nous retrouvâmes au cinquième où la porte de l'ascenseur donnait directement dans le living-room de l'appartement de Madame. Nous n'y restâmes que juste le temps d'y déposer ses valises mais je pus quand même constater qu'il paraissait sympathique, cet appartement, et bien meublé. Nous reprîmes l'ascenseur qui s'arrêta à l'étage du dessus sur un palier très sombre. Un bouton de minuterie — prouvant que chez Madame Agnès, tout était compté et particulièrement la lumière électrique, cette source de dépenses inconsidérées — permit d'éclairer un couloir sur lequel s'ouvraient six portes : trois de chaque côté.

Celle de ma chambre était la troisième à droite. Une chambre qui n'avait rien de luxueux mais qui me parut propre : le papier japonais collé sur les murs était même assez attrayant. La fenêtre mansardée n'était pas sur la rue, comme je l'aurais souhaité, mais sur une courette intérieure très exiguë qui donnait plutôt l'impression de n'exister que pour assurer un semblant d'aération entre la maison de Madame et un immeuble dont je ne voyais qu'un mur nu qui ne possédait aucune fenêtre. Par contre, juste au-dessus du toit de cet immeuble et de son enchevêtrement de cheminées, je pouvais contempler le ciel. La nuit n'étant pas encore venue, je découvris ce jour-là que le ciel de Paris n'était pas toujours uniformément gris — comme on me l'avait maintes fois décrit au fond de ma Bretagne — mais qu'il pouvait être d'un très joli bleu pastel : ce qui me parut un heureux présage pour mon entrée dans la Capitale.

Le confort moderne se limitait à un lavabo, dont l'unique robinet ne déversait que de l'eau froide, et à un radiateur. Le mobilier comprenait le lit assez exigu, une armoire, une petite table et deux chaises en bois blanc. Il y avait aussi une carpette au pied du lit, mais pas de moquette sur le parquet qui me parut avoir été ciré récemment.

Jusqu'à cet instant, depuis que nous nous étions engouffrées dans l'ascenseur, Marie n'avait pas prononcé un seul mot et s'était contentée de continuer à me fixer de son regard hostile. Après que j'eus déposé ma valise sur le lit, elle dit enfin en me désignant un timbre de sonnette installé au-dessus de la porte :

— Quand Madame sonne un coup, c'est pour que vous descendiez au rez-de-chaussée, c'est-à-dire au bar où elle se tient le plus souvent pendant les heures de travail. Deux coups, c'est pour que vous alliez directement dans la cuisine au sous-sol, et trois coups, c'est pour son appartement au cinquième. Compris ?

— Ce n'est pas très sorcier : un, deux, trois... Combien de coups si l'on me sonne de l'une des chambres réservées à la clientèle ?

— Les sonnettes de ces chambres, comme les téléphones, ne communiquent qu'avec le bar.

— En somme, c'est le poste de contrôle ?

La vieille me regarda avec un peu plus de mépris avant de répondre :

— Madame en a décidé ainsi pour éviter qu'à l'avenir

il ne se renouvelle ce qui s'est produit avec celles qui vous ont précédée.

— Qu'est-ce qui s'est passé ?

— Toutes ces filles étaient tellement stupides que les unes après les autres, au bout de quelques semaines de service ici, se sont figuré qu'elles aussi étaient faites pour « le métier » et qu'il n'y avait pas de raison qu'elles ne « fissent » pas les clients ! Vous vous rendez compte de l'effet que ça peut produire dans une Maison bien tenue ! C'est presque toujours la raison pour laquelle Madame les a flanquées à la porte : elle n'aime pas qu'on mélange la galanterie et le travail domestique. Et elle a raison ! Espérons que vous ne ferez pas comme les autres !

— Je ferai ce qui me fera plaisir. Je n'ai aucun compte à vous rendre.

— Vous avez tort de le prendre sur ce ton ! A moi, Madame me fait confiance, mais pas à vous.

— Ça ne m'étonne pas, avec la tête et la dégaine que vous avez ! Si vraiment les clients vous réclamaient, ce serait la fin de tout !

— Insolente avec cela ! Je l'ai deviné dès que je vous ai vue... Cela m'étonnerait que vous fassiez long feu ici !

— Qui sait ? Je suis décidée à rester dans cette place le plus longtemps possible : elle me plaît.

— Voyez-vous ça !

Au moment où elle sortait en haussant les épaules, je lui demandai :

— Qui habite dans les autres chambres de ce sixième ?

— Moi : je suis à côté de vous.

— Et en face ?

— Il n'y a personne. Ce sont des chambres que Madame garde en réserve.

— Pourquoi en réserve ?

— Vous n'aurez qu'à le demander à Madame.

Elle claqua la porte et j'entendis son pas traînant s'éloigner dans le couloir. J'étais certaine maintenant de m'être fait une solide ennemie, mais ne valait-il pas mieux mettre tout de suite les choses au point?

Puis ce fut le silence au sixième : probablement le seul endroit où, à cette heure-là, il existait dans la Maison. Tout en commençant à défaire ma valise pour ranger mes affaires dans l'armoire, je pensais que j'étais entrée dans un établissement en pleine activité : les allées et venues du vestibule, le rapide dialogue de bienvenue échangé entre Madame et Mlle Angélique, les précautions prises pour que personne ne se rencontre dans l'escalier ou devant la porte de l'ascenseur, tout cela était nouveau pour moi et — pourquoi ne l'avouerais-je pas? — assez passionnant pour une Bretonne de vingt et un ans qui était bien décidée à saisir à pleines mains le bout de corde qui lui était tendu par le destin pour l'aider à sortir de l'obscurité. Le destin? Il avait quand même curieuse figure dans l'établissement dirigé par la dame Grange, dite « Madame Agnès ».

Ma valise vidée de son modeste contenu, j'ouvris les deux battants de la petite fenêtre pour regarder à nouveau le ciel de Paris. Et j'éprouvai la sensation de commencer à respirer enfin le parfum de l'aventure...

Deux coups de sonnette m'arrachèrent à ma rêverie : deux coups, cela signifiait, selon le code établi, que je devais descendre à la cuisine. Pour y arriver je pris la décision d'utiliser l'escalier de service et non pas l'ascenseur. Ce qui me permit de faire une curieuse constatation : l'escalier intérieur, qui prenait naissance dans le vestibule du rez-de-chaussée, s'arrêtait au quatrième, ne desservant que les étages réservés aux chambres de la clientèle. On ne pouvait accéder au cinquième, où se trouvait l'appartement de Madame, et au sixième, où j'étais logée ainsi que l'horrible Marie, que par l'ascenseur ou le petit escalier de service extérieur. Par contre, si l'ascenseur n'allait pas plus bas que le rez-de-chaussée, l'escalier de service aboutissait au sous-sol directement à l'entrée de la cuisine et d'une cave qui me parut vaste et particulièrement bien approvisionnée en bouteilles de champagne toutes alignées et couchées sur des casiers.

Si j'insiste sur ces petits détails topographiques, c'est qu'assez vite je fus amenée à en déceler l'importance pour la bonne marche de la Maison : cette double voie de circulation intérieure était étudiée pour les cas — assez rares, je dois le reconnaître — où il y aurait des visites de contrôle de la police.

Quand j'entrai dans la cuisine, Mlle Angélique m'y attendait pour me dire :

— Caroline, vous êtes fatiguée par le voyage. Dînez tout de suite et montez ensuite vous reposer dans votre chambre. Pour cela vous n'utiliserez pas l'ascenseur, mais l'escalier de service : il y a beaucoup de va-et-vient en ce moment et Madame ne tient pas à ce que des clients vous rencontrent avant que vous n'ayez commencé effectivement votre service qui débutera demain matin. A ce propos, avez-vous un réveille-matin ?

— Non, mademoiselle.

— En voici un. Vous placerez l'aiguille du réveil à 7 heures. Madame sonnera à 8 : c'est son habitude. Cela voudra dire que vous devez immédiatement descendre, par l'ascenseur cette fois — à cette heure matinale la voie est libre —, jusqu'au rez-de-chaussée. De là vous utiliserez l'escalier de service pour rejoindre cette cuisine où le plateau aura été préparé par Marie; vous l'emporterez jusqu'au rez-de-chaussée, vous reprendrez l'ascenseur et vous monterez jusqu'à l'appartement du cinquième où Madame prend toujours son petit déjeuner au lit. Tous les jours votre service commencera ainsi. En déjeunant, Madame vous donnera ses instructions pour le restant de la journée. Maintenant, il ne me reste plus qu'à vous souhaiter un bon appétit. Bonsoir.

L'anguleuse demoiselle partie, je me retrouvai à nouveau en tête à tête avec mon ennemie la cuisinière. Ce qui me coupa l'appétit et, même si j'en eus, le brouet, qui se voulait un potage aux légumes, et le bœuf bouilli agrémenté de carottes exsangues, qui avait la prétention d'être un « bœuf mode », étaient immangeables. Constatant que je ne faisais qu'effleurer ces mets, Marie demanda d'un ton acariâtre :

— Ça ne convient pas à Mademoiselle ?

— Je n'ai pas faim.

— Mademoiselle veut peut-être soigner sa ligne comme toutes les idiotes qui défilent dans les étages ? Eh bien, elle a tort parce que, rembourrée comme elle l'est, il lui faudra des années avant d'y arriver !

Je préférai m'en aller plutôt que de répondre à de telles insanités. Pendant que je remontais les six étages de l'escalier de service, qui était pénible, je me souvenais que Madame m'avait bien dit que je serais « logée et nourrie » : le logement pouvait être acceptable, à la rigueur, mais la nourriture ! Instinctivement, je commençais à regretter la bonne chère que j'avais connue dans mes trois places successives à Vannes. Quand on a vingt et un ans, on a faim. Heureusement qu'une voix intérieure calmait ma fringale, me répétant sans cesse : « Ça ne fait rien, Caroline... Il faut souffrir pour réussir : tu as voulu être à Paris, tu y es... Sois patiente : un jour viendra où Paris te remboursera de tes petits sacrifices. » Elle avait raison, cette voix : j'ai su attendre, pas tellement longtemps après tout, et Paris m'a bien payée.

Ce soir-là, je m'endormis avec la certitude — j'ai toujours été une optimiste — que bientôt, d'une manière ou d'une autre, un certain Paris serait à mes pieds parce que je saurais le prendre dans les filets subtils du plaisir organisé. Plus j'y réfléchissais et plus je me rendais déjà compte qu'il n'y avait aucune raison pour qu'une « Madame Agnès », une « Mademoiselle Angélique » ou quelques autres créatures de leur acabit fussent les seules à bénéficier des avantages financiers que peut procurer le proxénétisme. Dans cette profession, comme dans toutes celles qui appartiennent au secteur privé, il n'y a pas de monopole. La loi de la concurrence joue : ce sont les plus forts, ou les plus fortes, qui gagnent. A vingt et un ans, la petite bonniche arrachée à sa Bretagne ne se sentait pas du tout une faible.

Le lendemain matin, j'étais en pleine forme quand j'apportai le petit déjeuner de Madame qui était encore au lit lorsque je frappai à la porte de sa chambre. Elle m'accueillit en souriant :

— Je vous félicite, ma petite Caroline, de n'avoir pas mis plus de cinq minutes entre le moment où je vous ai sonnée et celui où j'ai mon plateau. J'espère qu'il en sera ainsi tous les jours.

— Certainement, puisque tout est préparé par Marie quand j'arrive dans la cuisine... Madame a-t-elle bien dormi ?

— Bien, mais pas assez! Les clients sont partis très tard hier soir : il en reste cependant encore un au 8. Il ne faudra surtout pas le déranger avant qu'il sonne pour avoir, lui aussi, son petit déjeuner. A ce propos, quand il en est ainsi, vous vous faites régler en apportant le plateau.

— Que dois-je demander ?

— Pour un « complet », c'est d'ailleurs toujours « un complet » — que ce soit un thé au citron, un thé au lait, un café noir, un café au lait, un chocolat avec ou sans crème — puisque Marie a reçu une fois pour toutes l'ordre de mettre également sur le plateau une tablette de beurre enveloppée dans du papier d'argent, un pot de confiture et deux croissants par personne... Si la « pensionnaire » est restée avec le client, elle commande presque toujours aussi son petit déjeuner. Un « complet », ici, c'est dix francs; deux, vingt francs, etc. Avec le pourboire en plus que vous partagez avec Marie.

— Mais le reste, Madame?

— Quel reste, mon enfant?

— Le prix de la chambre pour la nuit?

— C'est très bien à vous de penser, à peine arrivée, à défendre les intérêts de la maison... Mais rassurez-vous : quand le client passe la nuit, il doit nous prévenir — soit Mlle Angélique, soit moi — avant 2 heures du matin : nous lui faisons tout payer d'avance, sauf le petit déjeuner, au moment où il remplit sa fiche. Vous verrez d'ailleurs ce soir comment ça se passe. Intelligente comme vous l'êtes, dans deux ou trois jours, vous serez parfaitement au courant... Et vous, Caroline, avez-vous bien dormi?

— Très bien, madame.

— Vous avez pu constater que votre chambre donne sur une cour où l'on n'entend pas les bruits de la circulation : ce qui à Paris est particulièrement appréciable... Puisque vous paraissez reposée du voyage, je vais vous expliquer ce que vous allez faire aujourd'hui et qui se répétera, à quelques variantes près, chaque jour... Vous irez d'abord dans l'office du rez-de-chaussée... Vous savez bien : cette petite pièce où nous nous sommes toutes cachées précipitamment hier pour que le client sortant de l'ascenseur ne nous voie pas dans le vestibule... Dans cet office, à droite du téléphone, il y a un placard où vous trouverez tout ce qu'il faut pour faire le ménage : aspirateur, balais, plumeau, torchons... Vous commencerez par le vestibule d'entrée, le bar, et le salon de « présentation ». En règle absolue, attaquez-vous d'abord au rez-de-chaussée... Il arrive parfois que des clients viennent sonner le matin dès 10 heures. Ça donne très mauvaise impression de pénétrer dans une Maison qui est encore imprégnée du désordre de la nuit; ça ne fait même pas sérieux du tout! N'oubliez surtout pas de vider les cendriers...

— Oh, ça, Madame peut être tranquille! Pour ce qui est des cendriers et des mégots qui traînent, je les connais depuis que j'ai travaillé chez mon deuxième patron, le notaire...

— Si par hasard il arrivait que l'on sonnât à la porte avant que je ne descende moi-même au bar, vous irez, mais vous n'entrouvririez que le petit guichet, pratiqué dans le panneau supérieur de droite, en demandant qui est là et surtout en examinant avec soin la personne qui aura sonné. Et, de toute façon, vous répondrez : « La Maison n'est pas encore ouverte. Revenez à 10 heures. » A ce moment-là, moi-même je serai en bas.

— Mais si l'on insiste, madame?

— Dans ce cas, sans ouvrir vous dites que l'on attende et vous m'appelez grâce au téléphone intérieur qui est à l'office. Vous formez le chiffre 1 : c'est celui de mon appartement. Je vous donnerai alors des instructions.

— Et si c'était un fournisseur?

— Ce ne pourrait être que les livreurs de caisses de champagne ou de boissons diverses, mais ils connaissent les habitudes de la maison : ils ne viennent jamais avant 2 heures de l'après-midi et seulement après un appel téléphonique de ma part. Ce qui ne peut pas être le cas avant trois ou quatre jours : hier soir, pendant que vous dormiez et en attendant que le gros des clients soit parti, j'ai fait avec Mlle Angélique un inventaire précis de ce qu'il restait en cave : nous sommes bien pourvues.

— Dois-je aussi porter un petit déjeuner à Mlle Angélique ?

— Mais non, mon petit ! Angélique ne couche jamais ici quand je suis là : elle est rentrée chez elle cette nuit à 2 heures du matin au moment de la fermeture officielle. Elle n'occupe cet appartement que pendant mon mois de vacances, ou quand je dois m'absenter pour quelques jours... Elle habite chez elle, pas très loin d'ici d'ailleurs, dans un immeuble du XVIIIe arrondissement où elle a une magnifique terrasse qui donne directement sur la vue du Sacré-Cœur.

— Tout à l'heure, Madame a dit « la fermeture officielle » de 2 heures : c'est obligatoire de fermer la maison à cette heure ?

— Rien n'est obligatoire dans une Maison comme la nôtre. Nous pourrions même prolonger pendant toute la nuit la vente de boissons au bar puisque nous avons ce que l'on appelle « la grande licence ». Mais nous ne pourrions pas tenir le coup, ni les unes ni les autres : aussi bien les pensionnaires que le personnel. Il faut savoir se montrer raisonnable, quitte à refuser de la clientèle, à partir de 2 heures : seuls, les clients qui étaient déjà là avant 2 heures ont le droit de finir la nuit dans une chambre, avec une ou plusieurs filles, et à condition d'avoir payé d'avance car le matin, quand ils sont dégrisés ou repus d'amour, ils se montrent beaucoup moins généreux ! C'est pourquoi il vaut mieux prendre ses précautions...

— Après le rez-de-chaussée, à quel étage dois-je aller faire le ménage ?

— Si vous saviez, ma petite Caroline, comme c'est agréable d'avoir enfin affaire à une fille qui ne pose pas de questions idiotes ! Après le rez-de-chaussée, vous faites les chambres dans l'ordre des étages et en suivant les numéros inscrits sur chaque porte.

— Ça fait combien de chambres en tout ?

— Vingt-quatre, puisqu'il y en a six par étage et que les premier, deuxième, troisième et quatrième sont exclusivement réservés à la clientèle : ce sont les étages qui nous font vivre en assurant le rendement de la maison.

— Je ne sais pas si Madame se rend bien compte, mais c'est énorme pour moi, vingt-quatre chambres !

— Si je me rends compte ? Mais, ma pauvre enfant, je la connais depuis plus longtemps que vous, ma Maison ! Vous verrez que vous aurez tout fini pour midi. Il ne s'agit pas, bien entendu, de faire le ménage à fond : un petit coup d'aspirateur, les draps changés s'il y a lieu ainsi que les serviettes, le cabinet de toilette inspecté, les cendriers, et ça y est ! L'important, pour la clientèle, c'est de lui donner une illusion de propreté : chez nous, tout n'est qu'illusion ! Ceci est d'autant plus vrai qu'il vous arrivera, aux périodes de pointe, de revenir peut-être quatre ou cinq fois par jour dans ces mêmes chambres entre 15 heures et 1 heure du matin. Et là, il faudra faire vite ! Pas question de vous attarder : changement de draps et de serviettes, enlèvement des plateaux avec les bouteilles et les verres vides, des cendriers aussi et c'est prêt pour le client suivant... A ce sujet, je vous signale que, pour vous faciliter la tâche, vous trouverez à chacun de ces étages, face à l'ascenseur et au bout du couloir, un grand placard dans lequel il y a toujours une pile de draps et une provision de serviettes de toilette. Vous n'avez qu'à puiser dedans à chaque fois. Quant au linge sale, vous le jetez dans un panier spécial qui est placé dans le bas de ces mêmes placards. Pour vous, ce n'est qu'une routine à prendre... Vous n'avez pas à compter les draps, ni les serviettes : c'est mon travail. Je sais combien j'en mets par placard le matin et combien il en reste le soir : comme cela, je sais où j'en suis... C'est là une vieille habitude que m'a inculquée ma pauvre mère qui ne cessait de me répéter quand j'étais enfant : « Ma fille, si tu veux devenir une bonne maîtresse de maison, apprends d'abord à compter et à vérifier ton linge. »

— A quelle heure devrai-je déjeuner?

— Vous pensez déjà à manger? C'est vrai que la jeunesse a toujours faim... A propos, avez-vous pris votre petit déjeuner?

— Pas encore.

— Malheureuse enfant, je comprends pourquoi vous me posez une telle question! Descendez vite à la cuisine et restaurez-vous avant de commencer le ménage au rez-de-chaussée... Vous prendrez votre grand déjeuner entre midi et 13 heures : vous n'aurez peut-être pas une heure entière à votre disposition comme si vous travailliez dans une maison bourgeoise, mais qu'est-ce que cela peut faire si vous gagnez très bien votre vie? Assez vite, vous vous apercevrez que, dans notre genre de commerce plus que dans tout autre, le temps c'est de l'argent... Les heures les plus creuses se situeront pour vous entre 13 et 15 heures : le mieux pour vous sera alors de rester dans l'office... Si vous attendiez à la cuisine, cela vous ferait monter trop souvent l'escalier à chaque fois que je sonnerais du bar ou qu'un client vous appellerait d'une chambre : ce qu'il faut ménager ici, mon petit, ce sont les pieds! Si l'on s'en donnait la peine, et surtout si l'on pouvait les compter, on serait stupéfié du nombre de kilomètres que l'on abat par jour à monter et à descendre dans une maison de ce genre!

» A l'office, vous serez bien placée géographiquement : tout près du vestibule d'entrée et du bar où il faudra que vous veniez chercher plateaux et bouteilles quand les clients réclameront à boire dans les chambres. Pour monter les plateaux dans les chambres, ou pour les en redescendre, vous utiliserez naturellement l'ascenseur. Seulement faites très attention : évitez toujours de vous y trouver en même temps qu'un client qui monte avec une fille et surtout avec un client, comme celui d'hier, qui s'en va... Ça évite des conversations inutiles ou même des reproches que les clients pourraient vous adresser en se disant que vous êtes « de la Maison ». Quand ils partent et qu'ils ont payé, les clients ont rarement le même état d'esprit que celui qu'ils avaient en arrivant... Vous verrez que j'ai mis dans l'office une chaise pour vous permettre de vous reposer pendant que vous attendrez les coups de sonnette. Et vous pourrez très bien lire : je sais, par mes amis de Vannes, que vous adorez la lecture...

— Et l'appartement de Madame, à quel moment de la journée devrai-je y faire le ménage?

— Je ne vous ai pas engagée pour cela : votre venue dans mon appartement privé se limitera strictement au service du petit déjeuner le matin entre 8 heures et 8 h 15. Ensuite je ne veux plus vous voir au cinquième. Apprenez que lorsque je descends au bar vers 10 heures, ce n'est qu'après avoir fait mon propre ménage : c'est là pour moi l'équivalent de ma leçon de culture physique quotidienne. De plus, je suis une maniaque qui ne peut supporter que l'on touche à ses affaires personnelles. Avez-vous d'autres questions à me poser?

— Je pense que maintenant Madame m'a expliqué suffisamment de choses... Je descends faire le rez-de-chaussée.

— N'oubliez quand même pas de déjeuner, vous aussi... A tout à l'heure, Caroline.

Je ne fis que passer symboliquement l'aspirateur sur la moquette du vestibule qui ne m'intéressait plus puisque je le connaissais depuis la veille. Puis je me précipitai dans « le Bar », que je n'avais pas encore vu, avec l'idée que j'allais y découvrir des choses fabuleuses : n'était-ce pas le véritable P.C. d'où Madame dirigeait, en maîtresse absolue, l'étrange activité de la maison ?

En réalité, je fus assez déçue : ce bar était plus que quelconque. Le papier recouvrant les murs n'était pas gai, et de qualité moyenne; le mobilier se répartissait en six hauts tabourets alignés devant le comptoir et quelques fauteuils en cuir disposés dans la pièce à proximité de tables basses sur lesquelles traînaient des cendriers tous offerts en réclame par des marques d'apéritifs. Ce qui me surprit : comment une « Madame Agnès » n'avait-elle pas fait la dépense de quelques jolis cendriers ? Et je découvris par la suite que, dans toutes les pièces de la Maison — à l'exception de celles de son appartement privé — il en était de même : le cendrier-réclame y était répandu avec une générosité révélant l'avarice de la patronne. Même chez le notaire de Vannes, qui n'était cependant pas un tendre du portefeuille, les cendriers avaient été achetés par lui ou par son épouse. Je sais bien, et le stage fait chez Madame Agnès me fut très salutaire sur ce point, que ce sont les petites dépenses qui font la ruine des grandes Maisons...

Dans ce bar, vide à cette heure encore matinale, on sentait que le seul meuble important était le bar lui-même derrière lequel une chaise haute, placée à l'extrême droite, juste devant le tiroir-caisse, attendait Madame. S'il n'y avait pas de caisse enregistreuse comme dans la boutique du libraire, ce devait être parce que son crépitement eût été déplacé en un pareil lieu et surtout parce que la cervelle de la patronne, ou éventuellement de sa remplaçante Mlle Angélique, devait être plus précise et plus rapide que n'importe quelle machine. Sans qu'elle fût là, je l'imaginais très bien trônant derrière son bar, dominant la situation, s'enquérant des désirs des uns et des autres, ouvrant les bouteilles, préparant les breuvages, parlant de tout et de rien pour faire patienter le client trop pressé quand la fille appelée par téléphone n'était pas encore arrivée ou lorsque toutes les chambres étaient occupées, encaissant l'argent enfin : uniquement celui des consommations. Pour percevoir les autres sommes — le bénéfice de ses « présentations » — rusée comme elle l'était, elle devait s'y prendre avec plus de délicatesse. Oui, elle devait être fantastique, Madame Agnès, à ces heures, qu'elle appelait elle-même « les périodes de pointe »!

Il y avait deux portes dans ce bar : celle qui permettait d'accéder au vestibule et une autre s'ouvrant sur un salon « plus intime » que Madame Agnès appelait « le salon des présentations ». En réalité, il existait, dans la maison accueillante, un double protocole. Les pensionnaires à « la journée » descendaient — sur un appel téléphonique de la patronne — de la pièce d'attente, où on les gardait « en réserve » au quatrième étage, au bar : là elles étaient « présentées » au client sans le moindre cérémonial et en toute liberté. Mais les pensionnaires, venues spécialement de l'extérieur pour une présentation déterminée à un client de choix, avaient droit à plus d'égard et de mystère : c'était dans le salon intime que la première confrontation avec le client avait lieu. Chacune de ces demoiselles avait la possibilité de rester seule, pendant quelques instants, en tête à tête avec l'amateur qui pouvait ainsi supputer en toute lucidité les charmes et les avantages de celle qui lui était présentée avant de faire savoir à Madame si oui ou non, il était d'accord.

Le mobilier du « salon » n'était guère plus luxueux que celui du bar : il s'y trouvait cependant un poste de télévision destiné à permettre au client important de patienter dans l'attente de l'arrivée de celle dont la direction lui avait vanté les appas et les mérites. Les cendriers, bien entendu, étaient à l'unisson de tous ceux de la maison.

Alors que j'étais en train de vider ces cendriers, Madame apparut sur le seuil de la porte de communication avec le bar pour me dire :

— Encore au rez-de-chaussée, Caroline ? Mais, mon petit, si vous n'allez pas plus vite pour « faire le ménage », vous n'y arriverez jamais ! Je vous ai dit que vous n'aurez pas le temps de faire du zèle... Montez au premier où Marie vous attend déjà pour « attaquer » les chambres.

— Marie ?

— Mais oui, Marie... Vous la connaissez bien pourtant ? Le matin elle n'a pas grand-chose à faire : c'est pourquoi il est prévu dans ses attributions qu'elle doit vous aider à faire les lits : à deux ça ne traîne pas.

— Si Madame n'y voyait pas d'inconvénient, je préférerais faire le travail toute seule.

— Qu'est-ce que vous avez contre Marie ?

— Moi rien, mais je sens qu'elle ne m'aime pas !

— En voilà des idées ! Marie est la plus gentille, et la plus dévouée, de mes collaboratrices... Sachez aussi qu'une Maison comme la mienne ne peut donner son plein rendement que si la plus parfaite harmonie règne dans les rangs de tout son personnel. Ce qui me met dans l'obligation de ne tolérer aucune histoire ou rivalité à l'office. C'est bien compris ?

— Oui, madame.

— Je ne veux plus vous voir avant que toutes les chambres soient prêtes pour recevoir la clientèle.

Pour la seconde fois, depuis que je la connaissais, le ton de voix de Madame Agnès s'était montré impératif. Ce qui confirma ma croyance dans une vérité que j'avais déjà pressentie : la patronne n'admettait pas que l'on osât discuter ses ordres et elle devait être très capable, sous sa fausse apparence de « brave femme », de se montrer odieuse et même dangereuse... Comme je n'ai jamais estimé les gens qui se mettent en colère — n'est-ce pas là chez eux une sorte d'aveu de faiblesse? — le sentiment d'admiration cachée que j'avais encore pour Madame commença à s'atténuer. Entre ce stade et celui du mépris, qui peut se transformer en hostilité, il n'y avait dans mon esprit qu'un pas qui fut assez vite franchi.

Il n'y avait aucune originalité dans la décoration des chambres. Toutes donnaient une impression de confort approximatif s'ajoutant à une ambiance d'anonymat. Le mobilier était banal, rappelant celui de n'importe quel hôtel de demi-luxe : dès que l'on pénétrait dans l'une de ces chambres, et ceci à n'importe quel étage, on sentait que le seul meuble vraiment important — celui qui comptait et qui permettait d'assurer la rentabilité de l'entreprise — était le lit.

Tous les lits étaient du même modèle : aussi larges que longs et permettant — si le cas se présentait — à trois, ou même à quatre occupants de s'y allonger dans toutes les positions désirées. Et, je ne sais trop pourquoi, quand je vis le premier de ces lits dans la chambre n° 1 du premier étage, une étrange pensée me vint à l'esprit : si la première rencontre d'un homme et d'une femme a lieu généralement alors qu'ils se trouvent dans la position verticale, il peut arriver que, très rapidement, celle-ci se transforme en position horizontale. A ce moment c'est la femme qui a le plus de chance de triompher en rendant à l'homme la monnaie de charme qu'il lui a jetée à la première rencontre qui fut la première manche. Mais il existe une troisième position, la diagonale : cette fois c'est « la belle » où le plus habile fait l'autre échec et mat. C'est pourquoi il faut de très grands lits dans les maisons de rendez-vous.

Marie m'attendait dans la première chambre. Et l'étrange travail commença en silence par le remplacement indispensable des draps. Je dois avouer qu'une certaine sensation de malaise m'empoigna au moment de me pencher sur ce lit défait où des corps nus avaient pris leurs ébats. C'était un peu comme si le lit et même toute la chambre restaient encore imprégnés du parfum âcre de l'amour. Pendant toute cette première matinée, et dans chaque chambre, le malaise me reprit : pour moi il était fait d'un étrange mélange de répulsion et de révélation. Je n'irai pas jusqu'à dire que les draps sentaient encore l'homme mais pour celle que j'étais — qui n'avait eu jusqu'à ce jour des contacts charnels qu'avec une femme — il y avait là quelque chose de bouleversant...

La cuisinière ne semblait nullement gênée par ce travail qui n'était plus pour elle qu'une routine. A un moment cependant, et ce furent presque ses seules paroles de la matinée, elle me dit en désignant une tache étalée sur l'un des draps de la chambre n° 3 : « Ce sont de vrais porcs... Comme si ce client n'aurait pas pu faire attention! » Malgré toute ma volonté de faire preuve de sang-froid devant la vieille femme qui me détestait, j'eus presque un haut-le-cœur : tout cela me paraissait répugnant. Mais, le lendemain, quand nous refîmes le même travail, la sensation d'écœurement et le malaise furent moindres. Au bout d'une semaine, j'étais aussi insensible que Marie :

on finit par s'habituer à tout... Je devrais même avouer que cette odeur, assez indéfinissable mais prenante, d'une chambre où des êtres se sont aimés — ou ont fait semblant de s'aimer! — finit par devenir grisante pour moi. C'était comme une sorte de drogue qui attisait lentement, mais sûrement, ma curiosité grandissante pour l'homme. Je comprenais mieux aussi pourquoi les femmes de chambre qui m'avaient précédée dans la Maison n'avaient pu résister au besoin impérieux de s'offrir, elles aussi, au mâle.

A midi, comme Madame l'avait prévu, toutes les chambres, à l'exception de la 8 au deuxième étage qui était toujours occupée, étaient censées être « faites ». Il y avait pourtant, au quatrième, une pièce qui différait de toutes les autres et qui me fascina. Située au bout du couloir, elle était sensiblement plus grande, avec deux fenêtres donnant sur cette même courette et ce même mur qui constituaient tout l'horizon de ma chambre mansardée du sixième... Une pièce sans lit où il n'y avait pour tout mobilier que des chaises, assez peu confortables, disposées autour d'une table centrale sur laquelle traînaient différents journaux ou périodiques destinés pour la plupart à un public féminin : je constatai que les revues de mode s'y trouvaient en moins grande quantité que la presse dite « du cœur ». Comme dans l'étude du notaire, comme au bar, les cendriers dégoulinaient de mégots qui, dans la majorité, étaient pourvus de bouts filtres cerclés de rouge à lèvres.

— Qu'est-ce qui se passe ici? demandai-je à Marie.

— C'est la chambre d'attente réservée aux pensionnaires fixes. Les premières ne vont d'ailleurs pas tarder à arriver pour les clients du matin.

— Il y en a beaucoup?

— Cela dépend des heures de bureau : le matin, ce

sont presque tous des hommes d'affaires et toujours des hommes pressés. Ils opèrent avant le déjeuner.

Et comme je restais en contemplation devant une penderie installée tout le long du mur opposé aux fenêtres :

— C'est pour que « ces dames » puissent accrocher leurs manteaux. En général les clients préfèrent qu'on les leur présente en robes : cela leur donne l'impression qu'elles habitent ici et ça les excite comme tous ceux qui ont conservé la nostalgie des maisons closes d'antan où les pensionnaires étaient logées... Pour le ménage ici, ça va vite : il n'y a qu'à vider les cendriers.

— On ne passe pas l'aspirateur ?

— Pas la peine ! La plupart de ces filles sont sales. Si cela ne leur convient pas, comme le dit Madame : « elles n'ont qu'à faire leur ménage elles-mêmes ! ». Le semblant de propreté, c'est destiné aux clients : ils y ont droit puisqu'ils paient.

En sortant de cette pièce sinistre et en pensant au nombre d'heures d'attente que les filles pouvaient y passer dans la journée, je me dis que Madame n'avait pas eu tout à fait tort en estimant que je n'étais pas faite pour devenir une « pensionnaire ».

Nous n'étions pas redescendues à la cuisine depuis cinq minutes qu'un coup de sonnette retentit. « Un coup, me dis-je, c'est pour le bar ! » Quand j'y entrai, Madame s'y trouvait seule. Elle n'avait plus du tout son sourire du réveil et paraissait être d'humeur maussade. J'eus tout de suite l'explication de cet état d'âme :

— C'est bizarre : il est 12 h 15 et nous n'avons pas encore vu un seul client du matin, ni même reçu le moindre appel téléphonique pour demander si nous avions une femme disponible ! Les affaires sont difficiles en ce moment, Caroline ! D'ailleurs tous les commerces se plaignent ! Certains jours, comme hier, ça n'arrête pas de défiler et certains autres nous restons des heures sans voir personne... Il n'y a plus la bonne régularité comme autrefois! Je ne sais pas à quoi cela tient... C'est pourquoi cela devient très difficile de conserver des pensionnaires fixes avec de pareilles fluctuations... Enfin, heureusement que j'en ai deux qui viennent d'arriver : *Maud* et *Véronique*... Je les garde en réserve là-haut dans la chambre d'attente : deux bonnes petites qui ont le mérite de prendre le métier au sérieux... Et vous, Caroline, avez-vous enfin réalisé que ce que je vous ai dit ce matin était vrai et que vers midi toutes les chambres seraient faites?

— Madame avait raison.

— Puisque c'est calme en ce moment, vous allez en profiter pour déjeuner. Dès que vous aurez fini, vous irez vous asseoir dans l'office où vous monterez la garde. Pendant ce temps j'irai à mon tour manger un morceau à la cuisine... Oh! Uniquement pour me soutenir parce que je n'ai jamais faim quand les affaires ne marchent pas... Si l'on sonne à la porte d'entrée, avant d'ouvrir vous regarderez par le petit judas pratiqué dans la porte pour voir si le client a une allure convenable... J'espère que vous êtes un peu physionomiste?

— Oh, pour ça, Madame peut être tranquille!

— Je ne veux pas de client mal habillé, ni mal rasé. Ce qui ne veut pas dire qu'il faille éliminer les barbus : j'ai d'excellents clients parmi eux, surtout quand la barbe est grisonnante... Au cas où un client vous apparaîtrait douteux à travers le judas, vous n'ouvrez pas et vous venez me chercher : moi je ne me trompe pas... L'habitude! S'il a, au contraire, bonne allure, vous ouvrez et vous l'introduisez directement ici dans le bar en lui disant en souriant — il faut toujours sourire pour accueillir la clientèle, ne l'oubliez jamais! : « Si Monsieur veut bien patienter quelques instants, Madame va venir tout de suite. » Après, vous descendez me prévenir au sous-sol d'où je remonte pour diriger les opérations. C'est très important, et capital dans notre métier, de savoir ouvrir judicieusement une porte, Caroline.

— De ce côté-là aussi Madame peut être rassurée : ouvrir la porte, c'était ma spécialité chez le docteur, la première place que j'ai faite à Vannes.

— Ça a bien marché avec Marie?

— Il n'y a pas eu d'accrochage.

— Quand vous la connaîtrez mieux, vous vous apercevrez que c'est une très brave femme.

Je redescendis vers la cuisine avec la conviction que c'était peut-être là l'un des rares points sur lesquels je ne serais jamais d'accord avec Madame.

Le déjeuner fut aussi exécrable que le dîner de la veille mais comme j'avais faim — il n'y a rien de plus épuisant que de faire des lits pendant près de quatre heures! — je l'ingurgitai quand même sans livrer d'appréciation. A peine avais-je bu mon café, qui était à l'unisson du repas, que la sonnette retentit.

— Vous avez terminé, Caroline?

— A l'instant, madame.

— Alors montez vite au deuxième faire le 8. Le client vient de partir.

— Ce matin, conformément aux instructions de Madame, Marie et moi nous ne l'avons pas dérangé.

— Sous aucun prétexte, vous m'entendez, vous ne devez déranger un client s'il n'a pas téléphoné pour réclamer quelque chose. Les arrivées et les départs ne regardent que moi ou Mlle Angélique quand elle me remplace... Plus tard vous comprendrez que ce sont les deux moments où il faut le plus de doigté dans la profession. Nous faisons payer les mauvais clients avant, les bons après... Aussi vous vous imaginez comme ça peut être délicat! Le client du 8 était un bon et très important : *Fifi*, l'ambassadeur... Un homme exquis qui se double d'un original : oui, quand il vient ici, c'est généralement pour nous présenter l'un de ses bons amis étrangers qu'il a connu au cours de sa carrière et qui veut « consommer » au sens où nous l'entendons... Hier soir c'était un Libanais qui a réclamé deux filles : il est reparti avec elles pour son hôtel vers 1 heure et il m'a téléphoné ce matin à 11 pour me dire qu'il était très satisfait : il reviendra... L'ambassadeur, lui, est resté pour dormir seul : il m'a toujours dit qu'il faisait des cauchemars quand il avait une femme dans son lit et qu'il n'y avait que dans des Maisons de ce genre qu'il trouvait la vraie détente et le repos. Ça lui rappelle, paraît-il, des souvenirs de jeunesse... En ce moment il peut se lever tard puisqu'il est en congé diplomatique depuis le changement de gouvernement... Allez quand même vite faire la chambre : le 8 est un bon numéro très demandé. Dès que vous aurez fini, revenez à l'office et j'irai déjeuner.

Le 8 fut fait par moi seule à une allure record. Ce que je vais dire va sans doute paraître assez stupide mais déjà, après une matinée dans la Maison, je me sentais empoignée par la fièvre de mon nouveau métier. Et puis, malgré ses humeurs et son caractère difficile, Madame m'électrisait : c'était vraiment quelqu'un, Madame...

Dix minutes plus tard, j'étais assise sur ma chaise dans l'office, attendant, espérant même le coup de sonnette de l'entrée comme chez le docteur. Pendant ce temps, Madame prenait des forces à la cuisine tout en vérifiant les comptes de Marie.

Je n'avais rien à lire mais cela importait peu : je venais déjà de découvrir tellement de choses en moins de vingt-quatre heures que j'éprouvais le besoin de mettre un peu d'ordre dans cette succession de découvertes. Je pressentais aussi que tout ce qui s'était passé jusqu'à cet instant ne constituait qu'une sorte de prologue du prodigieux spectacle qui allait, qui devait se dérouler sous mes yeux et qui se renouvellerait chaque jour, magnifiquement orchestré, et jamais le même parce que les interprètes varieraient à chaque tableau. Ce serait une sorte de jeu dont les pions — qu'ils fussent mâles ou femelles — changeraient d'emplacement, c'est-à-dire de chambre, pour s'intervertir, se couvrir, se découvrir et tout cela, dans un ballet insensé dont la chorégraphe était une Madame Agnès. Et je me pris à m'imaginer, suivant en cela la prédiction que celle-ci m'avait faite le matin même, que moi aussi je devenais à mon tour maîtresse de ballet... Il n'y avait plus qu'à attendre le lever de rideau qui serait précédé des trois coups.

Ceux-ci résonnèrent dans le vestibule grâce à la sonnette de l'entrée, rapides et pressés, m'arrachant à la torpeur de ma rêverie ambitieuse, me remplissant d'aise aussi et de curiosité. Je me précipitai, le cœur battant, vers la porte, avec la certitude qu'enfin j'allais voir un client, celui qui pour moi resterait *le premier client...* Parce qu'enfin je ne savais pas encore très bien comment c'était fait, un client! Selon les instructions reçues, j'entrouvris le judas : l'homme était quelconque, correctement vêtu et bien rasé comme l'exigeait Madame, ni trop grand ni très petit, moyen, pouvant avoir la quarantaine, ayant un visage qui n'était ni sympathique ni odieux. Je compris à cette minute qu'après tout un « client de Maison », ce n'est pas un personnage extraordinaire mais plutôt un pauvre homme comme les autres!

Il n'y avait plus qu'à ouvrir la porte en répétant, dans le sourire le plus engageant que je pouvais trouver, la phrase d'accueil que Madame m'avait apprise. Dès que le client se fut juché sur un tabouret du bar, je descendis à la cuisine avertir la patronne. Sa seule réaction fut : « Ce n'est pas trop tôt! Est-ce qu'ils vont se réveiller enfin, les clients ? » Et elle monta l'escalier de service avec une agilité qui fit mon émerveillement : la reprise des affaires lui donnait des ailes. Je revins m'asseoir dans l'office en laissant entrouverte la porte de communication avec le vestibule pour rester en contact discret avec l'activité de la Maison.

Au bout de quelques minutes j'entendis la porte de l'ascenseur s'ouvrir : ce qui indiquait que l'une des pensionnaires « en réserve » dans la chambre d'attente avait dû être invitée à venir se présenter au bar sur un ordre téléphonique de Madame. Et la fille dut plaire puisque trois minutes à peine s'écoulèrent avant qu'un coup de sonnette ne retentît au-dessus de ma tête, me convoquant au bar. Quand j'y pénétrai par la petite porte s'ouvrant derrière le comptoir, je trouvai Madame installée à son poste de commandement tandis que la pensionnaire et sa nouvelle conquête éphémère étaient assis sur des tabourets du côté « consommateurs ».

— Caroline, conduisez Mademoiselle et Monsieur au 6 où vous porterez ensuite une bouteille et deux verres.

Et s'adressant au client de sa voix la plus mystérieusement suave :

— Avez-vous une marque préférée, cher monsieur?

— Nous pourrions peut-être, répondit aimablement le client, demander à « Mademoiselle » quel est son goût?

Ce fut Madame qui répondit à la place de la pensionnaire :

— Alors ce sera du *Dom Perignon*... Je connais les faiblesses de ma petite *Maud*... N'est-ce pas, *Maud?*

La fille dit alors d'une voix qui sonnait parfaitement faux :

— Oh oui ! Les autres marques me donnent des brûlures d'estomac.

— Cher monsieur, désirez-vous que nous ajoutions quelques biscuits ?

— Si Mademoiselle y tient...

— Je veux bien, madame, mais des bons !

— Ils sont tous bons dans ma maison, *mademoiselle Maud!* Vous pourriez vous dispenser de pareilles réflexions... Si vous voulez bien monter tous les deux ? La voie est libre...

Le couple sortit du bar pour me rejoindre devant l'ascenseur dont je tenais la porte ouverte. Et nous montâmes tous les trois.

Je n'osais pas regarder le client et la fille : je leur tournais volontairement le dos en conservant les yeux rivés sur la porte de l'ascenseur. Était-ce par timidité ? Peut-être... Jamais encore je n'avais connu une pareille situation. Mais dès le lendemain, ma timidité s'était évanouie. On ne peut plus être timide quand on a déjà fait, la veille, une bonne trentaine de fois ce genre d'ascension à trois... Je ne regardais quand même pas ceux que je conduisais vers un septième ciel imaginaire, trouvant que c'était plus adroit : la discrétion n'était-elle pas l'une des règles essentielles de la Maison ? Mais, quand même, le premier jour, cela me fit un drôle d'effet de me trouver ainsi dans une cage d'ascenseur... Le plus curieux c'était que, généralement, ni l'homme ni la fille ne parlaient : peut-être s'observaient-ils de plus près, dans mon dos ? A moins que le client ne fût, lui, réellement intimidé ? Pour la fille, qui avait déjà une grande pratique de ce genre d'ascension, ce devait être plus douteux : elle faisait semblant d'être « impressionnée » par le client. Quand je repense à cela aujourd'hui je trouve que ce genre de situation est plutôt comique.

Dès qu'ils furent au 6, je refermai la porte derrière eux pour redescendre au bar où Madame avait déjà sorti du réfrigérateur une bouteille de la marque de prédilection de la pensionnaire fixe :

— Prenez ce plateau, Caroline... Là, vous voyez : c'est le casier aux verres. Mettez-en deux sur le plateau... Faites très attention en prenant l'ascenseur : c'est fou ce que celles qui vous ont précédée ont pu me casser de verrerie ! Presque autant que les clients, ce qui n'est pas peu dire... La seule différence est qu'eux ont le droit de le faire... Mais où allez-vous, Caroline ?

— Au 6, je monte le plateau.

— Comme cela ? Avec la bouteille et les verres ? Ah, çà, vous êtes folle ? On ne buvait donc jamais de champagne dans les places où vous avez servi ?

— Pas souvent...

— Eh bien sachez qu'ici on ne monte jamais une bouteille dans une chambre et qu'on n'en sert pas non plus au bar sans qu'elle soit dans un seau à glace... C'est un rite : la bouteille de champagne dans son seau à glace est aussi indispensable dans cette Maison que le goupillon dans le seau d'eau bénite au cours d'un enterrement religieux... Et ne vous pressez pas trop de monter la commande. Il faut laisser le temps au client et à la pensionnaire de s'acclimater l'un à l'autre là-haut : ce n'est pas pour boire qu'il est venu, le client — du champagne il peut en trouver n'importe où ! — c'est pour rencontrer une fille... Il y a une sérieuse nuance... Ah ! Un autre conseil important : quand le client n'exige pas une marque déterminée de champagne ou de whisky, mettez d'office l'une de celles qui me laissent la plus grande marge bénéficiaire. Vous voyez cette petite liste que j'ai fixée avec des punaises sous le comptoir pour que les clients ne puissent pas la voir : choisissez là-dedans...

Il y a cinq marques de champagne et quatre de whisky : ce sont les meilleures... pour moi! C'est pourquoi je ne laisse jamais les pensionnaires donner leur avis sur la question.

— Celle qui vient de monter n'aime donc pas le *Dom Perignon ?*

— Elle le déteste comme d'ailleurs tous les champagnes ou tous les alcools. Si on les écoutait, ces demoiselles, on ne servirait que des jus de fruits ou des Coca-Cola ! Ce n'est pas avec cela qu'on fait de bonnes recettes... Nous ne sommes pas une brasserie ou un Pam-Pam, mais une Maison de luxe! Maintenant vous pouvez monter le plateau... Frappez discrètement à la porte. Si l'on ne vous répond pas tout de suite, attendez : c'est qu'ils sont déjà occupés... Vous frappez une seconde fois un peu plus fort. Si on ne répond toujours pas, vous ouvrez la porte et vous entrez en vous faisant le moins possible remarquer.

— Mais si le verrou est mis à l'intérieur ?

— Si vous étiez un tant soit peu observatrice, Caroline, vous auriez déjà vu ce matin en faisant le ménage qu'aucune des chambres du premier étage n'a de verrou intérieur : ce sont celles que je réserve aux clients de passage dont je me méfie toujours parce que je ne les connais pas bien ou très peu. Cela me permet, s'il le faut, de pénétrer à n'importe quel moment dans la chambre pour y rétablir l'ordre... Les chambres des trois autres étages ont des verrous : elles sont réservées aux habitués.

— Est-ce qu'il faudra faire payer le champagne par le client ?

— Vous êtes folle, ma fille! Je vous répète que les finances de cette Maison ne vous concernent pas! Contentez-vous, après être entrée sans bruit, de déposer le plateau sur l'un des guéridons disposés pour et de déboucher la bouteille... A ce propos, ayez toujours sur vous dans la poche de votre tablier une pince : les bouchons actuels ne valent plus rien et se cassent facilement... Une fois cela fait, laissez le champagne dans la bouteille et ne le versez surtout pas dans les verres : c'est là un petit plaisir qu'il faut laisser au client. Il y tient : ce geste imbécile lui donne l'impression d'être un grand seigneur... Je vous répète que nous sommes la Maison des illusions, de toutes les illusions! Et attendez...

— Attendre quoi, madame?

— Votre pourboire, Caroline! C'est cela le pain de vos vieux jours! Naturellement, là aussi il faut savoir faire preuve de discrétion : vous ne regardez pas trop vers le lit, surtout si les occupants de la chambre y sont déjà... Ce qui peut arriver : il y a des clients qui sont très pressés! Et ce ne sont pas les plus mauvais, bien au contraire... Justement parce qu'ils le sont, ils se dépêcheront de vous donner un billet pour que vous les débarrassiez de votre présence... Il arrive aussi qu'il y en ait qui oublient le pourboire : dans ce cas vous toussez. Ça veut dire à la fille qu'elle doit vous venir en aide : elle le fera, c'est son intérêt d'être au mieux avec le personnel. Elle dira par exemple au client : « Chéri, sois gentil avec Caroline »...

— Elles savent donc déjà mon prénom?

— Tout se sait vite dans ce genre de Maison, mon enfant... Montez!

Les choses se passèrent exactement comme Madame les avait prévues. C'était à croire que tout était réglé par un mécanisme d'horlogerie. Quand je ressortis de la chambre, j'avais en main mon premier pourboire : un billet de dix francs. Pendant que je continuais à le palper en redescendant par l'escalier, je me disais : « C'est déjà un commencement : dix + dix + beaucoup d'autres dix, ça peut faire une somme rondelette à la fin de la journée...

Et au bout d'une semaine, au bout d'un mois, au bout d'une année, ce doit être assez joli! Madame a raison : j'ai une bonne place... » J'avais vérifié aussi deux évidences : Madame connaissait admirablement ses troupes et celles-ci étaient de métier.

Lorsque je revins au bar, la patronne me dit :

— Tout s'est bien passé?

— Très bien, madame.

Elle ne me demanda aucun détail : ne les connaissait-elle pas tous depuis toujours? Pourquoi lui aurais-je raconté que, lorsque j'avais pénétré d'office dans la chambre après qu'aucune voix ne m'eut dit de le faire à la suite de ma deuxième tentative devant la porte, le couple était déjà vautré et enlacé, tout habillé, sur le lit que mon regard ne fit qu'effleurer selon les conseils reçus. La seule chose que je remarquai alors furent les jambes et les cuisses de la pensionnaire qui me parurent charnues. Elle s'était redressée sur le lit pour prononcer d'une voix tendre la phrase rituelle destinée à m'aider à percevoir mon dû. C'était elle aussi qui m'avait tendu le billet que venait de lui remettre le client. Ce geste, elle avait su le faire gentiment, en souriant, sans chercher à m'écraser de son charme qui était assez relatif. Elle était gentille, sans plus, et pas très distinguée. Mais pouvait-on lui en demander plus? N'était-elle pas une pensionnaire à prix fixe pour client de passage? Ses cheveux blonds décolorés étaient platinés et elle s'appelait *Maud*... Comment pourrais-je oublier le nom de bataille de la première professionnelle que j'ai vue opérer? Quant au visage de son client, il s'est perdu pour moi dans la nuit des temps! J'en ai tellement vu d'autres depuis, et de plus intéressants!

La sonnette de l'entrée retentit à nouveau. Je courus à la porte. Le client me fit bon effet à travers le judas et j'ouvris avant de l'introduire dans le bar où Madame, toujours juchée sur son trône, s'exclama en le voyant :

— Oh, Maurice! Quelle bonne surprise! Mais il y a un siècle qu'on ne vous a pas vu, cher ami!

— Un siècle, bonne amie, est un peu exagéré : disons un mois. Comme vous j'ai eu droit à des vacances.

— Beau temps à Saint-Jean-de-Luz?

— Admirable. Et vous, en Bretagne?

— Rêvé!... Tenez, je vous présente notre nouvelle femme de chambre : Caroline. C'est une Bretonne comme moi.

— Bonjour, Caroline.

Et comme j'allais me retirer pour rejoindre ma chaise à l'office :

— Restez là, me dit Madame. Maurice est l'un de nos plus fidèles habitués et de nos plus grands amis... Quand il vient — vous le saurez, Caroline — pour lui c'est toujours du *Chivas* avec de la glace et sans eau.

— Que puis-je vous offrir, chère amie?

— Vous savez bien que je ne bois pas, Maurice... Mais pour vous faire plaisir aujourd'hui, j'accepte exceptionnellement un doigt de *Frontignan.*

— Et cette jeune personne?

— Caroline? Vous êtes fou, Maurice! Vous n'allez pas commencer à me débaucher mon personnel quand j'ai eu tant de mal à le trouver! Caroline est comme sa patronne : elle est sobre... Alors, cher ami, quel bon vent vous amène?

— Toujours le même...

— Je vois cela. Attendez...

Madame prit dans le petit sac dont elle ne se séparait jamais une clef qu'elle introduisit dans la serrure du tiroir placé sous le comptoir juste devant son siège. Elle l'ouvrit pour en extirper un petit carnet à couverture rose qui, la couleur mise à part, était exactement le même que celui qui m'avait fascinée chez le notaire. Elle commença à le feuilleter en disant :

— Voyons... *Muriel,* vous la connaissez... *Cléo* également... *Lara* aussi... Savez-vous que c'est très embêtant : vous les connaissez toutes!

— Et *Cathy?* demanda M. Maurice.

— Hélas! Oui, je sais que vous vous êtes bien entendu avec elle. Malheureusement elle n'est pas encore rentrée de vacances... Elles sont assommantes, ces demoiselles : comme si elles ne pouvaient pas aligner leurs vacances sur les miennes! Maintenant, elles pratiquent l'étalement, comme dans les usines! Mais ne vous impatientez pas : nous allons bien finir par trouver quelque chose qui vous convienne...

Les doigts agiles de Madame continuaient à tourner les pages du petit carnet rose avec une facilité tenant du prodige. Brusquement ils s'immobilisèrent pendant qu'elle disait :

— Ça y est! J'ai votre affaire... Mlle Angélique, qui m'a remplacée pendant le mois d'août et en qui vous savez comme moi que l'on peut avoir toute confiance, m'a dit que, pendant mon absence, une « nouvelle » s'était présentée qui lui avait produit la meilleure impression... Très belle, paraît-il : grande, brune, distinguée, paraissant vingt-cinq ans au plus et récemment divorcée... Elle offre donc tous les avantages! Angélique, qui n'a pas voulu la « brûler » avec la clientèle étrangère ou de vacances, a préféré attendre mon retour pour que je m'occupe en personne de cette découverte rare! Si elle est vraiment aussi bien que l'affirme ma suppléante, je veux la réserver à mon fond de clientèle sérieuse. Je vous offre la primeur. Qu'est-ce que vous en dites?

— C'est assez tentant, d'autant plus que je n'aime que les brunes.

— Ça, je le sais depuis longtemps, cher ami... Vous voyez que je suis franche : je ne la connais pas plus que vous, mais je peux toujours lui téléphoner. Elle a laissé son numéro en indiquant qu'il n'y avait qu'à l'appeler entre 14 et 16 heures. Nous essayons?

— Si elle ne me plaît pas?

— Tous les risques du déplacement seront pour elle et pas pour vous, puisque vous êtes déjà ici. Et, si cela se produisait, je vous en trouverais une autre.

— Qui avez-vous d'autre sous la main?

— A vrai dire pas grand-chose... Là-haut, en attente, il y a bien *Valérie*...

— L'affreuse qui porte des perruques? Pour rien au monde!

— Je m'en doutais : elle n'est pas pour vous... Nous appelons « la nouvelle »? Elle a dit se prénommer *Tania.*

— Une Russe?

— Angélique m'a dit qu'elle n'avait aucun accent. Ce doit être un nom d'emprunt... Il me convient d'ailleurs puisque je n'ai pas d'autre *Tania* en ce moment : ainsi pas de confusion possible.

— Appelez-la toujours, On verra bien.

Les longs doigts de Madame formèrent le numéro sur le cadran avec une lenteur voulue. Après quelques secondes d'attente, sa voix douce dit dans le récepteur :

— Allô? Je suis bien chez *Mlle Tania?* C'est elle-même? Ici Madame Agnès à qui vous êtes venue rendre visite il y a quelques jours... Malheureusement j'étais encore en vacances... Vous avez été reçue par mon adjointe, Mlle Angélique, qui m'a fait le plus grand éloge de vous en me disant que vous étiez aussi belle que charmante... Oui, elle m'a fait part de vos conditions... C'est précisément pour cela que je me permets de vous appeler à l'heure que vous avez indiquée... J'ai un très bon client, dont je réponds à tous points de vue... Vous me comprenez, je pense ?... Un très bon client qui désirerait vivement faire votre connaissance... Moi aussi d'ailleurs... Oui, je sais : mon adjointe m'a dit que vous ne vous dérangiez que si cela en valait la peine. Ça la vaut, croyez-moi ! Vous ne trouverez guère mieux actuellement... Pouvez-vous venir maintenant ? Dans une heure ? Le client saura attendre. C'est un homme patient doublé d'un ami charmant... A tout à l'heure.

Et, pendant qu'elle raccrochait, souriante, elle dit à M. Maurice :

— Vous avez entendu comment je fais votre éloge ? Il n'y a plus qu'à attendre, mais mon petit doigt me dit que vous ne le regretterez pas ! Mlle Angélique est encore plus difficile que moi sur la qualité...

— Elle va me coûter une fortune, votre nouvelle vedette !

— Je connais vos possibilités, mon bon Maurice... Si vous venez ici depuis tant d'années, c'est que vous aimez être bien servi. Et vous avez raison : vous êtes l'un de nos derniers mécènes... C'est pourquoi toutes celles qui vous ont été présentées vous adorent... Savez-vous que c'est rare ? Ceci dit, je ne vous cacherai pas que, d'après ce que m'a dit Angélique, cette *Tania* est assez chère, ce qui permet de supposer qu'elle doit en valoir la peine.

— Combien ?

— Elle demande au minimum cinq cents pour elle : ce qui met « la rencontre » à mille.

— Plus les consommations, bien entendu ?

— Vous connaissez la Maison, mon cher... Mais puisque vous êtes obligé d'attendre, et pour fêter mon retour de vacances, je vous offre un deuxième *Chivas*... Caroline, servez Monsieur.

— Vous allez vous ruiner!

— Si je n'avais que des clients comme vous, sûrement! Seulement voilà, moi j'ai un faible : je les aime, mes clients.

La sonnette de l'entrée avait retenti. Après avoir entrouvert le judas, je revins au bar pour annoncer à la Patronne :

— C'est une femme, Madame. Qu'est-ce que je dois faire?

— Ouvrir, Caroline! Ça ne peut pas être déjà votre belle inconnue, Maurice. C'en est peut-être une autre qui demande à travailler? Au retour des grandes vacances et des sports d'hiver, elles sont toutes fauchées.

Elle me suivit dans le vestibule. Dès que la visiteuse y fut introduite, elle s'écria :

— Ah, c'est toi? Alors, Mademoiselle a sans doute oublié qu'elle doit arriver à 11 heures du matin comme les autres? *Maud* et *Valérie* le font bien. Pourquoi pas toi? Mlle Angélique m'a dit que tu avais déjà été deux fois en retard la semaine dernière... Si ça se reproduit encore, je te balance! Compris? Allez, grimpe là-haut! De toute façon, tu connais le tarif : à la troisième fois, c'est l'amende : tu te passeras de « fixe » aujourd'hui. Ça t'apprendra!

— Mais, Madame Agnès... balbutia la fille.

— Il n'y a pas de Madame Agnès! Il y a le règlement de la Maison, c'est tout! File!

La fille s'engouffra dans l'ascenseur pendant que Madame et moi nous revenions derrière le comptoir du bar.

— Qui était-ce? demanda M. Maurice.

— *Régine*

— La fausse rousse?

— Oui. Elle est fausse de partout, celle-là! Je n'en connais pas une qui soit plus menteuse... Une vraie tête de lard! Je ne la garderai pas longtemps! Et ça se croit une beauté avec ça! Elle a toujours des excuses... Le métier devient de plus en plus difficile, Maurice! Elles ont toutes des « minets » qu'elles vont retrouver dans des bars ou dans de soi-disant « clubs » quand elles partent d'ici à 2 heures du matin... Alors forcément, elles sont crevées! Toutes ces idiotes ne veulent pas comprendre que seul c'est le sommeil qui peut leur permettre de tenir le coup : à leur âge il leur faut au moins leurs huit heures... Comme elles traînent jusqu'au petit jour, elles ne peuvent plus se réveiller et elles arrivent ici avec des têtes de déterrées! La clientèle, elles s'en fichent! Autrefois elles avaient des maquereaux qui, eux, savaient les tenir et les surveiller pour qu'elles aient un rendement. Aujourd'hui, cher ami, il n'y a plus de conscience professionnelle dans aucun métier et dans celui-là encore moins que dans les autres! Elles verront, quand elles n'auront plus de clients, si les minets resteront avec elles!

— Que vous êtes belle, chère Agnès, empoignée par cette sainte colère! Mais croyez-vous que ça vaille la peine de vous mettre dans un pareil état pour des cloches telles que cette *Régine?*

— Vous avez raison... Caroline, versez-moi un autre petit *Frontignan :* ça me calmera. Celui-là, c'est vous qui me l'offrez, Maurice.

— Je m'en serais douté... A votre santé!

La sonnerie du téléphone intérieur reliant le bar aux chambres retentit :

— Oui, dit Madame qui avait saisi l'appareil. La voie est libre... Vous, vous remontez là-haut.

Puis elle ajouta à mon intention :

— On descend. C'est le client du 6... Restez ici, Caroline : vous tiendrez compagnie à M. Maurice.

Elle s'engouffra dans le vestibule, au bas de l'escalier, et je l'entendis accueillir le client par ces mots : « Alors, cher Monsieur, on est satisfait ? »

La sonnette de l'entrée se réveilla à nouveau : les affaires reprenaient à un train accéléré. Pour aller ouvrir, j'étais bien contrainte de traverser le vestibule où Madame parlait avec le client :

— Eh bien, Caroline, qu'est-ce que c'est ?

— Mais madame, on a sonné à la porte.

— Ah bon! Regardez par le judas avant d'ouvrir.

Ce que je fis :

— C'est un homme, madame.

— A-t-il l'air d'un Monsieur ?

— Plutôt.

— Alors attendez quelques instants...

Et s'adressant au client qui venait de descendre :

— Je pense, cher monsieur, que vous aimez la discrétion et que vous ne tenez pas à rencontrer du monde ?

— Pas précisément.

— Alors venez avec moi dans l'office : nous y ferons nos petits comptes... Pendant ce temps-là, Caroline, vous ferez passer tout de suite dans le bar la personne qui vient de sonner.

Trente secondes plus tard, le nouveau venu s'installait sur l'un des tabourets, mais il choisit le plus éloigné de celui de M. Maurice qui se donna une contenance en buvant une gorgée de *Chivas*. Les deux hommes échangèrent deux discrets « Monsieur... Monsieur... » en guise de vague salut et firent semblant de ne plus se voir. Il y eut un silence que, personnellement et en novice que j'étais, je trouvais un peu embarrassant. Mais, après tout, puisqu'il y avait autant de tabourets et de sièges dans le bar, cela devait signifier que tout était prévu depuis longtemps pour que cette situation se reproduise. Avant que Madame — qui achevait sa « discussion d'affaires » avec le partant — ne revînt, je regardai furtivement le nouveau venu. Autant M. Maurice paraissait être à l'aise et presque chez lui en cet endroit, autant l'autre semblait gêné : on ne sentait pas un « habitué ».

Après que la porte de l'entrée eut claqué, Madame revint et pendant qu'elle ouvrait le tiroir mystérieux pour y glisser des billets, elle me dit :

— Eh bien, Caroline, vous n'avez pas demandé à Monsieur — elle désignait le nouveau venu — ce qu'il désirait : un petit baby, peut-être, cher monsieur ?

— Si vous voulez, madame, répondit l'interpellé d'une voix presque blanche.

C'était un petit homme malingre et assez laid, portant des lunettes, habillé en confection, ne devant guère avoir dépassé la quarantaine mais qu'un visage raviné et des cheveux rares ne flattaient pas.

Madame, qui devinait tout de suite tout, avait compris que la présence d'un autre client le gênait. Aussi demanda-t-elle à Maurice pendant que je servais le « baby » :

— Cher ami, auriez-vous l'amabilité de passer dans le salon voisin pendant quelques minutes : vous connaissez les lieux... Vous savez que la télévision vous y attend : vous n'avez qu'à tourner le bouton. N'oubliez pas votre whisky. Merci.

M. Maurice avait obtempéré avec calme à cette demande faite par la voix très douce qui se fit encore plus harmonieuse pour dire au client gêné dès que la porte de communication se fut refermée :

— Maintenant, cher monsieur, nous sommes tranquilles pour bavarder... Ce monsieur qui vient de sortir est un très vieil ami qui ne demande qu'à me faire plaisir...

Voyons! il me semble que c'est la première fois que nous nous voyons?

— En effet... Vous êtes bien « Madame Agnès »?

— C'est moi. Et vous, comment dois-je vous appeler?

— Oh! C'est sans importance, madame : disons que je suis un anonyme...

— Et je vous approuve! Puis-je savoir pourtant comment vous avez eu mon adresse?

— C'est un ami qui me l'a donnée.

— Un ami que je connais?

— Je le pense... En tout cas, lui vous connaît très bien et m'a dit beaucoup de choses gentilles sur vous.

— Tant mieux! Je crois que mes amis m'aiment assez... Alors que puis-je pour vous?

— Mais, chère madame...

— Je ne vous intimide pas au moins?

— Oh, pas le moins du monde!

— Tant mieux, tant mieux! Peut-être est-ce la présence de ma servante, Caroline, qui vous ennuie? Vous auriez tort car elle fait partie du mobilier, comme ce bar et ces tabourets... Mais si vous désirez que je la fasse sortir?

— Mais non, madame.

— Dans ce cas, je vous écoute.

Et comme il restait muet, elle vint hardiment à son aide :

— Je me doute que lorsque l'on vient me voir, c'est que l'on a une petite idée derrière la tête... Préférez-vous les blondes, les brunes ou les rousses?

— Ça dépend.

— Eh bien, cher monsieur, la chance est avec vous : j'ai justement en ce moment trois ravissantes personnes à vous présenter... Une blonde qui se nomme *Maud*, une brune qui s'appelle *Valérie* et une rousse à qui le prénom de *Régine* convient à ravir. Je vais les faire venir ici et vous n'aurez qu'à choisir.

Elle avait déjà décroché le téléphone intérieur :

— Mesdemoiselles, veuillez descendre : « on » désire vous admirer.

Pendant que l'apparition de rêve se faisait attendre, elle ne manqua pas d'expliquer :

— Comme c'est la première fois que vous venez, cher monsieur, je vous dois quelques précisions : le tarif est uniforme pour l'une ou l'autre des trois pensionnaires que vous choisirez... La couleur des cheveux ou de la peau ne change rien au prix, à l'exception cependant de celle des femmes noires ou asiatiques qui sont plus chères parce que plus difficiles à trouver. D'ailleurs elles se font rares en ce moment... Pour une blonde, une brune ou une rousse c'est deux cents francs. Mais si cela vous fait plaisir de donner un cadeau supplémentaire à celle que vous aurez choisie et quand vous serez dans l'intimité de la chambre, la direction n'y verra aucun inconvénient : elle ferme les yeux en considérant que c'est une sorte de super-bénéfice pour la demoiselle... A toutes fins utiles, si aucune de ces trois beautés ne vous convenait, je pourrais très bien faire venir de l'extérieur une quatrième, une cinquième, et même autant de femmes que vous le désirerez. Mais, dans ce cas, c'est plus cher et au minimum trois cents francs à cause des frais de déplacement... Voici nos trois Grâces...

La porte donnant sur le vestibule s'était ouverte pour laisser d'abord apparaître la blonde platinée qui m'avait aidée à recevoir mon premier pourboire. A la façon dont elle se présenta et tendit la main au client, toujours assis sur son tabouret, en éclairant son geste du sourire le plus engageant, je compris que cette fille était vraiment « du bâtiment » et qu'elle devait connaître toutes les ficelles du métier. Son « Bonjour, monsieur » avait été gracieusement vulgaire : c'était pourquoi il pouvait plaire. Au moment où elle faisait demi-tour pour ressortir, elle me fit au passage un clin d'œil assez malicieux dans lequel je crus comprendre : « Tu vois, Caroline, toi et moi nous sommes déjà des complices! » Dès qu'elle eut disparu, Madame commenta son rapide passage :

— C'est *Maud,* que tous nos clients appellent « l'Intellectuelle » parce qu'elle a beaucoup de conversation...

La deuxième pensionnaire fixe fit, à son tour, son entrée. Ce ne fut qu'un peu plus tard que Madame m'expliqua que la première loi de ce genre de « présentation multiple » — c'était ainsi qu'elle appelait le défilé de sa troupe fixe — était de montrer les filles les unes après les autres et jamais ensemble. Cela pour deux raisons : elles risquaient de se faire mutuellement du tort parce que toutes se jalousaient la plupart du temps; et la succession des apparitions créait une sorte de mystère...

« La brune » fit son petit tour en laissant tomber de ses lèvres un « Bonjour... » assez mou qui ne fut pas suivi de « Monsieur ». Salut sans conviction aucune qui n'avait été fait que parce que la fille était contrainte. C'était la première fois que je voyais cette pensionnaire qui, jusqu'à cet instant, était restée calfeutrée dans la « salle d'attente » du cinquième. Elle me parut plus fade et nettement moins sympathique que *Maud;* sa démarche traînante donnait l'impression de révéler une fatigue chronique. Dès qu'elle fut partie, Madame — qui n'avait pas dit un seul mot pendant la présentation et qui agissait toujours ainsi, m'expliqua-t-elle également par la suite, que « par pure discrétion et pour ne pas influencer le choix » — parla :

— Vous venez de voir *Valérie* qui plaît beaucoup parce qu'elle a toute la langueur des Orientales.

— Mais elle n'est pas de l'Orient! dit le client.

— Elle est originaire, je crois, de Montpellier... N'est-ce pas, pour nous Parisiens, déjà un peu l'Orient?

La troisième pensionnaire fixe venait d'apparaître : celle-là, je l'avais déjà entrevue dans le vestibule. C'était celle qui s'était fait copieusement gourmander pour son retard. Son « Bonjour, monsieur » fut plus effronté que poli. Ses lèvres charnues et boudeuses faisaient la moue : je compris qu'elle en voulait encore à Madame de la réprimande qu'elle lui avait fait subir.

Après son départ, la patronne expliqua :

— C'est *Régine*... Comme toutes les rousses, elle a un charme piquant qui enchante... Voilà, cher monsieur... Y en a-t-il une des trois qui vous plaît?

Après une courte hésitation le client répondit :

— Je crois que ce serait plutôt la première...

— *Maud?* Je m'en serais doutée... Vous voyant, je suis persuadée qu'elle a tout à fait le type de femme qui vous convient : cela m'étonnerait que vous fussiez déçu!

Elle avait repris le téléphone intérieur mais, cette fois, elle appelait « l'office » où les trois filles — selon un article du règlement intérieur — devaient attendre jusqu'à ce que l'élue ait été désignée.

— Mademoiselle *Maud,* dit la voix douce, veuillez revenir au bar où l'on vous attend.

Cela signifiait que *Valérie* et *Régine* n'avaient plus qu'à remonter en vitesse au cinquième dans la chambre d'attente.

Et avant que la fille ne fût là, elle reprit :

— Si vous le voulez bien, cher monsieur, nous pourrions régler tout de suite nos petits comptes : comme cela nous n'en parlerons plus! Désirez-vous que l'on monte tout de suite dans la chambre une bouteille de champagne? Dans ce cas, ce sera dû en plus des deux cents du tarif...

Je me permets de vous signaler, avant que *Maud* ne soit là, qu'elle raffole du *Dom Perignon.*

— Je préférerais que l'on nous servît deux whiskies.

— Ah, bon! dit Madame d'une voix redevenue un peu pincée. A chacun ses goûts! C'est d'ailleurs très sain, le whisky : *Mlle Maud* en boira comme vous. Ça fera donc deux cent vingt francs sans le service qui est facultatif.

L'homme paya juste le prix indiqué. Madame me fit alors un petit signe de tête qui signifiait : « Vous avez vu? C'est un radin... A vous, Caroline, de vous débrouiller là-haut pour votre pourboire », pendant qu'elle disait à voix haute :

— Caroline, vous monterez deux whiskies avec glace et Perrier au 3... Oui, cher monsieur, le principe de la Maison est de ne jamais compter les eaux minérales...

Celle que je considérais déjà presque comme une amie revint, triomphante :

— *Mlle Maud,* dit Madame, je vous présente Monsieur. Mais au fait, vous ne m'avez pas encore dit votre prénom?

— Jacques, répondit l'homme après une courte hésitation prouvant qu'il disait le premier prénom lui passant par la tête.

— Donc Monsieur Jacques... Caroline va vous accompagner : vous n'avez plus qu'à monter.

Pour la deuxième fois de la journée, je me retrouvais dans l'ascenseur avec *Maud* et un client. Je crois bien m'être sentie encore plus gênée que la première fois : *Maud,* en revanche, ne paraissait pas l'être du tout. C'était normal : ne savourait-elle pas sa victoire sur ses concurrentes? C'était elle qui avait été « choisie »... Ce qui ne m'avait d'ailleurs pas surprise : sans qu'elle fût cependant plus jolie que ses rivales, celles-ci n'étaient pas de son envergure. Et, inconsciemment, je me sentis envahie par une sorte d'admiration secrète pour cette fille qui en était déjà à son deuxième client alors que les autres n'avaient encore rien fait.

Quand je redescendis au bar pour chercher les whiskies après avoir laissé le couple au n° 3, Madame me dit :

— Mon petit, n'oubliez pas, puisque vous serez au premier, de faire la chambre où *Maud* était tout à l'heure. Et prenez pour habitude, sans que j'aie à vous le redire, de changer les draps dès qu'une chambre est libérée. On ne sait jamais : il peut y avoir affluence et nous serions débordées.

Et comme elle remarquait que je ne me pressais pas trop pour monter le plateau, elle ajouta, ravie :

— C'est très bien, Caroline. Vous avez écouté ce que je vous ai dit tout à l'heure : il faut laisser le client s'acclimater à l'atmosphère de la chambre... et à la fille !

Grâce à *Maud,* que je trouvai à nouveau vautrée, et tout habillée, sur le lit — ce devait être sa tactique d'attaque immédiate — qui sut répéter à son nouveau partenaire la petite phrase sibylline prononcée avec le même ton enjôleur : « Chéri, sois gentil avec Caroline », j'eus mon second pourboire; mais il ne fut que de cinq francs. Madame ne s'était pas trompée en se faisant payer d'avance : ce bonhomme était pingre.

Quand je revins au bar, Madame ressortait du salon de présentations dont elle referma la porte derrière elle avant de me dire :

— J'ai été porter un troisième *Chivas* à ce pauvre Maurice qui s'ennuie dans ce salon : le poste de télévision ne fonctionne pas. Un client, ou une fille, a dû le détraquer pendant que je n'étais pas là : comme quoi on a toujours tort de s'absenter ! Mais qu'est-ce qu'elle fait, cette *Tania?* Si elle n'arrive pas d'ici un quart d'heure, j'ai bien peur que Maurice ne s'en aille ! Ce qui ne me conviendrait pas : c'est très désagréable de voir repartir les clients bredouilles, surtout quand ce sont des fidèles...

La sonnette de l'entrée avait retenti.

— Ah! C'est peut-être elle... Je vais aller ouvrir moi-même.

Quelques instants après, elle revenait dans le bar après y avoir laissé entrer avant elle une jeune femme à qui elle avait dit en ouvrant la porte sur le vestibule :

— C'est par là. Nous serons tranquilles pour bavarder un peu.

C'était la première fois, depuis qu'elle « opérait » dans le bar sous mes yeux, que Madame était passée de l'autre côté du comptoir comme si elle voulait prouver, par ce geste aimable, qu'elle attachait une grande importance à l'arrivée de la nouvelle venue.

Une telle attitude pouvait d'ailleurs s'expliquer par le fait que la jeune femme était d'une classe très supérieure, non seulement aux trois pensionnaires-maison, mais peut-être aussi à toutes les filles de l'extérieur dont Madame avait le numéro de téléphone sur son carnet rose. D'abord, et cela compte, elle était élégante : bien que n'étant encore qu'une fille débarquant de sa province, j'eus comme un choc en découvrant, grâce à cette femme, que l'élégance parisienne — dont on parle le plus souvent avec envie — n'était pas un vain mot... Une élégance faite de discrétion : un strict tailleur bleu-marine s'harmonisait avec des souliers, des gants et un sac blancs. Les cheveux, d'un noir de jais, étaient noués en un catogan qui retombait sur la nuque en accentuant une gracieuse féminité. La taille était bien prise, parachevant la silhouette élancée. La femme était grande, et belle. Les yeux noirs, maquillés sans outrance, assuraient l'équilibre du visage avec la bouche merveilleusement dessinée et sensuelle. Le nez était droit, se terminant par des narines qui semblaient prêtes à humer tous les parfums de la vie. Il y avait surtout, s'étalant en permanence sur le visage ovale, un étrange rayonnement qui fleurait la santé physique et, ce qui est beaucoup plus rare, l'équilibre moral. C'était véritablement stupéfiant qu'une créature pareille en fût réduite à venir solliciter l'aide d'une Madame Agnès ou, à défaut d'une Mademoiselle Angélique.

Ce que je ne pouvais pas encore réaliser, c'était que, dans le genre de Maison où je me trouvais, toutes sortes de femmes passaient : les belles et les moins belles, celles qui étaient désespérées et celles qui ne pensaient qu'à calculer, celles qui avaient réellement besoin d'argent et celles qui avaient le vice dans la peau, celles aussi qui étaient prises dans l'étau d'un souteneur et qui étaient contraintes à subir sa loi... Tout cela, je le compris par la suite, mais pas le premier jour où je voyais cette femme assise sur un tabouret du bar à côté de Mme Agnès qui lui demandait de sa voix la plus exquise :

— Que puis-je vous offrir?

— Rien pour le moment.

— Pas même un jus de fruit?

— Même pas.

La voix était chaude, timbrée, bien posée, calme. Un peu décontenancée par ce refus et peut-être aussi par l'allure de celle qu'elle recevait, Madame chercha à faire diversion en me désignant :

— Caroline est ma femme de chambre : vous pouvez parler devant elle en toute quiétude. C'est un tombeau et un ange de gentillesse.

La jeune femme m'adressa un sourire charmant qui n'avait rien de celui, commercial ou complice, d'une *Maud*. Je lui souris à mon tour, sincèrement. Pendant tout le temps que dura sa conversation avec la patronne, je ne pus détacher mon regard de ce visage et de cette merveilleuse créature qui me fascinaient. Ah çà oui, je comprenais que l'on pût en devenir brutalement amoureux, ou amoureuse! Mais que diable venait-elle faire dans cette galère?

— Mon adjointe, Mlle Angélique, m'a fait part, comme je vous l'ai dit au téléphone, de vos conditions qui, bien entendu, sont acceptées. Maintenant que je vous vois, je pense même — et cela devrait plutôt vous flatter — qu'avec certains bons clients nous pourrions encore améliorer vos prix... Car nous avons une clientèle de choix et je puis dire, sans me vanter, que sur ce point aucune autre Maison ne peut nous égaler.

— C'est ce que j'ai entendu dire; c'est la raison pour laquelle je suis venue chez vous, et chez vous seule!

— Je vous sais gré d'une telle confiance et je ferai tout pour m'en montrer digne... A ce propos, il y a là, dans le salon à côté, l'un de mes très bons clients que j'ai réussi à faire attendre bien qu'il ne soit pas, comme tous les hommes occupés, d'un naturel très patient. Mais, après ce que m'avait dit ma remplaçante, je lui ai fait un tel éloge de vous que ça l'a intrigué. Me connaissant depuis longtemps, il sait très bien que je n'aurais pas agi si le jeu n'en valait pas la peine.

— Je trouve assez plaisant, chère madame, que vous appeliez ce genre de rencontre un jeu.

— N'est-ce pas la véritable illustration du jeu de l'amour et du hasard? Ce monsieur est célibataire... Vous avez expliqué, je crois, à Mlle Angélique que vous étiez divorcée?

— C'est exact.

— C'est très bien d'être une jeune divorcée : ça plaît toujours beaucoup aux hommes libres qui ne demandent au fond qu'à s'enchaîner... Celui-ci s'appelle Maurice; et vous, c'est bien *Tania?*

— Oui.

— Ayant un nom pareil, peut-on vous demander si vous êtes française?

— A moitié. Ma mère était yougoslave.

— Ça ne m'étonne plus que vous soyez aussi belle! On m'a toujours dit qu'il y avait de merveilleuses femmes en Yougoslavie... Vous appartenez à une belle race. Acceptez-vous que je vous présente à cet ami?

— Si cela peut vous faire plaisir, mais je tiens à vous prévenir tout de suite que ce sera sans aucun engagement de ma part.

— Je ne comprends pas... Puisque cet ami, auquel j'en ai fait part, est d'accord sur les conditions?

— Il n'y a pas que l'argent dans la vie, chère madame. Il y a aussi le physique et beaucoup d'autres choses! Je puis plaire à un homme alors qu'il ne me plaît pas, et réciproquement. J'ai quand même le droit d'avoir un avis, moi aussi...

Pendant quelques secondes, Madame la regarda, interloquée. Je compris qu'elle n'avait pas dû souvent entendre dans sa Maison une remarque de ce genre. Pour Madame, du moment qu'une femme se présentait chez elle, cela voulait dire qu'elle était déjà consentante et prête à tout... Madame était un peu déroutée par la tournure que prenait la conversation. Elle se reprit cependant pour répondre :

— Mais certainement : vous êtes tout aussi libre que le monsieur.

— Puisque nous sommes également d'accord sur ce point, vous pouvez me le présenter.

— Vous le présenter? Mais, chère madame, l'habitude veut que — dans cette Maison comme d'ailleurs dans tous les établissements similaires — ce soit plutôt le contraire qui se produise : c'est la femme que l'on présente au client !

— Cela me paraît tout à fait normal quand celle que vous présentez est l'une de vos pensionnaires habituelles, c'est-à-dire une professionnelle. Seulement, moi, je n'en suis pas une ! De plus, je suis une femme divorcée : j'exige donc que l'on m'appelle « Madame » et pas « Mademoiselle ». Et les règles de la civilité exigent que l'on présente l'homme à une dame. N'est-ce pas votre avis ?

Madame Agnès ravala sa salive avant de répondre :

— Il sera fait comme vous le désirez, mais je pense que vous préférez que ce monsieur ne vous soit pas présenté dans ce bar où il passe beaucoup de monde, mais plutôt dans le salon ?

— Je crois que ce serait mieux en effet.

— Si vous voulez bien me suivre ?

Elle avait déjà ouvert la porte du salon en disant à celui qui attendait depuis si longtemps :

— Cher ami, je me fais une joie de vous présenter à une amie de passage... Monsieur Maurice... *Madame Tania*... Je vous laisse tous les deux. Si vous avez besoin de quelque chose, vous savez que je reste au bar.

Elle referma rapidement la porte, les laissant livrés à leurs observations réciproques, et vint reprendre, derrière le comptoir, sa place « d'animatrice » où elle resta silencieuse, s'absorbant dans une étrange comptabilité. Mais je me rendis compte qu'elle était soucieuse : « l'affaire *Tania* » n'avait pas débuté exactement comme elle l'aurait souhaité.

Combien de temps dura « l'entrevue » dans le salon des présentations ? Je serais bien incapable de le dire, Madame Agnès aussi, si elle était là en ce moment à mes côtés pendant que j'écris... Ce dont je me souviens, c'est qu'à un moment elle maugréa à mi-voix entre ses dents sans que je pusse me rendre compte si c'était à mon intention : « Les présentations qui durent trop longtemps donnent rarement de bons résultats! C'est signe qu'il y a du tirage... Le premier atout de ce métier, c'est la vitesse. »

Pendant l'attente, le téléphone intérieur retentit. Madame saisit l'appareil et répondit : « La voie est libre », avant d'ajouter à mon intention : « Le 3 descend. Allez dans le vestibule pour l'accueillir à la sortie de l'ascenseur et lui ouvrir la porte : ce plouc-là n'offre aucun intérêt! Pas de champagne, le pourboire hésitant... Je souhaite ne plus le voir revenir et même ne plus le revoir du tout! Des clients comme cela, on en trouve à la dizaine... On se demande même pourquoi ils viennent ici. Ils trouveraient tout aussi bien leur affaire aux alentours de la rue Godot-de-Mauroy. »

J'exécutai les ordres reçus : le client quitta la maison sans même m'adresser un au revoir de politesse. Madame avait raison : il ne reviendrait pas. Mais *Maud* était quand même une pensionnaire épatante : elle l'avait « liquidé » en un temps record. C'était une « expéditive ».

Enfin la porte du salon s'ouvrit : ce fut Monsieur Maurice qui parut. Après avoir refermé la porte derrière lui, il déclara, le visage épanoui :

— Elle est formidable, cette femme-là! C'est ce que j'ai vu de mieux dans cette baraque!... Fine, intelligente, spirituelle même, plus tout le reste! Comment avez-vous pu dénicher cet oiseau rare?

— Vous ne voudriez pas, mon cher Maurice, que je vous dévoile toutes mes recettes... Alors, c'est le coup de foudre?

— Presque.

— Bravo! Nous allons essayer de le rendre réciproque.

— Ne lésinez pas surtout : je donnerais même le double s'il le fallait.

— Deux mille ?

— Deux mille plus le champagne, les petits biscuits et tout le saint-frusquin... Mais il nous faut une très bonne chambre !

— La 14, au troisième... C'est celle qui a le joli papier peint que vous aimez.

— Celui qui a des fleurs ? Va pour le 14 !

Madame s'était engouffrée dans le salon pendant que Monsieur Maurice m'ordonnait :

— Caroline, servez-moi un autre *Chivas* et préparez une *Cristal Rœderer* pour là-haut. Une beauté pareille, ça ne peut marcher qu'au très bon carburant.

Cinq minutes passèrent. Madame reparut, non pas par la porte du salon mais par celle qui donnait sur le vestibule. Elle avait un visage décomposé que je ne lui avais encore jamais connu.

— Alors, demanda Monsieur Maurice.

— Alors, cher ami, elle est partie...

— Quoi ?

— J'ai pourtant tout tenté pour la retenir ! Je lui ai fait part de votre offre généreuse mais elle m'a répondu que ce n'était pas possible aujourd'hui parce qu'elle avait un rendez-vous chez son dentiste.

— Son dentiste ? Ah çà, vous vous foutez de moi ?

— Non Maurice. Elle a ajouté qu'elle vous trouvait charmant et qu'elle me retéléphonerait dans le courant de la semaine pour me dire quand elle serait libre.

— Ça, c'est le comble ! Alors, maintenant chez vous ce sont les femmes qui font la loi ? Vos clients doivent être à la disposition de ces dames !

— Pas de toutes, mais de femmes comme elle, oui ! Vous êtes tous inouïs, les hommes... Si vous croyez que c'est facile d'amorcer un gibier de cette qualité! Vous, du moment que vous payez, vous êtes convaincus que la caille doit vous tomber toute rôtie dans la bouche! Ayez un peu de patience!

— De la patience! Vous m'avez fait attendre pendant une heure dans votre salon sinistre qui pue le mégot et où la télévision ne marche même pas!

— Je vous offre ce *Chivas*.

— Je ne veux plus de vos cadeaux!

— Mais c'est qu'il est fâché, Caroline! Je vous promets que vous la reverrez : laissez-moi faire... Vous me faites confiance, oui ou non? Et croyez bien que je suis aussi navrée que vous... Écoutez : pour que vous n'ayez pas perdu votre temps pour rien, je vous offre une jeune femme charmante : *Maud?*

— Je n'ai pas très bien entendu?

— C'est ma tournée. Vous n'aurez rien à payer : ni la femme, ni la chambre, ni les consommations.

— On baise à l'œil, maintenant, chez vous?

— Vous seul, parce que je tiens à vous garder comme client... Savez-vous qu'elle est charmante, *Maud?*

— Mais je la connais! Tout le monde a passé dessus depuis deux ans qu'elle est ici! Vous devriez savoir, vous qui prétendez connaître si bien vos clients, que, chez moi, on ne passe deux fois les plats qu'à l'office! Combien dois-je pour mes *Chivas* et vos *Frontignan?*

— Rien.

— Je n'insiste pas : c'est vous qui l'aurez voulu! Et regardez-moi bien, Agnès : c'est la dernière fois que je viens chez vous... Elle m'a préféré son dentiste. Ça, c'est le bouquet! Bye!

Il partit en claquant les deux portes : celle du vestibule et celle de l'entrée. Il y eut un grand silence dans le bar : ça sentait le désastre. N'osant pas regarder Madame, je replaçai dans le Frigidaire la bouteille de *Cristal Rœderer* que j'avais déjà posée sur un plateau. Madame ne me regarda pas non plus : au grincement je compris qu'elle avait à nouveau introduit sa petite clef dans le tiroir aux trésors... En l'observant discrètement je la vis en sortir un autre carnet, jaune celui-là, et du même format que le rose, qu'elle compulsa fébrilement pendant quelques secondes avant de relever la tête en me disant :

— Je ne pouvais tout de même pas lui expliquer que la belle dame ne l'avait pas trouvé à son goût ! C'est elle qui n'a pas voulu de lui ! Il a raison : les temps ont changé... Même dans notre métier, nous ne faisons plus ce que nous voulons : on a donné trop de droits et de liberté aux femmes... Elles se croient toutes en Amérique ! Celle-là a trouvé qu'il n'était pas assez beau et qu'il avait des manières trop cavalières... Je ne nie pas que Maurice y va parfois un peu carrément, mais après tout il ne vient pas ici pour parler politique ! De plus, il avait une excuse : une heure d'attente, c'est long pour un homme qui a envie de s'épancher...

Elle s'était replongée dans la lecture du carnet jaune et, tout en continuant à tourner les pages, elle poursuivit à voix haute :

— Il faut à cette péronnelle un homme qui la prenne sérieusement en main mais ce ne sera possible que s'il est beau, charmeur, malin, et surtout si elle le croit très riche... Ça me coûtera peut-être un peu cher au début parce que ce genre d'homme, ça devient de plus en plus rare ! Mais tant pis ! Même si je banque au départ, je me rattraperai par la suite... Voyons : Miguel ? Il fait trop danseur de flamenco... Antoine ? Il a trop l'accent corse... Ricardo ? Pas mal... Il est italien et même sicilien... En préparant bien l'affaire, on pourrait presque le faire passer pour un prince du Sud... Elle marchera à fond, la belle *Tania !* Il faut les dresser tout de suite, ces petites-bourgeoises qui se figurent qu'il leur suffit de se lancer dans « le truc » pour que tout le monde obéisse à leurs quatre volontés ! Dites-moi, ma petite Caroline, croyez-vous que cette femme soit réellement divorcée ?

— Que Madame me pardonne, mais ça, je ne me rends pas compte... En tout cas elle donne l'impression d'être une dame, et elle est très belle !

— C'est vrai. Et c'est pourquoi elle doit donner un bon rendement...

Elle forma un numéro sur le cadran téléphonique :

— Allô ? *L'Hôtel des Iles ?* Pourrais-je parler à M. Ricardo Cinni ? Il est sorti ? Voulez-vous être assez aimable de lui dire qu'il téléphone, dès qu'il sera de retour, à Madame Agnès... Il a mon numéro de téléphone. Merci.

Alors qu'elle raccrochait, elle se retourna vers moi :

— Je suis très contente que vous ayez été là, mon enfant... Cela vous permettra de mesurer dans quelques jours que l'on ne se présente pas chez votre patronne pour lui faire perdre son temps et ses clients.

Puis elle murmura plus bas, pour elle seule, mais je l'entendis quand même : « A nous deux, belle *Tania !* »

Ce qui sauva tout et détendit l'atmosphère fut l'arrivée de deux clients, joyeux drilles, auxquels Madame réussit à imposer *Valérie* la brune et *Régine* la rousse, ainsi que deux bouteilles de champagne. Quand les deux couples furent respectivement au 1 et au 5, la patronne me dit, au moment où je revenais de porter les plateaux et d'encaisser deux nouveaux pourboires :

— Il faut bien faire « travailler » *Valérie* et *Régine...* Ce n'est pas que je les aime particulièrement celles-là ! Seulement, si elles ne font pas de recettes en plus de leur fixe minimum, elles me lâcheront. Et c'est tellement difficile de trouver ce genre de personnel!

Pendant tout le restant de la journée, le mouvement stupéfiant continua; les clients et les filles, appelées de l'extérieur, arrivaient et repartaient. Les pensionnaires fixes descendaient et montaient; le stock de draps et de serviettes sales s'accumulait dans les paniers placés au fond de chaque couloir; Marie apportait régulièrement de la cave les bouteilles destinées à remplacer dans le Frigidaire du bar celles qui étaient déjà dans les chambres; le whisky coulait sur le comptoir... Le tout était ponctué d'appels téléphoniques et de coups de sonnette. La « Maison » ressemblait à une étrange ruche où un genre très particulier d'abeilles bourdonnaient dans un carrousel incessant. La reine, c'était Madame qui continuait à trôner derrière son bar, voyant tout, entendant tout, sachant tout... Une reine fabuleuse qui savait magnifiquement faire travailler les autres pour elle. A l'exception de « l'échec *Tania* » — que je sentais très provisoire — tout alla bien : la journée fut fructueuse. Je pus faire la connaissance, fugitive, d'une dizaine de filles venues de l'extérieur pour renforcer le contingent permanent. Je n'eus même pas le temps de descendre dîner à la cuisine mais, contrairement à Madame qui n'avait pas faim lorsque les affaires n'allaient pas, je me rendis compte que je ne pensais même pas à manger quand j'étais occupée et passionnée.

A 2 heures du matin, Madame déclara :

— Maintenant, ma petite Caroline, on ferme! Allez mettre le verrou intérieur qui est fixé sur la porte d'entrée et grimpez vite vous coucher. Les quatre clients qui occupent encore le 7, le 11, le 14 et le 21 passeront la nuit ici avec leurs partenaires : je connais leurs habitudes... Cela vous fera demain matin huit petits déjeuners à monter, agrémentés des pourboires qui vous sont dus : vous verrez comme c'est stimulant de se réveiller en se disant que l'on commence la journée en gagnant de l'argent! Si vous continuez à travailler comme aujourd'hui vous en ramasserez beaucoup... Bonsoir, Caroline... Je reste encore ici pour faire mes comptes.

— Mais Madame doit être fatiguée?

— En ai-je l'air?

— Je reconnais que Madame semble être en pleine forme.

— Apprenez, mon enfant, qu'à partir d'un certain chiffre d'affaires quotidien je me sens bien! A demain...

— Bonsoir, madame.

Ce ne fut que dans ma chambrette que je m'aperçus que j'étais véritablement épuisée... Les journées de travail étaient rudes dans la Maison de Madame! Mais quel rendement!... Je fis, moi aussi, mes comptes : ceux des pourboires reçus. J'avais gagné 150 francs dans cette première journée qui avait été un mardi. Ce qui ferait qu'à la fin de la semaine, si la moyenne se maintenait, j'aurais 750 francs : exactement les appointements que je gagnais par mois chez les libraires de Vannes! En calculant sur des semaines normales de six jours de travail — puisque le septième, le dimanche, serait celui de mon repos — cela ferait 900 francs par semaine et 3 600 francs par mois. Et ça s'ajouterait à mes appointements mensuels fixes qui étaient de 1 000 francs. Des mois de 4 600 francs, quand on a vingt et un ans et pour seul diplôme le C.A.P., ce devait être assez rare! Je m'endormis radieuse avec la certitude qu'un grand avenir s'ouvrait pour moi dans cette branche d'activité.

Dès le lendemain matin, le grand cirque reprit avec la montée du petit déjeuner de Madame à 8 h 5 dans son appartement. Et le reste s'enchaîna tout naturellement : j'avais compris et pris le rythme. Je fis connaissance avec de nouveaux clients et d'autres filles. Madame ne manquait jamais de me présenter aux « habitués » qui, comme Monsieur Maurice, devaient éprouver le besoin de se retremper dans la vie de la Maison après avoir eu à subir, pendant un mois de vacances, la présence de leurs épouses ou de leurs maîtresses en titre. Je fus étonnée par la bonne humeur de tous ces messieurs : on les sentait joyeux comme des écoliers qui auraient retrouvé le chemin d'un établissement où ils se sentaient beaucoup moins brimés que chez eux parce que les « répétitions particulières » et les « cours du soir » y étaient attrayants.

Quand le samedi arriva, j'avais 850 francs en poche : 100 francs de plus que mes prévisions! La vie s'annonçait d'autant plus belle que le lendemain ce serait dimanche et que je pourrais enfin découvrir ce Paris auquel j'avais tant rêvé!

Avant de m'envoyer me coucher vers minuit, Madame me dit dans le bar :

— Allez boucler la porte, Caroline : il n'y a plus personne. Le samedi soir, il en est presque toujours ainsi. Les habitués sont en week-end et les clients de passage ne sont que des touristes qui, s'ils le pouvaient, payeraient avec des cartes de « dinner's club », ce qui ne m'intéresse pas car c'est un moyen infaillible de contrôle pour le fisc. C'est pourquoi j'autorise même les pensionnaires fixes à rentrer plus tôt chez elles ou à rejoindre leurs minets. Après tout, quand elles ont fait « ça » pendant la semaine par devoir professionnel, elles ont bien le droit de le faire enfin par plaisir! Ça leur donne des forces nouvelles pour se remettre au travail le lundi... Savez-vous ce que je fais, moi, pendant toute la journée du dimanche?

Je reste enfermée là-haut dans mon appartement et je dors pour récupérer.

— Devrai-je apporter à Madame son petit déjeuner à 8 heures comme d'habitude?

— Non. C'est le seul jour où vous n'entendrez pas l'appel de ma sonnette. D'abord Marie est partie, elle aussi, jusqu'à lundi : il n'y a donc personne pour faire mon petit déjeuner.

— Mais je peux très bien descendre à la cuisine et le préparer pour Madame...

— C'est charmant ce que vous venez de dire, mon petit, mais je n'oublie pas non plus que le dimanche est votre jour de congé et de repos : deux droits que l'on ne peut apprécier que si l'on ne travaille absolument pas pour les autres... Je ne vous reverrai que lundi matin. Quels sont vos projets pour demain?

— Je ne sais pas, madame.

— Qu'est-ce que vous me racontez là? Rester enfermée, c'est bien pour les personnes de mon âge qui ont vu et qui connaissent à peu près tout! Mais, quand on a le vôtre, on se remue et on bouge! Me permettez-vous de vous donner un conseil? Maintenant que vous avez déjà gagné un peu d'argent, si j'étais à votre place, voilà ce que je ferais : après une salutaire grasse matinée, je mettrais ma plus jolie robe — vous ne pouvez pas ne pas en avoir une : celle que vous portiez le dimanche à Vannes — et je partirais visiter Paris. C'est une ville fantastique : quand on la découvre, elle fascine; quand on la connaît, on a l'impression d'y avoir toujours vécu... Il y a la Tour Eiffel, bien sûr, mais vous savez depuis longtemps comment elle est corsetée grâce aux cartes postales... Il y a le Musée du Louvre, tous les musées même! Mais vous ne me paraissez pas être une fille désireuse de fréquenter les musées... Il y a Notre-Dame : comme vous êtes bretonne, ça peut vous sanctifier d'y faire un petit pèlerinage... Mais il y a surtout, pour vos vingt et un ans, les Champs-Élysées, les grands boulevards, Saint-Germain-des-Prés... Ne m'en veuillez pas si je ne vous fais pas découvrir tout cela, mais je n'en ai pas le courage! Si vous vous sentez fatiguée ou perdue, prenez des taxis : contrairement à ce que l'on dit, les taxis parisiens sont les moins chers du monde... Il y a aussi le métro qui risque de vous amuser : on n'y voit, sur les murs, que des réclames mais elles sont colorées et font partie de Paris... Quand vous aurez faim — ce qui sera normal — entrez dans un restaurant ou plutôt dans une grande brasserie : vous verrez comme c'est agréable, quand on a servi les autres pendant toute la semaine, de se faire servir à son tour! S'il pleuvait — ce que je ne vous souhaite pas — allez au cinéma ou au théâtre. Aimez-vous le théâtre?

— Je n'y ai jamais été.

— Ce n'est pas possible! Pas même à Vannes?

— Pas même.

— Ma petite Caroline, c'est là chez vous une grave lacune à laquelle il faudra remédier sans tarder... Tous les dimanches vous pouvez, vous devez même aller voir une pièce différente... Commencez par le Châtelet ou par Mogador; ensuite vous irez voir des pièces de boulevard et, quand vous les aurez toutes vues, il vous restera encore la ressource d'aller au Théâtre-Français ou, à la rigueur, au T.N.P... La seule chose que je vous demande, c'est de ne pas rentrer le soir après 1 heure du matin : je sais que vous êtes majeure mais, quand même, je me sens un peu responsable de vous, qui, sans moi, seriez très seule dans cette grande ville. A ce propos, voici une clef de la porte d'entrée, que vous n'oublierez pas de me demander tous les samedis soir et que vous me rendrez le lundi matin quand vous m'apporterez mon petit déjeuner : c'est pour éviter que vous me réveilliez demain soir à votre retour... Mais attention, Caroline! Je vous interdis formellement de ramener un garçon avec vous ici et de le faire monter dans votre chambre comme l'ont fait quelques-unes de mes femmes de chambre précédentes. Ici, c'est une Maison sérieuse où on ne reçoit pas n'importe qui, comme vous avez pu vous en apercevoir... S'il vous arrivait de rencontrer un amoureux, soyez très prudente! C'est normal que vous en ayez un, mais je ne veux pas qu'il mette les pieds chez moi, ni que vous lui donniez la moindre explication sur le genre de travail que vous faites. Vous n'aurez qu'à lui dire que vous êtes dans une « maison bourgeoise » et que vous avez une patronne très sévère qui ne badine pas avec les principes! Bonsoir, mon enfant, et bon dimanche... Je reste encore ici pour faire le bilan, non pas quotidien, mais hebdomadaire : c'est ma grande joie du samedi soir. D'ailleurs cette semaine de rentrée a été meilleure que je ne l'espérais... Il faut croire que votre arrivée dans la Maison lui a porté bonheur! Je vous aime déjà beaucoup, ma petite Caroline.

Quand je revins le dimanche soir à 23 heures, j'étais éreintée : jamais, je crois, je n'avais autant marché de ma vie! Et jamais, non plus, je n'ai autant marché depuis! Le temps avait été radieux et j'avais « découvert » Paris... du moins je le croyais! Ceci sans avoir éprouvé le besoin d'entrer dans un cinéma ou dans un théâtre comme me l'avait conseillé Madame. Mais l'impression dominante qui m'envahissait au moment où je retrouvai la mansarde du sixième était celle de l'ennui : pour la première fois de ma vie, je me rendis compte à quel point une fille de vingt et un ans, n'ayant ni famille ni amis, peut se sentir abandonnée dans une grande cité! J'avais vu, certes, beaucoup de monuments dont j'avais entendu parler, j'avais arpenté des rues et des avenues dont les noms étaient célèbres dans le monde entier, j'avais croisé et côtoyé la fantastique foule des promeneurs du dimanche qui m'avait paru être aussi désespérée que mes pensées, j'avais déjeuné dans une immense brasserie de la place des Ternes où l'on m'avait « servie » mais où personne n'avait prêté attention à moi, j'avais pris à trois reprises des taxis dont les chauffeurs ne m'avaient pas dit un seul mot alors que l'on m'avait souvent raconté à Vannes qu'il n'y avait pas plus bavards que ces gens-là, j'étais entrée dans Notre-Dame non pas pour y faire une prière, mais pour y retrouver peut-être le souvenir du bon recteur de province qui m'avait enseigné le catéchisme, et, quand tout cela avait été fait, je m'étais retrouvée, après que la nuit fut venue, plus seule que jamais : c'était pourquoi j'étais rentrée longtemps avant l'heure limite fixée par Madame. Chose curieuse, au moment où j'avais introduit dans la serrure la clef prêtée, j'avais éprouvé une réelle sensation de réconfort et de bien-être comme quelqu'un qui se retrouverait enfin « chez soi ». C'était là, et uniquement là — dans ce genre de Maison — que devait être ma vie, ma vraie vie... Pendant les cinq journées que je venais déjà d'y passer, je n'avais pas vu défiler le temps alors qu'il avait suffi d'un seul dimanche de liberté pour me dégoûter à jamais des rues, des Champs-Élysées, des Boulevards et de toute leur foule! J'étais heureuse à la pensée que, dès le lendemain matin, je porterais à Madame son petit déjeuner et que ce qui était pour moi « les représentations du cirque » recommencerait... Évidemment, ce soir-là, je ne pouvais pas encore réaliser que mon curieux destin était déjà tout tracé.

Le lundi fut assez calme, mais Madame ne parut pas s'en alarmer :

— Presque tous les lundis c'est pareil, Caroline... Autrefois, c'était différent et le lundi était même l'un de nos meilleurs jours : celui des commerçants qui, n'ouvrant pas leurs boutiques, éprouvaient le besoin de se défouler... Seulement l'automobile a tout changé : aujourd'hui les Français, qui copient toujours les coutumes des Anglais en les exagérant, s'octroient des week-ends prolongés de trois jours. Ils ont découvert « la résidence secondaire », et, même s'ils n'en possèdent pas, ils partent... Ils essaient de rouler sur les routes où leurs voitures se traînent lamentablement les unes derrière les autres... Le résultat, c'est que les commerces les plus prospères périclitent! Dans ce métier, comme dans tous les autres, on ne peut plus se défendre vraiment que quatre jours par semaine : les mardis, mercredis, jeudis et vendredis. Vous verrez que demain ça marchera.

Une fois de plus Madame s'avéra prophétique : dès 11 heures du matin la clientèle afflua et elle ne diminua plus de la journée. Au moment de la fermeture, à 2 heures, seize chambres étaient occupées sur les vingt-quatre : seize clients qui avaient décidé de passer la nuit! Et il en fut à peu près de même pendant toute la semaine qui me fut aussi profitable financièrement que psychologiquement.

Cet adverbe, qui vient de surgir sous ma plume, peut sembler outré et cependant je ne pense pas qu'il le soit... Ma première semaine de service dans la maison avait été nécessaire pour m'initier aux règles générales qui en régissaient l'exploitation; la seconde me permit, en observant la façon d'opérer de Madame et surtout en l'écoutant parler, de me familiariser avec certaines pratiques propres à ce métier et de mieux découvrir aussi bien la mentalité des clients que celle des filles. Sur ce dernier point, je pus constater que ce que Madame appelait son « cheptel » était considérable! Si le contingent fixe restait à peu près le même avec ses trois piliers de base se nommant *Maud, Valérie* et *Régine,* l'apport « extérieur » me parut représenter des réserves inépuisables! Je crois bien avoir vu défiler dans la Maison, au cours de cette seule deuxième semaine, une bonne quinzaine de filles différentes par jour : ce qui donnait le joli total de quatre-vingt-dix femmes au bout de six jours! C'était à se demander — au cas où les maisons similaires de Paris en faisaient la même consommation — si toutes les habitantes un peu évoluées et vaguement présentables de la Capitale ne s'adonnaient pas à ce genre de commerce...

Que trouvait-on exactement dans un lot aussi important qui facilitait un grand choix? A vrai dire absolument de tout! Le clavier de l'offre allait de la femme du monde — mais oui! — à celle du demi-monde et même à celle qui n'était d'aucun monde en passant par la dactylo, la secrétaire, la petite fonctionnaire, la jolie soubrette, la nurse appétissante, l'étudiante française, l'étudiante étrangère dont le séjour à Paris était « protégé » par une carte d'assiduité aux cours de l'Alliance Française, l'accorte vendeuse de magasin, la starlette en espérance de contrat mirifique, la fille d'officier supérieur, l'ouvreuse de cinéma, la religieuse défroquée et même par « la veuve » — c'est-à-dire la fille qui s'habille intentionnellement en noir et se couvre de ces attributs du deuil, tels voiles de crêpe, gants ou bas noirs, qui ajoutent un piment très spécial au charme féminin. Le plus curieux, c'est que la majorité de ces femmes peu farouches n'étaient pas, au début tout au moins de leurs exploits intimes, de véritables professionnelles. Elles ne venaient chez Madame que parce qu'elles étaient toutes talonnées par un même besoin impérieux : le manque d'argent. Mais, l'habitude créant la fonction, elles ne tardaient pas à prendre goût au « travail » et finissaient par devenir assez vite, elles aussi, des professionnelles.

Ces dernières, les vraies qui étaient attachées à la Maison, avaient presque toujours fait « leurs classes » ailleurs : c'était généralement leurs souteneurs — qu'ils fussent maquereaux patentés ou minets assoiffés de luxe — qui les avaient présentées à Madame en indiquant leurs spécialités propres. Elles offraient, par rapport à celles qui n'en étaient encore qu'au stade de l'amateurisme, l'avantage d'être à la fois plus dociles et plus expertes : Madame pouvait les manier à sa guise. Parmi elles se trouvait même une catégorie méritant un certain respect : celle de filles qui, étant enceintes et ayant été abandonnées, n'avaient pas voulu faire disparaître prématurément leur progéniture ou la livrer à l'Aide Sociale à l'Enfance. Cela donnait souvent d'excellentes professionnelles au grand cœur.

Il y avait également un lot de femmes typées, noires ou jaunes, qui, ne faisant que « passer » dans la Maison, trouvaient là un moyen comme un autre de payer leur séjour en France ou de financer le billet de retour qui les ramènerait chez elles où elles deviendraient des épouses très soumises.

Le clavier de la demande — c'est-à-dire celui des clients — était tout aussi varié. Il allait du P.-D.G. de l'industrie ou des affaires à l'acteur de cinéma — l'acteur de théâtre se faisait plus rare pour la bonne raison qu'il gagnait moins d'argent — en passant par le banquier, le gros ou petit commerçant, le diplomate du genre *Fifi,* le haut fonctionnaire, l'ancien ministre, le préfet en disponibilité, le fils à papa qui ne savait que faire de son argent, l'aristocrate jouant les gentilshommes campagnards; l'étranger surtout. Là il y avait lieu de faire tout de suite une distinction : tout ce qui venait d'Allemagne, d'Italie, du Moyen-Orient et du Japon était « bon client ». En revanche, il fallait se montrer d'une extrême prudence avec le businessman américain, le diplomate sud-américain, le Grand d'Espagne ou le marchand de pétrole.

Pendant « ma » première semaine, Madame ne m'avait révélé aucun détail sur les goûts de ces messieurs, mais dès le début de la seconde — se sentant sans doute en confiance avec moi et me considérant déjà comme sa confidente — elle se laissa aller à certaines révélations que tout le monde connaissait d'ailleurs dans la Maison à l'exception de moi !

Ce fut ainsi que j'appris que tel ancien président de Cour aimait — lorsqu'il se retrouvait nu dans la chambre avec une fille — se mettre à quatre pattes, aboyer, lever la patte et sucer l'os que voulait bien lui tendre « sa petite maîtresse »... Que tel ancien sous-secrétaire d'État à l'Éducation Nationale arrivait toujours avec une petite valise d'où il extirpait, toujours dans la chambre, de précieux accessoires : un tablier d'écolier, des culottes courtes, un col Jean Bart, de petites chaussettes et surtout un cartable dans lequel se trouvait une grammaire latine. Les choses se passaient le plus gentiment du monde : dès que ce respectable personnage à tempes grisonnantes et à lorgnons, qui avait eu droit à la cocarde ministérielle sur le pare-brise de sa voiture, s'était « métamorphosé » en bambin espiègle, la porte de la chambre s'ouvrait sur l'exquise apparition d'une ravissante gouvernante : c'était la fille choisie ce jour-là qui avait endossé rapidement, sur ordre de la patronne, le vêtement de l'emploi. Elle disait alors d'une voix sévère :

— Comment, monsieur Pierre, vous n'êtes pas encore prêt pour aller à l'école ?

Le bambin de cinquante ans courait se réfugier dans

un coin de la chambre pour bouder après avoir jeté avec rage son cartable sur la moquette.

— Ah, c'est comme ça ? reprenait la jolie gouvernante d'une voix devenue terrible. Si vous ne ramassez pas immédiatement votre cartable, monsieur Pierre, vous recevrez une bonne fessée !

Le bambin se mettait à hurler :

— Non je n'irai pas à l'école, na !

La jolie gouvernante s'approchait, déculottait le derrière qui n'était plus tellement petit et lui administrait la correction promise. Ceci fait, elle ordonnait :

— Allez chercher le cartable et rapportez-le-moi !

Ce que le garnement faisait en pleurnichant. Dès que la gouvernante l'avait en main, elle en extrayait la grammaire latine qu'elle ouvrait à une page marquée d'avance et en ordonnant à nouveau :

— Maintenant récitez-moi vos déclinaisons : *Rosa la rose*... J'attends, monsieur Pierre.

Et comme le bambin se taisait, buté, elle lui donnait une seconde fessée dont l'effet était tellement salutaire que le client se défoulait enfin...

J'appris aussi par la patronne qu'un ancien général allemand, qui avait commandé pendant l'occupation de 40-44 une région de la France où il s'était montré d'une rare cruauté, ne manquait jamais, à chaque fois qu'il revenait à Paris, de rendre visite à la Maison de Madame pour y recevoir, des mains d'une grande fille blonde à demi nue et bottée, la magistrale flagellation qui, seule, lui permettait de s'épancher. Après m'avoir raconté cela, Madame avait conclu :

— C'était un homme obsédé qui devait avoir des remords et qui ne pouvait plus jouir que s'il recevait une correction dans le genre de celles qu'il avait fait administrer à des malheureux... Notez qu'il avait quand même choisi le châtiment le plus doux, bien qu'il se laissât fouetter jusqu'au sang! Il va de soi que s'il m'avait demandé de lui organiser le supplice de la baignoire, je ne l'aurais pas fait! Matériellement nous ne l'aurions pas pu : aucun cabinet de toilette n'a de baignoire... Dans ce genre de Maison, la cuvette et le bidet suffisent... Ce général était par ailleurs un homme correct et bien élevé qui payait bien, comme tous les Allemands.

Il y avait également les originaux, tel ce professeur de Faculté que l'on avait surnommé depuis longtemps dans la Maison « l'homme au parapluie »... Un parapluie qu'il apportait toujours avec lui, même quand le temps était radieux. Une fois dans la chambre, il disait d'une voix douce à la fille : « Ce n'est pas la peine de vous déshabiller ». Mais lui se mettait tout nu. Ce premier rite accompli, il commandait à la fille : « Vous introduisez doucement, comme si c'était un thermomètre, le bout métallique de ce parapluie dans mon anus ». Dès qu'elle s'était exécutée, il ajoutait : « Laissez ce bout là où il est et suivez-moi en ouvrant le parapluie à chaque fois que je crierai... Puis vous le refermerez, et ainsi de suite. » Il commençait à courir autour de la chambre, suivi de la fille qui ouvrait et refermait le parapluie quand il poussait de petits cris perçants : « Eon... Eon... Eon... ». C'était un homme qui se prenait pour un paon! Le parapluie ouvert symbolisait pour lui les plumes qui s'ouvrent, se déploient et s'étalent pour faire la roue.

Madame termina ce récit imagé en me confiant :

— C'est un vrai dingue, mais un brave homme, qui paie bien lui aussi... Le seul inconvénient de ce que nous pourrions appeler « son truc en plumes », c'est qu'au bout de cinq minutes de ce marathon autour de la chambre, les filles sont épuisées... Essayez un peu, Caroline, d'ouvrir et de refermer un parapluie sans arrêt pendant cinq minutes et vous m'en direz des nouvelles! J'ai de plus en plus de mal à lui trouver une fille! Ce qui est très regrettable parce que je finirai par perdre sa clientèle. Il n'y a d'ailleurs que les pensionnaires fixes auxquelles je puis demander un pareil travail... Si je vous raconte tout cela, c'est pour que vous ne soyez pas trop surprise s'il vous arrivait d'apporter une bouteille dans une chambre au moment où des clients seraient en pleine exécution... L'important, c'est que vous sachiez conserver votre calme en faisant toujours semblant de ne vous apercevoir de rien : par principe, une femme de chambre de Maison n'a jamais rien vu de ce qui se passe autour d'elle.

Il y avait également — ceux-là étaient légion — les clients qui montaient avec deux ou même trois filles à la fois... D'autres qui ne quittaient pas la chambre pendant quatre ou cinq heures et auxquels on envoyait successivement toutes les filles disponibles : le record fut battu par un Marocain, grand dignitaire dans son pays, qui s'offrit onze filles les unes après les autres! A la onzième, je sentis Madame inquiète :

— Je n'en ai plus à lui envoyer, Caroline! Qu'est-ce que nous allons devenir si nous ne nous montrons pas à la hauteur de la réputation de cette Maison?

Heureusement, la onzième fut la dernière réclamée ce jour-là par ce client exceptionnel. Le comble fut que chacune de ces filles paraissait être plus que satisfaite quand elle ressortait de la chambre. Elle confiait même, dans le couloir, à celle qui allait lui succéder :

— Il est formidable, ce bicot-là! Tu verras : il en a « une » fantastique!

Compliment que je n'entendis qu'assez rarement dans la Maison. Il ne faudrait cependant pas croire que la clientèle était exclusivement masculine : j'en eus la preuve, dès la deuxième semaine, après avoir entrouvert le judas à la suite d'un coup de sonnette. M'étant trouvée face à un couple, j'étais retournée au bar pour demander à Madame si je devais ouvrir.

— Comment est-il, ce couple ?

— Il fait bourgeois... C'est bête, ce que je vais dire, mais ce monsieur et cette dame me rappellent un peu mes premiers patrons : le docteur et sa femme.

— Ils ont dû se tromper. Ce sont des gens qui prennent ma Maison pour un hôtel de passe : un affront que je ne puis tolérer ! Comme si l'on pouvait ignorer « Madame Agnès » ! Puisque nous sommes seules au bar en ce moment, faites-les toujours entrer. On va bien s'amuser : je vais leur donner une bonne leçon.

Dès que le couple fut devant elle, elle dit d'une voix qui n'était qu'à moitié accueillante :

— Madame, monsieur, vous désirez ?

Après une courte hésitation et un regard vers sa compagne, qui était relativement élégante mais loin d'être jeune et jolie, l'homme répondit :

— Nous venons voir ce que vous pouvez nous proposer...

— Je regrette, mais la Maison n'accepte les couples qu'à certaines conditions bien déterminées.

— Mais c'est une raison déterminée, madame ! Ma femme et moi aimerions que vous nous présentiez une jeune femme qui nous plaise... Enfin qui plaise surtout à ma femme, puisque c'est elle qui décide.

— Dans ce cas, c'est très différent, répondit la patronne en retrouvant son sourire. Nous avons un très joli lot de jeunes femmes ravissantes qui adorent ce genre d'aventure... Si vous voulez bien passer dans ce salon, elles vont vous être présentées dans quelques instants et Madame pourra faire son choix en toute tranquillité.

Quand la porte de communication fut refermée,

elle me dit tout en décrochant le récepteur du téléphone intérieur :

— Vous voyez comme on peut se tromper! Ce couple — vrai ou faux, ça je m'en moque — veut faire une petite partie à trois... Et presque toujours l'homme fait comprendre que c'est sa compagne qui aime cela alors que c'est surtout à lui que ça plaît... Allô ? Qui est à l'appareil ? C'est toi, *Maud?* Descendez toutes les trois au bar : c'est pour une présentation à un couple.

Quand elles furent là :

— N'oubliez pas, mesdemoiselles, que dans ce genre de présentation c'est à la femme qu'il faut plaire! L'homme ne compte pas... La seule chose qui l'intéresse, c'est ce qui se passera là-haut... Et s'il vous dit que c'est « sa » femme, faites semblant d'y croire... A toi, *Maud.*

Les trois filles firent leur petit tour individuel dans le salon : en fin de défilé, ce ne fut pas *Maud* qui fut choisie par la dame, mais *Régine,* la rousse effrontée. Il est vrai que la bourgeoise était blonde, et deux blondes — même si l'une d'elles n'est que décolorée — ça ne crée pas assez de contraste.

Selon les ordres reçus, j'accompagnai le trio au 5 après que Madame eut dit, exquise :

— J'ai choisi cette chambre parce que le lit y est très grand.

Ce qui n'était pas vrai : le lit n'était pas plus grand que les autres mais la phrase donnait l'impression que la Direction était très attentionnée. Madame s'était fait payer d'avance par l'homme en expliquant : « Comme c'est un peu spécial, c'est le tarif double », et elle avait imposé d'office une bouteille de *Dom Perignon* en ajoutant : « A trois, vous en viendrez vite à bout ! »

Quand je revins du premier pour chercher cette bouteille, la Patronne eut ces mots que je n'ai jamais pu oublier depuis :

— Ma petite Caroline, nous vivons à une époque où tout le monde couche avec tout le monde !

Ma deuxième semaine me rapporta plus que la première et la troisième plus que la seconde : la progression était certaine. Le seul point noir de la semaine était pour moi le dimanche : au train où allaient les affaires, je me serais volontiers passée du repos hebdomadaire qui devenait pour moi un véritable supplice. Le deuxième dimanche, je sortis à nouveau pour poursuivre ma découverte de la Capitale, mais il ne cessa pas de pleuvoir et je me réfugiai dans un cinéma. A 18 heures j'étais déjà rentrée dans ma chambre. Le troisième, je décidais de ne pas sortir après avoir pris la précaution d'aller ramasser dans la « chambre d'attente », déserte ce jour-là, tous les journaux et tous les magazines qui permettaient aux pensionnaires de passer le temps. Le lendemain, lundi, Madame me demanda quand je lui apportai son petit déjeuner :

— Qu'est-ce qui s'est passé hier, Caroline ? Vous n'avez pas quitté votre chambre ?

— Madame le sait donc ?

— Je sais tout ce qui se passe chez moi même si je ne bouge pas de mon appartement... Vous n'êtes pas souffrante, au moins ?

— Non, madame.

— Alors qu'est-ce qui ne va pas ?

— Tout va bien. Seulement Madame comprendra que je me sente un peu dépaysée dans Paris quand je m'y promène seule.

— Ça, mon petit, je m'en doute... Ce qu'il vous faudrait, ce serait une amie de votre âge qui serait femme de chambre comme vous et avec qui vous pourriez sortir les dimanches pour vous distraire et aller au théâtre, par exemple, comme je vous l'ai conseillé... Je vais essayer de vous en trouver une qui soit gentille : je connais une dame qui a une bonne aussi charmante et aussi sérieuse que vous. Je crois que c'est une jeune fille de la Nièvre... Je vais téléphoner à cette dame pour que l'on puisse vous arranger une belle sortie pour dimanche prochain.

Ce dont je ne me rendais pas compte ce jour-là, où je trouvais que décidément j'avais une patronne adorable qui cherchait même à me trouver des distractions, c'était que Madame redoutait avant tout que ce fût « un ami » qui se présentât dans ma vie au lieu d'une amie. Même la patronne la mieux organisée ne peut pas lutter contre l'ami de sa bonne : c'est toujours lui qui gagne en faisant comprendre à sa nouvelle conquête qu'elle exerce un métier indigne d'elle alors qu'elle pourrait être appelée aux plus hautes destinées...

Ce que j'étais loin de prévoir était qu'au cours de cette quatrième semaine de travail au service de Madame un événement, d'apparence cependant bénigne, allait être à l'origine d'un changement radical d'existence pour moi. Le mardi après-midi, alors que les chambres étaient toutes occupées et que des clients attendaient « leur tour » au bar, la sonnette de l'entrée retentit peut-être pour la quarantième fois. Il y avait de quoi perdre la tête : on ne savait plus où mettre les clients et les filles. Même Madame, qui savait pourtant si bien faire face aux situations les plus compliquées, était nerveuse. Je m'en aperçus à ses paroles :

— Eh bien, Caroline, vous n'entendez pas qu'on sonne? Laissez vos bouteilles et allez voir ce que c'est.

A travers le judas j'aperçus un visage qui m'apporta le premier — je devrais même dire « le seul » — choc de ma vie sentimentale... J'avais devant moi, de l'autre côté de la porte, le grand blond aux yeux bleus et aux cheveux légèrement bouclés dont je rêvais depuis le jour où, lassée de l'assistante sociale, j'avais commencé à Vannes à regarder un tout petit peu les hommes... Derrière cet inconnu il y avait, arrêté contre le trottoir juste devant la porte, un taxi. Je me souviens m'être sentie comme pétrifiée et incapable de faire un mouvement ou de bouger pendant quelques secondes. Le visiteur ne pouvait pas me voir de l'extérieur à cause de l'obscurité voulue par Madame dans le vestibule. N'avais-je pas déjà entendu celle-ci dire pour justifier cet éclairage tamisé : « Il n'y a pas que des clients à sonner à ma porte... Il y a aussi pas mal de curieux et beaucoup de plaisantins qui essaient de voir ce qui se passe à l'intérieur de la Maison. C'est à moi seule de juger ce que vaut un coup de sonnette. »

Avec regret je parvins à m'éloigner du judas et à me détacher de ce qui était déjà pour moi la plus belle vision de ma vie. Quand je revins dans le bar, Madame demanda :

— Qu'est-ce qui vous arrive? Vous êtes toute pâle... Auriez-vous vu le diable?

Je balbutiai :

— Non, madame... C'est un homme.

— C'est nouveau pour vous? Comme si vous n'en aviez pas vu depuis que vous travaillez ici! Qu'est-ce qu'il a d'extraordinaire, celui-là?

— Il a...

Je m'arrêtai brusquement de parler : comment aurais-je pu dire à la patronne : « C'est le plus bel homme que j'aie jamais vu! Celui que j'attends et pour lequel, sans qu'il puisse s'en douter lui-même, j'ai tout gardé : mes illusions, ma jeunesse, mon cœur, mon âme, mon corps aussi puisque je ne me suis jamais encore donnée à un homme. »

Après m'avoir observée curieusement, Madame déclara :

— Je vais aller voir ça : c'est un monstre ou un Adonis ?

Quand elle revint, elle était presque hilare :

— Ah çà, c'est la meilleure ! Ma pauvre petite, c'est ce brave Dédé qui vous a mise dans cet état ? Eh bien, je vous permets d'aller le revoir pour lui porter ce qu'il attend...

Elle avait fouillé dans son sac pour en extraire des billets de dix francs qu'elle compta soigneusement avant de me les donner en liasse :

— C'est son pourcentage. Je vous expliquerai à votre retour. Allez vite parce qu'il n'a pas le droit de stationner aujourd'hui avec son taxi de ce côté-ci : c'est jour impair... Et revenez vite ! Nous avons à faire l'inventaire des bouteilles débitées hier.

Mes jambes étaient molles lorsque je retournai vers la porte restée entrouverte sur la rue. Le géant blond, adossé au taxi, fumait une cigarette. Quand je lui remis timidement l'argent, il me dit :

— Tiens, vous êtes nouvelle dans la maison ? Je ne vous ai jamais vue.

— Je suis là depuis quatre semaines.

— Ah ! C'est donc cela ! Je n'étais pas revenu ici depuis la fin juillet. J'étais en vacances... Comment vous appelez-vous ?

— Caroline.

— Ça vous va... Moi c'est Dédé, le chauffeur... Oui : j'amène souvent des clients ici : c'est un accord entre votre patronne et moi... On se reverra... Et merci !

Il empocha l'argent et, avant même que j'aie eu le temps de refermer la porte, il s'était réinstallé au volant. Son taxi démarra. Moi, je restai plantée sur le seuil en regardant avec regret la voiture s'éloigner... Il me fallut faire un nouvel effort pour me diriger à nouveau vers le bar. Déjà, je savais que je n'étais plus la même, mais c'était là un secret que je garderais pour moi toute seule. La pensée va très vite dans ces moments-là : la mienne courait, galopait... C'était tellement fanstastique, et merveilleusement invraisemblable, de me dire qu'il avait fallu que je vienne travailler dans une maison de rendez-vous pour y connaître le coup de foudre! Et c'était à moi, qui n'étais que la bonniche, que pareille chose arrivait! J'étais déjà à peu près certaine qu'aucune de toutes ces filles et de toutes ces femmes, que je voyais monter et descendre quotidiennement, n'avait connu une pareille exaltation en un pareil lieu! Oui, il me plaisait, ce Dédé : je me sentais presque à lui...

Je repris mon travail, mais mon esprit était ailleurs : c'était comme si la vie intense de la Maison de Madame ne me concernait plus. Heureusement pour moi le travail fut tellement absorbant ce jour-là qu'il m'empêcha de trop penser à celui que je n'avais fait qu'entrevoir et qui devait être en train, lui aussi, de gagner sa vie, au volant de son taxi : lui c'était dans les rues, moi derrière une façade. Quand je me retrouvai enfin dans mon lit à 2 heures du matin, dix fois, vingt fois, je me remémorai les détails de la rencontre qui, pour moi, avait un côté irréel... Je ne pouvais pas m'endormir et pourtant j'étais si fatiguée! Le sommeil ne vint enfin qu'après que je me fus répété à moi-même et à voix haute les derniers mots qu'il m'avait dits : « On se reverra. Merci »...

Les journées suivantes me parurent interminables bien qu'elles fussent tout aussi fructueuses que les précédentes : mon travail ne m'amusait plus et s'était brusquement transformé en une sorte de routine. Le jeudi soir, avant de monter me coucher, n'y tenant plus, je demandai à la patronne :

— Madame m'a dit l'autre jour qu'elle m'expliquerait pourquoi elle avait donné de l'argent à un chauffeur de taxi...

— C'est vrai, Caroline... Il faut d'ailleurs que je vous « affranchisse » sur ce point puisque ce sera presque toujours vous qui porterez à ces messieurs l'argent que je vous remettrai quand ils viendront en réclamer... En ce moment, nous traversons une bonne période : ça tourne rond. Mais il y a des époques de l'année, surtout après les fêtes, où ce n'est pas pareil... Et comme je dois faire marcher ma maison à tout prix, il me faut recourir à des « rabatteurs » qui m'envoient de la clientèle : les barmen, les portiers de grands hôtels, les chasseurs de restaurant, auxquels des clients esseulés — le plus souvent des étrangers ou des provinciaux — demandent s'ils ne connaîtraient pas une bonne adresse ou un endroit où l'on trouve de jolies filles. C'est là un vieux système qui a fait ses preuves mais qui les fait moins parce qu'il revient trop cher aux Maisons : tous ces intermédiaires sont gourmands et exigent de trop fortes commissions. Enfin il y en a beaucoup aujourd'hui qui « travaillent » directement avec les filles indépendantes, dont ils donnent l'adresse et le numéro de téléphone, et qui leur alignent de très gros pourboires... Nous, avec tous nos frais, nous ne pouvons pas payer autant. Aussi quelques-unes de mes collègues — qui dirigent le même genre de Maison — et moi-même avons eu l'idée d'utiliser les services des chauffeurs de taxi... Pas de tous, bien sûr, mais de certains qui sont plus évolués... Le rendement s'est révélé excellent. Personnellement j'ai régulièrement affaire à trois de ces chauffeurs et plus particulièrement à Dédé qui est de très loin le plus dynamique et le plus consciencieux.

— Je ne comprends pas très bien comment il peut rendre service à Madame.

— Vous en avez des choses à apprendre encore ici, ma petite Caroline! Le rôle de Dédé, comme celui de ses confrères, consiste à amorcer habilement, et surtout avec discernement, le client... Vous savez que la clientèle des taxis aime assez bavarder avec le chauffeur : ça rend la course moins monotone... Quand Dédé sent qu'il a dans sa voiture un client « bien », il lui demande s'il est heureux d'être à Paris et s'il ne s'y ennuie pas trop. Il commence par lui suggérer quelques bonnes adresses de restaurants ou de cabarets avant d'arriver à la mienne... et le tour est joué! Pour chaque client, qui ne connaissait pas ma Maison et qu'il dépose devant ma porte, je lui alloue un pourboire de vingt francs... Il arrive, certains jours fastes, qu'il m'amène jusqu'à trois clients différents entre midi et minuit, mais comme je ne peux pas lui donner sa gratification en présence du client — cela ferait mauvais effet et pourrait laisser croire à ce dernier que le chauffeur est de connivence avec moi — il vient chaque semaine, à une heure creuse de la journée, chercher ce qui lui est dû pour son travail de prospection et de rabattage de la semaine précédente... Tout à l'heure vous lui avez remis la somme qui lui revenait pour les clients qu'il avait conduits ici au cours de la dernière semaine de juillet, avant que lui et moi nous ne partions en vacances, et qui se montait à cent francs. Ce qui représente cinq clients. Du moment qu'il est rentré à Paris et que je l'ai payé, nous allons le voir revenir très souvent... Le métier de chauffeur de taxi, surtout quand on travaille comme Dédé pour une compagnie, est dur et assez peu rémunérateur : cent francs de plus par semaine, ça arrondit utilement les gains du compteur... Vous avez compris?

— Oui, madame.

Ce soir-là aussi j'eus beaucoup de mal à trouver le sommeil : ce que Madame venait de me révéler sur l'une des activités de celui qui était déjà pour moi une sorte de héros me rendait perplexe. Je trouvais que cette façon d'agir en soutirant de l'argent en marge d'une véritable profession avait un côté assez répugnant... Mais, après tout, comme l'avait dit Madame : le métier de chauffeur de taxi était très dur... Et comment avais-je le toupet de juger Dédé dans mes pensées alors que moi-même je faisais comme lui en gagnant beaucoup plus d'argent avec les pourboires que les filles arrivaient à obtenir pour moi de leurs clients, qu'avec les appointements mensuels et officiels que me donnait Madame ? L'argent n'a pas d'odeur ; Dédé avait raison. Et même cela prouvait que non seulement il était le plus beau des garçons mais aussi qu'il n'était pas bête.

J'eus le bonheur de l'apercevoir trois fois le lendemain vendredi : au début de l'après-midi, vers 18 heures et à 22 heures, en ouvrant la porte à des clients. Madame avait raison : Dédé prenait son travail au sérieux. Mentalement je me dis que ces trois « rabattages » mettraient soixante francs de plus dans son porte-monnaie pour la journée. Sans qu'il pût s'en douter, j'étais déjà sa compagne : n'étais-je pas en train de surveiller ses intérêts en calculant ses bénéfices occultes ? Ce qui m'avait enchantée, c'était qu'à chacun de ses voyages il n'était pas reparti tout de suite après avoir déposé le client : il avait attendu que je sois venue ouvrir la porte et m'avait fait un petit signe amical avant que je ne la referme derrière le client.

Ces trois entrevues ultra-rapides entre lui et moi auraient suffi pour que ce vendredi me parût beaucoup plus attrayant que les jours précédents, mais j'eus une quatrième surprise qui, elle, n'avait rien à voir avec ma vie sentimentale ! Surprise ! que Madame me réserva sans l'avoir nullement cherchée et qui me permit de mesurer une fois pour toutes la qualité du prodigieux esprit de suite de ma patronne.

Les nombreux clients qui s'étaient présentés depuis 13 heures ayant tous plus ou moins trouvé chaussures à leur pied — aussi bien dans « la réserve » du quatrième que dans le contingent extérieur — nous nous trouvions seules, Madame et moi, dans le bar vers 16 heures devant les tabourets débarrassés provisoirement d'occupants. La sonnette de l'entrée retentit. Madame me dit aussitôt une phrase qui me laissa stupéfaite :

— Allez ouvrir. C'est la belle *Tania* qui revient...

Et comme elle me voyait bouche bée, elle ajouta, sûre d'elle :

— Vous vous demandez comment j'ai pu le deviner? Eh bien, ce n'est pas tellement sorcier! Je lui ai téléphoné hier après-midi, pendant que vous étiez là-haut en train de refaire un lit, pour lui annoncer que je pensais avoir exactement trouvé le personnage qui lui convenait et nous avons décidé, elle et moi, d'un rendez-vous de présentation pour aujourd'hui 16 heures. Il y a déjà un progrès : cette fois elle ne me fait pas attendre. Elle est là à l'heure pile... Allez, Caroline, et introduisez-la tout de suite ici.

Celle que j'avais tant admirée trois semaines plus tôt était peut-être encore plus belle et plus élégante que la première fois où je l'avais vue. La température s'étant considérablement rafraîchie, elle portait un admirable manteau de breitschwanz noir dont la coupe fleurait la très Haute Couture. Elle avait poussé la coquetterie jusqu'à se coiffer d'une casquette à grande visière de cuir, dont la calotte était faite de la même fourrure que le manteau, et qu'elle avait posée avec un tel chic et une telle désinvolture sur sa tête que sa silhouette en devenait presque insolente. Tout en elle n'était que séduction. On sentait qu'aucun détail n'avait été laissé au hasard. Sans doute avait-elle dû se dire qu'après la leçon donnée à Madame, celle-ci avait certainement trouvé le commanditaire de qualité avant de la faire se déranger à nouveau.

— Chère madame, je suis ravie de vous revoir! commença la patronne qui ne bougea cependant pas cette fois de son siège directorial pour montrer peut-être que ce n'était pas parce qu'on l'avait déroutée une fois qu'elle renonçait à ses prérogatives.

— Mais moi aussi, chère madame.

— Je ne vous ferai qu'un petit reproche : pourquoi ne pas m'avoir téléphoné après notre première rencontre comme vous me l'aviez promis?

— Pardonnez-moi, mais j'ai eu tellement à faire! N'oubliez pas qu'avant l'hiver une femme qui veut rester élégante n'a plus rien à se mettre.

— En tout cas je constate, dit Madame après avoir détaillé en connaisseuse l'ensemble vestimentaire, que vous semblez avoir très vite pallié cette lacune... Ce manteau est étonnant et cette casquette vous sied à ravir... Mais je ne veux pas vous faire attendre plus longtemps : vous devez bien vous douter que si, de mon côté, je ne vous ai pas téléphoné plus tôt, c'était parce que je n'avais pas encore trouvé pour vous celui que nous pourrions appeler le partenaire idéal... Aujourd'hui je l'ai! Il est beau, grand, racé, raffiné et, ce qui ne gâte rien, intelligent. Ajoutez à cela qu'il est richissime et qu'il a appartenu au monde diplomatique... De plus il offre l'avantage d'être étranger tout en parlant couramment notre langue : c'est un Italien... Aimez-vous les Italiens?

— Cela dépend, mais je reconnais qu'ils sont souvent très séduisants et assez agréables pour une femme : ils savent lui faire la cour.

— Vous êtes dans le vrai parce que vous êtes le type même de la femme à qui on n'a pas le droit de ne pas faire la cour... Je connais ce monsieur depuis quelques années : pour vous rassurer je vous signale aussi qu'il a une trentaine d'années et qu'il habite le plus souvent en Italie. Ce qui est, à mon avis, pour une femme du monde telle que vous, un réel avantage : on ne le connaît pratiquement pas à Paris où il n'a guère rencontré que des hommes d'affaires. Quand il y vient, il ne manque jamais de me téléphoner.

— Aurait-il du vague à l'âme, ou se sentirait-il seul?

— Comme tout homme divorcé — vous voyez comme c'est amusant : il est dans la même situation que vous —, il recherche désespérément l'âme sœur!

— Et il a l'impression que ce sera vous qui la lui trouverez?

— Pourquoi pas? Ce n'est pas parce que je n'ai pas encore réussi jusqu'à présent que ça ne se produira pas! La preuve, c'est que vous êtes là... Je lui ai longuement parlé de vous... Sachez aussi que c'est un grand seigneur — je dirais presque un Monsieur — qui ne discute jamais pour les conditions... Donc il n'y a aucun problème de ce côté.

— Puis-je vous poser une question?

— Je vous écoute.

— Vous avez présenté beaucoup d'âmes sœurs à ce monsieur?

— Jamais! Et même, si vous en doutez, apprenez que vous êtes la première... Ceci s'explique par le fait que ce garçon est tellement bien que je n'ai pas encore trouvé, avant vous, de femme à qui il aimerait être présenté... Mais je n'avais pas perdu tout espoir! N'ai-je pas bien fait?

Il n'y eut aucune réponse. Madame reprit :

— Sachant par moi que vous étiez loin d'être une professionnelle, il m'a autorisée à vous révéler son véritable nom avant même que vous ne le rencontriez. C'est là une preuve d'élégance et d'honnêteté... Il se nomme Ricardo Cinni.

— Ricardo... répéta lentement la belle *Tania*. C'est un prénom en effet assez rare ici et qui a du charme... Comment se fait-il qu'un homme pareil, s'il a vraiment toutes les qualités que vous me dites, n'ait pas trouvé une femme qui lui plaise dans son pays ? Il existe pourtant de ravissantes Italiennes.

— Il rêve depuis toujours d'une Française... Vous savez mieux que personne que si la Française veut s'en donner la peine, elle écrase toutes les femmes de la terre !

— Ne sera-t-il pas un peu déçu s'il apprend que, par ma mère, j'ai également des origines yougoslaves ? Je crois savoir que les Italiens et les Yougoslaves ne s'entendent guère...

— Pourquoi lui parleriez-vous tout de suite de Madame votre mère ? Attendez un peu... Je n'ai pas l'impression que lorsque vous êtes venue nous voir la première fois, c'était pour trouver ici un mari... Ce n'est pas tout à fait le genre de la Maison... Nous ne sommes pas une agence matrimoniale bien que, trois fois déjà depuis que je préside aux destinées de cet établissement, des idylles, qui s'y sont ébauchées, se sont transformées en liaisons, puis en mariages : j'ai même été témoin au mariage de l'une de mes pensionnaires et je suis la marraine de l'enfant d'une autre... Mais ce sont quand même là des cas d'exception ! Ce qu'il vous faut à vous, qui avez déjà pu juger les inconvénients du mariage, ce serait plutôt un amant qui saurait vous gâter comme vous le méritez.

La jolie femme esquissa un sourire avant de demander :

— A moins que je ne me trompe, ce monsieur, comme

le premier que vous m'avez présenté, doit être en train d'attendre dans le salon?

— Il n'est pas encore arrivé, mais il ne saurait tarder...

— Vous lui avez pourtant dit que ce serait pour 16 heures?

— Je me suis permis de lui demander de ne venir qu'à 16 h 15 : ce qui me donne le temps de vous expliquer qui il est... Je ne voulais pas non plus courir le risque de me retrouver dans la même situation que l'autre jour : supposons que vous n'ayez pas voulu rencontrer un Italien?

— Ça ne me déplaît pas : je préfère de beaucoup un étranger... Ça prêtera moins à conséquence... Dites-moi : il n'a pas dû être très content votre ami de l'autre jour?

— Aucune importance! C'est vous qui avez eu raison : ce n'est qu'un mufle! La preuve, c'est qu'il n'est pas revenu!

— Dois-je attendre ici ou dans le salon?

— Le salon serait préférable : vous n'avez rien d'une fille de bar... Caroline, ouvrez la porte et accompagnez Madame dans le salon... Ce ne sera certainement pas long. Voulez-vous que Caroline allume la télévision? Elle est réparée.

— C'est inutile : je l'ai chez moi et je ne la regarde jamais!

— Désirez-vous que l'on vous serve quelque chose?

— Pour cela je préfère attendre l'arrivée du bel Italien.

Dès qu'elle fut dans le salon, je refermai la porte. Madame me confia alors à mi-voix, comme si elle craignait que ses paroles ne fussent entendues dans la pièce voisine :

— Mon petit, vous allez voir comment on règle son compte à une mijaurée de cette espèce!

Elle décrocha le téléphone intérieur en m'expliquant :

— J'appelle l'appartement...

J'étais de plus en plus stupéfaite, sachant qu'il n'y avait personne au cinquième puisqu'elle était là devant moi. Stupéfaction qui ne fit que grandir quand une voix lui répondit de là-haut.

— Allô, dit-elle, Ricardo? Fin prêt? Descendez : « on » est là...

Une minute plus tard j'entendis la porte de l'ascenseur s'ouvrir dans le vestibule. Un homme entra dans le bar... Un magnifique garçon, je dois le reconnaître, mais qui n'était pas du tout du « type » d'homme que j'aimais : moi, il me fallait Dédé, mon grand blond... Celui-ci aurait pu être l'un de ces jeunes premiers du cinéma italien que j'avais découverts sur l'écran l'année où je fréquentais les cinémas de Vannes, mais il avait quand même un je ne sais quoi de plus distingué. Madame l'avait bien dit quand, dans sa fureur après sa première rencontre avec *Tania,* elle avait téléphoné à son hôtel : Ricardo pouvait presque passer pour un homme du monde. Ses vêtements étaient impeccables, sa chemise immaculée de blancheur et sa cravate de bon goût. Tout, dans l'attitude, était sobre. Il y avait surtout, émanant de sa personne dès qu'on le voyait, une qualité primordiale pour les femmes : le charme... Un charme fou qui devait avoir certainement le pouvoir de faire fondre les cœurs les plus endurcis. La voix était chaleureuse, légèrement zézayante — ce qui ajoutait encore au charme — dégoulinante du soleil de son pays :

— Aucune modification dans ce que nous avons décidé? demanda-t-il.

Madame était déjà passée de l'autre côté du bar pour ouvrir la porte du salon et annoncer à celle qui attendait :

— J'ai l'immense plaisir de pouvoir vous présenter enfin M. Ricardo Cinni.

Avant de refermer la porte pour revenir à son poste de commandement, elle ne manqua pas d'ajouter à l'intention de l'Italien :

— Si vous avez besoin de la moindre consommation, ouvrez cette porte : Caroline vous l'apportera aussitôt.

Quand nous fûmes à nouveau seules, elle dit d'une voix qui sentait déjà le triomphe :

— L'affaire est emmanchée... A lui de jouer! Notez bien que je suis tranquille : c'est le garçon le plus fort que je connaisse actuellement dans sa spécialité.

— Que Madame veuille bien pardonner ma curiosité mais ce monsieur a vraiment été diplomate?

— Même s'il ne l'a pas été officiellement, il mériterait de recevoir un diplôme de « Diplomate d'Honneur »! Pour son métier, il faut avoir toutes les diplomaties...

— Qu'est-ce qu'il fait exactement?

— Il se fait entretenir par de jolies femmes : il a beaucoup de goût et ne se trompe jamais sur la vraie beauté... Savez-vous, Caroline, que ce n'est pas si facile que cela de se faire entretenir? A l'échelle où opère Ricardo — c'est-à-dire dans le grand luxe et la vie facile — n'est pas souteneur qui veut! Il faut posséder d'innombrables qualités et surtout ne pas être sot.

— Puis-je demander à Madame pourquoi elle a présenté un pareil individu à une femme qui semble n'être venue ici que pour trouver un homme ayant de l'argent?

— Ricardo en a un peu en ce moment : celui que je viens de lui avancer pour ce que j'appellerais « les frais d'attaque ». Il faut toujours semer pour récolter et à plus forte raison avec une femme dont on cherche à obtenir un bon rendement. Avant un mois d'ici, si les choses se passent bien — et il n'y a aucune raison pour qu'il n'en soit pas ainsi — j'aurai récupéré mon capital investi dans cette « opération *Tania* »... Ensuite, celle qui se croit une dame, et qui ne sera bientôt plus qu'une fille, commencera à nous verser de substantiels revenus à Ricardo et à moi : oui, nous faisons toujours part à deux quand nous travaillons ensemble.

— Mais Madame ne pense-t-elle pas qu'elle gagnerait plus d'argent en présentant tout de suite cette jolie femme à plusieurs clients réellement riches ?

— Apprenez que les hommes « riches » ne courent pas les rues aujourd'hui et encore moins les Maisons comme celle-ci ! Si je veux garder sous ma férule une pensionnaire de cette classe tout en lui laissant l'illusion qu'elle conserve elle-même une certaine autonomie extérieure, il faut bien que j'aie quelqu'un pour « la tenir » quand je n'ai pas besoin de ses services... Seul un homme expérimenté et connaissant à fond la musique peut le faire : oui, Caroline, il y a des moments où les femmes — et même moi ! — ne pouvons pas nous passer des hommes ! Pour la plupart d'entre elles, c'est parce qu'elles ont besoin de sa présence physique. Pour moi, ce n'est pas le cas : je me passe aussi bien des hommes que des femmes ! La seule chose qui m'intéresse, c'est le profit. Et pour gagner de l'argent, j'exploite le penchant que les hommes éprouvent pour les femmes, ou réciproquement, comme ça va être le cas pour la belle *Tania* à l'égard du beau Ricardo... Il connaît l'art de savoir se rendre irrésistible ! Dès qu'elle sera follement amoureuse de lui, il lui expliquera qu'il n'a plus d'argent, qu'il a fait un mauvais coup de bourse ou qu'il a été ruiné par un escroc... Il inventera n'importe quoi en faisant comprendre à la belle que, se voyant brusquement dans la gêne et ne pouvant plus la choyer comme il le souhaiterait, il estime que son devoir est de s'éloigner... Il jouera les cœurs nobles, les grands seigneurs qui savent disparaître avec élégance pour permettre à la dame de leurs pensées de refaire sa vie avec un autre... Elle sera désespérée à l'idée d'une séparation aussi brutale! Et elle s'accrochera... Finalement, il donnera l'impression de se laisser attendrir et, après qu'ils se seront passionnément retrouvés sur l'oreiller, il commencera à susurrer avec une voix très tendre qu'une situation aussi dramatique pourrait peut-être s'arranger si elle consentait à retourner — très discrètement bien sûr et sans qu'il fût lui-même censé le savoir pour sauver les apparences — chez « *cette vieille maquerelle de Madame Agnès qui, au fond, n'est pas une si mauvaise femme et qui ne demande toujours qu'à rendre service* »... A partir de ce moment-là, la belle brune sera à ma disposition à chaque fois que je lui téléphonerai... Croyez bien, ma petite, qu'en fin de compte et à la longue, l'opération se révélera infiniment plus rentable pour moi que si je lui faisais faire de temps en temps de « grosses passes »... Quand elle aura pris l'excellente habitude de venir ici régulièrement, je diminuerai ses prix : elle fera exactement la même chose pour moins cher! Je la mettrai à trois cents francs au lieu de cinq : ce qui fera des passes à six cents au lieu de mille... C'est trop cher, mille, par les temps actuels! A ce tarif-là on épuise très vite la bonne clientèle! Si je connais en tout une quinzaine de clients « à mille », c'est le bout du monde, alors qu'il y en a des centaines à « six cents »! Avec une *Tania,* comme avec toutes celles qui travaillent pour moi, je me rattrape sur la quantité et non pas sur la qualité! Par ces temps de disette qui sévissent actuellement dans tous les commerces, c'est le nombre des « rentrées moyennes » — et non pas le hasard d'une affaire exceptionnelle — qui assure le vrai bénéfice...

Et comme elle me voyait la regarder une fois de plus avec une admiration béate, elle changea de ton pour dire :

— Savez-vous, Caroline, que vous irez très loin si

vous savez persévérer dans ce métier? Vous avez deux qualités qui conduisent au succès : une curiosité instinctive et le besoin d'écouter les personnes d'expérience. C'est pourquoi, peu à peu, je vous initie... Aussi je le repète : peut-être qu'un jour, beaucoup plus proche que vous ne le pensez, vous serez très capable de me succéder quand je dételleraі... Avouez que ce serait dommage de voir péricliter une pareille affaire uniquement parce que celle qui m'aura remplacée ne serait pas compétente!

— N'y a-t-il pas Mlle Angélique?

— Elle est trop âgée, elle aussi. Ça ne l'intéresse pas; elle a déjà fait son beurre... Non! Il faut, au rythme et à la vitesse où vont les choses aujourd'hui, une femme encore jeune qui sache s'adapter à son temps et au progrès... Maintenant, vous pouvez sortir du réfrigérateur une *Cristal Rœderer* que vous monterez, dès qu'ils auront donné signe de vie, au 18 : le troisième étage est celui des gens qui ne sont pas pressés... Du moment que ça se prolonge en ce moment à côté, dans le salon, c'est que tout va bien : je connais mon Ricardo...

— J'avoue avoir été assez surprise quand Madame l'a fait descendre de son propre appartement : il n'y était pourtant pas ce matin quand j'ai apporté à 8 heures le petit déjeuner...

— Vous surveillez votre patronne maintenant? Vraiment, Caroline, les rôles sont renversés! Eh bien je vous rassure quand même : Ricardo n'est pas mon amant, ni lui ni personne! Et puisque vous continuez à vous montrer aussi curieuse, apprenez que je l'ai déjà fait venir plusieurs fois le matin sans que personne ne s'en soit même aperçu dans la Maison et pendant que vous faisiez avec Marie le ménage dans les chambres. Ceci, dès le lendemain du jour où la belle *Tania* s'était montrée aussi exigeante : Ricardo et moi nous avons eu besoin de plusieurs conférences secrètes pour mettre au point les différents détails de cette opération de charme qui n'en est qu'à son prologue... Oui, un autre de mes principes est qu'il ne faut jamais perdre de vue une affaire quand on sait qu'on peut la réussir : tout vient à point à qui sait attendre! La preuve...

La porte du salon s'était rouverte laissant apparaître *Tania* et celui dont elle devait être persuadée d'avoir fait la conquête puisqu'elle dit dans un exquis sourire :

— Chère madame, je vous avoue avoir très envie maintenant de visiter l'une de vos chambres.

— Qu'à cela ne tienne, chère madame! Caroline, accompagnez Madame et Monsieur au 18... Du champagne, bien sûr?

— Et le meilleur! répondit l'Italien dans un sourire encore plus élargi que celui de sa nouvelle compagne et qui permettait de voir l'émail d'un denture éclatante. Vous n'allez tout de même pas nous faire croire que Madame et moi, nous avons l'allure de buveurs de pastis?

Ce fut, dans l'ascenseur, la montée à trois... Après ce que je venais d'apprendre, je n'étais plus seulement dans l'admiration de la patronne, j'étais pétrifiée d'émerveillement pour la qualité de sa tactique.

Quand j'apportai ensuite le *Cristal Rœderer*, la voix ensoleillée de l'Italien me cria « Entrez » dès la première fois où je frappai. Je ne me trouvais pas, cette fois, en présence d'un couple déjà vautré sur le lit comme cela continuait à se passer avec une *Maud* ou ses consœurs dont le métier était d'expédier « les affaires courantes ». *Tania* et Ricardo devisaient calmement, installés l'un et l'autre dans des fauteuils : ne possédaient-ils pas tous les deux ce savoir-vivre des gens qui savent prendre leur temps et qui ont horreur d'afficher leur passion devant autrui?

Quand je revins au bar, Madame me demanda :

— Combien vous a-t-il donné comme pourboire ?

— Vingt francs, madame.

— Ça ne m'étonne pas : c'est un garçon qui a toujours su être généreux avec l'argent des autres... Car vous pouvez considérer, ma petite Caroline, que c'est moi qui vous ai fait ce cadeau !

— Si Madame veut que je le lui rende...

— Il n'en est pas question. Je suis enchantée de vous faire plaisir.

— Madame est trop bonne.

— Pas avec tout le monde, mon enfant.

De nouveaux clients et de nouvelles filles arrivèrent. On « monta » et on « descendit » beaucoup ce vendredi-là. Il y eut même une telle activité que j'en oubliai complètement le 18 qui ne donnait pas signe de vie.

Ce ne fut qu'à 23 heures, c'est-à-dire six heures après que ses occupants furent montés, qu'un appel téléphonique vint de la chambre. Après avoir écouté pendant quelques instants, Madame répondit :

— Vous avez là une excellente idée, cher ami. J'y souscris entièrement... Vous pouvez descendre avec Madame : la voie est libre. Je vous attends moi-même à la sortie de l'ascenseur pour vous dire au revoir.

Avant de se diriger vers le vestibule, elle me glissa rapidement :

— Du moment qu'il l'emmène souper, cela veut dire que tout s'est admirablement passé !

Je l'entendis, à travers la porte restée entrouverte, dire au couple qui s'en allait :

— Vous voyez, j'avais donné des ordres pour que l'on ne vous dérange à aucun prix ! Je ne vous demande pas si vous êtes satisfaits : vous paraissez radieux, l'un et l'autre... Si vous saviez comme la seule idée d'avoir été celle qui a réussi à vous faire faire connaissance est réconfortante pour moi! Enfin deux êtres beaux et jeunes qui se plaisent! Je vous jure que ça me change de toutes les laideurs que je vois quotidiennement. Il ne me reste plus qu'à vous souhaiter une bonne fin de soirée et surtout un bon appétit... Oh! je sais, l'amour, ça creuse! Bonsoir... Et à bientôt, j'espère?

Ce ne fut que trois heures plus tard, après que la fermeture eut été faite et au moment où je m'apprêtais à remonter dans mon pigeonnier, que Madame me dit avec une certaine brusquerie :

— Caroline, qu'est-ce que vous pensez de moi maintenant que nous nous connaissons mieux?

— Mais... tout le bien que l'on peut penser de quelqu'un qui sait être une vraie patronne.

— C'est très gentil ce que vous venez de dire... Car ça me ferait de la peine que vous me preniez pour un monstre.

— Moi? Comment Madame peut-elle dire une chose pareille?

— La façon dont je m'y suis prise avec cette *Tania* ne vous a-t-elle pas un peu choquée?

— Nullement. Si Madame a agi ainsi, c'est qu'elle a estimé que c'était nécessaire.

— Exactement! Vous avez trouvé l'expression juste : il le fallait! Plus vous progresserez dans ce genre de travail, et plus vous vous apercevrez que les femmes — que ce soient des professionnelles ou des pseudo-femmes du monde qui ne valent pas plus cher qu'elles — ont besoin qu'on leur montre quelquefois les dents. Si on les laissait faire, si on les écoutait et si on cédait devant leurs exigences, toutes, sans exception, nous mangeraient de l'herbe sur la tête... Parce que je ne me fais aucune illusion : il n'y en a pas une seule qui m'aime! Toutes me détestent parce qu'elles ont besoin de moi et que je sais me servir d'elles... En ce qui concerne cette *Tania*, j'avais tout de suite vu clair en comprenant qu'elle n'avait pas un franc, malgré son époustouflante garde-robe, et qu'elle cherchait à m'en mettre plein la vue... On ne bluffe pas une vieille jument de retour comme moi, ma petite Caroline! Ce qui n'empêche pas que, pour le moment, elle doit être très satisfaite et persuadée d'avoir déniché l'oiseau bleu! Elle déchantera d'ici un mois... J'ai beaucoup réfléchi avant de la flanquer sous les griffes d'un Ricardo... Mais il offre pour moi un inestimable avantage : je connais à fond son passé! S'il s'avisait de jouer les filles de l'air avec sa nouvelle recrue et surtout avec l'argent que je lui ai avancé, ça lui coûterait cher et il le sait... Oui, vous devez bien vous douter que, pour maintenir ouverte actuellement une Maison de ce genre, il faut avoir de sérieuses accointances avec la police : le beau Ricardo serait retrouvé n'importe où! Je sens que vous vous demandez ce qui va bien pouvoir se passer pour ces deux tourtereaux ce soir et pendant les jours qui vont suivre... Ils vont nager dans le bonheur, Caroline, parce que je l'ai décidé! Pour eux, c'est une sorte de voyage de noces qui commence et qui, comme toute expédition sentimentale, connaîtra sa fin au jour et à l'heure qui me conviendront. Comptez sur moi pour que le réveil de la Belle soit plutôt brutal!

» En ce moment, après avoir savouré l'excellent souper que je lui ai offert — par l'intermédiaire de Ricardo — dans un restaurant ayant au moins deux étoiles, elle doit s'abandonner à la griserie de la danse dans une boîte de Saint-Germain-des-Prés. Et comme la danse attise la passion quand on sait s'y prendre comme Ricardo, elle doit être de plus en plus amoureuse : il va l'emmener terminer cette folle nuit dans l'appartement très douillet que je lui ai dit de louer jusqu'à nouvel ordre dans un palace proche des Champs-Élysées... Il ne pouvait être question que cela se passât du côté de Belleville dans cet *Hôtel des Iles* où il a installé depuis longtemps son P.C.! La belle aurait été trop déçue... Notez aussi qu'il la promène dans Paris, depuis qu'ils nous ont quittés, dans un coupé Mercedes blanc que je lui ai fait louer chez *Hertz* : c'est très commode, ces locations de voitures, pour achever de créer l'illusion de richesse... Ils se réveilleront tard demain, encore plus enamourés. Et, suivant toujours en cela mes directives, il l'emmènera en week-end à Deauville. L'automne sait être attrayant sur la côte normande : c'est l'époque où l'on y trouve ceux qui ont vraiment les moyens d'y prolonger un séjour... Lundi, ou mardi, ils reviendront à Paris où il lui offrira — non pas un bijou, ce serait trop! — mais un joli manteau de fourrure : vous avez remarqué qu'elle aimait les fourrures? La fourrure offre pour une femme, qui adore être regardée, l'avantage de coûter moins cher qu'un bijou et d'être beaucoup plus voyante... Ce sera pour cette femme vaincue et conquise une sorte de cadeau de fiançailles... Après? Il y aura de plus en plus d'étreintes et de moins en moins de cadeaux jusqu'au jour néfaste où l'homme, effondré, annoncera qu'il n'a plus un sou... Il ne faudrait cependant pas que cette ruine fût trop rapide, sinon elle ne ferait pas vrai! C'est pourquoi j'ai prévu un mois de délai... Dans un mois, ma chère enfant, ce téléphone sonnera : ce sera un appel, timide cette fois et presque angoissé, de la belle *Tania* qui m'annoncera qu'elle n'a pas pu me téléphoner avant parce qu'elle a dû s'absenter de Paris pour « affaires de famille ». Et je ferai semblant de la croire en lui répondant : « Rien ne pouvait me faire plus de plaisir que votre appel... Quand venez-vous? Aujourd'hui? J'ai précisément un client très important qui meurt d'envie de faire votre connaissance... Je vous attends. » Et elle viendra, convaincue qu'elle me rend service, et que je n'ai aucune idée de ce qui a pu lui arriver! Parallèlement Ricardo m'aura tenue, de jour en jour, au courant des progrès accomplis. La veille même de l'appel désespéré de celle qu'il aura réussi à amener à compréhension, il m'aura lui-même téléphoné pour m'annoncer : « Ça y est : elle est mûre... » Je n'insiste pas : cet adjectif a suffisamment de force pour me dispenser de toutes autres explications. Et elle viendra, comme aujourd'hui, vers 16 heures... Entre-temps, je lui aurai trouvé le client — un vrai celui-là — qui me permettra enfin de commencer à rentrer dans mes frais et à Ricardo de continuer à se laisser vivre... Voilà, Caroline! Je vous promets que ce soir-là ce sera moi qui vous offrirai, après la fermeture, une bouteille de *Cristal-Rœderer :* nous la dégusterons tranquillement toutes les deux, en mesurant la fantastique différence qui peut exister entre la sottise de créatures aussi belles que celle que vous avez admirée et l'intelligence de femmes comme vous et moi, qui ont oublié d'être jolies... Bonsoir, mon petit. Reposez-vous et faites de beaux rêves!

Le lendemain, samedi, j'entrevis encore trois fois, arrêté devant le seuil de la Maison, le taxi de Dédé. Celui-ci me fit le petit signe dont je ne pouvais déjà plus me passer. Le soir, avant de remonter dans ma chambre après avoir souhaité à la patronne un bon dimanche, je m'enhardis pour lui dire :

— J'espère que Madame ne m'en voudra pas de la faveur que je vais lui demander?

— Parlez, Caroline.

— Voilà : Madame a toujours été très gentille pour moi en m'accordant tous mes dimanches. Seulement, le dimanche, les magasins sont fermés... Maintenant que j'ai réussi, grâce à Madame, à mettre un peu d'argent de côté, j'aimerais renouveler la garde-robe que j'ai apportée de Vannes et qui n'est pas très brillante... Vannes, pour la Mode, ce n'est pas Paris ! Je m'en suis rendu compte en voyant comment sont habillées toutes les femmes qui passent ici...

— Vous n'avez tout de même pas l'intention de rivaliser d'élégance avec une *Tania?*

— Loin de moi une telle pensée ! Je n'y tiens d'ailleurs pas, maintenant que je sais par Madame ce qui va lui arriver ! C'est simplement parce que je voudrais être un peu plus « parisienne » pour sortir dimanche prochain.

— Alors qu'est-ce que vous voulez ?

— Que Madame m'accorde — non pas un après-midi : je sais qu'il y a trop de travail — mais une matinée de semaine, mardi par exemple, pour que je puisse aller faire quelques achats. Mais je promets à Madame de ne sortir qu'après avoir fait toutes les chambres : je commencerai à 5 heures du matin s'il le faut en ne faisant pas de bruit pour ne pas réveiller les clients qui dormiraient encore dans certaines d'entre elles... Et je rentrerai au plus tard à 14 heures.

— Attention à la coquetterie, Caroline ! Vous n'êtes pas amoureuse au moins ?

— Moi ! Oh non ! Je suis comme Madame...

— C'est bien : tâchez de continuer et vous serez riche ! Je ne peux pas vous refuser ce que vous venez de me demander parce que je n'ai pas un seul reproche à vous faire. Je vous accorde votre mardi matin.

— Merci, madame... Madame est trop bonne !

— Assez ! Vous avez déjà senti l'autre jour que j'ai horreur que l'on me dise cela ! Ce n'est pas un compliment pour moi : je déteste l'idée que l'on puisse me considérer comme étant une femme « bonne »... Il suffit d'intervertir les mots et on devient « une bonne femme »! A lundi...

Lundi après-midi, Dédé sonna : il venait recevoir son dû. Comme il avait amené six clients — trois le vendredi et trois le samedi — je lui remis, de la part de Madame, cent vingt francs. Au moment où j'eus ce geste, il me prit la main qu'il garda pendant quelques instants dans la sienne en demandant :

— Qu'est-ce que vous faites dimanche prochain? Ce doit être votre jour de congé? Moi non plus je ne travaille pas ce jour-là : les dimanches, ça ne vaut rien pour le taxi! Si on sortait ensemble? Je vous invite à déjeuner...

— C'est vrai, monsieur Dédé?

— Puisque je vous le dis! On ira à la campagne : je mettrai « le cache » sur le voyant lumineux qui est sur le toit de la bagnole... Ça voudra dire : « On ne prend aucun client aujourd'hui! Repos : on se promène en amoureux... » Ça vous plaît?

— Si ça me plaît? Oh oui, alors!

— Après le déjeuner, on ira danser dans un « truc » épatant que je connais. Vous aimez la danse?

Je ne sais trop pourquoi j'ai menti à cette seconde, mais j'ai senti que c'était un mensonge nécessaire. J'ai répondu :

— La danse? C'est ce que j'aime le plus au monde!

— Ensuite on verra... Je me sauve! Je connais votre patronne : elle n'est pas commode! Si elle vous voit me parler trop longtemps, elle va vous eng...ler... Et puis surtout ne lui dites pas un mot de ça! On se retrouve où?

— Je ne sais pas, monsieur Dédé... Là où ça vous arrangera.

— Comme j'aurai le taxi, je ne vous attendrai pas ici devant la porte : des fois que la vieille surveillerait! Je m'arrêterai au bout de la rue, à droite, à l'angle du boulevard. Ça va?

— Très bien.

— Vous reconnaîtrez ma voiture?

— Ce taxi-là, monsieur Dédé, je suis sûre que je le repérerais entre mille!

— A dimanche!

Jamais il ne m'avait autant parlé. Ses phrases avaient été saccadées comme celles de quelqu'un qui est pressé. Il l'était sûrement avec toutes les courses qu'il voulait encore faire pour que son compteur tourne. A moins qu'il n'ait parlé ainsi que parce qu'il était intimidé? Je m'accrochais à cette seconde idée : elle me plaisait! Si je l'avais intimidé, cela ne voulait-il pas dire que, lui aussi, il était amoureux?... Peut-être un peu moins que moi, mais quand même amoureux! Il y avait également quelque chose qui m'intriguait dans ce qu'il avait dit. Après m'avoir exposé le programme qu'il avait prévu pour le dimanche avec le déjeuner suivi de la danse, il avait ajouté : « Ensuite on verra... » Qu'est-ce qu'il entendait par là?... Ah, non! Je ne voulais pas que ça se passât aussi vite! C'était peut-être très bête mais j'avais envie qu'il me fît la cour : n'était-ce pas normal? Pour un homme, n'étais-je pas encore vierge? Seulement, comment un Dédé pouvait-il l'imaginer quand il savait que je travaillais dans une Maison pareille? N'était-il pas en droit de penser le pire? A cette époque déjà, c'était plutôt rare une bonniche de mon âge qui travaillait à Paris et qui avait conservé son innocence! En tout cas, ça ne s'était certainement jamais vu chez Madame Agnès...

Le lendemain, profitant du congé accordé par Madame, j'allai directement aux Galeries Lafayette, puis au Printemps. Qu'y a-t-il de mieux pour une fille, qui n'est plus tout à fait de sa province et encore loin d'être devenue une Parisienne, quand elle ne sait pas trop comment s'habiller? A 13 heures je revenais avec trois paquets cartonnés : deux gros et un petit. Dans les gros il y avait deux ensembles : un tailleur bleu marine — j'avais été fascinée par celui de *Tania* — et une robe rose, que je trouvais ravissante, et qui allait aussi bien à la couleur de mes cheveux qu'à mon teint. Je précise que c'était un rose pastel et non pas le rose « bonbon fondant » que j'exècre! Ma grande chance — les vendeuses l'avaient toutes remarqué pendant l'essayage — était d'avoir une taille proportionnée et normale : ni trop grande ni trop petite, je pouvais facilement trouver le prêt-à-porter qui est destiné à Madame-tout-le-monde.

Le petit carton contenait un canotier de paille blanche que je pouvais porter aussi bien avec le tailleur qu'avec la robe. Quand je le posais sur ma tête, il permettait à mon nez retroussé de faire merveille : j'ai cette autre chance d'avoir une « tête à chapeaux », ce qui n'est pas donné à toutes les femmes!

Mes achats se complétaient par deux sacs, deux paires de gants et trois paires de souliers à talons hauts qui me firent toujours mal aux pieds mais qui me permirent de gagner quelques centimètres : n'était-ce pas nécessaire puisque Dédé était très grand? Il est normal, et même harmonieux, que la femme soit plus petite que l'homme mais cela devient un désastre quand elle donne l'impression d'être une naine.

Après avoir déposé mes achats sur mon lit, je redescendis, en tablier de travail, au bar où Madame me demanda :

— Alors, Caroline, contente de vos emplettes?

— J'espère que Madame les trouvera à son goût.

— Mon avis ne compte pas dans la circonstance. L'essentiel, c'est que ça vous plaise! Vous avez d'ailleurs bien fait de renouveler votre garde-robe : vous pourrez l'étrenner dimanche prochain.

— C'était dans mes intentions.

— Comme je vous l'avais promis l'autre jour, j'ai tout arrangé pour votre sortie. Vous n'aurez qu'à aller dimanche, vers 11 heures, à l'adresse que je vous indiquerai : c'est celle de cette dame chez qui travaille cette jeune femme de chambre qui m'a fait si bonne impression. Elle a le même âge que vous et se nomme Geneviève. Comme vous, elle est arrivée de sa province il n'y a pas longtemps et elle est ravie à l'idée de trouver une compagne de sortie. Elle aussi se sentait un peu dépaysée à Paris. Donc tout me paraît être réglé pour le mieux...

— C'est-à-dire... Que Madame me pardonne, mais j'avais un autre projet...

Je m'arrêtai net, hésitante, cherchant ce que je pourrais bien raconter. Il n'était pas question de parler de l'invitation de Dédé! Lui-même me l'avait interdit et la patronne aurait été furieuse, elle qui avait tellement peur de me voir rencontrer un homme qui me convienne! Heureusement pour moi, j'avais lu la veille dans un quotidien, pendant que je montais la garde à l'office, une information qui m'apporta l'inspiration :

— Madame ne sait sans doute pas que dimanche il y aura la grande réunion annuelle, suivie d'un banquet et d'un bal, de l'association des « Bretons de Paris ». J'aimerais tellement y assister!

— Auriez-vous déjà la nostalgie de votre pays qui est, d'ailleurs, aussi le mien? Mais, mon petit, il va y avoir un monde fou là-dedans! Vous ne vous rendez pas compte du nombre de Bretons qui sont à Paris! Je crois qu'il y en a encore plus que d'Auvergnats... Enfin, ce n'est pas moi, qui suis née à Vannes, qui aurais le droit de vous empêcher d'y aller... Mais pourquoi ne pas y emmener votre camarade Geneviève ?

— C'est qu'elle n'est pas bretonne! Madame m'a dit elle-même qu'elle était de la Nièvre ?

— Oh! C'est toujours la province... Et puis, dans cette association, ils ne doivent pas en être à une Bretonne près!

— Pour la première fois où j'y vais, je préférerais que ce fût seule.

— Bon. Je n'insiste pas. Seulement il va falloir que je téléphone à la patronne de Geneviève... Ça m'apprendra à me donner du mal pour vous trouver des distractions! Je suis bien bête! Et je vous préviens : ne venez plus vous plaindre auprès de moi que vous vous ennuyez le dimanche!

— Je le promets à Madame.

Je sentais déjà que je ne serais plus jamais seule le dimanche.

Il arriva enfin, ce dimanche! Il eut la gentillesse de se montrer bleuté et tiède : ce qui me permit d'étrenner la robe rose et le canotier avec un sac, des souliers et des gants qui étaient également blancs. L'ensemble faisait très printanier alors que l'automne venait déjà de commencer. Mais n'était-ce pas pour moi le printemps d'un amour ?

A l'heure indiquée par Dédé, j'arrivais à l'angle du boulevard. Du bout de la rue, j'avais aperçu le taxi qui m'y attendait. Le cœur battant comme il ne l'avait encore jamais fait dans ma poitrine, je courus presque et j'arrivai tout essoufflée. Debout, devant sa voiture, Dédé m'attendait, rieur : le plus beau sourire d'homme que j'avais jamais vu! Avec galanterie il ouvrit la portière avant droite en disant : « Monte vite et on démarre! Avec la vieille je ne suis jamais tranquille! C'est une chouette qui voit en plein jour. »

Il s'installa au volant à ma gauche. Pendant qu'il mettait le contact, je pensais : « Il m'a dit : monte! c'est la première fois qu'il me tutoie... Je suis sûre que maintenant il ne pourra plus me parler autrement! » Ce qui me remplit de joie. Eh oui. Je peux bien le dire aujourd'hui : quand le taxi de Dédé démarra ce jour-là, je me suis sentie une princesse qui se serait fait enlever par son prince charmant...

Je suis stupéfaite de constater que j'ai tant écrit déjà! Ce matin encore, quand j'ai commencé avant de me rendre à l'église, je me demandais si j'arriverais même à dépasser trois lignes... Ce qui est curieux, c'est que ma main a couru sans effort sur le papier... Elle n'est pas fatiguée. Ce sont mes yeux qui le sont : tant de noir sur tant de blanc! Dehors, la nuit est tombée depuis longtemps. Quand j'ai allumé la lampe de ce bureau — la seule qui éclaire en ce moment la pièce — je l'ai fait entre deux phrases : geste qui n'a même pas été pour moi une interruption. Contrairement à ce que j'avais pensé à un moment, je n'ai pas pris le temps de goûter au retour du cimetière et je n'ai toujours pas faim. Il va quand même falloir que je dîne, ne serait-ce que pour ne pas faire trop de peine à Marie qui doit déjà beaucoup m'en vouloir de ce que j'ai négligé son déjeuner. Tout de suite après je monterai dans ma chambre : depuis que je n'exerce plus mon métier, j'ai pris l'habitude de me coucher tôt, moi qui ai pourtant été — depuis le jour de mes débuts chez Madame Agnès — la plus invétérée des noctambules, retrouvant rarement son lit avant 2 heures du matin ! C'est d'ailleurs pendant la nuit que j'ai gagné le plus d'argent !

Et demain je me lèverai tôt pour écrire à nouveau pendant toute la journée : ainsi le Jour des Morts sera consacré au souvenir de mon cher Dédé...

LA « MÉTHODE » DE DÉDÉ

Si l'on m'avait dit qu'un jour viendrait dans ma vie où je serais déjà assise devant un secrétaire à 8 heures du matin pour écrire, je n'aurais pas pu le croire... Et pourtant! Ce matin je n'ai aucune autre envie que celle de continuer à étaler mes souvenirs sur le papier. J'espère que ce travail ne sera pas plus fatigant pour moi qu'hier puisque ce que j'ai l'intention de raconter sera tout aussi vrai. J'ai souvent entendu dire que ceux dont c'est le métier d'écrire lisent et relisent un nombre incalculable de fois ce qu'ils ont écrit : il paraît qu'ils se corrigent, raturent des phrases, changent des mots, modifient la ponctuation et que, malgré tout ce labeur, ils ne sont jamais pleinement satisfaits de leur prose. C'est là une méthode qui a certainement du bon mais je crois que, dans mon cas, elle me retirerait beaucoup de spontanéité. Je n'ai pas relu ce que j'ai écrit hier et je n'ai aucunement l'intention de le faire. Ce doit être très fastidieux de se relire et tellement décourageant si l'on trouve que ce que l'on a écrit n'offre aucun intérêt! C'est pourquoi je préfère m'abstenir d'une telle corvée : je redoute les déceptions.

Le beau temps, assez inespéré, qui a rendu plus humaine la journée d'hier, s'est fondu en une petite pluie fine qui me rappelle le crachin de ma Bretagne et qui tombera certainement sans interruption pendant des heures! Pluie qui ne donne pas l'impression de mouiller mais qui pénètre pour imprégner de tristesse la nature et les êtres... Un temps qui convient parfaitement au 2 novembre et qui me paraît présenter un curieux contraste avec la suite de mon récit vécu où je vais tenter de relater ce qui fut la période la plus heureuse de ma vie...

Le premier repas pris en compagnie de l'homme de mes rêves ne pouvait être qu'un déjeuner de soleil.

— Où m'emmenez-vous? fut la seule question que je lui posai dans le taxi.

— C'est une surprise... J'ai un de mes bons amis qui se nomme Fernand et qui a ouvert, sur les bords de la Marne, un restaurant où l'on déguste une de ces fritures de goujons, arrosée de muscadet, dont tu me diras des nouvelles!

Il avait raison, Dédé : chez l'ami Fernand, tout était bon. Mais même si la cuisine y avait été médiocre, cela n'aurait eu aucune importance pour moi : lorsqu'on est amoureuse comme je l'étais alors, on ne remarque plus rien de ce qui vous entoure ou de ce qui se passe autour de soi. Les gens et les choses n'existent qu'en fonction de celui ou de celle que l'on aime : c'est sa présence seule qui donne de la couleur, du relief et de la vie à tout le reste. Sans pouvoir l'exprimer, on sent très nettement que s'il n'était pas là, devant vous ou à vos côtés, tout ne serait que laideur et tristesse.

Nous ne quittâmes le restaurant qu'à 18 heures. Qu'est-ce que nous avions bien pu nous dire pendant tout ce temps? Je ne sais plus mais ce ne pouvait être que ces phrases dont les mots n'offrent aucun poids en eux-mêmes, mais qui permettent à l'homme et à la femme de se trouver et de commencer à se situer. Ce fut ce jour-là que j'appris que Dédé s'appelait en réalité André Vasseur, qu'il était né sous le signe du Taureau et qu'il avait vingt-cinq ans, c'est-à-dire quatre années de plus que moi : ce qui me parut un double et excellent présage puisque j'étais Scorpion. Nous étions déjà faits pour nous compléter. Je sus aussi qu'après avoir fait son service militaire, Dédé, qui était orphelin et qui, comme moi, n'avait plus aucune famille, était entré dans une petite compagnie de taxis : la voiture ne lui appartenait pas, mais son patron, qui avait grande confiance en lui parce qu'il n'avait jamais détérioré aucun véhicule depuis trois années qu'il travaillait à son service, lui avait donné l'autorisation de garer son taxi à proximité du lieu où il habitait dans le XVe arrondissement. C'était pourquoi il pouvait s'en servir les jours de repos pour son usage personnel à condition, naturellement, de payer l'essence, de bloquer le compteur et de recouvrir le voyant lumineux, fixé sur le toit de la voiture, du capuchon réglementaire exigé par la préfecture de Police. C'était ce qui lui permettait de m'offrir cette petite escapade en dehors de Paris.

De mon côté je lui racontai les grandes lignes de ce qu'avait été ma propre existence, très banale jusqu'au jour où j'avais rencontré Madame Agnès. Quand j'en étais arrivée au nom de cette dernière il m'avait dit en riant :

— Au fond, tu as eu une certaine chance de trouver cette maquerelle sur ta route : les places comme la tienne sont plutôt rares!

Pendant tout le repas, il continua à me tutoyer alors que je lui disais « vous ». Ce ne fut que lorsque nous nous retrouvâmes dans la voiture, revenant vers Paris, qu'il me dit :

— Il faut que toi aussi tu me tutoies, Caroline, quand nous sommes tous les deux ensemble... Sinon j'ai l'air du parfait « micheton » qui vient de soulever une mignonne qui le connaît à peine! Les gens n'ont pas à savoir que notre rencontre est toute récente. Le plus curieux, c'est que j'ai l'impression que toi et moi nous nous sommes toujours connus.

— Moi aussi, Dédé.

— Alors, dis-moi « tu »!

— Tu me plais, Dédé.

— Toi aussi, Caroline.

En disant cela, il avait freiné : nous échangeâmes notre premier baiser dans le taxi arrêté au bord de la route à l'entrée de Nogent-sur-Marne. Si on me le demandait, je suis sûre de pouvoir, en y retournant, indiquer exactement l'endroit où ça s'est produit. Il existe ainsi des lieux, n'ayant pas le moindre caractère particulier et d'où ne se dégage même aucun charme spécial, qui restent marqués pour toujours dans une existence parce qu'il s'y est passé quelque chose d'essentiel. N'était-ce pas la première fois où je me laissais embrasser par un homme? Et cela me sembla exquis! Dédé embrassait bien... Quand nous repartîmes, j'éprouvais la merveilleuse sensation de ne plus m'appartenir complètement et d'être déjà un peu la propriété de quelqu'un d'autre.

— Ce que je vais te dire va te sembler sans doute assez stupide, me dit Dédé, mais j'ai l'impression d'avoir embrassé une vraie jeune fille.

— J'en suis une...

— Tu te moques de moi? Tu ne vas tout de même pas me faire croire que, travaillant chez la mère Agnès, tu as encore ton pucelage! Les rosières de vingt et un ans, c'était bon pour la génération de nos parents!

— C'est pourtant vrai que je suis vierge, Dédé.

— Ça, alors, c'est formidable! Tu as quand même eu des flirts quand tu étais à Vannes? Tu es gentillette, tu es bien fichue et tu n'es pas bête!

— C'est peut-être pour cette dernière raison que je n'ai pas voulu de n'importe qui! J'ai toujours rêvé d'un garçon dans ton genre...

— Moi aussi j'aime ton type de femme parce que tu n'es pas du genre pin-up. Tu serais plutôt du genre qui se fait épouser... C'est vrai : avec toi, on doit connaître la tranquillité.

— Si tu savais comme tu me fais plaisir en me disant cela!

— Mais dis-moi : tout ce que tu as vu depuis que tu es entrée chez la mère Agnès, ça ne t'a pas donné des idées?

— Oh, tu sais : l'amour dans ces conditions-là, ça n'a rien de très excitant! Si tu entendais ce que se racontent les filles entre elles quand elles en parlent, tu serais dégoûté!

— Possible... Mais toi, tu es quand même un cas!

Il ne me parla plus jusqu'à ce que nous atteignîmes la porte de Vincennes : je sentais bien qu'il continuait à se demander si je ne lui avais pas raconté une histoire. Quand il m'avait questionnée au sujet de mes flirts, j'aurais pu lui parler de ma liaison avec l'assistante sociale... Seulement, est-ce que ça lui aurait tellement plu? Les vrais mâles — et c'en était un! — n'aiment pas beaucoup qu'une fille qui les intéresse leur explique qu'elle a connu ce genre d'aventure! Et pour moi, ça avait tout de même duré près de trois ans! Mais comme déjà je ne voulais pas lui mentir, je me promis de le lui avouer plus tard, lorsque les choses entre lui et moi seraient plus avancées... Le plus étrange, quand j'y repense aujourd'hui après vingt-cinq années, c'est que je n'ai jamais eu ce courage! Dédé est mort sans avoir su que j'avais commencé par être la maîtresse d'une femme... Et, à la réflexion, je crois que c'est beaucoup mieux qu'il en ait été ainsi.

Dès que nous fûmes entrés dans Paris, il me dit :

— Comme je te l'ai promis et puisque tu aimes cela, je t'emmène danser dans un endroit très chic qui te plaira et où il y a un bon orchestre. Pour la danse, rien n'égale un orchestre : ça bat tous les disques.

Je ne sais si le dancing existe encore aujourd'hui. Ce dont je me souviens, c'est qu'il s'appelait *La Roseraie* et qu'il se trouvait dans le sous-sol d'un immeuble des Champs-Élysées. Pour moi, à cette époque, les Champs-Élysées, c'était une référence, et le fait d'y aller danser presque une consécration : du moment que Dédé m'emmenait là, c'était qu'il me considérait déjà comme une vraie Parisienne... Et puisqu'il m'avait dit que c'était un endroit « très chic » et que ses paroles prenaient figure d'Évangile dans mon esprit, je fis semblant de croire qu'il en était ainsi, mais, dans le secret de mon imagination, je fus un peu déçue. Confusément, je sentais qu'un établissement de ce genre, qui serait vraiment chic, devait être tout autre chose...

A défaut du chic, il y avait du monde, beaucoup de monde! Une foule assez spéciale qui ne devait venir là que les samedis soir ou les dimanches après-midi : petits employés, midinettes ou bonniches comme moi qui se donnaient l'illusion de connaître pendant quelques heures la grande vie ou qui ne venaient là qu'avec l'espoir d'y rencontrer enfin cette âme sœur qui manque tant aux modestes dont les aspirations sont aussi limitées que les moyens.

J'avais dit que j'aimais la danse... Le plus inouï fut que, dans les bras de Dédé, je me mis réellement à la découvrir. Je n'ai d'ailleurs dansé qu'avec lui depuis ce jour : le faire avec quelqu'un d'autre me paraissait et me paraîtrait encore maintenant comme une trahison. Dédé dansait aussi bien qu'il embrassait; d'ailleurs, qu'est-ce qu'il n'aurait pas bien fait, Dédé? Il n'était pas encore mon amant, mais la danse me fit comprendre ce soir-là que lorsqu'il le serait, ce pourrait être fantastique! C'est pourquoi, malgré tout, je conserverai toujours un bon souvenir de *La Roseraie* qui restera d'une certaine façon pour moi, « le plus chic » de tous les dancings.

Quand nous en ressortîmes, il était plus de 1 heure : nous n'avions pas vu le temps passer. Ce ne fut que lorsque je me retrouvai dans le taxi que j'aperçus la pendule placée sur le tableau de bord. Affolée, je dis à Dédé :

— C'est épouvantable! Qu'est-ce que va dire Madame qui m'a interdit de rentrer après 1 heure?

— On s'en fiche de ce qu'elle dira, cette vieille toupie! Du moment que tu fais bien ton boulot chez elle, tu as le droit de te distraire au-dehors... Et puis enfin, ce n'est pas un couvent, son bordel!

— Oh, Dédé! Si elle t'entendait! C'est un mot qu'on n'a pas le droit de prononcer chez Madame... Elle ne dirige pas un bordel mais une « Maison de rendez-vous » : il y a une nuance.

— Tu parles!... Enfin, je te ramène pour que tu n'aies pas d'histoires dès la première fois, mais dimanche prochain on se pressera moins. Il faudra bien qu'elle s'y habitue! Sinon, tu ne resteras pas chez elle.

— Mais Dédé, toi-même, tu m'as dit que j'avais de la chance d'avoir trouvé une aussi bonne place...

— C'est vrai. Et c'est bien pour cela que je te ramène à ce bercail!

Il arrêta son taxi à l'endroit où je l'avais retrouvé le matin, à l'angle du boulevard : ce serait désormais « notre coin » de retrouvailles et de séparations... Il me serra très fort dans ses bras, encore beaucoup plus qu'en dansant, et il m'embrassa longuement. C'était fou ce qu'il embrassait bien!

Quand je descendis de la voiture, j'étais comme ivre... Ivre de tout : de l'air frais des bords de Marne, de l'étreinte de la danse, des baisers dans le taxi, de l'odeur de l'homme... Je courus dans la rue sans me retourner; si je l'avais fait, je n'aurais jamais eu le courage d'aller jusqu'au seuil de la Maison et je serais revenue me blottir dans ses bras. En courant, j'entendais encore résonner les dernières paroles qu'il m'avait dites :

— A dimanche... A la même heure que ce matin et au même endroit : je serai là... Je vais d'ailleurs me débrouiller pour amener beaucoup de clients cette semaine : comme cela je te verrai plus souvent quand tu ouvriras la porte... On s'aime, Caroline!

Quand j'étais rentrée les dimanches précédents, sachant que je le faisais avant l'heure limite prescrite, je n'avais pris aucune précaution pour éviter de faire du bruit... Mais cette nuit-là, je fis très attention. Par prudence, je n'utilisai pas l'ascenseur que Madame pourrait entendre et je montai les six étages de l'escalier de service en tenant mes souliers à la main. Mes pensées étaient tellement ailleurs, si éloignées de cette Maison, que j'arrivai dans ma chambre sans même me rendre compte que j'étais essoufflée. Je me déshabillai dans le noir sans allumer par crainte que la cuisinière, qui dormait dans la chambre voisine, ne remarquât l'heure de mon retard et ne racontât tout le lendemain à Madame. Mais j'étais sûre d'avoir rencontré le bonheur. Dédé ne m'avait-il pas dit : « On s'aime! »

Le lendemain, Madame me régla mes appointements en me faisant remarquer que mon deuxième mois de service chez elle commençait et qu'elle avait la ferme intention de me garder le plus longtemps possible. Comme je sentais qu'elle le pensait sincèrement, cela me fit plaisir. Le seul point qui me tourmentait était que je me demandais si j'allais pouvoir trouver la force, ou le courage, de continuer à ne sortir avec Dédé qu'une fois par semaine.

Celui-ci tint parole : il vint tous les jours, et même trois fois par jour, amenant des clients. Le samedi soir je ne pus m'empêcher de compter — et en cela je me rapprochais étrangement du comportement de ma patronne — les bénéfices que lui avait rapportés une telle assiduité... J'étais contente à la pensée qu'il avait gagné cette semaine sept cent vingt francs. Moi-même j'en avais ramassé onze cents avec mes pourboires. A nous deux cela faisait mille huit cent vingt francs qui venaient s'ajouter aux mille de mes gages. Les pourboires de mon premier mois avaient été absorbés par l'achat de ma nouvelle garde-robe, mais je ne le regrettais pas. Dédé avait aimé ma robe et adoré mon canotier de paille, qui avait fait sensation dans le restaurant de Fernand et à *La Roseraie* parce qu'aucune autre femme n'en avait. Ce qui avait fait dire à Dédé pendant qu'il me ramenait à la Maison :

— Ce qui plaît à un homme, Caroline, ce n'est pas tellement de s'exhiber avec une très jolie femme... C'est plutôt de se montrer avec une qui n'est pas « fringuée » comme toutes les autres.

Le lendemain, c'était à nouveau dimanche : mon jour de joie. Comme il pleuvait, je décidai de mettre le tailleur bleu marine : il le fallait d'ailleurs pour que Dédé pût se rendre compte que je tenais à lui faire honneur en variant ma garde-robe. Même si un homme adore une femme, il se lasse de la voir toujours vêtue de la même façon, surtout s'il sort avec elle. Ne risque-t-il pas de rencontrer des amis ou simplement des tiers, qui l'ont déjà vu avec elle, et qui pensent : « Il n'est pas très généreux avec sa femme! A moins qu'il ne soit fauché! » Dans les deux cas c'est vexant pour lui. En m'habillant ce jour-là, je pris la décision de demander à Madame qu'elle m'accordât une autre matinée de semaine pour me permettre d'aller acheter un deuxième tailleur, mais jaune celui-là, que j'avais remarqué au Printemps : je le porterais avec un petit chapeau noir, très amusant, que j'avais également repéré. Et je compléterais l'ensemble par un sac, des gants et des souliers noirs. Le noir se marie très bien avec le jaune.

Il n'était pas question non plus, ce matin-là, de me coiffer à nouveau du canotier blanc! Mieux valait rassembler mes cheveux en un chignon bas que je laisserais retomber sur ma nuque. L'ensemble fut une réussite : j'avais été inspirée par la coiffe que portait la belle *Tania* la première fois que je l'avais vue. Et cela, je le fis instinctivement, ne m'étant pas encore rendu compte à cette époque que s'il est très fréquent qu'une bonne veuille singer l'élégance d'une patronne — et *Tania* avait l'allure d'une vraie patronne — il est beaucoup plus rare que l'inverse se produise.

Quand je rejoignis le taxi, Dédé, qui, selon son habitude, se tenait debout, adossé à la voiture, me prit dans ses bras pour m'embrasser.

— Tu es fou, Dédé! Si Madame nous voyait?

— Je te répète que, le dimanche, elle n'a qu'à se taire, celle-là! Sais-tu, Caroline, qu'à peu de chose près tu pourrais avoir du chic? Je suis sûr que, si tu le voulais, toi aussi tu ferais de drôles de touches dans la taule de la vieille!

— Mais je ne m'habille pas comme cela quand je fais mon service!

— C'est peut-être le tort que tu as?

— Oh, Dédé! Comment oses-tu dire une chose pareille quand tu sais que je ne réserve mon élégance que pour toi seul? Où m'emmènes-tu?

— C'est encore une surprise.

C'en fut une en effet. Après que nous eûmes contourné la colline de Chaillot, il me dit, pendant que nous roulions sur le pont d'Iéna :

— Tu vois la tour Eiffel? Tu la connais comme tout le monde, seulement y es-tu montée?

— Non : j'ai eu peur d'avoir le vertige.

— C'est délicieux le vertige, et c'est de ton âge! Ce que tu ne sais sans doute pas, c'est qu'il y a un restaurant au premier étage... Eh bien, c'est là où nous allons déjeuner... Je connais le patron à qui j'ai amené beaucoup de touristes étrangers. Pour me remercier, il m'a dit que si, un dimanche, je voulais venir avec une copine, il me ferait des prix... Alors, comme tu es devenue ma copine, on y va! Évidemment, il ne fait pas très beau, mais Paris est une ville qui a assez d'allure pour pouvoir s'accommoder de toutes les intempéries.

Le vertige, ce ne fut ni l'ascenseur de la tour ni le restaurant aérien qui pouvaient me le donner puisqu'il était déjà en moi pour toujours : mon vertige permanent, c'était Dédé. Je l'ai toujours, malgré sa disparition, et je me demande même s'il cessera quand moi aussi je serai dans la tombe? Délicieux vertige qui ne pouvait être sanctionné que par une chute : elle se produisit le soir même du déjeuner à la tour Eiffel. Je suis certaine de ne m'en être jamais relevée!

Ce n'est pas Paris que j'ai contemplé pendant le repas, mais uniquement Dédé. Et pourtant... La pluie s'était arrêtée, permettant à la ville de s'étaler à mes pieds dans sa paresse dominicale, nimbée de brume, qui avait toute la fantaisie languissante du cours de la Seine... Mais il faut croire qu'une fille — je n'ose pas écrire « une jeune fille » après ce que j'ai déjà raconté de mes amours féminines — qui n'attend plus que le moment où elle va devenir enfin femme, n'est pas en condition pour contempler des visions sublimes. Elle a trop besoin de toucher à la réalité de la vie qui pour elle ne peut être concrétisée que par l'accouplement.

Il me faut bien croire que Dédé était décidé, pour notre deuxième dimanche de vie commune, à me faire passer par tous les extrêmes! Après m'avoir montré comment on pouvait planer au-dessus des contingences de la circulation, il me ramena vers 17 heures dans l'enchevêtrement des voitures qui commençaient à revenir — en ce jour de repos — de randonnées à la campagne. Ensuite nous nous retrouvâmes dans un vaste sous-sol situé sur les grands boulevards : la Taverne de l'Olympia. La clientèle, qui semblait y apprécier particulièrement le charme du tango, était à peu près la même que celle de *La Roseraie*. Fut-ce le tango qui nous parut désuet ou ressentîmes-nous l'un et l'autre l'impérieux besoin de nous retrouver enfin seuls, loin de la foule? Toujours fut-il que nous ne restâmes pas longtemps dans cet établissement.

Dans le taxi, Dédé m'avoua :

— J'ai envie de toi, Caroline.

— Et moi je veux être ta femme, Dédé.

— Comme ce n'est pas possible d'aller dans ta chambre parce que ta patronne s'en apercevrait, il ne reste que deux solutions : nous allons dans un hôtel ou chez moi ?

— Je préférerais chez toi... Le genre d'hôtel où on peut s'isoler à deux pour quelques heures et sans bagages doit tellement ressembler à la Maison de Madame ! Pour rien au monde je ne voudrais me donner à l'homme que j'aime dans un endroit pareil ! Tu me comprends ?

— Oui... Seulement, je te préviens : ce n'est pas un palais chez moi ! J'habite au sixième...

— Moi aussi...

— Mais pour accéder au mien il n'y a pas d'ascenseur !

— Si tu crois que j'ai besoin de ça ! L'ascenseur, c'est tout juste bon pour ceux ou pour celles qui sont pressés de monter faire une passe ! Nous on a tout le temps...

Nous l'avons pris, notre temps. Je ne suis rentrée chez Madame qu'à 4 heures ! Le comble fut que je ne fis rien pour éviter d'attirer l'attention de la patronne. Pourquoi utiliser l'épuisant escalier de service après m'être déchaussée ? Pourquoi l'ascenseur aurait-il le privilège de n'épargner une fatigue supplémentaire qu'aux professionnelles ? N'était-ce pas un honneur pour lui — et presque une sorte de réparation morale — que de ramener à l'étage des mansardes la seule véritable amoureuse de la Maison ? Si Madame se permettait de me faire une remarque le lendemain, je lui répondrais : « N'ai-je pas le droit d'être heureuse, moi aussi ? » J'étais bien résolue à ne pas lui en dire plus : cette femme effarante n'avait pas à apprendre que cette fois ça y était et que je ne serais plus jamais l'oie blanche qu'elle avait ramenée du Morbihan. Comment aurait-elle pu comprendre que je me sois donnée entièrement la première fois où je m'abandonnais à un homme ?

Tout s'était passé le plus simplement du monde dans la

chambrette que Dédé avait louée et qui n'était guère mieux meublée que la mienne. La seule différence venait de la décoration : tous les murs étaient tapissés de photographies, fixées avec des punaises et découpées dans des revues ou magazines... Photographies de stars, de starlettes, de mannequins, de femmes nues toutes plus « sexy » les unes que les autres. Ce qui d'ailleurs m'avait un peu agacée... Quand je lui avais demandé quel effet ça pouvait lui faire de contempler toutes ces pin-up préfabriquées, Dédé avait eu cette remarque désarmante :

— Ça te gêne ? Pas moi ! Je trouve que ce serait plutôt inspirant.

Dans sa chambre, comme dans la mienne et comme dans toutes celles de la Maison où les clients « opéraient », se trouvait le meuble essentiel : le lit. Cette fois, c'était moi qui en avais profité d'abord avec crainte, puis avec délice et finalement avec extase.

Quand je me retrouvai, après m'être déshabillée, dans « mon » lit de la Maison, je ressentis une affreuse impression de solitude. Comment pouvait-on vivre, et surtout dormir, sans « son » homme lorsqu'on avait enfin réussi à le trouver ? Et j'étais bien obligée de reconnaître qu'un amant, c'était très supérieur à une lesbienne parce que ça prenait entièrement possession du corps qui s'offrait. Même si j'étais moins belle qu'une *Tania*, je n'avais plus rien à lui envier : moi aussi maintenant j'étais parée. Et n'était-ce pas admirable, cet acte d'amour qui permettait à tous ceux que la nature semblait avoir déshérités d'éprouver — s'ils étaient vraiment empoignés par le désir — les mêmes sensations et les mêmes satisfactions que ceux qui donnaient l'impression d'avoir tous les atouts au départ ? Je voulais Dédé ; c'était lui qui m'avait eue ! Je m'endormis, repue et épuisée, en me jurant que jamais je ne serais à un autre homme ! J'ai la fierté de pouvoir écrire aujourd'hui, vingt-cinq années après une telle promesse, que j'ai tenu parole. On pensera peut-être que des résolutions pareilles sont relativement faciles à observer quand l'homme est là, attentif, près de vous... Mais même, depuis deux années que Dédé n'est plus de ce monde, je n'ai jamais ressenti l'envie d'être à quelqu'un d'autre : je ne pourrais pas...

Quand j'apportai, le lundi matin, à Madame son petit déjeuner, j'étais un peu inquiète : n'avait-elle pas entendu monter l'ascenseur? Elle ne me fit cependant aucune réprimande, ni ce jour-là ni les jours suivants. J'en déduisis qu'elle devait avoir le sommeil très lourd.

Pendant toute la semaine, Dédé sut se montrer pour moi le plus attentionné des amants. Évidemment, cloîtrée comme je l'étais dans la Maison, il ne pouvait pas me prendre ni même m'embrasser dans la rue, devant la porte, lorsqu'il amenait un client. Mais le regard qu'il m'adressait à chacune de ses venues compensait tout... Un regard qui ne trompait pas : n'avait-il pas la profondeur secrète de ces messages muets qui franchissent tous les obstacles et que seuls d'authentiques amants peuvent s'adresser? L'amour devait tellement talonner Dédé qu'il réussit à accroître encore la cadence de ses voyages : ce ne fut plus trois clients qu'il amena par jour, mais cinq! C'était à se demander s'il faisait même d'autres courses dans Paris! Devant la porte on ne voyait que son taxi! Même Madame, qui ignorait la véritable raison de cette progression du rendement, fut surprise. Le samedi soir, à l'heure des confidences, elle me dit avant de me renvoyer dans ma chambre :

— Cette semaine aurait été moins bonne si nous n'avions pas eu Dédé... Il est très bien, ce garçon! Je viens de calculer qu'il nous a amené trente clients en six jours... Et, parmi eux, il y en a eu d'excellents qui m'ont laissé de bonnes recettes. C'est un psychologue, Dédé : il ne se trompe pas.

— Madame ne croit-elle pas que, pour l'encourager à persévérer dans son travail de prospection, ce serait peut-être habile de lui donner une gratification supplémentaire ?

— Qu'est-ce que vous voulez dire ?

— Je ne sais pas, moi... Mais puisque Madame a bien voulu me confier qu'elle lui donnait vingt francs par client, ne serait-ce pas judicieux de lui annoncer, la prochaine fois où il viendra se faire payer, qu'à partir d'un quatrième client quotidien, par exemple, il toucherait trente francs au lieu de vingt ?

— Vous êtes folle, Caroline ? Est-ce que vous vous rendez compte que ce garçon va déjà empocher, pour cette seule semaine, six cents francs ? Il ne faut surtout pas l'augmenter ! Du moment qu'il revient aussi souvent, c'est qu'il est satisfait... Et maintenant vous connaissez assez la Maison pour savoir que toute augmentation de ceux qui y travaillent — que ce soit les pensionnaires ou ce que j'appellerai « le personnel technique » — est superflue. La seule majoration que je pourrais pratiquer est celle des prix que je demande aux clients... et encore ! Il existe un plafond que je ne peux pas dépasser sans courir le risque de les perdre.

J'étais furieuse après Madame quand je me retrouvai dans mon lit; elle ne voulait pas aider mon amant ! Et j'étais bien décidée, lorsque je retrouverais Dédé le lendemain matin, dimanche, à lui dire ce que j'avais essayé d'obtenir pour lui. J'étais sûre qu'il serait très ému, lui qui était la sensibilité même, à la pensée que sa Caroline chérie était non seulement sa petite maîtresse, mais aussi sa plus grande alliée.

Je lui racontai tout pendant que nous déjeunions dans un restaurant de son quartier où tout le monde le connaissait : il avait pris l'habitude d'y aller souvent quand il avait fini ses journées de travail. Après m'avoir écoutée, il dit :

— C'est très gentil ce que tu as fait pour moi mais on voit bien que, malgré ce que tu crois, tu ne connais pas encore très bien ta patronne! C'est une femme à qui il ne faut jamais parler d'augmentation! Si jamais tu lui en demandais un jour une pour toi, elle te flanquerait immédiatement à la porte! Avec elle, il faut manœuvrer autrement : je t'expliquerai ça un peu plus tard... Il y a déjà longtemps que j'ai ma petite idée là-dessus... As-tu envie d'aller danser aujourd'hui?

— Je ferai ce qui te fera plaisir, chéri.

— Ce qui veut dire que tu es comme moi : tu préférerais que nous allions plutôt dans ma chambre?

— Nous sommes si bien ensemble chez toi, Dédé!

— Viens...

Ce fut encore mieux que la première fois. Ce qui était normal : quand on est sincèrement amoureux, ces choses-là ne font que progresser. Alors que nous étions encore dans le lit, il me dit :

— Le rêve serait que nous nous mettions en ménage.

— Tu veux m'épouser?

— Pas tout de suite... Le mariage, ça tue tout, Caroline! A partir du moment où un homme et une femme se sentent liés par un contrat, leur union devient une sorte d'obligation mutuelle. Tandis que s'ils vivent volontairement ensemble, sans papier légal et parce que ça leur plaît, c'est une union vraie : ils savent très bien que si un jour ça n'allait plus ils pourraient se séparer sans histoires. C'est ça la véritable formule du couple moderne... Et c'est ainsi que j'aimerais vivre avec toi : nous serions beaucoup plus mari et femme que si nous étions passés devant le maire.

— Mais si nous avons un enfant?

— Tu prévois déjà tout? Si ça se produisait, on réétudierait la question... Mais pour le moment, je ne suis pas tellement pressé d'être père de famille! Il faut d'abord que je gagne de l'argent et que je m'installe à mon compte.

— Qu'est-ce que tu entends par là?

— Tu sais très bien que mon taxi appartient à une compagnie dont je ne suis qu'un employé. Ce qu'il me faudrait pour mieux me défendre dans le métier, ce serait d'avoir mon taxi à moi : un beau diesel *Mercedes* par exemple... C'est cher d'achat, mais une fois qu'on l'a, c'est économique et ça dure.

— Ça va chercher dans les combien, ce « diesel »?

— Dans les deux briques... Mais on peut les payer par traites échelonnées en faisant appel à un crédit-auto... Il faudrait aussi, pour pouvoir travailler en artisan indépendant, que j'obtienne une licence.

— Ça s'achète aussi?

— Tout s'achète aujourd'hui, Caroline! Pour la licence, on peut se débrouiller en graissant des pattes, mais la façon la plus rapide de l'avoir, c'est de racheter celle d'un chauffeur indépendant qui en a assez du métier et qui veut se retirer.

— Ça coûte cher?

— Ça dépend, mais enfin il faut quand même bien compter une demi-brique.

— Donc l'ensemble reviendrait à vingt-cinq mille francs?

— A peu près...

— Et combien gagnes-tu par an?

— De quoi vivre, c'est tout... Tout est inscrit au

compteur et je te jure que la compagnie ne fait pas de cadeaux!

— Tu ramasses quand même quelques gratifications supplémentaires dans le genre de celles que te remet Madame?

— S'il n'y avait pas les pourboires, ça ne vaudrait même pas la peine de faire ce métier!

— En admettant que tu aies ta licence et ton taxi, qu'est-ce qui se passerait?

— Ce qui se passerait? Je gagnerais tout simplement beaucoup plus d'argent qui me permettrait de louer ou même d'acheter un gentil deux-pièces-cuisine où nous pourrions vivre complètement ensemble tous les deux. On aurait aussi une salle de bains et la télévision : tout ce qu'il faut pour être heureux! Et qui sait? Pour peu que les affaires aillent de mieux en mieux, nous pourrions acheter en banlieue un petit pavillon avec un jardin? Le crédit, ce n'est pas fait pour les chiens, et on accorde toujours du crédit aux gens qui travaillent sérieusement. Ne serait-ce pas le rêve?

— Tu as raison, Dédé, ce serait le rêve...

Ce soir-là, et uniquement parce que je le lui avais demandé, il me ramena à la maison à l'heure prescrite par Madame. C'eût été une grave erreur de ma part de prendre des risques tous les dimanches. N'avais-je pas encore besoin de conserver ma place pour continuer à mettre le plus d'argent possible de côté? Une fois dans ma chambre, je décidai, puisque Dédé ne pouvait pas y arriver seul, que ce serait moi qui l'aiderais à acheter son taxi et la licence. N'était-ce pas mon devoir? Celui de toute femme qui se sent liée à l'homme qu'elle aime pour le meilleur et pour le pire? J'attendrai aussi avant de m'acheter le tailleur jaune... Dédé ne venait-il pas de me prouver une fois de plus qu'il m'aimait comme j'étais? Je sentais qu'il ne me demanderait jamais d'avoir une garde-robe extraordinaire et encore moins de devenir ce que l'on appelle « une femme élégante » : il n'y avait qu'à laisser ce privilège — en supposant que c'en fût un! — à des femmes du genre de *Tania*...

La seule chose dont Dédé avait réellement envie, c'était de vivre « en ménage » avec moi : ne me l'avait-il pas dit? Pour y arriver, il était bien obligé de gagner l'argent qui nous permettrait de nous installer dans un nid douillet. Puisque son métier était d'être chauffeur de taxi, ce ne serait que grâce à lui qu'il atteindrait le résultat cherché. Seulement il lui fallait l'instrument de travail, le diesel *Mercedes*... Je n'y connaissais rien en voiture et je ne m'y connais pas plus aujourd'hui! L'auto ne m'a jamais intéressée. Je n'ai même pas mon permis de conduire, n'étant pas comme toutes ces femmes, dont la plus grande, et parfois la seule ambition, est de faire des prouesses au volant. Pour moi, l'auto n'est qu'un moyen de transport dont la valeur réelle se démonétise à une vitesse effarante! La plus belle voiture n'est destinée qu'à devenir, au bout de très peu d'années, un tas de ferraille, alors que de solides valeurs boursières, des lingots d'or, de vrais bijoux ou de beaux tableaux restent toujours un capital monnayable.

Dédé, lui, s'y connaissait en voitures : aussi n'avais-je pas à discuter de la marque du taxi qu'il estimait devoir être le plus apte à lui faire gagner l'argent de notre bonheur futur. En refaisant mentalement ma propre comptabilité et en me fondant sur les résultats de la moyenne déjà atteinte pendant mes deux premiers mois de travail chez Madame, j'arrivais à la constation très consolante qu'en six mois — à raison de 4 600 francs de bénéfice par mois répartis entre mon salaire fixe et mes pourboires — j'aurais au moins 27 600 francs, c'est-à-dire plus que le total de la somme dont avait besoin Dédé pour l'achat de sa voiture et le rachat d'une licence. Je me le jurai : au printemps prochain, l'homme de ma vie serait propriétaire indépendant et non plus l'employé d'une compagnie qui l'exploitait indignement. Je savais déjà que lorsque je lui annoncerais cette nouvelle dimanche prochain, Dédé serait fou de joie! C'était la raison pour laquelle je devais continuer à rester chez Madame et à me montrer à son égard la plus compréhensive des employées.

Le lendemain après-midi, qui s'annonçait aussi calme que tous les lundis précédents, j'étais à côté de la patronne dans le bar quand la sonnerie du téléphone extérieur retentit. A peine Madame eut-elle pris le récepteur que son visage s'épanouit. Après avoir écouté en hochant la tête à plusieurs reprises en signe d'approbation, elle répondit :

— Mais je comprends très bien! On ne fait pas toujours ce qu'on veut dans la vie... Moi-même j'ai aussi des obligations de famille... Quand venez-vous me voir?... Aujourd'hui? Le lundi est un jour où nous ne recevons que la clientèle de qualité qui vous convient... C'est entendu : je vous attends à 18 heures. Je vais trouver quelqu'un de très bien pour vous... A tout à l'heure.

En raccrochant, elle me dit, toute souriante :

— C'est *Tania*... Vous voyez, mon petit, que ça n'a même pas demandé un mois! Je vous avais dit que Ricardo était très habile... Il m'a d'ailleurs appelée ce matin, alors que j'étais encore dans l'appartement, pour me dire qu'il l'avait maintenant tout à fait en main et qu'elle me téléphonerait sûrement avant quarante-huit heures. Elle n'a pas perdu de temps! Et moi je n'en ai pas à perdre pour lui trouver dès ce soir le premier client qui va me permettre de commencer à rentrer dans mes frais.

— Et Ricardo?

— Elle lui rapportera ce soir les cinq cents francs qu'elle aura touchés puisque je vais la faire travailler au tarif « fort » pendant quelque temps... Cinq cents par-ci, cinq cents par-là — à condition qu'elle vienne régulièrement — ça finira vite par chiffrer et ça permettra à son bel amant de remonter sur sa bête après sa ruine simulée! Nous pouvons d'ailleurs compter sur lui pour qu'elle revienne ici tous les jours! Je ne baisserai son prix que dans quelques semaines, quand je l'aurai, moi aussi, bien en main... A ce moment ce ne sera plus un client à mille que je lui ferai faire par jour mais deux à six cents et peut-être même trois! Finalement je m'y retrouverai très bien! Vous pouvez être également certaine qu'elle ne rechignera plus à l'ouvrage. Fini de jouer les mijaurées! Sans aller jusqu'à dire, ce qui serait une expression un peu triviale, que Ricardo l'a « mise à la forme », je puis vous affirmer que celle qui nous revient doit avoir pris un tel goût à « la chose » qu'elle ne doit plus pouvoir s'en passer! C'est comme cela qu'on fait les bonnes putains...

Elle avait ouvert le tiroir pour en extraire le carnet jaune qu'elle commença à feuilleter à nouveau :

— Voyons pour la belle... Raoul, le dentiste? Non. Le lundi est un mauvais jour pour l'appeler... Dermier? Il n'est jamais libre l'après-midi, celui-là! Il est toujours en train de présider un Conseil d'Administration! Il en a trop! Il n'est bon que pour le soir, après dîner... Le baron? hé, hé... Ce se serait pas si mal... Et puis il est généreux, lui... Vous ne l'avez encore jamais vu, le baron, Caroline?

— Non, Madame.

— Ah! C'est un personnage surprenant! Il suffit de le voir une fois pour ne plus jamais l'oublier... Pourquoi me regardez-vous avec cet air incrédule ? Oui, Caroline, c'est un vrai baron... Tout ce qu'il y a de plus authentique ! Je ne risque rien à essayer... Seulement, lui, il faut que je l'appelle à son cercle à cause de sa femme, la baronne, qui est très jalouse ! A cette heure-ci, il doit être là-bas en train de faire son bridge. Il a deux passions : le bridge et les petites femmes...

Elle forma un numéro sur le cadran :

— Allô ? Le *Cercle des Propriétaires Terriens?...* Excusez-moi, monsieur, mais pourriez-vous me dire si le baron Melchior de Marnet-Melval se trouve en ce moment chez vous ?... Il vient d'arriver ? Pourriez-vous avoir l'extrême obligeance de lui dire qu'on le demande d'urgence au téléphone ? Oui, il me connaît : c'est de la part de sa cousine, la vicomtesse de Grangeville... J'attends.

Et, pendant qu'on allait chercher le baron, elle me confia, en relevant le récepteur :

— La vicomtesse, c'est moi... Oui, c'est un code que nous avons établi depuis longtemps entre Melchior et moi... Ça fait plus sérieux à son cercle que « Madame Agnès »... D'autant plus que j'ai, dans ce cercle, d'autres clients ! C'est d'ailleurs lui qui a fabriqué ce nom : il a pris mon vrai nom de famille, Grange, et il y a rajouté « ville », plus la particule. Vous ne trouvez pas que ça sonne bien : « vicomtesse de Grangeville » ? Quand il y a une ville, ça fait sérieux.

Elle avait baissé le récepteur :

— Allô ? C'est vous, cher cousin ? Oui, je suis de passage à Paris et j'aimerais beaucoup vous voir... J'ai quelque chose de très intéressant à vous montrer... Vous alliez commencer une partie ? Ne pourriez-vous pas vous arranger pour la remettre à demain ? Oui, je sais : le bridge est une institution sacrée mais, tout de même, je crois que vous ne le regretteriez pas... Ne pourriez-vous pas faire tout de suite « le mort »? Comme cela, vous seriez libre! Faites juste un saut ici pour voir... « On » ne vient qu'à 18 heures, mais j'aimerais vous expliquer certaines choses avant... C'est cela : accordez-leur une manche et venez... A tout à l'heure, cousin!

Après avoir raccroché :

— Ah! Celui-là, avec son bridge! Il a failli casser mon coup! J'ai horreur du jeu en général et des gens qui bridgent en particulier : ils ne pensent qu'à cela! Toute leur vie est axée là-dessus : chez eux c'est un véritable vice! Ne jouez jamais, Caroline! Le jeu est une perte de temps assurée et coûte beaucoup plus cher que l'amour... Toutes les filles que j'ai présentées à des joueurs et qui ne jouaient pas elles-mêmes n'ont jamais pu leur arracher des cadeaux corrects. Les seules qui se débrouillent avec ce genre de clients sont les joueuses : elles aussi se retrouvent dans le seul milieu qu'elles aiment! Et elles se figurent qu'elles font l'amour quand elles jettent des plaques sur le tapis!

Deux ou trois clients sans qualité spéciale — ceux que Madame appelait globalement « du tourne-tourne » — se présentèrent et furent aiguillés sur « les voies de garage », c'est-à-dire vers les pensionnaires de la « salle d'attente ».

Trois coups de sonnette prolongés résonnèrent dans le vestibule.

— C'est la façon de sonner du baron, dit Madame. Étant un peu sourd, il croit que tout le monde est comme lui! L'avantage pour nous, c'est que nous savons tout de suite à qui nous avons affaire... Allez ouvrir, Caroline.

Madame n'avait pas exagéré : le baron était un personnage inoubliable.

D'abord il portait un chapeau — fait que j'avais très rarement remarqué depuis que j'ouvrais la porte de la

Maison... Un chapeau comme je n'en avais encore jamais vu de ma vie : un semi haut-de-forme gris. J'appris plus tard que ce genre de couvre-chef avait été très à la mode, un demi-siècle plus tôt, et qu'on l'appelait le chapeau Cronstadt en souvenir de l'alliance franco-russe au temps des tsars. En tout cas, c'était très élégant et le baron le portait avec beaucoup de chic. Il est vrai que, sous ce chapeau, brillait, encastré dans l'arcade sourcilière gauche, un monocle du plus heureux effet relié à la pochette du gilet mastic par un cordon de soie destiné sans doute à l'empêcher de tomber quand l'œil s'en débarrassait.

La veste était remplacée par une redingote, grise elle aussi, dont la coupe ferait rêver tous les dandies nouvelle vague d'aujourd'hui qui, comparés au baron, donneraient l'impression de n'être que des demi-soldes. Le pantalon était également gris, mais d'une teinte plus soutenue : ses plis impeccables aboutissaient à des guêtres blanches recouvrant des souliers qui avaient certainement été faits sur mesure. Enfin l'ampleur et la couleur mauve de la cravate plastron s'équilibraient avec un œillet blanc enfoncé dans la boutonnière gauche de la redingote. Il y avait aussi, comme accessoires, des gants beurre-frais et une canne au pommeau argenté tenue fermement dans la main droite.

Le baron, qui était d'une taille plus que respectable, ne perdait pas un pouce de sa hauteur : il se tenait droit et digne comme s'il portait un corset. Et les deux pointes de sa moustache, qui était du blanc le plus immaculé qui fût, se redressaient en crocs vers le ciel — telles les moustaches de feu Guillaume II — dans une sorte de défi permanent.

Il me faut reparler du monocle, sinon le portrait du noble personnage ne serait pas tout à fait complet. Ce ne fut d'ailleurs que dans le bar, pendant qu'il conversait avec Madame, que je remarquai un détail assez stupéfiant : ce monocle n'avait pas de verre. Ce qui permettait à son propriétaire de passer de temps en temps un doigt à l'intérieur du cercle d'or pour se frotter l'œil gauche : ce qui prouvait que non seulement le baron avait bon pied, mais qu'il avait aussi bon œil.

Son âge était assez indéfini : l'accoutrement aurait pu faire penser qu'il avait atteint sa majorité longtemps avant la guerre de 1914, mais sa vivacité d'esprit et d'allure interdisait qu'on lui allouât plus d'une soixantaine d'alertes années.

Dès qu'il me vit dans le vestibule, il s'exclama :

— Qui êtes-vous, belle enfant ? Je ne vous ai jamais vue ici ?

— Madame expliquera certainement à M. le Baron que je suis la nouvelle femme de chambre. On m'appelle Caroline.

— Serait-ce votre vrai nom ? Parce qu'ici tout le monde — depuis la patronne jusqu'à ses pensionnaires en passant par les clients qui cherchent à conserver leur incognito — porte un nom de bataille ! Tout le monde sauf moi : mon nom me convient et je le garde.

— Je m'appelle vraiment Caroline.

— Alors je vous félicite... J'ai connu, il y a déjà bien longtemps, une petite Caroline qui était tout aussi charmante que vous mais qui ne vous ressemblait pas du tout ! Elle était blonde et vendait des chocolats chez la *Marquise de Sévigné*... Aimez-vous les chocolats ?

— Je ne les déteste pas...

— La prochaine fois que je reviendrai, je vous en apporterai... Caroline, je vous trouve très réussie : ce petit tablier blanc vous sied à ravir !

Ayant sans doute entendu la conversation qui se

poursuivait dans le vestibule, Madame sortit du bar en disant :

— Toujours galant, ce cher Baron! Méfiez-vous, Caroline! Sous son apparence respectable, c'est le plus dangereux des charmeurs et spécialement avec les soubrettes! Qu'est-ce que j'ai pu avoir d'ennuis avec les miennes à cause de lui! Toutes en étaient folles! Mais je vous en prie, cher ami, entrez dans le bar : nous n'allons quand même pas rester dans ce vestibule?

— Je l'aime beaucoup, ce vestibule, ma chère Agnès! C'est peut-être l'endroit où il se passe le plus de choses passionnantes ici : les arrivées, les départs, les retours comme le mien, l'attente de l'ascenseur, les règlements de comptes entre vous et vos clients, que sais-je encore? J'adorerais, si je le pouvais, être le concierge de cette accueillante Maison, à condition que la porte de ma loge donnât sur le vestibule!

Quand nous fûmes dans le bar, Madame me dit :

— Caroline, pour M. le Baron de Marnet-Melval, c'est toujours du *Moët et Chandon :* il a horreur de ce qu'il appelle « les bouteilles modernes » du genre *Dom Perignon, Cristal Rœderer* ou autres... Et vous le servez dès qu'il est au bar sans attendre qu'il vous l'ait demandé, même quand il est seul.

— Agnès, vous devriez dire : surtout quand il est seul! C'est de loin la meilleure façon de savourer le champagne... Dès qu'il y a une jolie femme, on est pris entre deux plaisirs : celui de boire à sa santé et celui de la regarder... Caroline, je boirai mon premier verre à votre bonheur!

— Et moi, demanda Madame, je n'aurai droit à rien?

— Chère amie, comme toujours vous savourerez l'un de ces exécrables vins cuits et doux que vous chérissez... Puis-je savoir maintenant la raison de la précipitation dont vous m'avez semblé faire preuve au téléphone ?

— Voilà : je mets mon point d'honneur à vous présenter tout à l'heure une jeune femme tout à fait exceptionnelle... C'est une femme du monde qui traverse en ce moment une passe délicate...

— Vous connaissant, chère amie, je suis convaincu que ce genre de « passe » ne se prolongera pas longtemps pour elle ! Vous dites : une femme du monde ? D'abord, en êtes-vous sûre ? J'ai une certaine méfiance instinctive à l'égard de ce genre de femmes : sans doute est-ce parce que, de par ma naissance et ma situation, j'ai été dans l'obligation de beaucoup les fréquenter ! Je vous en supplie : ne me présentez pas une nouvelle baronne de Marnet-Melval ! Une seule me suffit...

— N'ayez aucune inquiétude : je connais vos goûts... Disons, puisque nous sommes entre nous, que c'est une femme du demi-monde...

— Je préfère cela de beaucoup ! Comment s'appelle-t-elle ?

— *Tania.*

— *Tania?* Ça me rappelle quelque chose... Ah, oui ! Tania de Vericourt... Vous n'allez pas me dire que c'est elle ? Elle aurait aujourd'hui au moins quatre-vingt-cinq ans : ce fut une grande amie de ma mère... Elle eut aussi le mérite de se dévouer pour m'initier quand j'avais dix-huit ans... Ça se passait ainsi au temps de ma jeunesse pour les fils de famille : nous avions le choix entre les amies de nos mères et les gentilles femmes de chambre... Mais oui, Caroline !

— Caroline, ne l'écoutez pas ! dit Madame, Melchior, vous êtes incorrigible avec vos passions ancillaires ; et revenons à « notre » *Tania...* Elle avoue vingt-cinq ans et ne doit guère en avoir plus de vingt-huit! C'est une divorcée.

— J'aime assez...

— N'est-ce pas? Je ne vous cacherai pas que vous êtes le premier — je ne dis pas « client », mais ami — à qui je la propose.

— Vous m'en voyez très flatté... Est-elle exigeante?

— Elle l'est.

— J'aime également cela... Ce sont les seules femmes qui aient quelques chances de réussir dans une profession aussi encombrée.

— Avec elle, sur ce point vous serez comblé!

— Je suppose qu'elle est très belle, parce qu'enfin vingt-huit ans, c'est un peu âgé pour moi...

— Vous me faites confiance? *Tania* est plus que belle; c'est une admirable créature!

— Malgré cet avantage, est-elle capable de tenir une conversation?

— Toutes les conversations!

— Ma chère Agnès, vous commencez à m'intriguer.

La sonnette de l'entrée avait tinté.

— C'est sûrement elle, dit Madame. Cher ami, puis-je vous demander de passer dans le salon et d'y rester seul pendant quelques instants?

— J'y consens, à condition que Caroline m'y apporte « mon » *Moët* et deux verres. Apprécie-t-elle au moins le champagne, cette personne?

— Voyons, Melchior! Avez-vous jamais rencontré une très jolie femme qui le déteste?

— Pas encore, mais tout peut arriver! répondit-il en se dirigeant vers le salon.

— Faites vite, Caroline, et revenez ici. Pendant ce temps, j'irai ouvrir la porte à *Tania*.

Quand je revins derrière le bar, la femme que j'admirais

le plus, depuis que je travaillais dans la Maison, s'y trouvait déjà assise sur un tabouret, conversant avec Madame qui était restée auprès d'elle du côté « clients ».

— Je finissais par me demander, disait Madame, si vous me donneriez un jour signe de vie. Et j'étais un peu inquiète, craignant que vous n'ayez été déçue par ce charmant Italien... qui vous avait emmenée souper...

— Oh, nullement! Il a été charmant en effet.

— Avez-vous eu de ses nouvelles depuis?

— Non. Il m'a expliqué qu'il était obligé de repartir le lendemain pour son pays où des affaires très importantes l'attendaient.

Cela avait été dit avec un tel aplomb que je manquai m'étrangler. Sachant ce qui s'était réellement passé, j'en conclus qu'une fois de plus Madame avait dit vrai : même les femmes qui paraissent être les plus sincères deviennent les plus fieffées des menteuses quand il s'agit pour elles de cacher la réalité de leur vie privée.

Malgré cette réponse, le visage de Madame resta serein et elle n'hésita pas à dire en soupirant :

— Eh oui, « les affaires »! Si les hommes n'étaient pas accaparés par ces maudites affaires, ils seraient totalement à nous! Mais je connais Ricardo : c'est un garçon qui ne vous oubliera certainement pas... Vous lui plaisiez tellement! Vous verrez qu'un de ces jours il va me téléphoner pour me dire qu'il est de retour et qu'il veut absolument vous revoir...

Pendant que la patronne continuait à parler, j'eus le loisir d'observer la belle *Tania*... Incontestablement, elle était tout aussi élégante qu'au cours de ses apparitions précédentes : cette fois elle portait un manteau de panthère que j'aurais bien voulu avoir sur le dos pour plaire encore davantage à mon Dédé.

Ce qui avait changé en elle, ce n'était pas la recherche

vestimentaire, mais le visage : tout en étant toujours beau, il n'avait plus cette insolence tranquille qui était la marque d'une femme sûre d'elle. Il reflétait au contraire une inquiétude latente : celle d'une créature angoissée et peut-être même traquée... La voix avait moins de chaleur. C'était surprenant de penser qu'un tel changement avait pu s'opérer en quelques semaines! Celle que nous avions devant nous, Madame et moi, semblait avoir perdu toute sa morgue et se montrait presque modeste comme si elle était prête à accepter avec une docilité résignée n'importe quelle « offre » que lui ferait la patronne. L'Italien avait fait un rude travail! Il ne s'était certainement pas vanté quand il avait annoncé le matin même par téléphone à Madame que la proie était mûre pour obéir. J'étais assez effondrée de constater qu'une femme, devenue brusquement amoureuse et prise par les sens, est toute prête à abdiquer pour ne pas perdre celui dont elle croit ne plus pouvoir se passer. Mais, si j'y réfléchissais, n'étais-je pas un peu, moi aussi, dans la même situation que cette *Tania?* Moi qui avais décidé de ne plus rien m'offrir pour économiser l'argent qui paierait le taxi et la licence de Dédé...

Très vite, je chassai une idée aussi saugrenue de mes pensées! N'y avait-il pas une énorme différence entre le comportement d'un souteneur professionnel et celui d'un travailleur courageux? Mon amant ne cherchait à réussir que pour pouvoir vivre un jour avec moi, sa femme, et me gâter, alors qu'un Ricardo se moquait pas mal qu'une *Tania* se prostituât avec le premier venu pourvu que ça lui permît à lui de continuer à ne rien faire. Et je me sentais très heureuse de ne pas être à la place de la belle brune!

Madame poursuivit :

— En attendant ce retour de « notre » ami, j'en ai un

autre à vous présenter qui me paraît être également digne de vous... C'est un Français : il n'est plus tout jeune, mais il est d'une rare distinction! De plus, c'est un authentique aristocrate... Aimez-vous les aristocrates?

— Je n'en ai jamais fréquenté.

— Une femme aussi fine que vous? J'ai peine à y croire! Enfin, il y a un commencement à tout... Et c'est comme dans toutes les classes de la société : il y a de bons et de mauvais aristocrates... Celui-ci est un bon : le baron de Marnet-Melval... Il est très généreux, mais il a horreur qu'une jeune et jolie femme lui parle d'argent! Il prétend que c'est un sujet de conversation qu'il faut laisser aux femmes laides ou âgées... C'est pourquoi en ce qui vous concerne — et, bien entendu, s'il vous est sympathique — je me chargerai de toutes les questions matérielles : ce sera moi qui vous réglerai en me conformant strictement au tarif que vous avez bien voulu me fixer... Comme cela tout se passera avec élégance entre vous et le baron... Il attend dans le salon... Je vous accompagne?

Et sans même prêter attention à la réaction de *Tania* — qui, Madame le savait, n'avait plus la possibilité de refuser — elle se dirigea vers la porte de communication qu'elle ouvrit en annonçant au sexagénaire :

— Cher ami, voici la très belle jeune femme dont je vous ai parlé... Venez, *Tania*...

Dès que celle-ci eut pénétré dans le salon, Madame referma rapidement la porte et revint derrière le bar. Deux choses m'avaient frappée : *Tania* n'avait pas eu une seconde d'hésitation avant de la suivre dans le salon et, contrairement au protocole de civilité qu'elle avait réussi à imposer les autres fois, ce n'était pas l'homme qui lui avait été présenté en premier par Madame mais elle qui avait été présentée au client sans plus de cérémonie que s'il se fût agi d'une *Maud*, d'une *Valérie* ou d'une *Régine*... La belle *Tania* n'était plus, comme toutes les autres, qu'un numéro dans la Maison.

— Eh bien, Caroline? me dit Madame. Qu'est-ce qui vous arrive encore? Vous paraissez toute rêveuse? Serait-ce la contemplation du manteau de panthère qui vous a mise dans cet état? Je reconnais qu'il est assez beau... Ricardo a du goût! C'est le cadeau de fiançailles qu'il lui a offert, toujours avec mon argent... Mais rassurez-vous : je lui ai indiqué le fourreur où il devait aller faire cet achat. C'est l'un de mes bons amis qui me fait des prix plus qu'avantageux... Si je le voulais, je pourrais même le payer en lui envoyant gratuitement quelques jolies filles... Il ne déteste pas, lui non plus, la bagatelle! Et le troc n'est-il pas l'un des plus vieux systèmes monétaires du monde? « Passe-moi la rhubarbe et je te donnerai le séné »... Passe-moi un manteau de fourrure et je te prêterai des filles... Pourquoi nous avons fixé notre choix, Ricardo et moi, sur la panthère plutôt que sur tout autre animal de prix? Mais simplement parce que cette *Tania* avait tout de la panthère quand elle s'est présentée ici et qu'il est indispensable de bien mettre une femme dans sa vraie peau pour pouvoir la dresser! Maintenant que c'est fait, nous lui ferions tout aussi bien porter de l'agneau... Mais ça produirait moins d'effet sur les clients! Mon petit, vous pouvez mettre dès maintenant une deuxième bouteille de *Moët et Chandon* dans un seau à glace : elle sera bue là-haut au 14, la chambre que choisit toujours Melchior... C'est tellement vrai que nous avons pris l'habitude, Mlle Angélique et moi, de l'appeler « la chambre du Baron ». Quand j'avais votre âge, j'ai débuté dans une Maison où il y avait la « chambre de l'Évêque », ainsi dénommée parce qu'un illustre prélat y venait de temps en temps après avoir pris cependant la précaution de s'habiller comme tout le monde.

L'entrevue de présentation fut moins longue que celle qui avait permis à *Tania* et à Ricardo de faire connaissance. Le visage monoclé du Baron apparut dans l'entrebâillement de la porte :

— Ne vous dérangez pas, chère Agnès... Nous passons, Madame et moi, directement dans le vestibule pour rejoindre l'ascenseur... La voie est libre?

— Elle l'est.

— Le 14 aussi?

— Il vous attend...

— Mon enfant — c'était à moi que s'adressait le baron —, vous ne monterez une bouteille que lorsque je vous la commanderai par téléphone.

Il disparut. Vingt secondes plus tard la porte de l'ascenseur se refermait. C'était la première fois, depuis que je travaillais dans la Maison, que je ne montais pas en accompagnant un couple.

— Ne vous vexez surtout pas, Caroline! Le baron déteste qu'on l'accompagne quand il monte. Il trouve que cela a quelque chose d'inconvenant et il adore faire lui-même, à celle qu'il a choisie, les honneurs de la Maison... Ce qui prouve qu'il s'y sent chez lui.

— Je m'excuse de poser une pareille question à Madame, mais comment devrai-je faire pour le pourboire lorsque j'apporterai le champagne? Je ne pense pas que cette dame puisse m'aider comme le font généralement les autres?

— Vous frappez, vous attendez que le baron vous dise d'entrer, vous posez le plateau sur un guéridon, vous débouchez la bouteille et vous ressortez sans attendre... C'est l'un des très rares clients avec qui il faut agir ainsi... Mais soyez sans inquiétude! Quand il redescendra, il vous fera un cadeau princier. C'est un grand seigneur qui n'aime pas qu'on lui tende la main.

D'autres clients arrivèrent. Ce ne fut qu'au bout d'un quart d'heure que le téléphone intérieur retentit. Après avoir raccroché le récepteur, Madame m'ordonna :

— Montez au 14. Si notre ami attend aussi longtemps, c'est parce qu'il estime que le champagne n'est jamais assez frappé.

Quand j'entrai dans la chambre, *Tania* et le baron étaient assis l'un et l'autre dans des fauteuils, exactement comme l'avaient été, trois semaines plus tôt, la même *Tania* et le beau Ricardo. C'était le baron qui parlait. En ressortant de la chambre après aboir discrètement fait mon travail, je me dis que les aristocrates et les souteneurs devaient être les seuls clients qui savaient avoir encore assez d'allure pour ne pas se ruer immédiatement sur une femme, même si celle-ci n'espérait que cela.

Une heure plus tard, le téléphone intérieur retentit.

— Très bien, répondit Madame. Vous pouvez descendre : je vous attends dans le vestibule devant la porte de l'ascenseur.

Tout en ouvrant son tiroir, où elle prit des billets qu'elle compta avec soin, elle me dit :

— C'est terminé au 14... Avec le baron, ça ne dure jamais très longtemps ! Ce qui est plutôt agréable pour ses partenaires... Restez ici, Caroline : il vaut mieux que vous ne soyez pas témoin quand je donnerai sa part à la belle : ça risquerait de la vexer.

Ensuite je l'entendis dire, dans le vestibule, à celle qui venait de sortir de l'ascenseur :

— Ceci vous revient... Tout s'est bien passé ?

— C'est un homme charmant qui est peut-être un peu trop bavard pour mon goût.

— Ça, il faut l'écouter : c'est son plaisir... A demain! A quelle heure pouvez-vous être là?

— 18 heures comme aujourd'hui.

— Excellente heure : c'est celle où les P.-D.G. sortent de leurs bureaux... Je vous présenterai à quelqu'un qui est également très bien : un industriel du Nord qui possède une grosse affaire de textiles... C'est bon, le textile : ça paie. Bonsoir.

Revenue derrière le bar, Madame me confia :

— Avec le baron, il en est toujours ainsi : c'est la femme qui descend la première... Lui reste là-haut pour faire croire qu'il est encore en train de se rhabiller alors qu'il ne s'est pas déshabillé du tout!

— Et la femme?

— Elle ne s'est pas déshabillée non plus! Car il ne s'est absolument rien passé... Le baron a limité ses effusions à deux baisemains : celui qu'il a fait dans le salon quand *Tania* y est entrée et celui qu'il lui a réservé pour le moment où elle a quitté la chambre... Il n'y a pas une fille de cette Maison, ayant passé quelques instants avec ce cher Melchior, qui ne vous dira que l'intimité avec lui consiste à rester assise dans un fauteuil en l'écoutant et en buvant du *Moët*... La plupart des filles sont ravies que les choses se passent ainsi : ça les repose. Il y en a bien quelques-unes qui traitent ce bon Melchior de vieux radoteur. Elles ont tort car il lui arrive parfois d'être très amusant! Il a une foule de petits potins parisiens à raconter : c'est une vraie commère!

— Madame pense que *Tania* est satisfaite? Peut-être a-t-elle pris cette froideur du baron pour une sorte d'insulte à sa splendeur?

— Elle m'a paru, elle aussi, plutôt contente : n'oubliez pas qu'elle préfère les hommes jeunes et beaux! La seule chose qui comptait pour elle aujourd'hui —

et qui comptera toujours pour elle à l'avenir ici — ce sera l'argent que je lui remettrai. Pour ce qui est du reste, Ricardo y pourvoira... Demain je la présenterai à Dermier, celui qui préside toujours des conseils d'administration : je lui téléphonerai le matin chez lui avant 10 heures pour qu'il en supprime un dans l'après-midi. Il le fera, sachant que si je l'arrache à ses affaires, c'est que ça en vaut la peine... Et après-demain, mercredi, savez-vous avec qui je ferai coucher la belle *Tania?* Avec Maurice!

— Le client qui est parti tellement en colère et qui n'est jamais revenu?

— Lui-même! Il reviendra! Je lui téléphonerai tard ce soir. Il ne rentre jamais chez lui avant 2 heures. Le fait de lui apporter *Tania,* repentante et surtout consentante, sur un plateau, sera le meilleur moyen de nous réconcilier... Je n'aime pas rester éternellement brouillée avec mes amis!... Vous constatez que le baron se fait toujours attendre? Savez-vous ce qu'il doit être en train de faire en ce moment là-haut dans la chambre? Il y met du désordre : il défait le lit, il jette les oreillers par terre, il accumule une eau savonneuse dans le bidet du cabinet de toilette... Tout cela pour faire croire qu'il vient de vivre une entrevue passionnée! Et il en est ainsi avec lui depuis qu'il vient ici! Je ne sais pas si ce cher Melchior est capable de se montrer homme, mais je vous garantis qu'il sait se comporter en véritable gamin! Bien entendu, Caroline, si par hasard il racontait tout à l'heure ici, quand il sera descendu, ses exploits, faites semblant d'y croire... C'est très important pour le montant du pourboire qu'il ne manquera pas de vous donner... Ah, c'est lui!

La sonnerie intérieure avait retenti trois fois :

— Toujours ses trois coups! C'est son signal! Il

descend, mais par l'escalier... Ceci pour prouver que, même quand il a donné satisfaction à une dame, il peut rester alerte et gaillard! Surtout ne bougez pas d'ici : il n'aime pas qu'on l'attende au bas de l'escalier. Un jour où je l'avais fait, il m'a demandé : « Pourquoi êtes-vous là? Craignez-vous que je ne me casse le col du fémur, ou me prenez-vous pour un infirme? » Ceci dit, nous avons encore le temps : il est très long à descendre...

— Ce que j'ai du mal à m'expliquer, et je pense que Madame me comprendra, c'est qu'un Monsieur d'une telle qualité puisse éprouver le besoin de venir converser ainsi, dans une chambre qui est plutôt destinée à autre chose, avec une femme qu'il paie aussi cher? Il pourrait très bien trouver n'importe où quelqu'un qui l'écouterait gratuitement!

— Ce n'est pas certain, mon enfant... Et puis c'est son péché mignon d'agir ainsi! Pourquoi nous en plaindrions-nous? Il nous fait tous vivre sans toucher à personne... Un client pareil, c'est le rêve!

Elle s'était tue brusquement : le baron venait d'entrer dans le bar, aussi fringant que lorsqu'il l'avait quitté.

— Alors, cher ami?

— Mon Dieu, ça n'a pas été trop mal... Mais je n'irai quand même pas jusqu'à dire que cette personne m'a enthousiasmé! Certes, elle connaît son métier, mais moi je connais mes besoins d'homme...

— Inutile de nous le dire, Melchior! Nous le savons... Eh bien, voyons, Caroline, qu'est-ce que vous attendez?

— Moi, madame?

— Auriez-vous déjà oublié ce que je vous ai dit tout à l'heure? A chaque fois que M. le baron de Melval-Marnet entre dans ce bar, vous devez ouvrir une bouteille de *Moët et Chandon!*

— Oh! Que monsieur le baron me pardonne...

— Vous êtes toute pardonnée, mignonne enfant! Voyez-vous, chère Agnès, ce sont des minois comme celui de Caroline qu'il me faut! Cette *Tania* était belle, mais frigide et « chichiteuse »... Je préfère les femmes plus modestes d'où rayonne une bonne chaleur animale... Je ne vous ai jamais caché que je suis pour la petite femme de chambre, la petite téléphoniste, la petite cousette, la petite ouvreuse de cinéma, la petite fleuriste... Oui, du côté féminin, je suis pour tout ce qui nous vient du petit peuple...

— Sans doute en est-il ainsi, cher ami, parce que vous trouvez dans ce genre de rencontres un contraste avec vos propres origines?

— Peut-être... Combien vous dois-je pour cette personne, Agnès?

— Vous tenez absolument à régler aujourd'hui? Vous savez bien que ça ne presse pas et que nous sommes toujours en compte... Bien que vous me paraissiez être un peu déçu aujourd'hui, vous reviendrez quand même nous voir?

— Certainement! Ne serait-ce que pour votre gentille petite Caroline... Maintenant je dois retourner au Cercle : même si mes amis ont accepté que je fasse « le mort », comme vous me l'avez conseillé, ils n'aimeraient pas que ça durât trop longtemps! Au revoir, chère « cousine » Agnès... J'espère que Caroline voudra bien m'accompagner jusqu'à la porte?

Et comme je n'osais bouger par crainte de déplaire à Madame, celle-ci me dit, en m'adressant un clin d'œil discret :

— Eh bien, Caroline, qu'est-ce que vous attendez pour faire plaisir à M. le baron?

Je me précipitai dans le vestibule où le gentilhomme vint me rejoindre. Au moment où j'allais ouvrir la porte sur la rue il me glissa dans la main des billets que j'eus la politesse de ne pas regarder pendant qu'il me disait à voix basse :

— Nous nous reverrons tous les deux! Mais chut! C'est notre secret...

Puis il me tapota la joue en ajoutant :

— Mignonne... Tout à fait mignonne! Et quelle peau exquise!

Ce furent ses paroles d'adieu : je le vis monter dans une grosse voiture dont un chauffeur stylé avait ouvert la portière tout en retirant sa casquette. Ce qui me fascina le plus dans ce véhicule fut une couronne, petite mais cependant très visible, qui était peinte sur le panneau de la portière juste au-dessous de l'ouverture de la vitre.

En revenant vers le bar je comptai rapidement les billets : Il y en avait dix... J'avais gagné cent francs : le plus gros pourboire encaissé par moi jusqu'à ce jour! Une fois de plus Madame ne m'avait pas menti : le baron était un grand seigneur... Le faux monocle, trois bouteilles de champagne, une magnifique créature à son entière disposition et dont il n'avait fait que baiser la main, une addition qu'il ne payait pas, un pourboire royal pour moi, un chauffeur qui se découvrait devant lui et une couronne peinte sur la portière de sa voiture... Tout cela était considérable pour un même homme!

— Petite dinde, me dit Madame quand je revins dans le bar, si je vous ai fait ce signe, c'était pour vous aider... Le baron est un homme du monde qui a pour principe de ne jamais récompenser devant des tiers les services rendus. Il vous a gâtée?

— Oh, oui! C'est merveilleux d'avoir affaire à des clients de cette classe!

— Ils se font de plus en plus rares... Je suis sûre aussi qu'il vous a chuchoté en partant : « Nous nous reverrons tous les deux... C'est un secret! »

— Madame a entendu ?

— Si vous croyez que j'écoute comme vous aux portes ! Non : je sais simplement que, depuis une dizaine d'années qu'il vient ici, le baron a dit la même chose à toutes les bonnes qui lui ont ouvert la porte.

— Et il les a revues ?

— Évidemment ! A condition cependant qu'il soit revenu avant que je ne les aie flanquées à la porte... Je devine ce que vous pensez : vous vous demandez s'il les a revues en cachette, c'est-à-dire ailleurs qu'ici et sans que je le sache ? Eh bien, je vais sans doute vous décevoir, mais vous pouvez être assurée que ça ne s'est jamais produit pour deux raisons : ces filles étaient tellement stupides qu'elles ne manquaient jamais de se vanter du rendez-vous qu'il leur avait fixé à l'une de mes pensionnaires qui s'empressait de venir m'informer que la bonniche leur faisait une concurrence déloyale !... Je prenais aussitôt mon téléphone pour appeler Melchior au Cercle en lui expliquant que la soubrette en question ne faisait plus partie de mon personnel et que de pareilles manœuvres étaient indignes d'un homme de sa qualité.

— Que répondait-il ?

— A chaque fois il m'a juré sur la tête de la baronne, son épouse, qu'il préférait tout plutôt que perdre mon estime. Et le comble, c'est que je suis persuadée que c'est vrai !

— Puis-je savoir par Madame quelle est la deuxième raison ?

— Comme j'aime votre curiosité, Caroline ! Elle vous mènera de plus en plus loin... Voici cette deuxième raison : je pense sincèrement que ce cher Melchior, dont la jeunesse a été agréablement remplie par mille et une aventures, n'est plus en mesure aujourd'hui d'honorer physiquement celles qui ne demandent qu'à lui accorder leurs faveurs... Alors il bluffe : comme je vous l'ai expliqué, il dérange tout dans la chambre et il ne manque jamais avant de partir de semer dans l'esprit des servantes — extasiées par l'importance du pourboire — qu'elles aussi pourront prochainement tenter leur chance avec lui. Il se conduit en véritable bourreau des cœurs mais, dans la pratique, toute son activité amoureuse se limite à quelques baisemains destinés à des filles qui n'en reçoivent que rarement et à la phrase prometteuse réservée aux bonniches... Je vous ai dit qu'il se conduisait en galopin!

— Mais il ne paie pas?

— Ça, mon petit, c'est une autre affaire... Ai-je la tête et l'allure de quelqu'un qui ne se fait pas payer?

— Jamais je ne penserais ça de Madame!

— Et vous aurez raison... Le baron paie toujours, mais deux fois par an : à la fin de l'année et le lendemain du Grand Prix... Cela fait partie aussi de ses principes. Il estime que l'on reconnaît un homme du monde à ce qu'il a fait sa première communion, à ce qu'il sait monter à cheval, à ce qu'il ne paie jamais son tailleur et le moins possible une femme telle que moi... Comme la vie m'a appris à me défendre, je parviens quand même à me faire régler par lui... Je lui téléphone le 27 décembre et deux jours avant le Grand Prix : il m'invite alors à déjeuner, toujours dans le même restaurant! A la fin du repas, il me dit invariablement ce seul mot : « Combien? » J'ai eu soin de préparer un petit papier sur lequel j'ai inscrit un chiffre représentant le prix de toutes les entrevues que je lui ai organisées pendant six mois ajouté au montant total des bouteilles de *Moët et Chandon* débouchées sous son égide... Il rajuste son faux monocle avant de s'exclamer : « Mais c'est énorme, chère Agnès! Vous croyez vraiment que je me suis commis aussi souvent dans votre officine? » Je réponds aussitôt : « Mais, cher Melchior, seriez-vous en train d'oublier que vous êtes le plus chaud des lapins ? » Ça le flatte et il libelle un chèque au porteur : ce qui est tout ce que je lui demande... Et comme son naturel généreux ressort, il arrondit toujours la somme à mon profit. C'est pourquoi je puis lui faire crédit. C'est d'ailleurs le seul client de ce genre avec lequel je mets ma coquetterie à me conduire d'une façon aussi mondaine. Je m'y retrouve...

— Que Madame me pardonne de lui faire remarquer que cette façon d'agir pourrait être dangereuse : si le baron mourait entre-temps ?

— Bravo, mon petit ! Voilà une objection pertinente !... Eh bien, si un client aussi cher venait à disparaître, j'en serais de ma poche ! Seulement, le risque est minime : d'abord Melchior est encore très solide... Ensuite, à chaque fois que j'ai indiqué mon chiffre sur le petit carré de papier, j'ai eu la précaution de prendre une marge de garantie suffisante... Prévoir, c'est gouverner ! Aussi suis-je tranquille !

Le reste de la soirée ressembla à toutes les autres. Quand l'heure de la fermeture vint, Madame me dit en décrochant le récepteur du téléphone extérieur :

— C'est l'heure où Maurice doit être rentré chez lui...

Et, après avoir formé un numéro choisi sur le petit carnet jaune, elle attendit pendant quelques secondes avant de dire à l'appareil : « C'est vous, cher ami ?... Ici, Madame Agnès... Oui, c'est moi ! Cela vous surprend peut-être que je vous appelle ? Je ne vous ai pas réveillé au moins ? Vous voyez que je connais les heures où l'on peut vous joindre ! D'abord, comment allez-vous, cher Maurice ?... Bien ? Moi aussi ! Je me suis enfin décidée à vous appeler puisque vous ne l'avez pas fait et que vous n'êtes pas revenu ! Toujours fâché ?... Je vous assure que vous avez eu tort l'autre jour et je vais vous le prouver... Je vous avais expliqué que cette jeune femme brune, qui vous plaisait tant, m'avait dit qu'elle vous trouvait charmant mais qu'elle ne pouvait pas vous voir ce soir-là... Le dentiste? Il faut oublier ce personnage, Maurice! Écoutez-moi plutôt : cette splendide créature n'est pas revenue depuis, elle non plus... Mais elle m'a téléphoné cet après-midi pour me dire que si elle ne m'avait pas donné signe de vie, c'était uniquement parce qu'elle avait été retenue par des affaires de famille... Et elle a ajouté... Tenez-vous bien, Maurice! Elle a ajouté qu'elle serait ravie de vous revoir le plus tôt possible! N'est-ce pas une bonne nouvelle, ça? Voulez-vous après-demain, à 18 heures? Je vous donne ma parole que tout se passera bien... Aux conditions que je vous ai indiquées. Nous sommes d'accord? Ah! Comme je suis contente, grand ami! Le fait que vous acceptiez avec une telle spontanéité me prouve que vous ne m'en voulez plus du tout! Nous faisons la paix?... C'est fait! A mercredi. »

Après avoir raccroché, elle me dit :

— Vous voyez comment il faut s'y prendre pour récupérer la clientèle : nous devons lui offrir exactement l'objet de sa convoitise et pas un produit de remplacement... Dites-moi : il ne reste là-haut que le 9 et le 15 occupés? Ceux-là passeront la nuit... Allez boucler la porte et revenez ici... Savez-vous ce que nous allons faire, vous et moi? Déguster enfin toutes les deux cette bouteille de *Cristal Rœderer* que je vous avais promise pour le jour où je serais parvenue à mettre la belle *Tania* dans le droit chemin... Maintenant elle y est et pour un bout de temps, croyez-moi! Le baron ne l'a pas « baisée » parce qu'il ne le peut pas, mais je vous garantis que Maurice ne lui fera pas grâce! Et elle sera « dans le creux »... Ensuite, ça n'arrêtera plus avec d'autres et elle sera comblée! Ah, ma petite Caroline, si vous saviez les satisfactions que peut apporter parfois ce métier!

Les semaines, les mois passèrent sans qu'il y eût de heurts dans « le roulement » de la Maison. Mon « magot » augmentait de jour en jour, constituant le capital qui permettrait d'acheter le taxi et la licence. Je vivais tous mes dimanches avec Dédé dont je ne pouvais plus me passer. Le bain hebdomadaire d'amour vrai compensait tout ce que je voyais et continuais à découvrir dans la Maison pendant mes six jours de service. Le temps aidant, j'avais fini par connaître la quasi-totalité des filles, fixes ou venant de l'extérieur, qui « travaillaient » chez Madame. Même *Tania* ne m'intriguait plus : comme l'avait prédit la patronne, elle venait régulièrement dès qu'elle était appelée au téléphone. Progressivement, elle s'était pliée à la discipline exigée par la Maison, s'imprégnant même des habitudes des professionnelles les plus expérimentées. Je savais par Madame que Ricardo était toujours dans son existence, la dirigeant au mieux de ses intérêts à lui. Un tel changement avait eu pour double conséquence de retirer une certaine élégance à la belle créature et de lui faire perdre très vite cette distinction qui était son atout majeur de charme à ses débuts. Sans être devenue vulgaire, parce qu'elle ne pourrait jamais l'être tout à fait, *Tania* avait cessé d'être raffinée. Et cette constatation me chagrina; mais peu à peu je finis par m'habituer à une déchéance progressive contre laquelle ce n'était pas à moi de lutter. Celle qui m'avait éblouie au point de me donner presque l'envie d'essayer de la copier ne m'intéressa plus.

Le baron revint deux fois, toujours convoqué à son Cercle par Madame qui lui annonçait, au bout du fil, des « occasions très rares »... Quand je lui ouvris la porte la première fois, il me dit en entrant dans le vestibule :

— Petite Caroline, je tiens toujours mes promesses... En venant ici, j'ai dit à mon chauffeur de faire une halte chez *Boissier* où les chocolats sont incomparables! Vous m'en direz des nouvelles quand vous aurez vidé le contenu de cette boîte... Mais faites bien attention! Ne les mangez pas tous à la fois, sinon vous seriez malade.

La boîte rectangulaire était immense, ravissante, entourée d'un ruban doré. Confuse, je bredouillais pour dire quelques paroles de gratitude, mais le gentilhomme m'interrompit :

— J'ai horreur des remerciements! Si je vous offre ces quelques douceurs, c'est uniquement parce qu'elles sont dues à votre charme qui m'a conquis... Confidentiellement, je puis vous dire aussi que si je n'ai pas trop résisté à l'appel de votre patronne, c'était surtout pour avoir le plaisir de vous revoir... Caroline, vous êtes de plus en plus attrayante!

L'apparition de Madame interrompit cette nouvelle déclaration. Le rite des bouteilles de champagne, de « la présentation » dans le salon, de sa montée discrète avec la fille dans la chambre, de la mienne avec le *Moët et Chandon*, de la descente de la femme, puis de la sienne un bon quart d'heure plus tard par l'escalier, fut identiquement le même qu'à sa précédente venue. Le seul élément qui différa, dans le protocole établi, fut la fille qui n'était plus *Tania*. Une fois de plus, Madame fit crédit à son illustre client qui ne manqua pas, au moment où j'allais lui ouvrir la porte de sortie, de me mettre dans la main dix autres billets de dix francs en me glissant à l'oreille :

— Elle ne m'a guère plus enthousiasmé que la « femme du monde », cette nouvelle découverte de votre patronne! C'est très curieux : voilà des années que cette Agnès me connaît et, cependant, elle ne parvient jamais à me présenter ce que je cherche! Elle s'entête à croire qu'il me faut ce qu'elle appelle « des femmes de ma classe! ». Caroline gentille, ce sera vous que j'enlèverai un jour et la Direction sera bien ennuyée... Je vous promets de revenir.

Il le fit, trois semaines plus tard, à la suite d'un nouvel appel de Madame. Mais là encore, au moment de s'en aller, il me répéta dans le vestibule :

— Ce n'est pas encore le rêve! Vous verrez que ce sera avec vous seule que je ferai des folies!

Ni ce cher homme ni moi-même ne pouvions nous douter à cette minute que de telles paroles se révéleraient bientôt prophétiques! En ce qui me concernait, après cette troisième visite, je n'étais pas encore convaincue que ma modeste personne pouvait intéresser ce grand seigneur autant qu'il voulait bien le dire, mais je commençais à le trouver quand même plus que passionnant dans son genre...

Ce fut le lendemain de cette visite qu'il y eut une modification très sensible dans la composition des effectifs de charme de la Maison. Le nombre des pensionnaires « fixes » passa de trois à six pour permettre de donner satisfaction immédiate à la clientèle qui ne cessait d'augmenter. Mais l'un des éléments de base du lot ancien disparut : *Régine* la rousse, qui était arrivée encore deux fois en retard entre-temps, fut définitivement mise à la porte par Madame et aussitôt remplacée par une nouvelle venue qui s'était présentée quelques jours plus tôt et qui se prénommait *Véronique*. Elle avait, selon ses papiers d'état civil, vingt-deux ans, mais en paraissait à peine dix-sept, tellement elle faisait jeunette... Son visage, où tout ce qui restait de candeur au monde semblait s'être réfugiée, était encadré de longs cheveux blond cendré qui lui donnaient une allure de parfaite ingénue. Madame, qui paraissait enchantée de cette nouvelle acquisition, me confia à son sujet :

— Elle plaît beaucoup, cette *Véronique*... Surtout aux hommes d'un certain âge qui ont besoin d'être mis en présence d'éléments très jeunes pour retrouver leur vigueur passée... Je crois qu'elle est assez douée : c'est une professionnelle-née qui joue très bien le jeu... L'ingénue perverse, ce n'est d'ailleurs pas nouveau! On la trouve immortalisée et magnifiée sur d'innombrables gravures du XVIIIe siècle... Ça me fait rire quand j'entends des gens dire que les filles d'aujourd'hui font l'amour de plus en plus jeunes! Il n'y a rien de neuf dans ce métier qui est le plus vieux du monde. *Véronique* est de tous les temps.

Elle gagnait beaucoup d'argent, *Véronique :* de midi à minuit elle n'arrêtait pratiquement pas de monter et de descendre, faisant des journées de douze heures qui étaient bien remplies. Quand elle était convoquée au bar avec ses camarades de la salle d'attente pour « une présentation au choix », c'était toujours elle qui triomphait. Ce qui n'arrangeait pas du tout les affaires de *Valérie* et surtout de *Maud,* la doyenne de la Maison, qui voyait pâlir son auréole à bon marché. Il ne me fallut pas longtemps pour déceler que la fausse blonde platinée haïssait la fausse ingénue et qu'un jour viendrait sûrement où elle trouverait le moyen de l'obliger à quitter la Maison.

Ce jour se présenta inopinément un mercredi de février vers 18 heures. Jusqu'à ce moment, la journée avait été normale. Madame et moi, nous nous trouvions derrière le bar, devant lequel étaient assis sur les tabourets deux clients, dont l'un, précisément, attendait *Véronique* avec qui il était déjà monté quelques jours plus tôt et qu'il avait réclamée. Seulement, *Véronique* était en train d'opérer au 5, et il fallait patienter devant un et même plusieurs whiskies. On sonna à la porte d'entrée : selon l'habitude, je regardai par le judas et j'eus une vision qui me laissa perplexe. Ce n'était pas un client qui attendait devant la porte, mais plusieurs... De drôles de clients d'ailleurs, dont l'allure ne me parut pas très catholique! Avant d'ouvrir, je courus vers le bar pour demander à Madame ce que je devais faire.

Après avoir froncé les sourcils, comme elle seule savait le faire quand elle était contrariée, elle se précipita dans le vestibule, ouvrit le judas et le referma vivement en me disant :

— La Police!

Le visage de Madame était devenu brusquement terreux pendant qu'elle maugréait :

— Qu'est-ce que ça veut dire?... Vite, Caroline! Montez par l'escalier à tous les étages, frappez à toutes les portes en criant : *La Police!*... Et faites passer toutes les filles qui sortiront des chambres dans l'escalier de service par lequel elles grimperont au sixième se camoufler dans les chambres qui sont en face de la vôtre. Et qu'elles n'en bougent plus jusqu'à nouvel ordre! Elles sont d'ailleurs au courant de la manœuvre. Je donne l'alerte et j'occupe ces messieurs en bas... Allez!

Pendant que je gravissais l'escalier quatre à quatre — l'ascenseur eût été moins rapide — j'entendis le timbre de l'entrée qui ne cessait plus de carillonner. Mais presque aussitôt, sa sonnerie aigrelette fut couverte par celle d'un autre avertisseur, beaucoup plus grave et plus puissant, qui résonnait à tous les étages de la Maison. Je compris que Madame avait appuyé sur un bouton spécial placé dans le vestibule et qu'elle m'avait montré deux jours après mon arrivée en disant :

— Mon petit, n'appuyez jamais sur ce bouton! Seules Mlle Angélique, si elle me remplace, ou moi avons le droit de le faire : c'est lui qui permet de donner le signal d'alarme au cas où un événement grave — tel que le feu, une descente de police ou un commando de racketters — se produirait... Mais rassurez-vous : c'est uniquement une précaution, car aucun de ces événements n'est encore jamais arrivé.

Pendant que je courais dans les couloirs, martelant les portes en lançant le mot terrifiant, j'étais affolée! C'était bien ma veine : l'un de ces événements, « qui n'arrivaient jamais », selon l'affirmation de Madame, était bel et bien en train de se produire! La Police! D'ici que je sois arrêtée... Tous les autres, y compris la patronne, je m'en fichais, mais moi! Qu'est-ce que dirait Dédé? Pauvre Dédé! Et surtout pauvre de moi!

Je n'ai jamais mis les pieds, et pour cause, sur un navire de guerre, mais je m'imagine assez que le branle-bas de combat — n'y avait-il pas cette sinistre sonnette qui n'arrêtait plus, elle aussi, semant la panique générale? — doit ressembler à ce que je vis ce jour-là dans la Maison... Ce fut véritablement fantastique! Les filles à demi nues, ou même complètement nues, couraient vers l'escalier de service en emportant dans leurs bras leur robe, leur soutien-gorge et le reste... Elles étaient suivies des clients, de tous âges, qui étaient en slip ou en caleçon, n'ayant même pas eu le réflexe d'enfiler leur pantalon. Certains, les jambes nues, n'avaient que leur chemise dont les pans flottaient au vent, telles les bannières d'une armée en déroute. Et tout ce monde se bousculait dans les colimaçons de l'escalier en piaillant, en hurlant, en riant aussi... Quand j'y repense à froid aujourd'hui, je crois, malgré ma longue expérience de la profession, n'avoir jamais vu un spectacle plus ridicule et plus grotesque! Le miracle fut qu'en moins de trois minutes tout le monde se retrouva entassé dans ces chambres vides du sixième, qui m'avaient intriguée le soir de mon arrivée et au sujet desquelles Marie la cuisinière m'avait répondu que si je voulais savoir à quoi elles servaient je n'avais qu'à le demander à Madame. Maintenant j'étais fixée : elles n'étaient utilisées qu'en cas de descente de police, parce que je ne pense pas que les gangsters s'y seraient pris avec autant de civilité que les représentants de l'ordre qui avaient bien voulu patienter dans la rue avant que la patronne leur ouvrît enfin la porte.

Quelle fut la discussion qui s'engagea au rez-de-chaussée entre ces messieurs et Madame, j'étais bien incapable sur le moment de l'imaginer! Ce fut l'une des filles « fixes », *Valérie,* qui m'éclaira en me confiant là-haut :

— Ça s'est déjà produit, il y a deux ans... Mais, depuis, on a été bien tranquilles... De toute façon ne vous en faites pas : avec quelqu'un comme la patronne, ça s'arrange toujours, ces histoires-là... Elle est trop bien placée : elle a des protections en haut lieu!

Maud, elle, restait silencieuse. J'eus même l'impression qu'elle avait un vague sourire : ce qui me parut, pour le moins, assez surprenant.

Nous attendîmes pendant une bonne demi-heure. Ce qui permit à tous de retrouver une tenue plus décente. Je ne suis jamais entrée non plus dans une chambrée militaire, mais, d'après les descriptions qui m'en ont été faites aussi bien par Dédé que par différents amis, j'ai tout lieu de croire que l'odeur se dégageant de ces trois « chambres de réserve » devait se rapprocher de celle des casernes. *Valérie,* que l'événement semblait mettre en veine de confidences, me dit encore :

— D'habitude ça dure moins longtemps, ces visites de police... La patronne trouve toujours le truc pour faire repartir très vite « la Mondaine ». A moins que, cette fois, elle ne lui offre à boire? Ce qui m'étonnerait de sa part! C'est pourtant bizarre que ça se prolonge.

De telles paroles n'étaient pas faites pour ramener la confiance. Certains clients commencèrent même à déclarer qu'ils ne trouvaient pas du tout la plaisanterie de leur goût et qu'il ferait chaud avant qu'ils ne revinssent se fourrer dans un tel guêpier! Ça tournait au désastre. L'atmosphère devenait irrespirable.

Enfin, nous entendîmes des pas traînants, que je reconnus tout de suite, s'approcher dans le couloir : c'était Marie la cuisinière qui cria, en frappant à chacune des trois portes derrière lesquelles nous attendions, anxieux :

— Pas la peine de rester là! Madame fait dire à tout le monde de descendre au bar pour vérification d'identité. La police l'exige... Pas la peine non plus d'utiliser l'escalier de service : prenez l'ascenseur... Mais pas plus de quatre personnes à la fois, sinon il restera en panne!

Ce fut un beau chahut! Des clients, se donnant des airs importants, s'indignaient les uns après les autres :

— Comment?... Me faire cela à moi, Monsieur X...? Mais c'est un scandale!... Jamais je ne livrerai mon identité dans un lieu pareil!... Elle va voir de quel bois je me chauffe, la taulière!... Elle se f... de nous!... Je téléphonerai à qui de droit et je ferai fermer son bazar!... Ça lui apprendra à recevoir la police!

Mais l'indignation, sincère ou simulée, n'a que peu d'effet quand on sait qu'elle est effectivement là, en bas, la police, s'apprêtant à cueillir tout le monde... Comme cela se dit en termes de gendarmerie, il n'y avait plus qu'à « obtempérer ». Ce que nous fîmes tous — les filles, les clients et moi-même — la mort dans l'âme.

Je fus de la cinquième et dernière fournée de l'ascenseur : mon devoir professionnel ne m'obligerait-il pas à ouvrir la porte de la cabine à ces messieurs? C'est dans ce genre de circonstances que l'on peut juger de la bonne tenue du personnel d'une Maison... Pendant la descente, je me retrouvai avec le dernier client et la dernière fille restés en haut. Le plus étrange était que lorsque j'avais accompagné ce client — alors qu'il montait dans ce même ascenseur — il n'était pas avec la même fille qui, elle-même, avait perdu son client. L'un et l'autre se regardaient avec hostilité comme s'ils avaient été mutuellement frustrés par la faute de la police. Et j'acquis la conviction intime que si jamais ce client revenait nous voir un jour il ne demanderait jamais cette nouvelle fille, tellement il conserverait un souvenir désagréable de cette promiscuité forcée !

Au moment où la cabine de l'ascenseur passait devant le deuxième étage, le client appuya brusquement sur le bouton d'arrêt et ouvrit la porte pour sortir. Mais il se trouva face à face avec un agent en uniforme qui attendait, planté sur le palier, devant la cage de l'ascenseur :

— Non, monsieur, dit ce dernier goguenard. Personne ne descend aux étages ! C'est en bas que l'on vous attend...

Et il refoula le bonhomme dans la cabine. Je compris que la police n'avait pas perdu de temps et qu'elle avait placé des représentants à tous les étages : ce qui expliquait l'ordre que nous avait fait transmettre Madame, dans nos cachettes du sixième, par la cuisinière. Toute résistance ou velléité de fuite était impossible. Ce qui indiquait aussi que les choses avaient dû moins bien s'arranger que ne l'avait prédit *Valérie*.

Quand nous atterrîmes au vestibule, un autre agent nous ouvrit galamment la porte sans rien dire et en nous désignant du doigt l'entrée du bar devant laquelle se tenait un autre de ses confrères. Je remarquai qu'il y en avait un troisième en faction devant la porte donnant sur la rue : nous étions bien gardés.

Lorsque nous pénétrâmes dans le bar, un inspecteur en civil dit d'une voix joviale :

— Voilà les derniers, Patron. Le compte y est...

— Ils n'ont qu'à se placer respectivement en queue des files, répondit celui qui dirigeait l'opération et qui était lui aussi en civil. Ils apprendront qu'ici ce n'est pas comme dans l'Évangile : les derniers ne sont pas obligatoirement les premiers !

Il n'était d'ailleurs pas très séduisant, ce gros homme qui régentait tout avec cette bonhomie et cette nonchalance apparentes qui sont l'apanage des vieux routiers de la profession. La vision du bar, tel qu'il se présenta alors, restera pour moi aussi inoubliable que celle de l'arrivée du baron Melchior, mais il est certain que si ce dernier avait été là, il aurait encore rajouté au pittoresque de la situation.

Il y avait, alignés, l'une à droite et l'autre à gauche du bar, deux files bien distinctes : celle des clients et celle des femmes que je terminais derrière Marie la cuisinière. Juchés sur des tabourets, deux autres inspecteurs, en civil comme leur chef, prenaient les cartes ou pièces d'identité qui leur étaient présentées à tour de rôle par les hommes. Ils les examinèrent, je dois le dire, assez rapidement. Dès que c'était fait, ils rendaient la carte à son propriétaire en lui disant, aimables :

— C'est bien. Vous pouvez partir.

Ce que tous les clients s'empressèrent de faire sans plus attendre et sans chercher à dissimuler l'expression de satisfaction qui se lisait sur leur visages restés assez sombres jusqu'à ce moment libérateur. Pas un seul d'entre eux ne fut retenu. Pas un seul non plus n'adressa un au revoir, ou même un simple salut de la tête, à Madame qui les avait cependant tellement bien pourvus quelques heures plus tôt... Je trouvais que c'était là de l'ingratitude ajoutée à un manque absolu de civilité. J'avais la conviction aussi que si le baron — décidément sa silhouette monoclée ne cessait plus de hanter mon esprit! — s'était trouvé parmi eux, il aurait su se conduire avec infiniment plus de savoir-vivre.

J'étais également outrée de constater que ces messieurs que l'on disait « de la Mondaine » ne se comportaient pas du tout en hommes du monde à l'égard des dames! On a beau n'être qu'une professionnelle ou une servante comme Marie et moi, on a quand même droit à certains égards... Et le premier des respects n'est-il pas de faire passer d'abord les dames! Eh bien, on nous faisait attendre — je dirais même, si je ne craignais de me montrer un peu vulgaire : « poireauter » — comme si, toutes tant que nous étions, nous n'étions que du bétail. Il y avait, dans cette attitude de la police, une volonté certaine de nous avilir.

La seule qui ne faisait pas le pied de grue — c'est le cas de l'écrire — dans la file féminine debout était Madame... Une admirable Madame qui trônait derrière le bar, assise à sa place directoriale, semblant planer de toute sa hauteur et de tout son mépris aussi bien sur la situation que sur le carrousel insensé qui se déroulait devant elle. Elle ne disait pas un mot. Mais, comme je la connaissais bien maintenant, je savais ce que sa bouche, pincée dans un étrange rictus, voulait dire... Si elle s'était ouverte pour parler, elle aurait foudroyé de quelques paroles bien senties non seulement « la Mondaine », mais toutes les polices de la terre! Si elle se taisait, c'était vraiment qu'elle ne pouvait pas faire autrement... Ce fut sans doute assez stupide de ma part, mais j'eus pitié d'elle. Dans son mutisme digne, Madame m'apparut sublime!

Après le départ du dernier client, « le Chef », se tourna

vers celle qui était notre tête de file — c'était *Maud*... N'était-ce pas assez émouvant de penser que « la doyenne » des pensionnaires fixes allait êre la première de toutes à subir l'odieuse vérification! *Maud* paraissait cependant très calme : peut-être avait-elle déjà une certaine habitude de ce genre de défilé? — Et il lui dit de sa voix grasseyante :

— A nous!

Sans attendre, *Maud* lui présenta une carte d'identité qu'il regarda longuement avant de demander :

— Ne sommes-nous pas de vieilles connaissances?

— Certainement pas, monsieur l'inspecteur! répondit la fille platinée avec une superbe qui fit mon admiration.

— Vraiment? Nous verrons cela... Généralement, on m'appelle « Monsieur l'officier de Police »... On ne vous a donc rien appris ici?

— Ce n'est pas une Maison spécialisée dans la flicaille, monsieur l'officier de Police! répondit la fille en continuant à le toiser avec insolence.

— *Maud,* taisez-vous! ordonna Madame. Vous n'avez aucune réflexion personnelle à faire en ce moment!

— Laissez, madame, dit le gros homme. Nous sommes blindés! Alors, comme ça, Mademoiselle ironise? Si Mademoiselle veut bien passer à droite?

Pendant que *Maud* se plaçait à l'endroit indiqué, il remit sa carte d'identité à l'un de ses acolytes qui l'enfouit dans un porte-documents.

La deuxième fille « vérifiée » fut *Valérie* à qui aucune question ne fut posée, mais qui ne récupéra pas non plus sa pièce d'identité. L'étrange travail se poursuivit dans le silence le plus complet : toutes les cartes des filles furent confisquées. Quand *Véronique,* la nouvelle qui paraissait être si jeune, présenta la sienne, l'officier de police la dévisagea avant de lui demander en tapotant sur la carte d'identité :

— C'est bien vrai, ce qu'il y a là-dessus? Vous avez vingt-deux ans?

— Oui, monsieur l'officier de Police.

— A vérifier... et il passa la carte à son adjoint. Les deux dernières à se présenter devant lui furent Marie et moi.

— Ce sont ma cuisinière et la femme de chambre, expliqua Madame.

Après avoir examiné nos pièces d'identité, l'homme de police nous les rendit à l'une et à l'autre en disant :

— Vous ne m'intéressez pas... A l'exception de vous deux, on embarque tout le monde!

Puis, se tournant vers la patronne :

— Chère madame, voulez-vous avoir l'extrême obligeance de dire à ces dames et demoiselles d'aller chercher leurs manteaux si elles en ont et de prendre leurs dispositions... Départ dans cinq minutes.

— Serais-je du voyage? demanda Madame, toujours calme.

— Vous ne voudriez tout de même pas qu'un pareil déplacement s'effectuât sans vous qui êtes, si j'ose dire, le chef d'entreprise responsable? Les ordres sont formels; tout le monde, sauf le personnel domestique qui gardera la Maison pendant votre absence.

Ces dernières paroles achevèrent d'amener la consternation générale : le désastre se confirmait.

Pendant que les filles remontaient dans les étages pour récupérer — aussi bien dans les chambres qu'elles avaient été contraintes d'abandonner précipitamment que dans la salle d'attente du quatrième — leurs affaires personnelles, Madame me dit :

— Caroline, montez dans mon appartement et prenez

mon manteau de vison pastel : je n'ai nullement l'intention d'attraper froid dans des locaux qui sont généralement peu chauffés.

— Sage précaution ! fit le chef. Car ça risque de durer un certain temps...

Une fille demanda, larmoyante :

— Puis-je téléphoner ?

— A qui cela, mademoiselle ? A Madame votre mère ? Si elle existe et si c'est nécessaire, elle sera prévenue à temps par nos soins... Interdiction à qui que ce soit de faire usage du téléphone !

— J'ai nettement l'impression, dit Madame d'une voix plus sèche, que vous outrepassez vos droits, monsieur l'officier de police ! Et si moi, je désire appeler mon avocat ?

— Chère madame Grange, vous aurez toutes les possibilités de le faire là où nous vous emmenons... Quant à ce qui est d'outrepasser mes droits, je vous ai expliqué clairement tout à l'heure, au cours de notre petit tête-à-tête, la raison de notre visite. La plainte qui a été portée contre vous a été suivie d'un mandat d'amener, délivré par M. le juge d'instruction Boiffard. Désirez-vous en prendre connaissance ?

— C'est bien, dit Madame sans même jeter un regard vers le document qui lui était présenté. A l'avenir je ne parlerai qu'en présence de mes avocats.

— Et vous aurez raison. D'autant plus que mon mandat me donne seulement le pouvoir de vous amener avec vos ouailles quai des Orfèvres. Seul le juge d'instruction a le droit de vous interroger et de décider de la suite à donner à cette affaire.

Quand je revins avec le vison, Madame me dit :

— Tenez, Caroline : voici la clef de la porte. Je vous la confie : vous n'ouvrirez à personne d'autre qu'à Marie. Vous trouverez dans le tiroir gauche du petit secrétaire, qui se trouve dans ma chambre, une enveloppe où il y a assez d'argent pour vous permettre d'assurer les dépenses courantes de votre ravitaillement, à Marie et à vous.

— Peut-être devrais-je téléphoner à Mlle Angélique?

— Vous le ferez immédiatement après mon départ... Son numéro de téléphone est inscrit en haut de la liste des « boissons à recommander ». Elle saura prendre toutes les dispositions qui s'imposent.

— Cette Mlle Angélique, demanda le policier, est l'une de vos collaboratrices?

— C'est une amie qui veut bien me remplacer quand je dois m'absenter. Elle a toute ma confiance et connaît la Maison.

— Alors c'est parfait. Pour ce qui sera de diriger « la Maison » pendant votre absence, je crains qu'elle n'ait même pas à expédier les affaires courantes car j'ai également sur moi l'ordre de fermeture immédiate de votre établissement... Mais celui-ci peut très bien n'être que provisoire! Tout dépendra de la décision de M. le juge d'instruction... Je pense que maintenant « ces dames » sont prêtes?

Les filles attendaient dans le vestibule sous la garde des inspecteurs et des agents.

— Alors, en voiture!... Mesdemoiselles, laissez d'abord passer votre patronne : à tout seigneur, tout honneur!

Avec une réelle dignité, Madame, envisonnée, traversa le vestibule devant le bataillon de filles alignées dans un garde-à-vous silencieux. Cela évoquait un peu la dernière revue de ses troupes qu'aurait passée un grand chef qui devait prendre sa retraite... De chaque côté de la porte, qui s'était ouverte sur la rue, des agents montaient la garde, prolongeant la solennité du moment.

Stationnés le long du trottoir, ce n'était ni le taxi de Dédé ni la luxueuse voiture du baron Melchior, mais trois cars de police : vous savez bien, ces voitures à la teinte sombre dont la carrosserie a des lignes très classiques et que l'on appelle communément des « paniers à salade ». Quand je vis Madame monter la première dans l'une de ces voitures, mes yeux se remplirent de larmes. N'était-ce pas une honte? Comment osait-on faire un tel affront à une femme pareille? Et ceci devant toutes ces filles qui lui devaient tant! La douleur secrète de Madame devait être immense... Elle fut suivie par ses pensionnaires qui s'engouffrèrent, une à une, dans les tristes véhicules dont la présence faisait un effet déplorable pour la bonne réputation de la Maison. Sur le trottoir d'en face, quelques badauds et concierges d'immeubles s'étaient attroupés, ricanant et faisant des commentaires qui n'avaient rien d'élogieux! Les gens sont ainsi faits qu'ils sont toujours prêts à hurler avec les loups.

Il y avait trois cars : il faut reconnaître que la troupe de Madame était nombreuse! Quand la dernière fille fut montée dans le dernier car, les portes claquèrent et le convoi s'ébranla, précédé de deux motards et suivi d'une voiture de tourisme, aussi sombre que les fourgons, dans laquelle avaient pris place l'officier de police et ses sbires de la Mondaine.

Devant la porte, les deux agents restèrent en faction. Et comme, désespérée, j'hésitais à la refermer, l'un d'eux me cria :

— Alors, on ferme?

— On ferme... répondis-je.

Mais, dès que j'eus verrouillé la porte de l'intérieur selon les instructions reçues, je n'y tins plus : j'éclatai en sanglots.

La cuisinière, qui était — elle aussi — dans le vestibule, me dit de sa voix aigre :

— Pas la peine de chialer! A quoi ça sert? Il faut bien

que ça se produise de temps en temps, ces choses-là... C'est même étonnant que ce ne soit pas arrivé plus tôt! Ça fait presque trois ans qu'on ne les avait pas revus et qu'ils nous fichaient la paix... Mais cette fois, ça m'a l'air plus sérieux. Vous avez entendu ce qu'il a dit à Madame, le flic : « on » a porté plainte! Ça, c'est plus grave... Mais arrêtez de pleurer, Caroline! Vous la reverrez, votre patronne! Et bien plus tôt que vous ne le pensez! Ce n'est pas la première fois que pareille aventure lui arrive : ça fait partie des risques de son métier... A chaque fois elle s'en est tirée : c'est une championne.

Le téléphone sonnait dans le bar.

— Qu'est-ce que je fais, Marie?

— Décrochez et ne répondez pas : ce doit être un client qui demande si une fille est libre. Attendez quelques instants qu'il se lasse d'appeler, raccrochez et faites tout de suite ce que Madame vous a dit : formez le numéro de Mlle Angélique. C'est elle qui vous dira ce qu'il faudra répondre si l'on appelle.

Ces conseils judicieux de celle que je détestais me revigorèrent. Deux minutes plus tard, j'avais Mlle Angélique au bout du fil et lui expliquais ce qui venait de se passer. Après m'avoir laissée parler sans m'interrompre, la voix sèche de « la remplaçante » dit :

— Je serai là dans un quart d'heure.

— Mademoiselle pourrait-elle me dire ce que je dois faire si quelqu'un téléphone?

— Cela dépend : si c'est une fille, dites-lui que pour le moment les effectifs sont au complet... Si c'est un client, répondez que la Maison est fermée pendant quelques jours pour cause de deuil.

— Mais s'il me demande qui est mort, je ne peux tout de même pas dire que c'est Madame?

— Vous direz que c'est une de ses parentes éloignées...

Mais comme il ne faut pas perdre la clientèle, demandez à celui qui appelle qu'il vous laisse un numéro où on pourra l'appeler, ainsi qu'un nom, pour l'informer de la réouverture... J'arrive.

A peine avais-je raccroché que la sonnerie du téléphone résonna à nouveau. Tout de suite, je reconnus la voix de Dédé :

— Caroline, c'est toi? Qu'est-ce qui se passe? Tout à l'heure j'arrive avec un client et patatras! Qu'est-ce que je vois dans la rue devant la Maison : des cars de police avec des flics! Alors je ne me suis pas arrêté : j'ai plutôt accéléré! J'aurais eu bonne mine avec le client qui m'avait demandé une bonne adresse!

— Qu'est-ce que tu lui as raconté, Dédé?

— Que je m'étais trompé de rue! Je l'ai laissé à l'angle de la rue de Sèze et de la rue Godot-de-Mauroy en lui expliquant que par là il trouverait sûrement tout ce qu'il lui fallait! Mais j'ai eu chaud! Alors? Ils sont partis, les flics?

— Il y en a encore deux qui montent la garde devant la porte.

— Mince alors! Il n'y a pas eu de crime, au moins?

— Tu es fou, Dédé... Seulement il n'y a plus que moi et Marie la cuisinière dans la Maison.

— Quoi?

— Après vérification d'identité, la police a embarqué tout le monde sauf nous.

— Même la taulière?

— Même Madame...

— Oh! Ça sent le roussi, ce truc-là! Faut pas que tu restes là-dedans, Caroline!

— Je ne peux pas partir : Madame m'a confié la clef de la porte et la garde de la Maison.

— La garde! Elle en a de bonnes! Comme si c'était ton

boulot! Il faut que je te voie d'urgence... Débrouille-toi pour sortir vers 21 heures : je t'attendrai avec le taxi à l'endroit habituel.

— Je vais essayer... Mais si les agents qui sont devant la porte me demandent où je vais?

— Tu leur diras que tu vas faire des courses.

— A 21 heures?

— Et puis, tu n'as aucune explication à leur donner : tu n'es pas en prison, non? Tu es majeure et vaccinée! Alors?

— Ça ne va pas être facile!

— Il le faut! A tout à l'heure, trésor...

Ce dernier mot me fit du bien. Dédé avait raison; du moment qu'on ne pouvait rien me reprocher. Et c'était rudement bon de me sentir épaulée par l'homme qui m'aimait! Dans cette débâcle, j'étais quand même la plus veinarde : j'avais « mon Dédé »...

Ce que j'ignorais, c'était que Mlle Angélique possédait, elle aussi, une clef de la porte d'entrée. Je ne l'entendis même pas arriver dans le vestibule. Ce ne fut que lorsqu'elle pénétra dans le bar que je m'aperçus de sa présence dans la maison. Je ne l'avais jamais revue depuis le jour de mon arrivée. Entre-temps, Madame, qui n'avait pas fait appel à ses services, m'avait expliqué :

— En cas de coup dur, c'est-à-dire si je tombais malade ou si je devais m'absenter, Mlle Angélique viendrait tout de suite... Mais j'hésite à la faire venir si ce n'est pas absolument nécessaire : c'est une femme qui a de très grandes qualités, seulement elle ne plaît pas... Les clients la trouvent revêche et les filles la détestent parce qu'elles ont l'impression d'être menées par elle à la cravache. Savez-vous comment elles l'ont baptisée : « gueule de vache »!

En la revoyant devant moi, je trouvais qu'aucune appellation ne pouvait mieux lui convenir... Elle portait la même jupe noire tombant sur les chevilles et le même corsage blanc tuyauté à col rigide : c'était son uniforme de combat qu'elle avait dû s'empresser de revêtir avant de venir au secours de la Maison en péril. L'adjudant de service succédait au général mis à l'ombre... Mais sa présence était pourtant indispensable en cette période de crise : même si personne ne l'appréciait, elle était la seule — avec Madame — à connaître tous les clients et toutes les filles.

Elle ne perdit pas de temps et ouvrit le tiroir mystérieux : ce qui me permit de constater qu'elle avait même un double de la clef la plus secrète. Après avoir consulté le carnet jaune, elle se mit à téléphoner à différents clients — sans doute les plus importants. Pour chacun, quand il répondait, elle eut la même phrase :

— Cher Monsieur, ici Mlle Angélique... Madame Agnès m'a priée de vous informer que sa Maison serait fermée pendant quelques jours... Elle est obligée de s'absenter en province pour un deuil de famille : c'est une cousine qu'elle aimait beaucoup... Et comme je ne puis la remplacer en ce moment, étant moi-même assez souffrante, elle a préféré prendre cette décision... Dès qu'elle sera rentrée, elle vous appellera elle-même pour vous informer de la réouverture.

La transmission du message se répéta inlassablement. Mlle Angélique avait été formée à bonne école : elle aussi savait faire ce qu'il fallait pour conserver la clientèle.

A chaque fois que la sonnerie de la porte d'entrée retentissait, elle me disait :

— Expliquez, à travers le judas, que la Maison est fermée provisoirement pour cause de deuil.

Les coups de sonnette furent d'ailleurs assez rares :

les habitués ou nouveaux clients, qui voyaient les deux agents devant la porte, préféraient certainement modifier leurs projets! Et les quelques rares qui faisaient preuve de plus de courage devaient être pour le moins étonnés que « le deuil », annoncé par moi, nécessitât la présence de la police! Comme Dédé, lorsqu'il m'avait téléphoné, n'étaient-ils pas en droit de penser qu'un décès aussi brutal était la conséquence logique d'un crime? Réflexion qui n'était pas non plus très bonne pour la Maison.

A 21 heures, n'ayant strictement rien fait, je me permis de demander à Mlle Angélique, qui ne m'avait adressé la parole que pour de rares questions de service :

— Puis-je demander à Mademoiselle l'autorisation de sortir jusqu'à minuit?

— Ma fille, je n'y vois aucun inconvénient : vous ne m'êtes d'aucune utilité pour le moment... Puisque Madame vous a confié une clef, vous pouvez rentrer plus tard si cela vous plaît. A partir de ce soir, jusqu'à ce que Madame soit revenue, je coucherai dans son appartement. Demain nous aurons certainement de ses nouvelles.

Elle avait dit « ma fille », comme l'épouse du notaire de Vannes! Ce qui me fit comprendre qu'elle n'avait que l'étoffe d'une sous-maîtresse et qu'elle ne serait jamais une « dame » comme la patronne... C'était fou ce qu'elle me manquait déjà, Madame!

Quand j'eus rejoint Dédé, nous restâmes dans son taxi pour examiner la situation. Après que j'eus fait le récit détaillé des événements de l'après-midi, il me dit :

— La conclusion pratique de tout cela, c'est que tu ne peux pas t'éterniser dans ce guêpier... La vieille arrivera certainement à s'en tirer et à rouvrir tôt ou tard sa Maison; seulement, pour peu que la fermeture se prolonge pendant un certain temps, ça jettera un coup de buis terrible! Tout se sait très vite à Paris! Même ces appels téléphoniques en série que passe l'adjointe, et qui ressemblent à des faire-part, doivent faire jaser les habitués... Si la clôture ne dure que vingt-quatre ou quarante-huit heures, ça pourra encore s'arranger, mais si ça dépasse une semaine, ce sera mauvais. Sais-tu que jamais, depuis que j'amène des clients, je n'ai vu la boutique fermée ? Même pas pendant le mois d'août !

— Tu crois que je vais avoir des ennuis, Dédé ?

— Pas directement puisque tu n'es qu'une domestique appointée selon les lois de la Sécurité sociale... Mais il faudrait quand même éviter de te faire trop repérer par « la Mondaine » pour l'avenir...

— Pour l'avenir ?

— Je t'expliquerai : ça fait partie de mon plan... Ce soir je n'ai pas le temps parce que je suis de nuit. De toute façon, il y aura du nouveau demain samedi : on saura où on en est, ce que veut la police et surtout pourquoi elle a opéré à une telle vitesse. Toi, tu ne dis rien, tu observes tout et tu enregistres... Après-demain, dimanche, je te cueille comme d'habitude ici à 11 heures et nous prendrons une décision. Garde ton calme surtout ! Promis ?

— Je te le promets, Dédé.

— Maintenant je reprends le boulot. Rentre là-bas.

— Tu ne m'embrasses pas ?

— Plutôt deux fois qu'une ! Seulement, qu'est-ce que tu veux, toute cette histoire, ça m'a « chamboulé » moi aussi... C'est embêtant parce que ça commençait à bien marcher pour nous deux.

— Et comment ! J'ai déjà mis de côté la moitié de l'argent pour ton taxi !

— Aujourd'hui, tu n'as rien pu faire ?

— Si ! J'ai quand même touché les pourboires que m'ont donnés les clients quand je les ai servis dans les chambres à leur arrivée... Seulement il n'y a plus eu d'arrivées après celle des agents ! Alors, forcément, mon chiffre d'affaires fait à peine le quart de celui d'une journée normale.

— Ne t'en fais pas, chérie ! Si tu m'écoutes, on rattrapera vite les pertes ! Je t'adore... Demain je ne viendrai pas, pour ne pas me faire repérer par les flics et je ne te téléphonerai pas : des fois qu'ils auraient branché la ligne sur la table d'écoute ! A dimanche...

Quand je rentrai dans la Maison silencieuse, ça sentait de plus en plus la désolation. Et il y avait cette vieille fille anguleuse, assise derrière le bar à la place de Madame, dont la seule présence me glaçait. A minuit et demi, elle me dit :

— Vous pouvez monter vous coucher, Caroline. Profitez-en pour vous reposer un peu plus tôt que d'habitude.

— Devrai-je monter à Mademoiselle son déjeuner à 8 heures, comme je le fais pour Madame ?

— Non. Je ne prends jamais de petit déjeuner. Demain matin, vous ferez le ménage et les chambres comme si tout était normal. Il est d'ailleurs possible que Madame revienne, sinon cette nuit, du moins avant midi... De toute façon, ils ne peuvent pas la garder éternellement là-bas !

— Mademoiselle sait-elle où est Madame en ce moment ?

— Sûrement à la Roquette.

— La Roquette ?

— Vous n'avez jamais entendu parler de ça ? Depuis que Saint-Lazare a disparu, c'est la prison où l'on envoie toutes les femmes...

— Madame est en prison ?

— Et où voulez-vous qu'elle soit ? A l'Élysée peut-être ? Non, mais ce serait à croire que vous débarquez, ma fille ?

— Mais comment peut-on mettre quelqu'un comme Madame en prison? Elle n'a rien fait!

— Ne vous mêlez pas de ça, Caroline.

— Et toutes les pensionnaires qui ont été emmenées avec Madame, elles y sont aussi?

— Fichez-moi la paix et allez dormir.

Quand on vous congédie sur un ton pareil, on n'a pas envie de dire bonsoir. Je partis sans rien dire. Mais, arrivée dans ma chambre, j'étais de plus en plus inquiète. Dédé avait raison : ça sentait le roussi...

Le lendemain matin vers 10 heures, alors que j'étais en train de vider les cendriers du bar, Mlle Angélique entra en disant :

— Vous allez pouvoir profiter avec Marie de ce que nous ne verrons pas de clientèle avant quelque temps pour faire le ménage à fond dans toute la Maison. J'ai bien dit : à fond, Caroline! Car je viens de constater qu'aussi bien ici, dans les pièces de réception qu'à tous les étages, dans les chambres, il y a une accumulation de poussière incroyable! Comment faisiez-vous le ménage le matin?

— Comme je le pouvais! Avec vingt-quatre chambres!

— Eh bien, pendant tout le temps où je serai là, vous le ferez comme je voudrai! Madame s'est montrée beaucoup trop indulgente à votre égard et le service s'en ressent! Vous vous figurez que c'est plaisant pour la clientèle d'entrer dans une chambre où on peut faire des dessins dans la poussière sur chaque meuble? De toute façon, vous aurez tout votre temps : je viens d'être informée ce matin par un appel téléphonique de la préfecture de Police que, conformément à une décision prise d'urgence par le juge d'instruction, la maison devrait rester fermée trois mois... La notification officielle nous sera signifiée ici dans le courant de la journée.

— Trois mois ? Mais c'est épouvantable !
— Personne ne vous demande votre opinion sur ce point.
— Qu'est-ce que je vais devenir ?
— Vous continuerez à assurer votre service en nettoyant sérieusement. Pendant toute la durée de la fermeture, vos appointements vous seront réglés intégralement... Mais il est évident aussi que vous connaîtrez au cours de cette période un manque à gagner par suite de l'absence de clients et donc de pourboires... Maintenant si cet état de fait, qui est indépendant de la volonté de Madame, ne vous convenait pas, vous êtes libre de reprendre votre liberté après avoir donné le préavis légal.
— Mais Madame va revenir ?
— Pas tout de suite... Ses avocats seront reçus cet après-midi par le juge d'instruction pour tenter d'obtenir sa mise en liberté.
— Elle est donc là où vous disiez hier ?
— Elle est à la Roquette : j'irai lui porter quelques affaires cet après-midi mais je ne pense pas recevoir l'autorisation de la voir avant la semaine prochaine.
— Pauvre Madame ! Si cela pouvait rendre service à Mademoiselle, je ne demanderais pas mieux que de porter, à sa place, les affaires personnelles dont Madame a besoin...
— Vous resterez ici pour nettoyer. Quand Madame reviendra, elle aura au moins la satisfaction de trouver une Maison impeccable. Alors, quelle est votre décision : vous restez ou vous partez ?
— Que Mademoiselle me pardonne, mais je ne pourrai lui donner ma réponse que lundi.
— J'en prends acte. Donc aujourd'hui vous n'avez qu'à vous mettre au travail.
Ce que je fis, mais sans aucun enthousiasme ! Aussi

bien le travail qui m'était imposé que le ton avec lequel cela avait été dit ne me convenaient pas. Dès le lendemain, j'aurais avec Dédé ce qui, pour lui et moi, prendrait l'allure d'une « conférence au sommet ».

Vers 14 heures, on sonna à la porte. J'entrouvris le judas, déjà prête à répéter l'annonce du deuil simulé, mais je reconnus le gros homme qui avait dirigé l'opération de la veille et qui m'ordonna :

— Ouvrez. Police!

Sans prendre garde à moi, il entra dans le bar où il remit à Mlle Angélique un papier après lui avoir demandé :

— Vous êtes bien Angélique Dugard?

— C'est moi.

— Avez-vous un pouvoir légalisé vous conférant la qualité de gérante de l'établissement en l'absence de Mme Grange?

— Je l'ai toujours sur moi, répondit Mlle Angélique en fouillant dans son sac d'où elle sortit, elle aussi, un papier.

Après l'avoir examiné, l'officier de Police dit :

— Apposez ici votre signature sur ce bordereau prouvant que l'ordonnance vous a bien été signifiée et délivrée...

Quand elle eut signé :

— Permettez-moi maintenant de vous donner un conseil amical : pas de bêtises! Si la moindre infraction était commise, ce ne serait plus la fermeture provisoire, mais définitive! C'est compris?

— Nous avons compris...

— Ce n'est plus nécessaire que je laisse des gardiens devant la porte. Je vous fais confiance. A la prochaine!

Après son départ, j'entrouvris doucement le judas et je constatai que les deux agents n'étaient plus là.

Ce n'était pas grand-chose par rapport au cataclysme qui venait de s'abattre sur la Maison, mais c'était quand même un signe de détente et presque un progrès, ne serait-ce que pour « notre » réputation dans le quartier.

Dans le bar, Mlle Angélique achevait la lecture du papier qui venait de lui être laissé. Quand elle releva la tête, elle me dit :

— Pourquoi restez-vous là, les bras ballants ? Allez dans les chambres. Je vous envoie Marie pour vous aider. Je passerai l'inspection de toutes celles du premier étage à 18 heures. Après-demain, lundi, vous vous attaquerez toutes les deux le matin à celles du second et l'après-midi à celles du troisième. Mardi vous ferez le quatrième et la salle d'attente. Mercredi vous referez à fond le vestibule, ce bar et le salon. Nous pouvons espérer ainsi que jeudi la Maison sera un peu plus présentable.

— Parce qu'on rouvre jeudi ?

— Je vous ai dit qu'à moins d'un miracle, qui est toujours possible, il y en avait pour trois mois : ce qui nous mènera au début juin... C'est d'ailleurs une excellente époque pour une réouverture : n'est-ce pas celle de la Grande Saison de Paris ?

Je fis seule le 1. La cuisinière ne vint me rejoindre que lorsque j'étais déjà en train de brancher l'aspirateur à une prise du 2. Elle avait une drôle de figure, Marie ! Je devinais qu'elle devait avoir quelque chose à me dire, mais qu'elle hésitait. Ça ne vint qu'au bout d'une dizaine de minutes :

— Moi, si j'étais à votre place, je ne crois pas que je resterais ici.

— Pourquoi ?

— Pendant trois mois, vous allez gagner des clous.

— J'aurai toujours mon fixe qui vaut n'importe quel autre fixe que l'on me donnerait ailleurs.

— Ce n'est pas cela qui vous intéresse, je le sais!

— Si je partais comme ça, pendant que Madame est dans l'embarras, je trouve que ce serait moche... Elle a toujours été tellement bonne pour moi, Madame! Et vous, vous partez?

— Oh! moi, je fais partie du mobilier, depuis le temps! Et puis, à mon âge, ces histoires de police, ça ne me trouble pas!

— Moi non plus.

— Vous savez pourquoi c'est fermé?

— Non.

— Mlle Angélique vient de me le dire : pour avoir fait travailler ici une mineure...

— Une mineure? Dans les filles?

— Et où voulez-vous qu'elle soit? Il n'y a qu'elles ou nous deux dans la Maison.

— Ce que vous dites m'étonne : Madame m'a dit elle-même, quand elle m'a engagée, qu'elle me prenait parce que j'étais majeure et qu'elle se méfiait terriblement des mineures dans son commerce.

— Je sais bien qu'elle s'en méfie, mais elle s'est quand même fait avoir par plus maline qu'elle!

— Qui cela?

— L'une des filles : celle qui est entrée la dernière chez « les fixes » : la *Véronique*... Ses papiers et sa carte d'identité étaient truqués : elle n'a pas vingt-deux ans, mais quinze!

— Ah! Je me disais aussi... C'était donc pour cela qu'elle n'en paraissait que dix-sept! Qu'est-ce qu'elle avait comme succès avec la clientèle!

— Tous des cochons!

— C'est un client qui l'a dit à la police?

— Vous êtes folle! Quand ils se tapent des jeunesses, les hommes ne s'en vantent pas chez les flics! A eux aussi ça pourrait amener des ennuis... Non, c'est une autre fille qui a mis la police sur le coup par l'intermédiaire de son mâle qui est indicateur : un petit salaud, celui-là !

— Pourquoi a-t-elle fait ça ?

— C'te blague ! Mais parce qu'elle était jalouse des recettes réalisées par *Véronique* alors qu'elle ne faisait plus rien depuis que l'autre était là !

— Alors je la connais. J'ai remarqué, en effet, qu'il y en avait une qui n'était pas contente : *Maud*...

— On ne peut rien vous cacher !

— Ça, alors ! Je trouve que c'est infect de sa part !

— Pas plus qu'autre chose : ici c'est la jungle ! Chacune se défend au couteau... Il n'y a pas que pour la patronne que la recette compte !

— Comment l'a-t-on su ?

— Par les flics on arrive à tout savoir...

— Qu'est-ce que va faire Madame ?

— Pour le moment, il faut d'abord qu'elle s'en sorte... Mais ça, comptez sur elle : elle ne moisira pas longtemps là-bas ! Avec du fric et de bons avocats — elle en a ! Il y a au moins six avocats parmi ses meilleurs clients ! — on s'en tire toujours... Bien sûr, en plus de la fermeture, elle aura à payer une amende : mais ça, c'est le coup classique... Elle a les moyens.

— Et quand ce sera fait ?

— Elle reviendra ici pour faire la réouverture dès qu'elle en recevra l'autorisation... Vous verrez que les trois mois, ça se réduira à peine à trois semaines et que la Maison recommencera à tourner ! « Ils » ne peuvent pas toutes les fermer, sinon Paris ne serait plus Paris... Il faut bien en garder quelques-unes pour les ambassades ou pour les chefs d'État et ministres étrangers qui ont besoin de se distraire entre deux conférences diplomatiques ou politiques... Des Maisons comme celle-ci, ça fait partie du capital de la France! C'est bien simple : s'il n'y en avait plus du tout, il faudrait en créer de nouvelles! Alors, autant garder celles qui existent? Et comme la Maison de Madame est l'une des plus cotées, il n'y aura pas de problème.

— Tant mieux!

— Par contre il y a quelqu'un pour qui il y aura un problème : la *Maud!* Connaissant Madame, ça m'étonnerait qu'elle ne payât pas très cher cette dénonciation.

— Madame aura raison!

— Croyez-vous?

— Je suis quand même étonnée que *Maud* ait agi ainsi... Avec moi elle s'est toujours montrée, et de loin, la plus gentille de toutes les pensionnaires! Quand ils montaient avec elle, les clients ne m'oubliaient jamais...

— Gentille! Pauvre idiote, il n'y a pas une de ces filles qui soit gentille! Quand elles font semblant de l'être, c'est qu'elles ont besoin de vous! Toutes, la *Maud* comprise, nous détestent, vous et moi, parce qu'elles nous en veulent de savoir gagner notre vie sans nous prostituer! A chaque fois qu'elles vous voient arriver avec une bouteille dans la chambre où elles sont nues auprès d'un homme, vous devenez pour elle, sans même que vous vous en rendiez compte, un reproche vivant! Et si jamais, ayant quitté la Maison, vous vous présentiez pour trouver du travail chez l'une de ces filles — qui se serait embourgeoisée après avoir réussi à soulever complètement un bonhomme — vous verriez si elle vous engagerait! Savez-vous ce qu'elle dirait à son « micheton » ou à son mari?... « Nous ne pouvons pas prendre cette Caroline à notre service! Elle a travaillé comme bonne dans un bordel. » C'est comme cela qu'elles sont, vos filles « gentilles »!

Que pouvais-je répondre? J'étais stupéfaite de découvrir que la souillon n'était pas dépourvue de bon sens.

Aussi bien pendant le déjeuner qu'au cours de la journée du dimanche, entièrement passée chez lui, j'écoutai Dédé sortir quelques vérités qui, après m'avoir choquée au début, me parurent, elles aussi, d'une extrême logique :

— Comme je te l'ai déjà dit, tu ne peux pas continuer à piétiner dans cette baraque : ça finirait par te faire plus de mal que de bien! Je sais que ça te rapporte pas mal de fric et que ça « nous » permettra d'acheter le diesel *Mercedes* ainsi que la licence qu'il me faut absolument pour pouvoir sortir de la mouise et nous installer ensemble. C'est pourquoi nous devons trouver une solution qui te donne la possibilité de lâcher la mère Agnès dans les meilleures conditions possible pour nous deux... Tu ne vas pas la quitter tout de suite comme tu pensais le faire. Tu attendras que la réouverture ait eu lieu et d'avoir récupéré le manque à gagner des pourboires que tu ne peux plus toucher en ce moment. Note bien que, moi aussi, je suis persuadé que la fermeture ne durera pas trois mois! Même si elle doit payer une amende plus forte ou graisser la patte de « qui de droit » pour obtenir ce résultat, la vieille le fera! Ce qui est capital pour elle, c'est que sa Maison soit ouverte : plus la fermeture se prolongera et plus elle se dévalorisera... Les clients, même les plus fidèles, perdraient l'habitude d'y aller et seraient accueillis à bras ouverts chez une concurrente : ce ne sont pas les maquerelles qui manquent à Paris!

» Quand tu auras réuni la totalité de la somme dont nous avons besoin, tu pourras partir : mon taxi particulier nous permettra déjà d'assurer la soudure. Pour le surplus, c'est-à-dire notre logement futur, j'ai une idée que je ne t'exposerai que quand nous aurons déjà atteint le premier stade. Mais pour qu'elle réussisse, il faudrait que tu fasses dès maintenant quelque chose... Tu as remarqué comment travaille la vieille : avec son téléphone et des listes... Le téléphone, on peut toujours se débrouiller pour l'avoir quelque part... Les listes, c'est autre chose! La mère Agnès, comme d'ailleurs toutes ses consœurs dans la profession, en a de deux sortes : les listes de clients, sur lesquelles sont inscrits les numéros de téléphone où on peut les joindre, et celles où se trouvent les numéros qui permettent d'appeler les filles. Depuis le temps que tu es à côté d'elle dans le bar, d'où elle dirige tout, tu les as certainement vues, ces listes?

— Ce ne sont pas des listes, Dédé, mais deux carnets : un jaune dans lequel il y a les numéros et peut-être les adresses des clients — je ne sais pas très bien parce que tu te doutes qu'elle ne m'a jamais laissée les regarder! — et un carnet rose réservé aux numéros des filles...

— Rose et jaune... Quelle délicatesse pour les femmes et quel cynisme pour les hommes! Ces carnets, où sont-ils?

— Dans un tiroir qui est sous le comptoir, juste devant la place que la patronne occupe. Mais ce tiroir est toujours fermé à clef et il n'y a que deux personnes qui peuvent l'ouvrir : elle et Mademoiselle Angélique. Chacune a sa clef dans son sac.

— Tu m'aimes toujours, Caroline?

— Plus que jamais, Dédé! Pourquoi me dis-tu cela?

— Parce que je vais te demander une nouvelle preuve d'amour...

— Tu l'auras! Parle.

— Il faut absolument ouvrir ce tiroir et y prendre les deux carnets et tous les numéros de téléphone correspondants. Ensuite, on remettra les carnets dans le tiroir et personne ne se doutera de rien.

— Qu'est-ce qu'on fera de ces noms et de ces numéros de téléphone?

— Tu t'apercevras bientôt qu'ils nous permettront, à toi et à moi, de faire fortune! Nous avons la chance qu'en ce moment ta patronne soit en villégiature provisoire et forcée. Il faut en profiter le plus tôt possible parce que ça ne durera pas... Dis-moi : le cerbère, qui la remplace, habite dans la Maison pendant qu'elle n'est pas là?

— Oui.

— Il y a quand même des moments où elle s'absente?

— Elle m'a dit qu'elle pensait pouvoir rendre visite à Madame à la Roquette dans le courant de la semaine.

— Prends ce numéro de téléphone.

Après l'avoir griffonné sur un papier, il m'expliqua :

— C'est celui du petit bistrot où nous avons déjeuné le troisième dimanche où on s'est vus... Tu te souviens?

— Chéri! Comment pourrais-je oublier ce dimanche? C'est celui où je me suis donnée pour la seconde fois à toi et où j'ai compris que plus jamais nous ne pourrions vivre l'un sans l'autre.

— Un beau dimanche, Caroline! C'est le patron, mon copain que tu connais, qui répond : tu lui dis de me faire prévenir tout de suite que « tout est prêt ». Ça suffira. Ça voudra dire pour moi que je peux rappliquer chez la mère Agnès. Mon copain sait toujours à peu près à quelle station il peut me trouver : d'ailleurs, à partir de demain matin, je lui téléphonerai toutes les heures pour lui donner mes coordonnées au fur et à mesure et le prévenir que tu vas m'appeler. Il vaut mieux que je ne t'appelle pas : je pourrais tomber sur le cerbère... Et la cuisinière? Elle habite dans la maison?

— Au sixième. Sa chambre est à côté de la mienne.

— Il faudra te débrouiller pour qu'elle sorte, elle aussi, en même temps que le cerbère...

— Ce ne sera pas facile!

— Tu dois y arriver, tu comprends? C'est capital!

Comme ça, il n'y aura plus que toi dans le bobinard. Dès que je sonne, tu m'ouvres la porte, on va dans le bar et là, je fais sauter la serrure du tiroir.

— Mais Mlle Angélique s'en apercevra à son retour, Dédé ?

— Elle ne s'apercevra de rien du tout! Tu me crois un apprenti? J'apporterai aussi deux bloc-notes : on en prendra chacun un et on recopiera à toute pompe les noms et les numéros de téléphone inscrits sur les carnets.

— Il doit y en avoir beaucoup!

— Tant mieux : plus il y en aura et mieux ça rendra quand nous travaillerons à notre compte! Évidemment, il faudra faire vite! Mais le temps que l'autre aille à la Roquette et en revienne nous laissera bien trois heures devant nous... Dès que ce sera fait, on remettra les carnets dans le tiroir, on le refermera à clef et le tour sera joué! Si j'étais sûr que tu es capable de faire « le travail toute seule », ça simplifierait les choses... Dis-moi : ça ne t'est jamais arrivé, quand tu étais placée en maison bourgeoise, d'essayer d'ouvrir un tiroir fermé à clef et même d'y réussir?

— Jamais, Dédé! Comment peux-tu me poser une telle question?

— Tu as raison : je n'aurais pas dû... Tu es pure, toi!

— Mais toi, Dédé, tu l'as déjà fait?

— Moi? Je suis aussi bête que toi : je suis honnête... Seulement je ne vois que ce moyen pour nous procurer les premiers éléments qui nous permettront de trouver le chemin de la fortune... Mets-toi bien dans la tête qu'une chance pareille ne se représentera plus jamais pour nous et que nous serions les rois des idiots si nous ne la saisissions pas! Enfin, si on réfléchit, nous ne volerons rien puisque nous laisserons à la vieille ses carnets... Le plus qu'on pourrait nous reprocher, ce serait d'avoir commis

une petite indiscrétion... Mais qui n'en a pas fait dans sa vie?... Ce sera d'ailleurs moi qui aurai tout le boulot « délicat » : toi tu n'auras qu'à recopier l'un des carnets... Je prendrai celui des hommes et toi celui des femmes : ce sera plus normal.

— Tu crois vraiment que nous avons le droit d'agir ainsi?

— Non, mais, ma parole, aurais-tu des scrupules à l'égard de cette mégère qui exploite tout le monde, et toi comme les autres?

— Je ne pourrai jamais rester à son service après avoir fait une chose pareille! Je sais que j'aurai des remords...

— Il faudra que tu restes encore chez la mère Agnès pour deux raisons... D'abord pour qu'elle ne se doute de rien : si tu partais trop vite après le coup, elle pourrait se poser des questions! Ensuite, il faut bien que tu finisses de gagner tout l'argent du taxi et de la licence!... Des remords! Crois-en ton Dédé qui t'aime : le plus grand que tu aurais plus tard serait de ne pas avoir su profiter de la plus belle occasion qui s'offrait pour te permettre de ne plus jamais être au service des autres et de devenir, toi aussi, « une » patronne!

— Je ne comprends pas...

— Tu comprendras bientôt... Compte sur moi! Et puis m'aimes-tu, oui ou non?

— Ça fait deux fois que tu me le demandes!

— Ça prouve que j'ai besoin d'en être tout à fait certain avant de me lancer dans les grandes entreprises! Petite Caroline, quand on aime son homme, on fait ce qu'il vous dit! D'autant plus que tout cela, ce n'est que pour ton bien.

— Et le tien?

— Le mien aussi par voie de conséquence : nos intérêts ne sont-ils pas liés pour toujours l'un à l'autre! Ne m'as-tu pas dit un jour que nous étions unis pour le meilleur et pour le pire ?

— Je crois que tu as raison... Je ferai ce que tu me demandes.

— Bravo ! Embrasse-moi !... Mais mieux que cela, voyons ?

Ce fut peut-être l'étreinte la plus étrangement passionnée que nous connûmes. Je crois que la seule pensée de commettre ensemble un acte illégal était un ciment supplémentaire, et grisant, qui scellait encore davantage notre couple.

— Maintenant, ne bouge plus de là-bas en te disant qu'à partir de demain j'attends ton appel... Et bonne nuit quand même ! Il ne faut surtout pas que ce que nous venons de décider t'empêche de dormir... Les remords, ça ne sert à rien puisque ça ne peut naître que du passé ! Ce qui compte, ce sont les projets d'avenir. Et crois-moi : j'en ai de formidables !

Malgré les conseils de Dédé, je fus quand même longue à m'endormir. C'était bête mais, en dépit de tout ce que j'avais vu et découvert déjà dans la Maison de Madame, j'avais encore conservé un fonds d'honnêteté. Et puis, j'étais un peu inquiète : pourvu que tout se passât bien quand « le moment » viendrait ?

Dès le lendemain, la chance nous favorisa. A midi, Mlle Angélique m'annonça que l'un des avocats de Madame avait obtenu qu'elle pût lui rendre visite à la Roquette et qu'elle devait partir au début de l'après-midi parce que les heures de visite autorisées se situaient entre 14 et 16 heures.

— Je ne pourrai guère être de retour avant 17 heures au plus tôt. Je vous laisse seule pour garder la Maison, car j'emmène Marie qui a manifesté, elle aussi, le désir de voir sa patronne et de lui apporter un gâteau qu'elle a fait spécialement pour elle et dont Madame Agnès raffole... Je n'ai pas pu refuser cette joie à Marie qui est depuis tant d'années à son service. Je suis d'ailleurs persuadée que Madame sera satisfaite de constater que ses plus anciennes collaboratrices lui sont toujours fidèles.

— Je sais que je ne suis qu'une collaboratrice assez récente, mais, moi aussi, j'aurais aimé pouvoir dire de vive voix à Madame que je pense beaucoup à elle dans son malheur.

Je venais de mentir effrontément, en essayant de me composer un visage de circonstance. Mais le mensonge fut habile.

— Vous ne pouvez pas venir, Caroline... Il faut bien que quelqu'un garde la Maison. Je vous promets cependant de répéter à Madame ce que vous venez de dire : elle y sera très sensible... Bien entendu, si quelqu'un téléphonait, vous appliquez strictement les consignes que je vous ai données.

A peine fut-elle partie avec la cuisinière que je me précipitai sur le téléphone :

— Allô ? Gobelins 97-60 ? Ici c'est la fiancée de Dédé... Il vous a mis au courant ?... Pouvez-vous lui dire que « tout est prêt ». Il comprendra. Merci, monsieur.

Pendant l'attente, je trépignais sur place : pourvu que le patron du bistrot parvienne à joindre rapidement Dédé qui ne s'attend certainement pas à ce que les choses aillent aussi vite ! Je m'étais installée derrière le bar, à la place directoriale. Ce qui me fit un drôle d'effet ! J'avais l'impression d'être déjà « cette patronne » que souhaitait Dédé... Mon regard ne pouvait se détacher du tiroir où se trouvait ce qu'il avait appelé « les éléments » de notre richesse future... La nuit avait passé, emportant mes derniers scrupules. Je commençais même à trouver que l'aventure devenait de plus en plus passionnante...

Enfin le téléphone sonna.

— C'est toi? demanda Dédé. Tout va bien?

— Viens vite!

— Je serai là dans cinq minutes. J'ai tout ce qu'il faut, et même une provision de crayons *Bic* pour recopier sur les blocs. Planque-toi derrière la porte d'entrée et observe à travers le judas pour m'ouvrir dès que je serai là. A tout de suite! Je t'aime...

Jamais cette attente avant d'ouvrir une porte, qui me plaisait déjà tellement quand je travaillais chez le docteur de Vannes, ne me parut plus excitante!

Je crois que Dédé fut même là en moins de cinq minutes! Pendant qu'il courait vers le bar, je refermai la porte à double tour pour le cas où il y aurait un imprévu de la dernière heure. Ce geste, que j'avais pourtant fait si souvent, me rassura un peu.

Lorsque je rejoignis Dédé, il avait déjà sorti d'une poche un trousseau de clefs et une lime. Tout en introduisant les clefs les unes après les autres dans la serrure, il me confia :

— Il devrait y en avoir au moins une qui colle... Ce sont des passes que m'a prêtés ce matin un copain qui travaille dans une entreprise de serrurerie... Si ça marche, ça m'évitera de me servir d'un levier et de faire une pesée sur la serrure qui risquerait de laisser quelques traces...

Ce furent des minutes angoissantes! Je n'étais plus Caroline la bonniche, mais l'héroïne de l'un de ces films policiers que j'avais vus à Vannes... Oui, j'étais devenue la maîtresse du plus beau, du plus séduisant, du plus expert des gentlemen-cambrioleurs! Brusquement, l'une des clefs tourna dans la serrure. Avec un sourire triomphant, Dédé tira sur le tiroir qui s'ouvrit! Les deux carnets s'offraient à nous : selon ce qui était prévu, Dédé prit le jaune et moi le rose... Et nous commençâmes, l'un et l'autre, à recopier fébrilement sur les blocs, posés sur le comptoir, tous les noms et les numéros, en suivant page par page...

— Ne te trompe pas dans les chiffres! dit Dédé tout en continuant à écrire.

Qu'est-ce qu'il y avait comme noms de femmes sur le mien! Les vrais noms suivis, entre parenthèses, des prénoms de bataille que les filles avaient choisis ou que Madame leur avait imposés... Les Marguerite Dubois, les Jeanne Dupont, les Félicie Durand devenaient des *Chantal*, des *Christine*, des *Véra...* C'était tuant d'écrire à une telle vitesse! Mais ce fut peut-être ce jour-là, après tout, que je commençai à prendre vraiment goût à l'écriture... En tout cas, je savais — Dédé me l'avait fait comprendre — que ces pages d'écriture nous rapporteraient beaucoup d'argent... C'était le seul intérêt que je leur trouvais! Ça me rappelait la Communale, quand la méchante institutrice me faisait copier dix fois, vingt fois, la même phrase que je n'avais pas été capable de dire pendant la récitation... Je comprenais aussi que ça peut rendre de rudes services, l'écriture! Mes doigts étaient crispés, cramponnés sur le crayon. Ma main droite était moite et mon front en sueur...

Cela dura, dans le silence, pendant près de trois quarts d'heure. C'était comme une course vertigineuse entre Dédé et moi : qui la gagnerait? Il termina le premier en s'exclamant :

— Ouf! Ça y est! Heureusement que la vieille a une écriture à peu près lisible parce qu'il y a des « mecs » qui ont de ces noms! Et toi, ça va?

— Tais-toi! Tu me troubles...

— T'en as encore pour longtemps? Dépêche-toi!

Ça me rendit presque malade d'entendre ça! Enfin, moi aussi, j'arrivai au dernier nom de fille — je me souviens encore de lui! — Gabrielle Vernet, dite *Lydia,* et à son indicatif téléphonique, un *Bagatelle* quelconque... J'étais épuisée.

Après avoir enfoui les blocs dans sa poche et replacé les deux carnets exactement à l'endroit où ils se trouvaient, Dédé referma le tiroir à clef : personne ne pourrait se douter de ce qui s'était passé.

— Ça donne soif, les émotions, ma chérie! Je boirais bien un coup en vitesse, mais ce serait risqué : il vaut mieux me sauver avant le retour des deux autres... Toi, tu te tais et tu conserves ce petit air candide qui te va si bien et que j'aime... A quelle heure finis-tu de travailler en ce moment, puisqu'il n'y a pas de clients?

— Je suis libre à 21 heures.

— Dans ce cas je t'invite à dîner : je t'attendrai à notre « point fixe »... Il faut bien que nous fêtions un événement pareil : nous voilà propriétaires, nous aussi, de ce qui a permis à la vieille d'édifier sa fortune! Ajoute à cela ce que tu as vu et appris chez elle depuis des mois et nous serons bien armés pour la rentrée.

— Qu'est-ce que tu veux dire?

— Il n'y a pas de raison pour que nous n'ayons pas, toi et moi, une autre « Maison ».

— Tu es fou, Dédé?

— Je suis parfaitement lucide : pas besoin d'être sorti de l'Inspection des Finances pour deviner ce que rapporte un commerce pareil! Seulement nous, on modernisera la formule... Des grandes boîtes comme celle-ci sont vouées, tôt ou tard, à la disparition : il y a trop de surface en mètres carrés, donc trop de loyer. Et, si on est propriétaire de l'immeuble, les frais d'entretien sont démesurés : la toiture, le ravalement périodique, etc. Ce qu'il nous faut, c'est un très bel appartement, luxueux, meublé avec goût par ceux qui y auront habité avant nous et auxquels on paiera une reprise — dont le montant total n'excédera pas le tiers du prix des travaux qu'ils y auront faits — bien placé dans un quartier élégant, à proximité d'un parking parce que la bonne clientèle ne vient pas en métro, ayant deux ou trois salons agréables et surtout pas de bar — ça fait boîte de nuit ou bistrot, un bar ! — doté au maximum de trois chambres ultra-douillettes ayant chacune leur salle de bains équipée des derniers perfectionnements de l'hydrothérapie : baignoire très large permettant « le bain d'amour » à deux, bidet à jet rotatif pour les raffinés, douche séparée pour calmer les excités, air conditionné, et tout et tout !

— Mais avec trois chambres seulement, on n'arrivera pas à satisfaire la clientèle ?

— On y arrivera ! C'est uniquement une question de *planning*... Nous n'accepterons jamais, comme ici, le menu fretin qui paie mal et qui occupe les lieux trop longtemps parce qu'il veut en avoir pour son argent ! On ne recevra que « les gros » : ceux qui sont bourrés et qui ne savent plus quoi faire de leur fric. Ceux qui auront un peu moins d'oseille, mais qui en auront quand même, on les enverra directement chez les filles ou on leur expédiera les « pépées » chez eux, selon les cas, en prenant notre petit pourcentage au passage sans nous fatiguer ! Le manque de chambres sera compensé par trois lignes téléphoniques groupées : ainsi on pourra joindre tout le monde sans que personne perde de temps. L'attente, c'est l'ennemie dans ce boulot ! Maintenant je me sauve, chérie. Tu m'embrasses ?... Tu sais que c'est formidable de s'embrasser ici, dans ce bar à putes et à michetons ? Ça doit être sûrement la première fois que de vrais amants le font ! A ce soir.

Il était parti, avec les blocs. Je me retrouvais seule, gardienne du foyer de Madame...

Mlle Angélique et Marie furent de retour à 18 heures. Ce qui me fit enrager : j'aurais eu tout le temps d'offrir, en douce, à mon Dédé, le *drink* auquel il avait droit pour avoir mené l'opération avec une telle maîtrise.

— Comment va Madame ? demandai-je aussitôt.

— Très bien, répondit Mlle Angélique. Son moral est excellent.

Mais lorsqu'elle ajouta : « C'est normal puisqu'en principe elle sera de retour ici demain après le déjeuner », j'eus des sueurs froides à l'idée qu'elle aurait pu revenir cet après-midi même, alors que Dédé et moi étions en train de faire notre étrange correspondance ! Ah, çà ! Dédé avait eu du flair ! Il l'avait d'ailleurs bien dit : une chance pareille ne se représenterait plus jamais pour nous !

C'était vraiment un homme fantastique, Dédé...

— Il y a eu des appels téléphoniques ? demanda Mademoiselle.

— Pas un.

— Il est grand temps que Madame revienne... L'histoire doit commencer à se savoir un peu partout : c'est pour cela que les clients ne téléphonent plus... Les mauvaises nouvelles se répandent toujours plus vite que les bonnes ! Enfin, Madame est de taille à rattraper tout cela.

Le dîner avec Dédé, dans le bistrot où j'avais demandé vers 13 heures qu'on lui transmît le message, fut sans doute l'un des meilleurs que j'aie jamais fait. Les émotions, c'est comme l'amour : ça creuse... Dédé paya même le champagne au patron, à son épouse qui faisait la cuisine, à la servante et aux clients qui étaient là. Tous burent à ma santé. En levant son verre, Dédé eut la gentillesse de dire :

— A Caroline qui est la plus compréhensive de toutes les compagnes !

Les autres applaudirent : ce qui me fit rougir. Je n'avais pas encore pu alors me débarrasser de toute ma timidité... Il a fallu des années pour qu'elle disparaisse ! Aujourd'hui c'est fait et il y a peu de chances qu'elle revienne.

Ensuite nous grimpâmes chez Dédé. Lui et moi, nous étions très gais : n'avions-nous pas là à portée de nos regards, posés sur l'unique table, les deux blocs dont la présence nous stimulait ? Nous fîmes l'amour merveilleusement !... L'amour comme seuls doivent pouvoir le faire ceux qui se sentent complices parce qu'ils sont liés par un secret qui n'est qu'à eux.

Je n'avais aucune envie de rentrer à la Maison de Madame, mais Dédé sut se montrer plus raisonnable que moi en disant :

— Il le faut, chérie... pour « notre » avenir !

Quand je me retrouvai dans mon lit, j'étais exténuée et éblouie : tout ce que Dédé avait organisé, fait et dit dans la journée dépassait les limites de l'entendement ! Et cette façon tellement claire avec laquelle il m'avait expliqué en quelques instants comment pourrait être « la Maison » que nous dirigerions tous les deux ! Lui continuait à rabattre avec son beau diesel la bonne clientèle que j'accueillerais en souriant dans des locaux de rêve ! Quelle fine équipe nous allions faire ! Parce que ça ne pouvait pas ne pas réussir ! Comme le coup des carnets, ce serait un triomphe ! Ah ! il voyait loin, Dédé... Au moins lui, il savait marcher avec son temps... Il n'avait pas cet esprit conservateur et même rétrograde de ceux qui s'enlisaient, comme le faisait Madame, dans des formules d'exploitation périmées. C'était plus qu'un « homme fantastique », Dédé : Pour moi, c'était un génie.

Le retour de Madame, le lendemain, au milieu de l'après-midi, fut des plus discrets. Évidemment, si la Maison était restée ouverte avec sa foule habituelle des grands jours, c'eût été une sorte de triomphe! Et il se serait certainement trouvé un client généreux, dans le genre du baron ou de Monsieur Maurice, qui n'aurait pas manqué de payer une tournée générale à tout le monde comme Dédé avait su le faire la veille au bistrot. Hélas, nous n'étions que trois à l'accueillir : Mlle Angélique, Marie et moi. C'était plutôt maigre...

Malgré ce manque d'effectifs, Madame paraissait être, comme me l'avait dit sa remplaçante très provisoire, « en pleine forme ». La première sur laquelle elle se précipita fut moi et j'avoue que cela me fit plaisir :

— Ma petite Caroline, je vous embrasse! (Ce qu'elle n'avait encore jamais fait. Puis elle continua :) Mlle Angélique m'a fidèlement rapporté ce que vous avez dit, croyez bien que je ne l'oublierai pas!

— Mais Madame sait très bien que je n'ai dit que ce que je pensais...

— Je le sais : vous avez une excellente nature, mon enfant... Maintenant retirez-moi ce vison : j'étouffe là-dedans et il ne m'a servi à rien! Oui, ils ont fait des progrès à la Roquette depuis la dernière fois que j'y ai séjourné : le chauffage s'y est beaucoup amélioré...

Sans plus attendre, elle se réinstalla sur le siège directorial et composa un numéro :

— Allô? Maître David?... Mon cher maître, je suis de retour chez moi... Je tiens à vous remercier encore pour tout ce que vous et vos collaborateurs avez fait... Quand nous nous sommes quittés tout à l'heure là-bas, j'ai complètement omis de vous dire que je suis à votre disposition pour vous régler vos honoraires quand vous le désirerez... A bientôt, mais pas pour une raison analogue, j'espère ? Vous viendrez bien nous voir un de ces jours en client, dès que la réouverture sera faite, c'est-à-dire, grâce à votre diligence, à partir de mardi prochain ?... En somme cette fermeture n'aura duré que onze jours : ce n'est pas terrible et ça aurait pu être pire ! Si vous venez, prévenez-moi en fin de matinée pour que je puisse vous présenter du « premier choix »... A la semaine prochaine !

En raccrochant, elle dit d'une voix sentencieuse :

— Il faut toujours payer ses avocats : ça les met en confiance pour le cas où de nouveaux ennuis se présenteraient... Puisque je suis là, je crois, ma chère Angélique, que vous pouvez rentrer chez vous comme vous le souhaitez... C'est égal : l'alerte a été chaude ! Et merci encore pour tout ce que vous avez fait en mon absence.

— J'aurais souhaité vous voir retrouver une Maison d'une propreté irréprochable. Malheureusement Caroline et Marie n'ont pas eu le temps de terminer avant votre retour : vous nous êtes revenue si vite !

— Ce serait à croire que vous me le reprochez ? Mais, ma chère, apprenez que je préfère de beaucoup me retrouver dans ma Maison couverte de poussière que de continuer à languir dans une cellule en compagnie de femmes de vie douteuse ! Si vous saviez le niveau de celles que l'on rencontre là-bas, vous seriez consternée !

Après le départ de sa remplaçante, elle dit à Marie :

— Pour une fois, j'ai faim ! Qu'est-ce que vous avez à la cuisine ?

— Un poulet.

— Celui-là au moins doit être comestible ! J'espère aussi qu'il ne sentira pas trop la colle de pâte ou le poisson, comme tous ceux que l'on vend actuellement...

Puisque nous avons le temps, faites-le-moi rôtir et entourez-le de ces petites pommes de terres sautées bien croustillantes dont je raffole! Dès que ce sera prêt, vous viendrez me prévenir et je descendrai à la cuisine.

Quand je fus enfin seule avec ma patronne, je ne pus m'empêcher d'avouer :

— J'ose à peine croire que Madame est là, bien vivante, devant moi!

— Vous ne pensiez tout de même pas que j'allais être condamnée à mort? Tout est arrangé. Bien sûr, ça m'a coûté cher, mais rien ne vaut la liberté, Caroline! Et comment voulez-vous que je dirige ma Maison de là-bas? Ce n'était pas possible! Il aurait au moins fallu que l'on m'y établisse une ligne téléphonique spéciale... Sans téléphone, dans ce métier, on se sent paralysée! Pour essayer de récupérer le montant de la caution exorbitante que je viens d'être contrainte à verser ainsi que le manque à gagner résultant de ces jours de fermeture, il va me falloir réétudier sérieusement les prix des consommations pour les augmenter... Pour le tarif des filles, ce sera plus difficile!

— Celles qui ont été embarquées avec Madame ont été également relâchées?

— Toutes, après vingt-quatre heures... Il n'y a que moi qu'ils ont gardée quatre jours. Pour eux, ne suis-je pas la vedette?

— Madame n'a pas trop souffert?

— Aucunement, mon enfant! J'ai même profité de cette inaction forcée pour réfléchir à une foule de choses et même pour penser à vous! Je vous livrerai bientôt le résultat de ces réflexions... Savez-vous d'ailleurs pourquoi ils m'ont gardée aussi longtemps? Parce que j'ai eu la malchance de tomber sur un jeune juge d'instruction qui cherche à faire du zèle pour se faire remarquer par ses supérieurs! Ce en quoi il a le plus grand tort! J'ai tout lieu de craindre qu'à la longue un tel comportement ne nuise à son avancement! C'est ce que lui ont fait habilement comprendre mes avocats... C'est que je connais beaucoup de monde et même des ministres actuellement en fonctions! Vous n'en avez peut-être pas encore vu depuis que vous travaillez ici, mais j'en ai en réserve trois ou quatre qui sont très bien placés... Dans ce genre de commerce, si nous ne voulons pas connaître de trop gros déboires, nous sommes malheureusement obligées d'avoir des hommes politiques dans notre manche, c'est-à-dire dans notre clientèle... Maintenant, dans la plupart des pays, c'est hélas, la Politique qui mène l'Économique!

— Oh! Je me doute que quelqu'un comme Madame a de puissantes relations!

— Il en faut, Caroline!

— Alors, comme ça, Madame a réussi à obtenir que la fermeture ne dure pas trois mois?

— J'avais un argument de poids : la semaine prochaine arrive à Paris incognito un chef d'État étranger dont la France a le plus grand besoin de se concilier les bonnes grâces, pour une question de pétrole... Je connais très bien ce prince : c'est un excellent ami qui adore les Parisiennes! Elles le changent des femmes de son harem... Et c'est toujours à moi qu'il s'adresse depuis des années pour en trouver. Il me fait confiance... C'est pourquoi notre gouvernement, qui le sait, a été très ennuyé de ce qui vient de m'arriver... Même les gouvernements — je devrais dire surtout eux! — ne peuvent pas se passer de l'aide des femmes! Ceci est d'autant plus vrai — dans le cas de ce visiteur de marque — que celui-ci est un très grand consommateur de femmes! Si vous saviez le mal que ça me donne à chaque fois qu'il arrive! S'il n'y avait pas les compensations financières, j'y renoncerais!

— Ce haut personnage va venir ici?

— Vous n'y songez pas? Vous ne l'imaginez tout de même pas, assis sur un de ces tabourets et se commettant avec la clientèle courante! Non! Je lui envoie les filles à domicile, c'est-à-dire à son hôtel où elles sont accueillies par son chef du protocole privé... Ce qui me fait penser que je n'ai pas une seconde à perdre pour rameuter mes troupes! Il faut aussi que j'informe mes fidèles habitués que la Maison aura cessé de prendre le deuil mardi prochain... Pendant ce temps-là, vous allez continuer à bien nettoyer les chambres comme Mlle Angélique vous l'a ordonné. Entre nous, ma petite Caroline, elle n'a pas tout à fait tort : c'est dégoûtant ici! Je sais qu'en période d'activité normale vous êtes très occupée, mais quand même! Profitons du répit pour astiquer... Quand ils reviendront mardi, les clients auront l'impression que nous avons fait peau neuve!

— Pourrais-je demander à Madame une nouvelle faveur?

— Si elle est raisonnable, étant donné les gentillesses que vous avez dites sur moi en mon absence, elle est accordée d'avance. De quoi s'agit-il?

— Madame m'autorise-t-elle à prendre ma soirée? Je voudrais aller à l'Olympia...

— Vous voyez que vous y venez, au théâtre! C'est un music-hall, mais enfin ça s'en rapproche. Pourquoi l'Olympia?

— Je voudrais entendre Charles Aznavour : je ne le connais que par disques et je rêve de le voir en chair et en os!

— Vous vous apercevrez qu'il est surtout en os! C'est d'accord. Avez-vous au moins réservé une place?

— Je ne me le serais pas permis avant d'avoir reçu l'autorisation de Madame.

— Vous risquez de ne pas en trouver : c'est un garçon qui fait recette... Je vous conseille de partir d'ici à 18 heures et de courir tout de suite à l'Olympia. Ce sera votre seule chance. Au cas où je ne vous reverrais pas, je vous souhaite une bonne soirée : vous l'avez bien méritée, mon petit.

— Je remercie Madame.

A 18 h 5, j'appelai d'un café le numéro que m'avait indiqué Dédé :

— Allô, monsieur? C'est encore Caroline, la fiancée de Dédé... Pouvez-vous le joindre et lui dire que je serai dans votre restaurant d'ici un quart d'heure. Il faut qu'il m'y rejoigne! J'ai des choses importantes à lui dire.

Vingt-cinq minutes plus tard, Dédé arrivait avec son taxi :

— Qu'est-ce qui se passe?

— Il se passe que Madame est rentrée cet après-midi et que la réouverture de la Maison est prévue pour mardi.

— Je t'avais dit que ça ne durerait pas... Dis donc : j'ai eu raison d'opérer vite!

— Tu es un as, Dédé...

— Après tout, c'est tant mieux que ça rouvre! Ça va te permettre de te faire des pourboires. Tâche de mettre les bouchées doubles! De mon côté, je vais cravacher mon taxi pour vous ramener le plus de monde possible... Sais-tu comment je vais m'y prendre maintenant avec les clients? Je leur expliquerai que je les mène dans ce qu'il y a de mieux actuellement comme Maison mais que j'ai entendu dire qu'il y en avait une nouvelle beaucoup mieux qui ouvrirait dans quelques mois et qui promettait d'être sensationnelle! Et je leur proposerai de me laisser leur adresse même s'ils habitent la province ou l'étranger. Quand nous serons organisés, nous leur enverrons une petite carte discrète... Ce n'est pas de la bonne prospection, ça?

— Tu es l'homme le mieux organisé que j'aie jamais rencontré!

— Tu trouves? Ça me plaît assez, ce que tu viens de dire... Notre plus grand défaut, à nous les Français, c'est de ne pas avoir le sens de l'organisation. Nous crevons tous de vivre dans la pagaille.

C'est prodigieux de faire l'amour avec un homme bien organisé : on sent qu'on ne se donne pas à n'importe qui!

Quand je revins à la Maison vers minuit, j'entendis, du vestibule, la voix de la patronne qui téléphonait et je jugeai judicieux, pour que Madame fût bien convaincue que j'avais été à l'Olympia, d'aller lui souhaiter bonne nuit.

Elle parlait encore à l'appareil quand j'entrai dans le bar :

— Eh oui, cher ami, c'est hélas ce qui nous attend tous!... J'aimais beaucoup ma cousine! Malheureusement je ne pouvais la voir qu'aux grandes vacances... Elle vivait, très retirée, au fond de la Bretagne... Étant l'une de ses rares parentes, je ne pouvais pas ne pas aller là-bas! Vous savez ce que c'est : comme il fallait que je m'occupe de tout, j'ai trouvé plus sage de fermer la Maison pendant quelques jours... Mlle Angélique n'a plus le tonus pour me remplacer comme il le faudrait. Il ne faut pas le lui dire, mais elle est comme tout le monde : elle vieillit... Pourquoi, je ne rouvre pas aujourd'hui? Mais je descends du train, mon cher! Vous êtes le premier auquel je téléphone. Je profite de ces quelques jours de clôture pour faire effectuer certaines réparations indispensables à la robinetterie qui travaille beaucoup et surtout pour faire tout nettoyer à fond! Vous verrez : quand vous reviendrez, ce sera splendide! Je compte sur vous mardi... Qui voulez-vous voir ce jour-là : *Maddy? Valérie? Suzy?.. Véronique* la benjamine? Mais qu'est-ce que vous avez donc tous à vouloir cette petite dinde? Enfin, venez toujours : on essaiera d'arranger cela...

En raccrochant, elle me dit :

— On lui en trouvera une autre! Il n'est pas question que cette salope remette les pieds ici! C'est à cause d'elle, Caroline, que j'ai eu tous ces ennuis : ses papiers d'identité étaient falsifiés... Elle n'avait que quinze ans! Est-ce que vous réalisez où ça aurait pu me mener? C'est la seule chose pour laquelle ils sont intransigeants aux « Mœurs ».

— *Véronique* ne viendra plus ici?

— Ni ici ni ailleurs! Elle a été reconduite dans sa famille qui va lui trouver un *Bon Pasteur* où elle aura tout le temps de méditer sur les dangers qu'il y a à se prostituer trop jeune! C'est ce qu'il y a de mieux, le *Bon Pasteur,* pour dresser les petites grues.

— C'est elle-même qui a avoué à un client qu'elle n'avait que cet âge-là?

— Si encore elle avait eu l'intelligence de le confier à un client, ça aurait pu s'arranger! Malheureusement, cette idiote s'en est vantée auprès d'une autre fille d'ici : une avec laquelle elle s'est chamaillée là-haut, dans la salle d'attente, et qu'elle a traitée de « vieille peau »! Comme l'autre faisait moins d'affaires qu'elle, ça n'a pas traîné : elle l'a fait dénoncer... Voilà pourquoi, ma petite Caroline, votre patronne — qui vous aime toutes tant que vous êtes, et qui sait si bien vous protéger — vient de passer quatre nuits à la Roquette!

— Ce que me dit Madame est incroyable! Moi qui les trouvais toutes si gentilles...

— Dans ce métier il ne faut faire confiance à personne! Je vous l'ai déjà dit : il n'y en a pas une qui vaut plus cher que l'autre! Le drame de ma vie, c'est que je suis obligée de travailler avec un ramassis de pourritures!

— Puis-je savoir qui l'a dénoncée?

— Il n'y a pas de secret, puisqu'elle ne reviendra plus jamais, elle non plus : *Maud*...

— *Maud* qui était si dévouée à la Maison?

— Parlons-en du dévouement! Oh! Elle ne s'en tirera pas comme cela : je me charge d'elle.

— Qu'est-ce que va lui faire Madame?

— Ça ne regarde que moi! Quand des choses pareilles se passent, il faut faire un exemple, sinon c'est tout le principe d'autorité qui f... le camp!

— Je sais que Madame a raison.

— A propos, mon petit... Cet Aznavour? Il vous a plu?

— Ça, c'est un artiste! Je comprends qu'on puisse devenir amoureuse de lui...

Pendant les quatre jours qui suivirent, Marie et moi continuâmes à nettoyer la Maison comme cela n'avait sans doute encore jamais été fait. Madame s'absenta tous les matins pour se rendre à de mystérieux rendez-vous qui avaient peut-être un rapport avec les difficultés qu'elle venait de connaître. A chaque fois, elle ne rentra pas avant 16 heures : avait-elle déjeuné avec un avocat, un policier, un chef de Cabinet, voire même un ministre?

Dès qu'elle était de retour, elle saisissait le téléphone pour continuer à répandre parmi la clientèle et ses pensionnaires la bonne nouvelle de la réouverture imminente. Mais je sentais très bien que ce n'était là chez elle qu'une façon comme une autre de faire preuve d'activité : elle ne pouvait pas souffrir le silence pesant qui avait envahi « sa » Maison. En temps normal, celle-ci n'était-elle pas bruissante d'allées et venues, de sonneries, de détonations de bouchons de champagne, de tintements de verres, de rires, de récriminations, de soupirs, de plaintes, de chuchotements et même de murmures? Moi-même j'étais comme elle : un établissement de ce genre qui est clos, au sens le plus véridique du mot, ressemble à un château de Belles-au-bois-dormant qui ne trouveraient plus de Princes Charmants ou à une Maison d'illusions qui les aurait toutes perdues! C'était sinistre.

Aussi ne fus-je qu'à moitié étonnée quand Madame me dit le samedi soir après dîner, dans ce bar désert où elle et moi avions vraiment l'air de faire une veillée funèbre :

— Versez-moi un grand verre de *Frontignan :* ça me remontera peut-être. Et vous, buvez ce que vous voudrez...

— Madame m'autorise-t-elle à prendre un quart champagne?

— Un quart et même une demie, Caroline... Oui, elle n'a pas été gaie, cette semaine! J'en connais une qui me le paiera!

Je pensai immédiatement à *Maud,* mais je trouvai plus sage de ne pas prononcer son nom : à quoi cela aurait-il servi d'attiser la haine? La blonde platinée ne m'avait jamais fait de mal, à moi, bien au contraire! Après avoir avalé une longue gorgée de son breuvage préféré, Madame poursuivit sur un ton monocorde que je ne lui avais encore jamais connu et qui ressemblait presque à un long soliloque, comme si ma présence ne comptait pas :

— Ce métier devient de plus en plus difficile... On n'y trouve plus la moindre honnêteté! Il y a encore quelques années, tout était plus vrai et plus net : les fidèles d'une Maison n'allaient pas dans une autre, les filles ne travaillaient que dans un seul endroit dont elles devenaient les authentiques vedettes. Maintenant, elles se galvaudent! Ce sont les mêmes que l'on retrouve partout... Et si quelque chose ne plaît pas à ces dames, elles vous dénoncent! Peut-être ai-je tort de pratiquer encore les méthodes classiques? Mais enfin, il n'y a pourtant pas tellement de façons de présenter un client à une fille! Et s'il y a quelqu'un qui a su toutes les employer depuis trente ans, croyez bien que c'est moi! A moins que, comme Angélique, je ne sois, moi aussi, trop vieille?

— Oh! Comment Madame peut-elle dire une chose pareille? Madame est la plus jeune de nous toutes... Madame, c'est la vie de la Maison...

— C'est très joli ce que vous venez de dire, Caroline. Et c'est dommage que ce ne soit plus tout à fait vrai! J'ai été, en effet, cette vie... Mais j'appartiens déjà au passé, tandis que l'avenir de ce métier, ce sont des jeunes femmes telles que vous. Le jour où je suis revenue de ma retraite forcée dans un autre quartier, je vous ai dit que celle-ci m'avait donné le temps de réfléchir et que je vous livrerais bientôt le résultat de mes réflexions... J'estime, puisque nous voilà toutes les deux à nouveau seules, que le moment est venu : que diriez-vous si je vous passais la direction de la Maison?

— A moi? Mais je serais incapable de succéder à Madame!

— Ne jouez pas les modestes, Caroline : ça ne vous va pas! Je suis persuadée — et mon opinion est la seule à compter dans cette affaire — que vous êtes au contraire l'une des rares femmes qui puissent me remplacer avec toutes chances de succès puisque Mlle Angélique a préféré s'enfermer dans une demi-retraite... Depuis que vous êtes ici, j'ai déjà eu sept mois pour vous observer et surtout pour vous étudier : vous avez appris très vite le métier et les nombreuses questions que vous n'avez cessé de me poser m'ont prouvé qu'il vous intéressait... Est-ce que je me trompe ?

— Je reconnais que sur ce point aussi Madame a raison.

— C'est donc un premier point d'acquis. Je sais très bien également que si je ne vous donnais pas votre chance vous ne seriez pas longue à me quitter car vous êtes férocement ambitieuse ! Ce qui ne me déplaît pas... Je puis vous confier enfin qu'en ce qui me concerne j'en ai assez d'être sur la brèche onze mois de l'année sur douze ! J'estime avoir assez travaillé et avoir suffisamment payé de ma personne pour pouvoir profiter d'un repos bien gagné. Sans me sentir nullement amoindrie physiquement ou mentalement, j'ai envie de jouir un peu de la vie... J'aimerais faire certains voyages que je ne me suis jamais offerts et visiter tous les pays étrangers qui me tentent. Je voudrais résider plus longtemps dans ma vieille maison familiale de Vannes que j'ai fait restaurer à grands frais et où je ne puis passer actuellement que le mois d'août. Évidemment, je sais très bien que, n'ayant pas de capitaux, vous ne pouvez me racheter cette affaire. Et même si vous parveniez à trouver les fonds — ce dont je doute — vous êtes encore un peu jeune et ne possédez pas assez d'expérience pour mener entièrement seule cette barque qui, vous venez de vous en apercevoir, peut se trouver prise parfois dans certaines tourmentes... La solution idéale serait donc de vous en nommer directrice avec les avantages que cela comporterait pour vous tout en restant moi-même propriétaire de l'ensemble : ce qui me permettrait, en m'effaçant peu à peu, de continuer à vous conseiller en coulisse, de prendre les décisions importantes et surtout de vous « introniser » progressivement auprès des clients ou des filles, en disant à tous : « Caroline est la seule femme que je sais capable de me succéder un jour. » Vous ne vous doutez peut-être pas, mon enfant, que je n'ai encore jamais fait une pareille déclaration ?

— Je me doute que ce doit être là un très grand compliment dans la bouche de Madame! Aussi lui en suis-je infiniment reconnaissante!

— Si nous adoptions cette nouvelle forme, d'ici deux années au plus vous seriez complètement « rodée » et vous pourriez voler de vos propres ailes. A ce moment, ayant déjà gagné pas mal d'argent, vous ne resteriez plus uniquement une directrice : je serais toute disposée à envisager de vous laisser une sorte de gérance libre qui vous permettrait de me racheter entièrement le fond de commerce... Rachat pour lequel je vous accorderais de larges facilités et qui pourrait se faire par versements trimestriels, ou même semestriels, de sommes échelonnées. Au cas où vous ne le sauriez pas encore, je tiens à vous informer que je suis propriétaire de l'immeuble : il n'y aurait donc aucun problème de cession de fonds comme cela se passerait si je n'étais que locataire. Ça n'offrirait d'ailleurs aucun intérêt pour vous d'acheter ces murs auxquels je ne reste attachée que pour une raison essentiellement sentimentale : ne sont-ils pas l'une des dernières fiertés que je puisse avoir ? Que pensez-vous de mon idée ?

— Elle est très séduisante... Pourrais-je cependant demander à Madame ce qu'elle entend par les avantages dont je bénéficierais pendant la période transitoire où je ne serais encore que directrice ?

— Ils seront très substantiels... Pas tellement grâce au « fixe » que vous toucherez mensuellement et qui ne sera pas très élevé... Ce ne serait pas non plus de votre intérêt qu'il le fût puisque étant officiel, il sera passible de l'impôt. Ce qui vous rapportera vraiment beaucoup d'argent, ce sera le pourcentage que nous fixerons d'un commun accord, et que je vous allouerai aussi bien sur la part revenant à la direction pour chaque « passe » que sur les consommations... De toute façon, vous allez réfléchir et nous reparlerons de ce projet dans quelques jours. Ce soir, il est tard et vous avez besoin de vous reposer pour bien profiter demain de votre dimanche. Mais avant de remonter dans votre chambre, promettez-moi que vous ne direz pas un mot de cette conversation à qui que ce soit! Si les filles se doutaient de ce que je viens de vous dire, ce ne serait même pas de la jalousie qu'elles auraient à votre égard, mais de la haine! Car il n'y en a pas une qui ne rêve d'être à ma place!

— Je ne leur ferai aucune confidence.

— J'ai déjà eu plusieurs fois l'occasion de constater que vous saviez être discrète... Ça, Caroline, c'est la toute première qualité qu'il faut pour connaître la grande réussite dans « notre profession »... A lundi.

Je tins ma promesse : les pensionnaires ne furent mises au courant de rien quand je les revis le lundi. Par contre — et pour cela je n'avais rien promis — dès le dimanche, j'avais raconté à Dédé tout ce que m'avait dit Madame. Après m'avoir laissée parler, il demanda :

— C'est tout?

— Comment, c'est tout? Mais, Dédé, c'est inespéré ce que m'a proposé la patronne! Jamais une pareille chance ne se représentera pour moi et donc pour nous deux!

— Ah çà, es-tu complètement « siphonnée » et assez innocente pour tomber dans le traquenard que te prépare la vieille? Mais réfléchis un peu, Caroline!... Si tu t'embarques dans ce mirifique projet, tu ne pourras plus t'en sortir! Elle t'aura jusqu'à la garde! Non, mais tu t'imagines une bonne femme pareille faisant des cadeaux ou jouant les philanthropes? Tout ce qu'elle t'a dit a été bien calculé : d'abord mets-toi une fois pour toutes dans la tête que ce genre de maquerelle ça ne débride jamais et que, contrairement à ce qu'elle t'a dit, sa seule raison de vivre, c'est de jouer les entremetteuses! Elle crèverait si elle cessait de le faire! Quand elle prétend qu'elle a envie de voyager ou besoin de repos, c'est faux! Elle restera sur place, continuant à habiter dans l'appartement du cinquième pour pouvoir t'épier, et, comme elle sera propriétaire de la baraque, tu l'auras toujours sur le dos, même si tu obtenais une gérance libre qu'elle ne te donnera d'ailleurs jamais! Ça, c'est le miroir aux alouettes pour t'appâter et pour te faire boulonner deux fois plus à son profit pendant les prochaines années... Si elle t'a fait tout ce cinéma hier soir, c'est pour une autre raison : elle est très embêtée, la vieille! Ce qui vient de lui arriver pourrait très bien se reproduire. Tu ignores à quelles conditions elle a retrouvé aussi vite sa liberté... Les histoires de mineures, c'est grave! Ça peut aller très loin et ça ne se termine pas comme ça en queue de poisson... A mon avis, elle n'est pas encore sortie de l'auberge! C'est pourquoi ça l'arrangerait rudement qu'une autre qu'elle soit directrice en titre... Comme elle te l'a dit, elle resterait dans la coulisse, mais tu peux compter sur elle pour qu'elle continue à tirer toutes les bonnes ficelles! Et si jamais la police faisait une nouvelle descente, ce ne serait plus elle qui irait à la Roquette, mais toi! C'est bien pour cela que la « demoiselle Angélique », qui n'est pas folle, ne veut pas lui succéder! La pigeonne, ce sera toi, Caroline... C'est ça que tu recherches?

— Mais non, Dédé! Je suis comme toi : je voudrais être très heureuse, c'est tout!

— Dis-toi bien aussi que des Maisons comme celle-là, c'est invendable aujourd'hui! Si la vieille l'avait pu, il y a belle lurette qu'elle se serait débarrassée de la sienne! Seulement personne n'est preneur aujourd'hui : avec les lois actuelles sur le proxénétisme, il y a trop de risques! Et, même si cela offrait un intérêt d'acheter la taule, comment l'évaluer? D'après le chiffre d'affaires? Le vrai, la vieille ne te le révélera jamais : c'est son secret! Ce qui rapporte là-dedans, c'est ce qui se fait en dessous, et tout ce qui n'est pas contrôlable : une Maison, c'est le royaume de la main à la main! Et puis on ne mène pas une affaire pareille à deux : pour que ça tourne il faut une seule patronne...

— Là, je crois que tu as raison.

— J'ai toujours raison! Tu le sais très bien... Si tu continues à m'écouter, tu ne feras pas de bêtises. C'est moi qui suis ton conseiller et pas la vieille! Malgré ses compliments et sa gentillesse apparente, cette roublarde ne peut être pour toi qu'une ennemie! D'ailleurs je t'ai déjà expliqué ce qu'il te fallait : ton appartement à toi, où tu feras ce que tu voudras, situé dans un immeuble tout ce qu'il y a de plus bourgeois! Il ne faut plus de tam-tam, ni de porte donnant directement sur la rue, que les voisins peuvent montrer du doigt et devant laquelle stationnent des cars de police... Si elle en avait l'autorisation, je suis sûre que la mère Agnès flanquerait même au-dessus de sa porte une lanterne rouge avec un gros numéro! Seulement le temps du pittoresque dans les claques est révolu... Les P.-D.G. et tous ceux qui ont du fric n'aiment plus tellement le montrer : ils préfèrent amorcer leurs coups en douce... Quand les gens parleront dans Paris de ton installation ultra-chic il ne faut pas qu'ils disent : « *On se croirait chez la mère Agnès* », mais plutôt : « *Je connais une adresse formidable! Seulement je vous préviens : c'est très fermé. On n'y accepte pas n'importe qui! Il faut être agréé par la patronne qui est difficile : elle ne reçoit que sur recommandation spéciale...* » Alors là, ça devient une bonne affaire qui vaut cher parce qu'on y retrouve ce qui a disparu de la plupart des Maisons et qui en faisait le charme : le Mystère!... Caroline, tu peux être notre dernière dispensatrice de mystère! C'est ça, le vrai « clandestin »... C'est ce que recherche désespérément la clientèle d'aujourd'hui et c'est à nous de le lui donner... Pour démarrer nous avons déjà de bonnes adresses : parmi elles, on fera le tri... On ne rameutera pas toute la clientèle de la vieille. On ne prendra que les meilleurs. Avec les filles ce sera pareil! On évitera le plus possible de faire travailler les professionnelles qui créent toujours des ennuis... On fera surtout appel à des femmes du monde — mais des vraies, celles-là! — ou à des bourgeoises mariées qui se seront endettées... Avec la femme mariée, on court beaucoup moins de risques : elle a la trouille de son mari et elle se tait! Sais-tu quelles seront les meilleures heures de rendement? Celles du « cinq à sept »... Il nous faut toutes les bonnes femmes du « cinq à sept », celles qui allaient autrefois rechercher des gigolos dans les dancings élégants ou dans les salons de thé... Mais comme il n'y a plus ni l'un ni l'autre, elles se promènent à longueur d'après-midi dans Paris au volant de leur voiture et elles s'ennuient! En en retirant quelques-unes de la voie publique aux heures de pointe, on rendra même service à la circulation!

— Tout ça, c'est très joli, Dédé, seulement, pour trouver et meubler cet appartement luxueux, il faudra beaucoup d'argent! Si j'acceptais la proposition de Madame, j'en aurais peut-être dans deux ou trois ans?

— Ce n'est pas dans deux ans qu'il faut commencer, mais dès la prochaine rentrée, après les vacances. Il n'y a plus de temps à perdre si nous ne voulons pas être grillés par d'autres qui auront eu la même idée.

— Mais toutes mes économies seront passées dans le taxi et sa licence ?

— Tu ne te figures pas que je vais te demander de financer aussi cette affaire, mon pauvre chéri ! Tu n'y arriverais jamais ! Ce qu'il faut, c'est trouver un commanditaire et pour ça tu dois pouvoir également me donner un coup de main... J'ai relu très attentivement avant-hier les noms des clients sur le bloc : il y en a certainement au moins un et peut-être même plusieurs dans le lot qui ont non seulement les moyens, mais qui aimeraient aussi être intéressés à ce genre d'affaire... Tout homme qui a de la fortune est une proie certaine pour le fisc : la seule façon pour lui d'échapper à ses griffes est de placer ses capitaux dans un commerce où le percepteur est incapable de déceler les véritables bénéfices. Et qu'y a-t-il de mieux dans le genre que celui que nous voulons exploiter ? La répartition des dividendes se fera entre nous au prorata des apports de chacun : nous c'est l'idée, les autres ce sera le pognon... Dis-moi : parmi les clients que tu as déjà vus défiler chez la vieille, tu en as certainement repéré qui étaient loin d'être dans la gêne ?

— C'est assez difficile à savoir : comme me l'a dit Madame, ce ne sont pas ceux qui dépensent le plus d'argent dans une Maison qui sont les plus riches ! Il y en a même qui gardent tout leur argent pour ne le dépenser que là ! Chez eux, c'est une forme d'orgueil : ils veulent épater les filles... Parmi ceux qui sont venus depuis six mois, il y en a quatre ou cinq qui ont certainement beaucoup d'argent, mais voudront-ils le mettre dans ce genre d'affaire, et comment leur en parler ?

— Viens chez moi : on va examiner la liste et tu me diras au fur et à mesure...

Ce fut un épluchage minutieux. Pendant que l'index de Dédé suivait les noms, il me disait :

— C'est vrai qu'elle a des ministres comme clients : regarde celui-là... Seulement c'est difficile de demander la commandite à un ministre! Ça risque d'être dangereux et ces gens-là n'ont pas tellement de fortune personnelle : ils dépensent plutôt celle des autres... Tiens : un général! Ça n'a qu'une retraite, un général, et qui ne va pas bien loin, à moins qu'il n'ait écrit ses Mémoires! Un président de Cour? Ça ne comprend pas la bagatelle, et ça doit être pingre... Dermier? Qu'est-ce qu'il fait, celui-là?

— Je le connais : industriel du Nord dans les textiles... Il a de l'argent.

— Mettons-le en réserve, dit Dédé en faisant une croix avec un crayon devant le nom. L'embêtant avec les industriels, c'est qu'ils veulent toujours voir des bilans... Et celui-ci?

— Monsieur Maurice? On ne l'appelle que par son prénom, aussi bien sur le carnet que dans la Maison! Mais ça ne l'empêche pas, lui aussi, d'avoir tout ce qu'il faut.

— Qu'est-ce qu'il fabrique?

— Je ne sais pas.

— On le pointe aussi...

Il mit une croix devant Maurice.

Après être passé sur beaucoup de noms sans s'arrêter, son index s'immobilisa :

— Le baron? Il y a écrit entre parenthèses : appeler *Cercle des Propriétaires Terriens*... Qu'est-ce que ça veut dire?

— Ça indique que c'est un vrai baron! Je le connais très bien : le baron de Marnet-Melval... C'est le plus gentil de tous les clients, et de loin le plus généreux! Celui-là doit être très riche : il a une grande voiture, avec une couronne peinte sur la portière, et un chauffeur qui se découvre à chaque fois qu'il voit son patron.

— Ce ne serait peut-être pas mal, un aristo ? Quand ces gens-là ont du fric — ce qui n'est pas fréquent — ils voient plus large que les bourgeois... Crois-tu que ça pourrait marcher avec lui ?

— C'est drôle ce que tu me demandes là, Dédé...

— Pourquoi ?

— Tu ne vas pas être jaloux ?

Il me regarda, ahuri, avant de dire :

— Jaloux de lui ? Il te plaît ?

— Tu sais très bien que tu es le seul qui peut me plaire. J'ai plutôt l'impression que c'est lui qui en pince pour moi...

— Sans blague ?

— Ça t'étonne que d'autres que toi puissent me trouver à leur goût ?

— Mais non, mon amour ! Moi-même je t'ai dit que, quand tu le voulais, tu pouvais avoir un chic fou... Alors, comme ça, tu plais au baron ?... Dis donc : ça pourrait peut-être faciliter nos affaires ?

— Oh, Dédé ! Tu voudrais ?

— Je ne veux rien du tout ! Seulement une femme intelligente, comme toi, peut très bien se laisser faire la cour sans aller jusqu'au bout... C'est une question d'habileté... Tu piges ?

— J'essaie...

— Il faut comprendre ton homme, Caroline ! Il n'y a qu'avec lui que tu pourras réussir parce que c'est le seul qui t'aime vraiment... Mais il faudrait que tu fasses encore quelques petits efforts, sinon nous n'y arriverons jamais ! Comment est-il, ce baron ?

— Bel homme, mais plus très jeune.

— La soixantaine ?

— A peu près...

— C'est le bon âge : celui où on « les » attrape le

plus facilement, à condition qu'ils ne soient pas déjà gâteux, parce qu'ils veulent jeter leurs derniers feux... Entreprenant, l'aristo ?

— Galant... Mais Madame et toutes les filles qui sont montées avec lui disent qu'il est impuissant... Il paraît qu'il ne se déshabille même pas quand il est dans une chambre !

— Si elles ne l'ont pas vu « à poil », comment peuvent-elles savoir qu'il est impuissant ? Les femmes sont formidables ! Elles inventent n'importe quoi pour avoir l'air renseignées... A quoi as-tu vu que tu ne lui déplaisais pas ?

— Il me l'a dit dans le vestibule, à chaque fois qu'il est venu et reparti... Il m'a même apporté des chocolats.

— Voyez-vous ça ! Déjà des cadeaux ! Ça commence avec les chocolats, ça continue avec des marrons glacés ou des petits fours, et hop ! Enlevée, elle est pesée, la petite femme ! Eh bien, je te garantis que si je me mêle de l'affaire, ça lui coûtera plus cher que des friandises ! Mais ce sera fait avec élégance puisque tu me dis que c'est un Monsieur... D'ailleurs on ne devrait travailler qu'avec des Messieurs : on s'y retrouverait...

— Comme je suis contente, Dédé, que tu comprennes ça ! Je suis convaincue que le baron pourrait devenir notre ami !

— Il le sera puisque nous ne lui ferons nulle peine, même légère ! Maintenant écoute-moi : dès que tu le reverras, tu te montreras gentille avec lui, même très gentille...

— L'ennui, c'est que pour cela je n'ai guère que le vestibule à ma disposition.

— C'est suffisant : beaucoup de choses peuvent se passer dans un vestibule...

— C'est exactement ce qu'a dit le baron à Madame !

— Tu vois ! Je sens que lui et moi, nous avons les mêmes idées... Et si, dans ce vestibule, il te proposait un rendez-vous, en cachette de la mère Agnès bien entendu, pour ailleurs, tu accepteras... Tu me tiens aussitôt au courant : je te dirai comment il faudra t'y prendre et surtout ce que tu devras lui dire au cours de ce rendez-vous.

— Je parlerai de notre projet ?

— Bien sûr, mais tu lui diras que c'est « ton projet » ! A aucun moment tu ne devras prononcer mon nom ! Je ne dois pas paraître officiellement... Ton baron ne me verra que plus tard, quand j'amènerai des clients chez toi avec mon diesel. Tu pourras alors lui expliquer que je me suis rallié à « votre cause » parce qu'elle me paraissait juste et que j'ai décidé de vous aider avec mes modestes moyens qui ne sont que ceux d'un bon chauffeur de taxi, un point, c'est tout.

— Si tu savais ce que tu peux me remonter le moral ! A chaque fois que je te quitte après t'avoir écouté, j'ai l'impression d'avoir subi une cure de rajeunissement !

— Comme si tu en avais besoin à ton âge, mon amour ! Mais plus tard, ça pourra te servir ! Alors c'est compris ? Objectif n° 1 : le baron !

— Le baron... Mets-lui deux croix, Dédé.

La « réouverture » du mardi fut des plus calmes. Malgré les innombrables appels téléphoniques passés par la patronne, les clients ne se précipitaient pas. Vers 19 heures, Madame me dit :

— Paris est un vrai village ! On a beau essayer de cacher quelque chose, les gens arrivent toujours à être renseignés... Les clients savent : ils sont méfiants ! Et tous ceux qui ont eu à subir dans ce bar la vérification d'identité n'ont pas dû nous faire une fameuse publicité ! C'est fou ce que cette histoire a pu me faire de tort! Ce sera dur de remonter le courant, Caroline!

Mais il n'y avait pas que les clients à se montrer prudents : comme si elles s'étaient toutes donné le mot, les filles — auxquelles elle avait dû téléphoner pour les rares clients qui s'étaient présentés — étaient ou « absentes de Paris » ou « grippées ». Et pourtant! Il fallait bien en trouver de toute urgence! La troupe « fixe » s'était réduite à sa plus simple expression : il ne restait qu'une seule fille, *Valérie*... Ni *Maud* ni *Véronique* n'étaient évidemment revenues, et pour cause! Leurs remplaçantes n'avaient pu encore être trouvées pendant le week-end.

Valérie, la brune qui m'avait fait ses confidences quand nous étions toutes et tous entassés dans les chambres du sixième après le débarquement de la police, avait beau être débordante de bonne volonté : elle ne pouvait suffire! De plus, elle ne plaisait pas à tout le monde comme une *Maud* et elle n'avait pas l'éclatante jeunesse d'une *Véronique!* Ce n'était pas brillant. Madame fulminait :

— Vous verrez que toutes ces roulures vont essayer, si ce n'est déjà fait, d'aller travailler ailleurs! Je vous jure qu'elles me le paieront! Dès que les affaires auront repris, je me passerai de leurs services!... Si je téléphonais à *Tania?* Après tout, elle n'était pas là le jour de la rafle... Elle pourrait peut-être me dépanner? Elle me doit bien ça! C'est l'heure où elle est chez elle.

Elle forma le numéro, mais personne ne répondit.

— Elle aussi est « absente », en second voyage de noces avec son maquereau peut-être? L'Italien aussi a dû être prévenu de ce qui s'est passé et il a préféré orienter son capital vers d'autres destinées... Quel mufle, et quel ingrat! Il me le paiera, lui aussi...

Heureusement qu'il y eut Dédé! A 19 h 30, il amenait

son premier client, à minuit le quatrième... Lui, au moins, il tenait parole : il m'avait dit qu'il mettrait les bouchées doubles pour me faire gagner des pourboires. Madame ne pouvait pas se douter que c'était grâce à ces pourboires qu'elle faisait quelques affaires!

Mercredi fut marqué par une légère amélioration : des habitués, qui n'étaient pas là le jour fatidique, réapparurent. Je vis aussi arriver deux nouvelles filles : une châtain clair et une blonde fadasse, qui venaient renforcer la troupe fixe. Mais elles ne valaient ni l'ex-doyenne *Maud* ni la benjamine *Véronique :* ça se voyait tout de suite. Comme me le dit Madame :

— Ce sont ce que j'appelle des en-cas, ou des bouche-trous, mais il ne faudrait pas que je continue à présenter un pareil bétail : on se croirait rue Saint-Denis!

Le soir, au moment de la fermeture, je la sentis déprimée :

— Il n'y a rien de plus fatigant, Caroline, que ces journées où on fait des quarts de recette... Je crois bien que si je tenais la *Maud* ici en ce moment je l'étranglerais, cette vermine!

Le jeudi, un miracle se produisit : l'arrivée inopinée du baron à 17 heures. Elle avait été, naturellement, précédée des trois coups de sonnette. En l'entendant, Madame subitement extasiée, s'était écriée :

— Lui! Ce n'est pas possible! Courez vite lui ouvrir!

Le baron était tout de noir vêtu. Ce qui me frappa le plus fut qu'il ne portait pas d'œillet à la boutonnière et que ses mains étaient gantées de daim noir. Son visage et sa voix étaient en harmonie avec le vêtement :

— Comment va-t-elle? me demanda-t-il d'une voix sépulcrale.

— De qui monsieur le Baron veut-il parler?

— Mais de votre patronne, mon enfant! Mercredi

dernier, elle a eu la courtoisie de me téléphoner au Cercle pour me faire part du grand deuil qui venait de la frapper... Elle m'a fait de la peine, cette chère Agnès! Au bout du fil, elle semblait être réellement très affligée!

— Mon Dieu, elle se remet doucement...

— Elle l'aimait beaucoup, cette cousine? Oh, je sais ce que c'est quand on voit partir un parent qui vous est cher... Je ne fais que passer, Caroline, pour faire ma visite de condoléances...

— Vraiment, monsieur le Baron...

Madame qui, selon son habitude, avait tout écouté du bar, apparut sur le seuil du vestibule. Je fus stupéfaite : elle aussi avait réussi à prendre, en quelques secondes, une figure d'enterrement :

— Eh oui, Melchior... Aglaé n'est plus...

— Elle s'appelait Aglaé? Comme feu mon arrière-grand-tante, la marquise de Saint-Saturnin...

Il avait tendu les bras : Madame s'y précipita. L'effusion dans le vestibule fut émouvante. Jouant celle qui voulait surmonter malgré tout son chagrin, Madame dit d'une voix presque blanche :

— Venez au bar, cher ami... Votre bouteille vous attend...

— Je ne sais si je pourrais en de pareilles circonstances...

— Nous pourrons tous les deux, Melchior! Car, moi aussi, je vais faire une exception et boire un peu de champagne : ça me remontera mieux que le *Frontignan*. C'est moi qui vous invite pour vous remercier d'être venu...

Quand j'eus débouché le *Moët et Chandon,* le baron leva son verre en disant :

— Ce serait déplacé de boire à la santé de votre chère cousine, aussi je me permets de le faire à la vôtre, Agnès...

— Merci, mille fois, répondit Madame en levant, elle aussi, son verre.

Après y avoir trempé ses lèvres, elle ajouta :

— Si nous offrions un verre à notre gentille Caroline? Une fois n'est pas coutume.

— Excellente idée! dit Melchior, déjà ragaillardi. A vous, belle enfant!

Je bus à mon tour, après avoir balbutié :

— Je remercie Madame et monsieur le Baron.

— Vous n'avez pas idée, Melchior, poursuivit la patronne, comme cette petite Caroline a su se montrer attentionnée à mon égard pendant toute cette triste période : elle a beaucoup de cœur!

— Ça, j'en suis certain, chère amie!

Quand il quitta le bar, nous en étions à la troisième bouteille : je savais que les deux dernières seraient débitées par Madame sur son compte semestriel. Tous les trois, nous nous sentions nettement mieux. Dans le vestibule, avant que je n'aie ouvert la porte donnant sur la rue, le baron me confia :

— Elle reprendra vite! C'est une femme forte... Dites-moi : serait-il possible que nous nous voyions bientôt, vous et moi, dans un charmant tête-à-tête éloigné de ce lieu et sans, bien entendu, que votre patronne le sût?

— Je suis à la disposition de monsieur le Baron.

— A la disposition! Elle est exquise, cette enfant!... Quel est votre jour de congé?

— Le dimanche.

— Un jour affreux, mais nous trouverons quand même le moyen de le meubler... Est-ce que ça vous amuserait si je vous emmenais déjeuner dans ma propriété? Elle n'est qu'à une centaine de kilomètres de Paris.

— Rien ne pourrait me faire plus de plaisir!

— Alors, c'est entendu... Rendez-vous dimanche à 10 heures... Ce n'est pas trop tôt?

— Je suis toujours matinale!

— Elle a toutes les qualités! Nous nous retrouverons donc, si vous le voulez bien, à 10 heures à la terrasse de *Francis*, place de l'Alma : vous vous souviendrez?

— J'y serai...

— Merci! Et n'oubliez pas que c'est un secret... Je vous baise déjà la main en pensée. A dimanche!

Quand je revins dans le bar, Madame me demanda :

— Il ne vous a pas trop ennuyée?

— Absolument pas. Le baron ne m'ennuie jamais.

— Parce que vous avez l'intelligence de faire semblant de l'écouter... Sa visite m'a un peu remonté le moral : voilà au moins un de mes clients qui n'a aucune idée de ce qui m'est arrivé! Souhaitons qu'il y en aura d'autres...

Quand Dédé vint, une heure plus tard, pour déposer un client, je lui glissai rapidement avant de refermer la porte :

— Ça y est! J'ai rancart avec le baron...

— C'est sérieux?

— Je déjeune avec lui dimanche...

— Félicitations! On se retrouvera juste avant tous les deux pour que je puisse te donner mes dernières recommandations...

— A 9 heures?

— 9 heures, même endroit.

Le dimanche, lorsque je montai dans son taxi, il me dit :

— Tu as bien fait de mettre ton tailleur bleu marine et ton canotier de paille : ça fait à la fois « distingué » et « déjeuner à la campagne ». Quand le vieux va te voir comme ça, il va être fou de joie!

— Je me demande s'il ne me préfère pas en femme de chambre avec le tablier...

— Sûrement! Mais tu ne peux t'habiller en soubrette pour aller déjeuner dans un château où il y a certainement des domestiques! Le tablier, tu réserveras ça pour plus tard, quand vous en serez aux moments d'intimité...

— Tu sais que si j'ai accepté, c'est uniquement parce que c'est toi qui me l'as conseillé!

— Bientôt tu me remercieras de l'avoir fait... Tu dois profiter de cette « journée de campagne », précédée et suivie de deux déplacements en voiture — car il te ramènera sûrement puisque c'est un gentleman — pour expliquer le projet sans parler de moi, je te le rappelle! Si tu sens qu'il mord à l'hameçon des super-bénéfices extrafiscaux qu'il pourrait réaliser grâce à sa commandite, ne lâche pas le morceau et donne-lui, avant de le quitter, un nouveau rendez-vous pour le courant de la semaine. Il me paraît plus que douteux que tu puisses réussir à enlever l'affaire dès la première fois : il te faudra au moins trois au quatre... disons : conversations intimes...

— Mais je ne veux pas coucher avec ce vieux beau, même s'il se montre très gentil!

— Ça ne risque pas de t'arriver puisqu'on t'a dit qu'il était incapable d'effleurer une femme! Tu dois seulement lui donner l'illusion qu'un jour viendra où il pourrait peut-être le faire à condition que « ton » appartement d'accueil fonctionne! Ne te laisse même pas embrasser aujourd'hui : il n'aura droit à cette privauté que lorsqu'il aura casqué... Pour le moment, ne le laisse pas aller plus loin que le baisemain, mais, à chaque fois qu'il en fera un, donne-lui l'impression d'être une femme qui frissonne d'extase! Il sera très content.

— A quelle heure va-t-il me ramener à Paris ?

— Dans la soirée. Tu n'as qu'à lui dire que tu dois être de retour au plus tard pour 23 heures parce que ta patronne exige que tu sois rentrée avant minuit. Tu ajouteras que, si tu dépassais cette heure, elle pourrait t'en demander la raison... Et comme il tient avant tout à ce que votre rencontre reste secrète, il se montrera sage. Tu te feras déposer par sa voiture ici même pour des raisons de prudence. Je serai là, camouflé dans mon taxi, à partir de 22 h 30, stationné un peu plus loin sur le boulevard. Une fois descendue de sa voiture, tu n'auras qu'à faire quelques pas dans la rue en direction de la Maison pour faire croire que tu y vas directement et tu ne reviendras sur tes pas pour rejoindre mon taxi que lorsque sa voiture sera partie. Tu me raconteras alors comment les choses se seront passées. Maintenant, il est temps que je t'emmène *Chez Francis*. Je vais m'arrêter à la station qui est en bas de l'avenue George-V. Tu n'auras plus qu'à la traverser pour arriver au lieu de rendez-vous... Embrasse-moi et va t'asseoir sur la banquette arrière : ça fera « cliente sérieuse » et plus du tout « petite amie » quand nous arriverons à la station. En route !

Lorsque nous y fûmes, après que je lui eus murmuré, du fond de la voiture : « Dis-moi quelque chose de gentil ? Ça me donnera du courage... » Il répliqua :

— Il m'en faut encore plus que toi... Si tu crois que ça m'amuse de te voir mener sans moi la vie de château ! La seule chose que je puisse te dire maintenant, parce que ça porte toujours bonheur, c'est le mot de Cambronne...

Pendant que je descendais du taxi avec toute la dignité d'une cliente, je me souviens avoir répondu :

— Tu as raison : ça réconforte...

Selon le désir exprimé par mon soupirant sexagénaire, je m'assis à la terrasse où je m'aperçus que j'étais absolument seule. Un dimanche matin, vers 10 heures et à l'époque des giboulées de mars, on ne peut guère trouver aux terrasses des cafés parisiens que des provinciaux débarqués pour la journée avec l'intention de visiter le salon des machines agricoles, quelques Belges venus en voisins, ou une équipe de footballeurs. Les Parisiens, eux, sont soit partis en week-end, soit à la messe, ou — et ceux-là sont de loin les plus authentiques! — calfeutrés chez eux d'où ils ne ressortiront qu'à la tombée de la nuit. Et il est certain qu'une jeune femme seule, comme je l'étais ce jour-là, installée devant un café-crème, ne fait pas très bon effet... Les gens qui passent se disent : « Qu'est-ce qu'elle peut bien faire là ? C'est un « lapin » ? » A moins qu'ils ne pensent : « Ce ne peut être qu'une professionnelle qui n'a pas réussi à rapporter à son Jules la recette hebdomadaire qu'il lui a imposée. Aussi est-elle contrainte de faire des heures supplémentaires... » De toute façon, aucun de ces jugements n'est très flatteur pour la femme : c'est pourquoi je déteste les terrasses de café! Madame était d'ailleurs comme moi. Chaque fois qu'elle entendait une fille, installée sur un tabouret de son bar auprès d'un client, dire : « Moi je prendrais bien un pastis », elle lui demandait : « Vous vous croyez donc à la terrasse d'un café ? »

Mais je n'avais quand même pas le droit d'accuser le baron de me faire subir cette attente désagréable : j'étais en avance par la seule faute de Dédé qui avait dû estimer que ce serait une catastrophe si je manquais le surprenant rendez-vous.

A 10 heures précises la splendide voiture du baron s'arrêtait le long du trottoir. Le chauffeur quitta son siège et se précipita pour ouvrir la portière à son illustre maître tout en se découvrant : décidément ce rite me ravissait! J'aurais voulu qu'il y eût foule à la terrasse pour admirer cette arrivée et surtout l'apparition du noble personnage qui se dirigeait vers moi, auréolé de sa morgue désinvolte. Cette foule se serait demandé : « Quel est ce grand seigneur et comment il se nomme? » et elle aurait certainement pensé, avec une pointe de jalousie : « S'il se déplace en pareil apparat, ce ne peut être que parce que cette jeune femme est une créature tout à fait exceptionnelle! » Et j'aurais rougi, non pas de timidité, mais de plaisir!

Il était magnifique, ce matin-là, le baron... Lui aussi portait un canotier de paille rappelant celui de Maurice Chevalier, mais il avait poussé la coquetterie à le relier à son cou par un cordon de fil noir pour le cas où une bourrasque l'arracherait à son noble chef. La redingote était remplacée par un veston d'alpaga noir dont la boutonnière gauche s'ornait d'un œillet blanc qui apportait la note de gaieté. Le bas du pantalon pied-de-poule, en forme de fuseau, était agrémenté de pattes qui passaient sous la semelle de souliers « bain de mer ». Il y avait naturellement la canne et les gants beurre-frais. C'était certainement parce qu'il voulait me faire honneur, ou me séduire, que le cher homme n'avait pas hésité à arborer la plus brillante de ses tenues champêtres. Et comme j'avais moi aussi mon canotier, c'était à croire que nous partions pour un déjeuner sur l'herbe au temps de Manet...

Ce fut la première fois que le baron me baisa la main avant de dire :

— Chère amie, ma confusion est extrême d'être en retard... J'ai horreur de me faire attendre des dames, même si elles sont laides! Alors à plus forte raison quand elles sont aussi charmantes que vous... Ravissante! Vous êtes absolument exquise, Caroline! Et ce petit nez! On sent qu'il est tout prêt à pointer contre la cavalerie! Nous partons?

— Quand monsieur le Baron voudra...

— Je vous en supplie, mignonne amie, ne m'appelez plus « Monsieur le Baron » quand nous sommes tous les deux ensemble... Gardez cette marque de déférence — à laquelle je n'ai pas le droit de ne pas me montrer sensible — uniquement pour le vestibule de Madame Agnès... Aujourd'hui, vous et moi, nous sommes en congé d'amoureux! Il faut m'appeler Melchior... Et ceci, aussi bien devant mon chauffeur que devant le reste de ma domesticité. Dès aujourd'hui, nous devons donner à tout le monde l'impression que nous nous connaissons depuis très longtemps... Enfin je m'entends : depuis quelque temps puisque vous êtes encore tellement jeune!

Dès que nous fûmes installés dans la voiture, il ordonna au chauffeur, avant que celui-ci n'eût refermé la portière :

— Gaston, au château!

Elle était magnifique, la voiture du baron! Je ne m'y connaissais guère en marque, mais j'appris, dans la conversation à bâtons rompus qui s'engagea pendant le trajet, que c'était une *Rolls-Royce*... Pas un nouveau modèle, mais un ancien : l'un de ceux que l'on ne sait plus faire aujourd'hui et dont l'élégance un peu désuète continuera d'éblouir pendant longtemps encore des générations d'admirateurs... La *Rolls* haute sur châssis, dans laquelle on peut monter sans courber la tête et prendre place sans se recroqueviller... la *Rolls*, cannée et capitonnée, d'où il est très agréable de voir défiler le paysage dans un silence absolu... Comme je m'extasiais, Melchior me confia :

— Ce n'est pas une voiture très récente mais, ayant

l'âme d'un conservateur, j'ai fini par m'habituer à elle et j'aurais beaucoup de mal maintenant à m'en passer! Je ne trouve aucun confort à ces automobiles surbaissées, qui sont de mode aujourd'hui, pour lesquelles il faudrait presque avoir un chausse-pied pour y entrer et un tire-bouchon pour en sortir!

Ce chef-d'œuvre roulant présentait aussi l'inestimable avantage d'être doté d'une séparation vitrée entre les places avant et arrière. Le chauffeur ne pouvait absolument pas entendre notre conversation : ce qui ajouta une note supplémentaire au charme du voyage... On peut ne pas détester soi-même écouter aux portes mais ne pas admettre que les autres le fassent! Ce fut ainsi que je pus apprendre, avant d'arriver à destination, un certain nombre de choses très utiles pour moi qui me permirent de donner une certaine orientation à ma tactique... Je n'eus qu'à écouter en laissant s'épanouir la bavardise de celui que je considérais déjà comme mon futur commanditaire.

Je sus que la baronne, détestant les charmes de la campagne, n'allait que très rarement au château et préférait passer des journées entières à jouer, en compagnie de bonnes amies, au *backgammon*. Ce fut du moins ce que me dit ce jour-là son époux, mais la vie est ainsi faite qu'elle me permit de découvrir, un peu plus tard, qu'en réalité la distraction préférée de la baronne — qui avait vingt-cinq années de moins que son mari — était d'ordre beaucoup plus sensuel...

Cette première confidence du baron me fit comprendre que nous déjeunerions en tête à tête au château : ce qui me combla d'aise. Le contraire m'aurait d'ailleurs étonnée après la façon dont s'était passée l'invitation! Avec cette simplicité qui est sans doute la plus sûre estampille de la véritable aristocratie, mon compagnon de route m'expliqua aussi que cette propriété, vers laquelle nous roulions, n'était en réalité qu'une vaste demeure datant de la Restauration — époque où les gens revenus d'émigration n'avaient pas su faire preuve de tellement de goût! — que les gens du pays appelaient pompeusement « le Château » parce que ça les flattait d'avoir un château sur le territoire de leur commune, mais qui, selon l'expression même de son propriétaire, ressemblait plutôt *à une grande maison de curé qui aurait su faire fructifier le denier du culte.* Le baron en avait hérité de son père qui en avait lui-même hérité d'un oncle. En réalité — et cette révélation, que je fus bien obligée d'écouter, ne me passionna guère sur le moment! — les Marnet-Melval, dont le baron se trouvait être le dernier représentant puisqu'il n'avait pas fait souche, constituaient la branche cadette d'une branche éteinte dont tous les défunts étaient enterrés dans un caveau de famille édifié dans le cimetière du village. Celui-ci s'appelait Villeneuve et la demeure du baron, par incidence, « le Château de Villeneuve ».

Le baron lui-même n'était pas habité non plus par un amour débordant de la campagne : il voulait bien se rendre à Villeneuve mais à condition que ce ne fût que pour de courts séjours ou même pour n'y passer qu'une journée du dimanche. Ne montant plus à cheval, ne chassant plus et s'étant toujours prudemment abstenu de se lancer dans la culture intensive, Melchior de Marnet-Melval avait définitivement opté pour les agréments de la vie parisienne.

Le seul véritable intérêt du « Château » provenait des terres qui l'entouraient d'un seul tenant et dont la superficie était loin d'être négligeable. En plus du parc proprement dit, qui était entièrement clos de murs, il y avait sept fermes louées à des métayers.

— Ces gens-là, m'expliqua Melchior, paient mal! Les paysans d'aujourd'hui ne s'intéressent vraiment qu'aux terres qui leur appartiennent! Le propriétaire est pour eux l'ennemi qu'il faut supprimer. Si j'attendais après les fermages dérisoires qu'ils me versent annuellement, je ne pourrais ni conserver ma vieille *Rolls* ni même payer Gaston! La baronne et moi nous en serions réduits à nous inscrire au chômage... Heureusement qu'il me reste la possibilité, quand l'état de mes finances l'exige, de prendre une hypothèque sur l'une ou l'autre de mes fermes. J'ai la chance d'avoir, à Villeneuve même, un notaire qui est tout à fait compétent dans ce genre d'opération... Et, comme je le dis souvent à mon épouse : « Puisque nous sommes, très chère, les derniers d'une lignée sans que nous puissions envisager la moindre espérance de progéniture, autant que nous en profitions! Après nous le déluge! » Grâce à cette philosophie, la baronne et moi ne vivons pas trop mal...

J'écoutai ces derniers mots avec quelque inquiétude : mon commanditaire aurait-il assez d'argent pour pouvoir m'aider à monter mon entreprise? Parce que enfin, entre le bridge au Cercle et les petites femmes, il devait dépenser beaucoup d'argent! Et si l'on ajoutait à cela les parties de *backgammon* de la baronne, sa garde-robe qui ne pouvait qu'être de qualité pour rivaliser avec celle de son époux, l'entretien de la *Rolls,* les appointements de Gaston, ceux des autres domestiques répartis entre le domicile parisien et le château, on devait arriver à un joli chiffre en fin d'année! A moins que le baron ne possédât aussi, comme tout le monde — et cela était plus que probable — un portefeuille de solides valeurs boursières, un peu de *Pinay,* quelques lingots d'or enfouis dans le coffre d'une banque et même un compte numéroté en Suisse?

De toute façon, je me promettais déjà qu'au cas où je parviendrais à ouvrir « ma » maison grâce à son aide, il ne retournerait pas dans celle de Madame Agnès : selon le calcul des probabilités, celle-ci devait, en effet, lui soutirer chaque semestre, à l'issue des fameux déjeuners où elle se faisait inviter, des sommes astronomiques! Et une idée germa aussitôt dans mon cerveau... Pourquoi ne dirais-je pas au baron — et peut-être serait-ce là le moyen le plus sûr de l'amener à compréhension? — que s'il consentait à me financer, non seulement il toucherait des bénéfices occultes, mais il aurait droit, jusqu'à sa mort que je souhaitais très lointaine, de ne jamais régler une bouteille de *Moët et Chandon* chez moi et d'avoir à sa disposition, sans bourse délier, toutes les femmes que je lui présenterais? Ça, c'était une idée-force qui permettrait d'arracher définitivement un grand client à l'infernal circuit de celle dont je ne voulais plus être l'employée... Idée qui ne pourrait que séduire un grand seigneur qui avait horreur — Madame Agnès l'avait parfaitement compris! — de payer à la petite semaine les moments de galanterie qu'on lui faisait vivre. Chez moi, le baron éprouverait la sensation rare d'être le seul « invité d'honneur »!

Après avoir franchi un portail dont les grilles étaient grandes ouvertes, la *Rolls* longea lentement une allée caillouteuse et assez mal entretenue avant de s'arrêter dans une cour pavée — où la mauvaise herbe s'était infiltrée entre chaque pierre — devant la porte principale d'une grande maison dont le style me parut assez indéfini et la toiture des plus incertaines! Il n'y avait pas de perron, la porte donnant de plain-pied sur la cour : ce qui me déçut un peu. Mais, par contre, ce qui me combla d'aise fut l'apparition, dans l'encadrement de cette porte qui venait de s'ouvrir, d'un serviteur, vêtu d'une veste blanche et ganté de blanc, qui me parut être tout aussi stylé que Gaston.

— Voici mon fidèle Ulysse, me dit le baron. Cela va faire trente-trois ans qu'il est à mon service : c'est lui qui a fini par s'habituer à moi!

Quand je descendis de la *Rolls,* j'étais à mille lieues de me douter que j'entrais pour la première fois dans le « château » dont je suis aujourd'hui la propriétaire...

En retrouvant Dédé le soir, j'eus la fierté de pouvoir lui annoncer :

— Je crois que ça va marcher...

— Il ne t'a pas trop cassé les pieds?

— Le baron est la galanterie même... La seule privauté dont j'ai été gavée, ce sont les baisemains : je crois qu'il m'en a fait une bonne demi-douzaine au cours de la journée...

— Comment cela?

— A chaque moment qu'il a dû estimer important : quand nous entrâmes dans le château, avant le déjeuner, au moment du café servi dans le fumoir, pendant que je lui exposais le projet, lorsque nous remontâmes en voiture et enfin, à l'instant, sur le trottoir avant de me quitter : tu ne l'as donc pas vu descendre de voiture et me prendre la main?

— J'ai vu dans mon rétroviseur... Maintenant raconte-moi en commençant par le début.

Au bout d'une heure il sut que le déjeuner avait été excellent et impeccablement servi dans la grande salle à manger par Ulysse; qu'ensuite j'avais eu droit à la visite du « château » qui m'avait paru être en piteux état! Le mobilier devait être ancien mais bancal, les doublures en soie des rideaux tombaient en charpie, les toiles des tableaux d'ancêtres — Marnet-Melval, Marnet-Touchard ou Marnet-Mollier — donnaient l'impression d'être toutes plus ou moins craquelées, le confort moderne et les commodités se révélaient des plus rudimentaires, et l'ensemble sentait plutôt la purée que l'opulence... Il apprit aussi que le baron avait six domestiques qu'il ne payait pas bien cher mais qui lui étaient tous dévoués parce qu'ils étaient depuis des années à son service : Gaston, le chauffeur de la *Rolls;* Ulysse, le maître d'hôtel-valet de chambre du château dont l'épouse, Albertine, cumulait les fonctions de cuisinière et de femme de chambre; Léon, un vieux jardinier qu'il gardait par charité et qui entretenait vaille que vaille les allées du parc. A ce quator attaché à Villeneuve, il fallait ajouter un autre couple valet de chambre-cuisinière qui assurait le service de l'appartement parisien situé dans le VIIe, rue de Bellechasse.

— Tout ce monde, dit Dédé, ça doit quand même représenter de drôles de frais à la fin du mois avec la Sécurité sociale! A moins que ton baron n'ait décidé de l'ignorer? Mais alors pour tous, lui compris, ça devient l'insécurité totale!

Après la visite de la bâtisse et une promenade dans le parc pour — selon l'expression de mon hôte — « activer la digestion », nous étions revenus dans le fumoir, la pièce préférée du propriétaire. Il faut croire qu'il m'a transmis ce goût puisque cette pièce est celle où j'écris en ce moment : de fumoir, elle est devenue pour moi un boudoir. C'est pourquoi je ne puis m'empêcher de me sentir envahie en ce moment même par une certaine nostalgie à la pensée que ce fut ici même que ce cher Melchior m'écouta quand je lui expliquai pour la première fois comment une éventuelle association entre nous pourrait lui permettre de continuer à mener une existence agréable sans qu'il soit parfois gêné par certaines contingences bassement pécuniaires... Mais il était évident que, pour atteindre ce but, il devait faire un effort financier car je n'avais, malheureusement, à ma disposition pour le moment que mes idées et la jeune expérience que je venais d'acquérir au service de Madame Agnès.

— Ma chère enfant, avait répondu le baron après m'avoir écoutée avec beaucoup d'attention, vous savez que mon plus cher désir est de vous venir en aide... Ce qui pourrait me décider à faire l'effort nécessaire est l'idée, assez attrayante pour moi, de me sentir « chez moi » à chaque fois que je me rendrai « chez vous » alors que j'ai toujours eu la pénible impression, malgré toutes les prévenances dont elle m'entoure, de n'être chez votre patronne actuelle qu'un client comme les autres... Je n'aime pas être « le client » : cette appellation m'a toujours paru avoir, dans ce genre d'exploitation, un sens péjoratif! Entre « client » et « dindon », il n'y a qu'une marge très réduite... Reste le problème des fonds : à votre avis, combien faudrait-il en gros?

— Tout dépendra du montant du bail de l'appartement rêvé et de celui des frais de reprise éventuelle... Peut-être y aura-t-il aussi quelques transformations à faire dans la disposition des lieux et dans leur décoration? Mais je mettrai tout en œuvre pour les éviter : dès que l'on a des ouvriers chez soi, on ne sait jamais où cela vous mènera! Comme notre intérêt, à vous et à moi, serait de faire l'ouverture le plus vite possible, je crois qu'il serait de beaucoup préférable de payer une reprise pour des locaux déjà tout installés.

— Tu as très bien fait de lui dire cela, dit Dédé. Quelle a été sa réaction?

— Excellente à mon avis... Il m'a dit qu'il me demandait quelques jours de réflexion... Avant de nous séparer tout à l'heure, nous avons pris rendez-vous pour dimanche prochain à 11 heures au même endroit : la terrasse de *Francis*. Mais il m'a précisé que nous n'irions pas à la campagne et qu'il m'emmènerait déjeuner chez *Laurent*... Tu connais ce restaurant?

— Tu parles! Bonne maison, surtout le dimanche! C'est le jour où on n'y fait pas ces « déjeuners d'affaires » qui permettent aux clients de se goberger aux frais de leurs sociétés... Le dimanche de *Laurent*, c'est réservé aux gens qui ont encore les moyens de bien manger le jour où ils donnent congé à leur propre personnel... Il faudra que tu mettes ta robe rose...

— Avec le canotier?

— Sans le canotier! Remplace-le par un ruban dans les cheveux : ça fera plus jeune fille et surtout plus soubrette! Puisqu'il aime cela, le vieux, donne-lui-en pour son plaisir! Si tu pouvais même trouver le truc pour porter un tablier qui rappellerait celui qui t'est imposé pendant tes heures de service, ce serait pour lui du gâteau...

— Mais que penserait le personnel du restaurant?

— Ça, on s'en fiche puisque ce n'est pas celui du baron!

— Alors, je vais étudier la question... D'autant plus que j'ai maintenant la certitude que Melchior est très amoureux de moi...

— Plus il le sera et plus il t'écoutera! T'a-t-il dit comment il pensait trouver le fric? D'après la description que tu viens de faire de l'état de son château, j'ai l'impression qu'il serait plutôt gêné aux entournures?

— Il sait quand même vivre... Pour l'argent, il m'a dit qu'il ne saurait être question pour lui d'en demander à son épouse. Cela pour la raison essentielle qu'elle n'a aucune fortune personnelle! Je t'ai dit qu'elle était beaucoup plus jeune que lui. Lorsqu'il l'a épousée, il y a une dizaine d'années, elle était grand mannequin. Il dit qu'elle est très belle et qu'elle est devenue parfaitement odieuse depuis le jour de leur mariage... Il a même porté sur elle un jugement assez curieux : « Ma femme est incroyable! Depuis qu'elle a un titre, elle se croit plus aristocrate que moi! Ce qui est une funeste erreur de sa part... Comme le Tout-Paris connaît ses origines — louables, certes, mais modestes —, on ne la considère que comme une parvenue ou, ce qui est plus grave, une tard-venue dans ma vie... »

— Il n'est pas sot, ce vieux!

— Pourquoi un amoureux sincère serait-il toujours idiot? Ce sont les filles qui font croire cela chez Madame dès qu'elles sentent qu'un client aimerait les revoir... Et parce qu'elles le croient bête, elles essaient tout de suite de l'exploiter!

— Tandis que nous, nous n'exploiterons pas ce cher baron! Nous préférons nous associer avec lui... Il y a là une nuance capitale! Mais si sa femme n'a pas le sou et si ses fermes sont hypothéquées, comment va-t-il le trouver, le fric?

— Justement avec une nouvelle hypothèque...

— Quoi?

— Il m'a confié qu'il lui restait encore la possibilité d'en prendre une, assez importante, sur le château lui-même et sur le parc.

— Tu crois que ça vaut quelque chose, une bicoque de cette taille qui est pratiquement en ruine?

— N'exagère pas; elle n'est pas encore en ruine! La preuve, c'est qu'elle tient comme cela déjà depuis plus d'un siècle... Et il y a aussi la superficie du parc qui est entièrement entouré de murs : ce qui lui donne de la valeur.

— C'est drôle comme les gens ont la maladie de la pierre à notre époque!

— Le baron m'a promis que, dès cette semaine, il ferait venir à Paris le notaire de Villeneuve — celui qui lui a déjà obtenu les autres hypothèques — pour parler de l'affaire avec lui... C'est pour cela que j'ai bon espoir...

— Alors patientons jusqu'à dimanche!

— Si tu savais ce que ça m'ennuie de passer encore mon jour de congé sans toi!

— Moi aussi... Mais pour arriver, il faut ce qu'il faut, Caroline! Et puis tu me reverras le soir, comme aujourd'hui, quand ta corvée sera finie.

— Maintenant, chéri, emmène-moi chez toi pour me récompenser de ce que j'ai déjà fait aujourd'hui.

— Tu y aurais droit, amour... Mais ne crois-tu pas qu'il est déjà très tard? Comme la vieille exige que tu sois de retour avant 1 heure, ça me paraît court... Tu sais très bien que toi et moi, quand nous sommes dans le plumard, nous ne savons plus où nous en sommes! Ce qui risquerait de t'amener une sérénade à un moment où il n'en faudrait pas pour que la mère Agnès continue à ne se douter de rien... Il y a quand même quelque chose que je peux te promettre : si dimanche prochain, quand on se retrouvera, le baron te dit que ça colle, je te récompenserai doublement!

— Vrai?

— C'est juré! Maintenant tu rentres là-bas...

— Et si Melchior me dit dimanche que le notaire n'est pas d'accord?

— Ne t'inquiète pas : s'il y a du fric à prendre, un notaire, c'est toujours d'accord! Mais il y a un point qui m'inquiète : ton vieux ne va pas donner au tabellion des détails sur l'emploi qu'il compte faire du pognon?

— Je t'ai dit qu'il n'était pas fou... Il m'a dit qu'il raconterait à son notaire qu'il avait l'intention de s'intéresser à une affaire de construction immobilière.

— Un baron promoteur ? Ça ne fait pas très sérieux !... Si tu le revoyais entre-temps chez la vieille, glisse-lui gentiment à l'oreille que ce serait quand même mieux s'il annonçait au notaire qu'il a l'intention de commanditer une auto-école : ça, c'est du rapport sûr et les risques ne sont que pour les élèves ! Approche, chérie...

J'adorais ces étreintes dans le taxi.

Le lendemain, lundi, à la suite d'un coup de sonnette à l'entrée, je courus à la porte. Mais, après avoir jeté l'indispensable coup d'œil de contrôle à travers le judas, je revins dire à la patronne :

— Je ne sais si je dois ouvrir ? C'est un client qui est tellement mal habillé que j'ai l'impression que Madame n'en voudra pas ?

— Comment est-il ?

— Petit, gros, presque chauve avec une nuque de taureau et des mains genre battoir... Il a un veston usagé, un pullover assez douteux à col roulé, un pantalon en tire-bouchon et des souliers couverts de boue. J'affirme à Madame qu'il ne fait pas du tout soigné !

— Je vais voir cela...

Mais à peine eut-elle regardé par le judas qu'elle s'exclama :

— C'est Monsieur Richard, peut-être notre plus gros client ! Il n'est pas revenu ici depuis l'année dernière... Ce qui m'ennuyait : je craignais de l'avoir perdu ! Je vous expliquerai plus tard... Ouvrez vite !

Quand ce fut fait, elle dit au visiteur :

— Quelle bonne surprise, cher ami ! Toujours en forme à ce que je vois ?

— On se laisse pousser, ma bonne dame, et ça ne biche pas trop mal !

La voix vulgaire était d'une telle sonorité que j'eus

l'impression d'avoir les tympans crevés! Même si c'était un très bon client, je me demandais comment Madame pouvait accueillir un pareil personnage dans une Maison qui avait, à tort ou à raison, la réputation de ne recevoir qu'une clientèle de choix : n'étions-nous pas le terrain de détente préféré des avocats, des aristocrates, des P.-D.G., de ministres et même de chefs d'État désireux de faire quelques fredaines? Je savais bien que, depuis la visite de la police, les affaires étaient un peu plus difficiles, mais quand même! Il existait certaines limites qu'il ne fallait pas dépasser... Et je comprenais une fois de plus que c'était Dédé qui avait raison lorsqu'il disait que le jour où « notre » bel appartement fonctionnerait il faudrait nous montrer intransigeants et n'y accepter que le super-client... Jamais ce paysan, qui sentait mauvais et qui devait ignorer l'usage d'une baignoire, ne mettrait les pieds chez nous! Ça, c'était ma conviction du moment : ce qui me permet d'affirmer aujourd'hui que même les convictions les mieux ancrées ne sont que très relatives! Non seulement j'ai reçu de nombreuses fois « Monsieur Richard » dans mon bel appartement, mais il s'est révélé être le troisième homme qui — après Dédé et le baron — a joué un rôle essentiel dans la prodigieuse courbe de ma réussite. A lui aussi je dois beaucoup aujourd'hui : c'est la raison pour laquelle j'ai été me recueillir, hier, au cimetière, également devant sa tombe... C'est vraiment affolant de penser que trois hommes qui, grâce à moi, se sont frôlés dans l'existence sans jamais pouvoir devenir de vrais amis — ce n'était pas possible! — ont fini par se retrouver dans la mort, à quelques mètres l'un de l'autre, sous la terre de ce même cimetière de Villeneuve où, moi aussi, je reposerai un jour...

Pas plus qu'avec ses autres clients, Madame ne perdit

de temps avec monsieur Richard qui venait de s'installer sur l'un des tabourets du bar :

— Comment ça va actuellement dans la viande ? demanda-t-elle d'emblée.

— Bonne dame, répondit le bonhomme dans un éclat de rire grasseyant, je pourrais presque vous poser la même question !

— Vous voyez, Caroline, que notre ami a toujours le mot drôle à la bouche... Mais je pourrais très bien lui répondre que chez nous ce serait plutôt une viande de qualité supérieure... Seriez-vous à nouveau intéressé par elle, cher monsieur Richard ?

— Peut-être ben que oui, peut-être ben que non, comme on dit dans nos campagnes... Moi, ce qui compte surtout chez une femelle, c'est le pedigree...

— Je sais cela depuis longtemps... Si vous m'aviez seulement téléphoné ce matin, j'aurais pu vous présenter quelqu'un qui vous conviendrait tout à fait. Car j'ai exactement celle qu'il vous faut : de la race, du jarret, du poitrail... Bref tout le « pedigree » !... Ne pourriez-vous pas revenir demain vers la même heure ?

— Demain mardi ? C'est le jour de la Villette...

— Justement, ça vous changera ! Après les abattoirs, le charme...

— Je ne pourrais pas être ici avant 19 heures.

— « On » sera là, je vous le promets.

— Vous connaissez mes habitudes : avec moi, ça commence toujours par un dîner...

— Du côté des Halles, je le sais aussi... « On » sera ravie de dîner avec vous... Oui, Caroline, ce n'est pas parce qu'il est là devant nous, mais je vous l'aurais tout aussi bien dit s'il n'était pas ici : Monsieur Richard adore « détailler » une femme avant de la gâter... Et il a raison puisqu'il en a le temps et les moyens ! J'aime les hommes comme lui qui savent se montrer difficiles : c'est la preuve que ce sont de vrais connaisseurs !

— L'habitude de mon boulot ! On évalue, on soupèse du regard, on tâte, on caresse la croupe, on examine surtout la bouche...

— Parce que ça indique l'âge ?

— C'est exactement comme pour le bétail... Les fausses dents ou les râteliers, c'est rare que ce soit un signe de jeunesse chez la femelle !

— Il a toujours la repartie, Caroline ! Qu'est-ce que je vous offre pour fêter votre retour parmi nous ?

— Vous connaissez mes goûts : moi, il n'y a que le coup de beaujolais... Les champagnes, les whiskies, et toutes ces boissons pour snobs, ce n'est pas de mon rayon !

— Je n'ai pas de beaujolais au bar, dit Madame, mais je crois bien qu'il en reste à la cuisine... Caroline, descendez vite voir et ramenez-nous une bouteille.

— Pas la peine de déranger Mademoiselle. Ce sera pour demain.

— Sincèrement vous ne voulez pas ? En tout cas je vous garantis que demain vous aurez du beaujolais nouveau.

— Merci, bien qu'il ne soit pas très fameux cette année ! Alors, on se dit à demain ?

— A demain, 19 heures, monsieur Richard.

Après avoir donné une poignée de main à Madame, le bonhomme en fit de même avec moi : sa poigne était telle que je crus que j'avais les doigts brisés.

Quand il fut dehors, Madame me dit en riant :

— Ça fait mal, hein, quand il vous serre la main, celui-là ! Il faut croire que c'est un vrai mâle ! D'ailleurs toutes les filles que je lui ai présentées jusqu'à ce jour m'ont dit que c'était une fantastique affaire !

— Ce petit homme ventru?

— Ni le ventre ni la taille n'entrent en jeu au moment psychologique! On ne peut pas dire que « Monsieur Richard » pèche par la distinction! Mais au demeurant, c'est un très brave homme qui paie sec quand « le produit » lui plaît : jamais par chèque. En liquide... Je l'ai toujours connu ayant sur lui une véritable fortune! A chaque fois qu'il sort la main de l'une de ses poches, c'est pour en extraire des liasses de billets épinglés... C'est sa façon de payer : sans doute l'habitude des marchés? C'est un très gros marchand de bestiaux qui possède, paraît-il, d'innombrables pâturages à une centaine de kilomètres d'ici... Vous ne vous douteriez jamais de ce qui m'est arrivé, ici même, dans ce bar, l'année dernière avec lui! Un soir où il s'y trouvait, le baron est entré... Vous vous rendez compte de ce qu'une pareille rencontre a pu donner? Ce fut inouï! J'ai failli me tapir derrière le comptoir quand je les ai vus se dévisager réciproquement. Et puis, ça a fini par s'arranger : en commençant à parler, ils ont découvert que le château du baron ne se trouvait qu'à quelques kilomètres des pâturages du marchand de bestiaux! Ils ont aussitôt sympathisé et ont commencé à parler d'élevage... Jamais je n'en ai plus entendu de ma vie sur les mérites de la race charolaise! Ça s'est terminé de la façon la plus heureuse du monde : ce fut la première et dernière fois où j'ai vu Monsieur Richard boire du *Moët et Chandon* alors que le baron ingurgitait des coups de beaujolais! Leur discussion a bien duré deux heures! Ni l'un ni l'autre n'a même voulu monter avec les filles que j'avais fait venir ce jour-là pour les leur présenter... Celles-ci sont reparties furieuses et eux, bras dessus, bras dessous!

— Et où la soirée a-t-elle bien pu se terminer pour eux?

— Certainement devant une belle entrecôte aux

Halles ! Pour moi, ce jour-là, l'opération financière fut désastreuse ! Mais je ne regretterai quand même jamais d'avoir assisté à une pareille confrontation.

— Quelle femme peut-on présenter à un client tel que celui-là ?

— Toutes ! Comme sa générosité est connue, il n'y en a pas une qui ne rêve d'aller avec lui ! Les difficultés ne proviennent pas d'elles, mais de lui ! Oui, Caroline : ce gros porc me pose, à chaque fois qu'il vient, un problème redoutable... Savez-vous quel genre de femme il veut à l'exclusion de tout autre ? Une aristocrate !

— Ce n'est pas vrai ?

— Il est juste le contraire du baron ! C'est même fantastique de voir comment la loi des contrastes peut jouer... Le baron, qui est l'élégance et le raffinement mêmes, ne songe qu'aux soubrettes alors que le marchand de bestiaux n'a qu'une idée en tête : faire l'amour avec une baronne, une comtesse ou qui vous voudrez à condition que la femme ait une particule ! Alors vous pensez si c'est commode à trouver ! Ça ne court pas les rues, les dames de l'aristocratie qui fréquentent nos Maisons !

— Comment s'y prend Madame ?

— Je n'ai pas trente-six solutions : je lui fabrique, sur commande, son aristocrate...

— Et il y croit ?

— Pas toujours... La dernière fois, il a dû s'apercevoir que c'était du toc : c'est pour cela qu'il n'est pas revenu pendant près d'une année... Je n'ai même pas osé lui téléphoner pour essayer de le récupérer ! Qu'est-ce que vous voulez que je lui dise ? Que la « comtesse », que je lui avais mise dans les bras et qu'il avait invitée à dîner selon sa manie, n'était qu'une doublure, ou même une triplure de femme à particule ? Il a d'ailleurs une curieuse adresse ce bonhomme : le seul numéro de téléphone qu'il m'ait indiqué si j'avais une aristocrate « authentique » à lui présenter, est celui d'un chevillard spécialisé dans la boucherie en gros, porte de La Villette... Nous sommes loin du Bottin Mondain!

— Madame est-elle bien certaine de trouver quelqu'un pour lui demain à 19 heures?

— Il le faudra, Caroline! Ses apparitions sont trop rares pour qu'on les loupe! Savez-vous combien ça peut me laisser si la dame lui plaît? Trois mille, plus les bouteilles... Il ne discute même pas quand je lui compte le beaujolais au prix du *Dom Perignon!* C'est le seul client qui va encore jusqu'à six mille francs pour faire une passe! Ça ne vaut pas la peine qu'on se donne un peu de mal?

Elle avait sorti du tiroir le carnet rose, dont elle tournait les pages fiévreusement en disant :

— Je n'ai pas une seule femme de noblesse authentique là-dessus... Ce qui est normal : il y a en déjà tellement peu dans le Gotha! Si encore on pouvait lui présenter, comme ça se faisait avant 14, des Cléo de Mérode ou des Émilienne d'Alençon, ça pourrait peut-être aller. L'ennui, c'est que toutes ces femmes-là sont mortes depuis longtemps... Et même si elles étaient là, ce ne serait pas sûr qu'elles plairaient à ce phénomène : ce n'étaient que des demi-mondaines! Il exige des mondaines à part entière et à particule! C'est son vice! Ça le change de La Villette... Je n'en vois qu'une qui pourrait peut-être jouer le jeu, bien qu'elle ne soit pas non plus une aristocrate : *Tania*.. Qu'est-ce que vous en pensez?

— Ce serait sûrement celle qui pourrait faire le plus illusion...

— Je l'appelle... Allô? *Tania?* Vous êtes revenue? J'ai essayé plusieurs fois sans succès de vous joindre ces derniers temps...

Et pendant que son interlocutrice parlait, elle me confia à voix basse, tout en conservant l'écouteur à l'oreille :

— Si elle répond cette fois, c'est signe que Ricardo sait que la Maison remarche !

Puis elle enchaîna pour *Tania :*

— J'ai une excellente affaire pour vous : ça vous rapporte six fois plus que votre tarif habituel... Et c'est bien parce que c'est vous ! Ce sera pour demain, à 19 heures... Mais il faut absolument que vous soyez là, au plus tard, vingt minutes avant pour que je puisse vous expliquer... Soyez élégante, comme vous savez l'être, mais en saupoudrant le tout d'une note nettement aristocratique... Vous ne me comprenez pas ? Demain soir, ma chère Tania, vous serez comtesse... Je vous trouverai un nom... La soirée commencera par un dîner, ensuite... Il se passera ce qui plaira au client qui vous paiera directement : c'est l'une de ses joies... A demain : je compte sur vous.

Après avoir raccroché :

— C'est tuer le métier que de donner autant d'argent à cette prétentieuse ! Mais je ne peux pas faire autrement puisque Monsieur Richard ne peut pas supporter les intermédiaires ! Je vous garantis que ce sera la dernière fois que « *la Tania* » travaillera à un tarif fort ! A partir de sa prochaine passe, elle n'aura plus que trois cents... Aujourd'hui, je suis prise de court, n'ayant pas d'autre « comtesse » disponible sous la main...

Comme toutes celles du lundi, la soirée fut calme. Pendant que Madame faisait ses comptes, je jetais un coup d'œil sur un journal du soir qui traînait sur le bar où un client avait dû l'oublier. Et une photographie, placée en première page, me laissa pantoise : c'était celle d'une femme encore jeune que je reconnus immédiatement. Elle servait à illustrer un article qui s'étalait sur deux colonnes et dont le titre était : *Le mystère de la femme égorgée dans le bois de Vincennes.* Je lus l'article avec avidité : des automobilistes avaient découvert, le matin même, au bord d'une allée, le corps d'une femme à demi nue dont la gorge avait été tranchée. Le journaliste terminait en disant que la police enquêtait mais avait déjà acquis la certitude qu'il s'agissait d'un règlement de comptes dans le Milieu. Tremblante, je demandai à la patronne en lui présentant le journal :

— Madame a vu ?

— Quoi, mon petit ?

— La femme qui est sur cette photographie... Mais c'est *Maud!*

— Qu'est-ce que vous racontez là ? Faites voir...

Tranquillement, elle prit le journal et regarda pendant un long moment la photo avant de dire, dubitative :

— Je ne suis pas très sûre que ce soit elle... Il est certain qu'il y a un air de famille, mais toutes les filles se ressemblent plus ou moins et celle-ci en était sûrement une.

— Madame m'excusera, mais je suis sûre que c'est *Maud!* Il n'y a aucun doute possible... Madame ne pense pas qu'il serait de notre devoir de prévenir la police que nous connaissons l'identité de la morte ?

— De quoi vous mêlez-vous ? Croyez-vous que j'aie envie, après ce qui m'est arrivé, de renouer avec ces messieurs du quai des Orfèvres ? D'abord vous pouvez être certaine qu'à l'heure actuelle, si cette femme est vraiment *Maud,* elle est déjà identifiée ! On la connaissait depuis longtemps ! Souvenez-vous de ce que lui a dit l'officier de police qui lui a pris sa carte d'identité ?

Et, tout en continuant à regarder la photographie :

— Après tout, mon petit, vous avez peut-être raison. Ce pourrait être *Maud...* Mais qu'est-ce que nous pourrions changer à l'affaire en disant qu'elle a travaillé ici? Dans l'état où elle est maintenant, ça ne servirait plus à rien... Vous savez aussi qu'elle vivait avec un souteneur : rien ne dit que ce n'est pas lui qui a fait le coup! Mais comme nul n'a le droit d'accuser personne s'il n'y a pas de preuves formelles, mieux vaut nous abstenir et laisser ceux dont c'est le métier rechercher la vérité... Si c'est elle, bien qu'elle m'ait joué un tour pendable, je ne puis dire qu'une chose : pauvre *Maud!* C'est encore une chance pour la Maison que je lui aie téléphoné dès mon retour de La Roquette — où je n'ai été incarcérée que par sa faute! — pour lui dire que je ne voulais plus qu'elle mette les pieds ici! Vous vous rendez compte de la nouvelle publicité désastreuse qu'un pareil crime aurait déclenchée pour ma Maison, si on avait publié dans les journaux que la femme égorgée du Bois de Vincennes était l'une de mes pensionnaires! Là, c'était la fermeture définitive, suivie de la faillite!... Ceci dit, un ennui de cet ordre devait arriver tôt ou tard à cette fille : quand on cesse d'être « régulière » dans sa profession, on finit toujours par le payer... Je n'irai pas jusqu'à dire qu'elle mérite ce qui vient de lui arriver, mais la dénonciation sournoise, comme elle l'a faite à mon égard, ce n'est pas très élégant! Et ce ne sera certainement pas moi qui porterai son deuil! Si nous parlions d'autre chose, ma petite Caroline, parce qu'enfin ce sujet de conversation me paraît plutôt pénible!

— Madame m'en voudra peut-être de ce que je vais dire, mais j'ai du chagrin... C'est vrai : je l'aimais bien, *Maud!* Avec moi elle s'est toujours montrée l'une des plus gentilles...

— Je reconnais qu'elle avait quelques qualités et particulièrement une, primordiale pour moi : elle plaisait à la clientèle... Peut-être un peu moins qu'à ses débuts ici, mais enfin elle aurait pu encore se défendre pendant quelques années. Malheureusement le sort en a voulu autrement.

Et, tout en déchirant la page du journal, elle ajouta :

— Il vaut mieux que cette photographie ne traîne pas ici : des habitués pourraient la voir : ce qui jetterait un coup de buis qu'il vaut mieux éviter. La tristesse et les condoléances ne sont de mise dans cette Maison qu'à la condition qu'il ne s'agisse que d'un faux décès comme celui de ma cousine imaginaire...

La fin de la soirée fut morne. Lorsque je me retrouvai dans ma chambre, je me sentais de plus en plus angoissée. Une pensée, toujours la même, revenait, lancinante, à mon esprit :

« Ce n'est pas possible que ce soit Madame qui ai fait faire cela pour se venger ou pour donner ce qu'elle a appelé « un exemple salutaire »? Ce serait trop ignoble! Mais pourtant, maintenant que je commence à bien la connaître, Madame n'est-elle pas capable de tout? »

Le lendemain, quand j'entrevis, devant la porte, Dédé qui venait d'amener un client, je lui dis rapidement :

— Chéri, je ne veux plus rester ici!

— Qu'est-ce qui t'arrive?

— Je t'expliquerai plus tard...

— Aie un peu de patience, Caroline! Ça ne va plus durer bien longtemps si le financement du baron marche.

— Il faut qu'il marche, Dédé! Il le faut absolument!

Je crois n'avoir jamais attendu un dimanche avec plus d'impatience! Tout mon avenir dépendait de la réponse du baron. Et si elle se révélait négative, je trouverais coûte que coûte un autre commanditaire... Pourquoi pas ce Monsieur Richard qui, lui, ne semblait connaître aucun problème financier?

Il fut là le mardi soir, comme convenu, à l'heure fixée par Madame. Avant son arrivée, j'avais entendu les dernières recommandations faites à *Tania* que je trouvais, décidément, de moins en moins attirante! Mais comme le marchand de bestiaux ne l'avait pas connue avant, peut-être lui conviendrait-elle quand même... En fille devenue obéissante, *Tania* avait scrupuleusement suivi les instructions que la patronne lui avait transmises la veille par téléphone : elle faisait très « femme du monde ».

— Pouvez-vous, lui avait demandé Madame dès qu'elle était entrée dans le bar, prendre un accent d'Europe centrale? Ce ne doit pas vous être très difficile puisque vous m'avez dit que Madame votre mère était yougoslave.

— Je peux essayer de rouler un peu plus les RRR...

— Ce sera parfait et ça fera un excellent duo avec le client puisqu'il les roule, lui aussi, mais pas de la même façon : chez lui c'est le roulement paysan du centre de la France... Je vous préviens tout de suite qu'il est aussi généreux que peu distingué : un brave homme qui a passé sa vie à suivre le bœuf... Pour lui, vous devez toujours rester une comtesse : il n'aime que ça! J'ai trouvé un nom épatant pour vous : la comtesse *Tania Hoppony*... Ça fait très hongrois... Vous êtes née près de Budapest, où votre famille — l'une des plus grandes, naturellement, et des plus illustres, de toute la Hongrie, possédait des terres immenses... Cela aussi il devrait l'apprécier puisqu'il a de la glèbe à ses semelles... Toute votre lignée a été décimée par la révolution rouge à laquelle vous n'avez pu échapper de justesse que grâce à une intervention de la Croix-Rouge suisse... Vous vivez en France depuis quelques années avec, pour tout bagage, votre beauté et l'espoir de rencontrer le protecteur sérieux qui vous donnera la possibilité de refaire votre vie... Vous êtes une veuve : la jeune veuve du comte *Alexandre Hoppony*, fusillé par les communistes... En somme vous n'avez connu que des malheurs ! Monsieur Richard — c'est le nom du client — a l'âme d'un consolateur... Il faut donc en profiter ! Je vous informe aussi qu'il adore, lorsqu'il l'invite à dîner, qu'une femme ait très bon appétit... Il prétend que celles qui ne mangent pas sont les mêmes que celles qui restent pendant vingt minutes sur le bidet pour faire leurs ablutions et qui ont peur de se faire décoiffer dans le lit aux instants pathétiques... Si, en plus de cela, vous savez apprécier la viande rouge, il sera aux anges. On vient de sonner : c'est lui ! Allez vite attendre dans le salon.

Au client, elle dit :

— Cher monsieur Richard, je vous ai promis hier de trouver pour vous quelqu'un qui vous conviendrait enfin... Cette personne est à côté... C'est une comtesse hongroise... La veuve authentique du comte *Hoppony* qui a connu le grand malheur d'être fusillé par les Rouges, comme d'ailleurs la plupart des nobles qui n'ont pas eu le temps de franchir le rideau de fer... Elle a un certain accent slave qui ajoute encore à son charme, mais elle s'exprime quand même très bien en français ! Inutile de vous préciser que ce qu'elle recherche, c'est l'ami sérieux et sachant bien vivre : c'est pourquoi j'ai aussitôt pensé à vous... Elle est déjà ravie à l'idée de pouvoir passer une soirée entière avec vous et de la commencer par l'un de ces excellents repas dont vous seul connaissez le secret ! Elle est très gourmande ! Je vous la présente ?

— Allons-y !

— Suivez-moi dans le salon : comme vous le dites, cher ami, allons-y...

Un quart d'heure plus tard, la fausse comtesse quittait la Maison en compagnie du vrai marchand de bestiaux. Il n'y avait vraiment que Madame pour pouvoir réussir des accouplements pareils ! La seule chose que j'appris par elle le lendemain fut que le bonhomme lui avait téléphoné pour lui dire qu'il était très satisfait mais qu'il faisait quand même un petit reproche : la comtesse hongroise n'aimait pas le paprika...

Pendant le restant de la semaine, la conversation ne revint jamais sur la mort tragique de *Maud*. Personne d'ailleurs ne parla d'elle dans la Maison, ni parmi les filles telles que *Valérie* qui l'avait cependant très bien connue ni parmi les clients : c'était à croire que « les habitués » ne lisaient jamais les journaux. C'était comme si un voile volontaire de silence recouvrait le souvenir de la disparue... Puis ce fut le dimanche et mon deuxième tête-à-tête galant avec le baron.

Je sais que mon visage était rayonnant quand je retrouvai le soir même Dédé dans son taxi :

— Chéri, ça y est ! Le baron a vu son notaire qui va faire le nécessaire pour prendre la dernière hypothèque encore possible sur le château et le parc : ça pourrait donner dans les quatre cent mille francs.

— Quarante millions anciens ? C'est plus qu'il ne nous faut ! Caroline chérie, nous sommes tirés d'affaire ! Ah ! Ils vont voir enfin à Paris, à la rentrée, ce que c'est qu'une « Maison » de qualité !

— Le baron m'a précisé qu'il ne pourrait pas disposer des fonds avant deux mois.

— Ce qui nous reporte au mois de juin... C'est très bien : ça va me permettre de trouver le lieu géographique idéal ! A ce prix-là, on peut s'attaquer à un appartement de l'avenue Foch... Car c'est quand même ce qu'il y a de mieux, l'avenue Foch ! Ça jette du jus et ça surprendra la clientèle... Je vais m'occuper de tout ! Toi, pendant ce temps-là, tu restes encore chez la vieille pour continuer à accumuler l'argent du diesel et de la licence...

— Avec ce que j'ai déjà mis de côté, on pourrait la commander, ta *Mercedes* : ça gagnerait du temps.

— Tu as raison : je m'en charge aussi.

— J'en ai tellement assez de cette Maison, de Madame, Dédé! Je voudrais en partir le plus vite possible!

— Je le sais : tu me l'as déjà dit... Moi aussi j'ai hâte que tu fiches le camp de cette boîte pourrie! Seulement on ne peut pas mettre la charrue avant les bœufs!

— A propos de bœufs, sais-tu que si le baron n'avait pas trouvé l'argent, j'avais peut-être le moyen de le remplacer par un autre commanditaire : un certain « Monsieur Richard », gros marchand de bestiaux.

— Quel nom dis-tu?

— Monsieur Richard...

— Son nom est sur le carnet jaune, je me souviens...

— Celui-là, je te garantis qu'il est plein aux as! Il paraît qu'il a tellement de billets sur lui qu'on a l'impression qu'il les fabrique!

— On va le garder en réserve. On ne sait jamais ce qui peut se passer... Tout à l'heure, en rentrant chez moi, je mettrai trois croix devant son nom sur le bloc... Mon amour! Embrasse-moi très fort! Avec celui de notre rencontre, nous vivons peut-être aujourd'hui le plus beau jour de notre vie!

— Tu ne me quitteras jamais, Dédé?

— Jamais!

— Même quand on sera très riches?

— Surtout quand on sera riches! Tu es la plus épatante de toutes les femmes, ma Caroline! Toi, au moins, tu piges vite!

Ce fut le dernier dimanche de mai que Dédé et moi inaugurâmes le beau taxi tout neuf. Il était rutilant, ce diesel, et d'une couleur discrète : vert bouteille... Le vert de l'espérance ! Le moteur était peut-être un peu bruyant, mais Dédé m'expliqua qu'il en était ainsi avec tous les diesels et que cet inconvénient serait largement compensé par l'économie de carburant... N'était-ce pas d'ailleurs un bruit sympathique : celui de la réussite ?

Entre-temps, je consacrai quatre dimanches au baron : comme l'avait dit Dédé, il fallait ce qu'il fallait... Ces journées auraient été pour moi un véritable supplice si j'avais dû les passer avec quelqu'un d'autre que Melchior ! Mais j'étais bien obligée de reconnaître qu'il était charmant et gai, ce vieux monsieur ! Et quel tact il avait ! Pas une seule fois il n'eut à mon égard un geste ou une attitude déplacés sous prétexte qu'il avait accepté de me commanditer. Il n'alla jamais plus loin que le baisemain... Des hommes comme lui, on n'en trouve plus aujourd'hui ! Peut-être ai-je eu la chance de connaître le dernier ?

Deux de ces dimanches se passèrent au « Château ». Cette propriété — qui m'avait tellement déçue la première fois que j'y avais été — commençait à m'intéresser et ceci d'autant plus que je savais maintenant que c'était grâce à l'hypothèque, prise sur la demeure et sur le parc, que j'allais pouvoir enfin m'installer dans le bel appartement parisien ! J'avais l'impression que ce château providentiel était déjà un peu à moi... Me trompais-je tellement ?

Ce qui m'enchantait surtout, c'était de constater que le gentilhomme avait maintenant acquis une confiance absolue dans le résultat de notre association. Il était persuadé que, lui et moi, nous allions faire fortune ! Et ceci à l'insu de tout le monde sans que personne pût jamais se douter d'où étaient venus les fonds. Ça resterait un extraordinaire secret entre nous deux... C'est intentionnellement que je ne cite pas le nom de Dédé parce que je ne pouvais pas parler de lui au baron avant que tout fût en ordre de marche.

Et pourtant! Il n'avait pas perdu de temps, Dédé. L'appartement rêvé, il l'avait déjà repéré, avenue Foch... Exactement ce qu'il nous fallait avec un vestibule royal pour l'accueil de la clientèle qui serait émerveillée dès l'entrée, deux salons — un très grand et un plus intime — pour les présentations, une bibliothèque où je me tiendrais et qui me servirait de bureau directorial, trois magnifiques chambres à coucher ayant chacune une salle de bains aux dimensions de cathédrale, deux lignes téléphoniques groupées sous le même numéro : ce qui simplifierait les communications... Un très bon numéro d'ailleurs, facile à retenir, fait d'un *POIncaré* et d'un seul premier chiffre suivi de trois zéros bien ronds. Enfin — et cela c'était, de loin, ce qu'il y avait de plus important pour l'utilisation que nous voulions faire des lieux — cet appartement se trouvait au rez-de-chaussée, séparé de l'avenue par un petit jardin empêchant de voir ce qui se passait à l'intérieur et ayant sous la voûte une entrée indépendante que ne pouvait pas surveiller la concierge, dont la loge donnait au fond sur la cour intérieure. Autrement dit, les allées et venues des clients et de celles qui leur seraient présentées ne gêneraient en rien les autres locataires du luxueux immeuble et resteraient discrètes. La seule idée que j'allais pouvoir enfin travailler dans un local ne nécessitant pas de perpétuels déplacements dans des étages m'enchantait! Je n'en pouvais plus de l'escalier et de l'ascenseur de Madame!

Dès que la baron fut en possession de ses fonds, notre contrat d'association fut établi en bonne et due forme — Madame ne m'avait-elle pas dit et redit qu'il fallait savoir toujours se montrer « régulier » dans ce métier ? — par un homme d'affaires expérimenté que Dédé connaissait depuis longtemps pour l'avoir maintes fois transporté en taxi. Une S.A.R.L., où j'avais la majorité absolue et dont le reste des actions était dévolu à mon commanditaire, fut constituée. Dédé, dont le nom ne pouvait pas paraître dans l'opération pour ne pas effaroucher le baron, trouva un bien joli nom commercial pour cette société : *La Carmel...* Ceci non pas pour indiquer que notre future exploitation serait une sorte de couvent, mais simplement parce que ce nom était fait de la réunion des premières syllabes des prénoms des deux associés : *Car*oline et *Mel*chior...

Il fut précisé dans les statuts, afin d'éviter toute surprise désagréable à l'avenir, qu'au cas où mon associé désirerait, pour une raison ou une autre, se débarrasser de sa part minoritaire, j'avais un droit de préemption pour son rachat. Et de toute façon, je prenais l'engagement formel de rembourser la totalité de la commandite — soit en un seul paiement, soit par versements échelonnés — dans un délai de vingt années. C'était le temps que Melchior s'accordait pour continuer à profiter joyeusement de l'existence. Hélas! Le destin, qui est toujours inexorable, a voulu que le cher homme ne pût pas profiter jusqu'au bout de sa commandite!

Comme toute association exige que l'on indique le but auquel elle est destinée, l'homme d'affaires fut assez subtil pour mentionner dans l'accord que *La Carmel,* qui se proposait « *d'exploiter toute entreprise se rapportant aux « relations publiques* », pouvait louer, sous-louer ou même acheter tous locaux destinés à lui permettre d'exercer cette activité... La phrase était suffisamment aérée et imprécise pour me donner la liberté de manœuvre indispensable.

Une semaine plus tard, je versais le dépôt de garantie de trois mois et le loyer d'un premier trimestre me rendant locataire du rez-de-chaussée de l'avenue Foch. Je payais aussi la reprise exigée par le locataire précédent qui avait fait les travaux d'aménagement. Un charmant homme d'ailleurs, ce locataire! C'était un diplomate sud-américain qui était nommé à un nouveau poste à Genève. Quand tout fut réglé entre lui et moi, je lui demandai de me laisser son adresse et son numéro de téléphone en Suisse : ce qui me permit de rajouter un nom nouveau, et assez prestigieux, à ceux que Madame Agnès m'avait déjà fournis sans s'en douter.

Il ne me restait plus, selon une autre expression de Dédé, qu'à « larguer la vieille » ou, plus exactement, à prendre le large en m'éloignant définitivement de sa Maison. Alors que je me demandais, depuis quelques jours déjà, comment j'allais bien pouvoir m'y prendre pour lui annoncer mon prochain départ, la chance — qui véritablement semblait ne plus vouloir me lâcher — voulut que ce fût Madame elle-même qui me tendit inconsciemment la perche alors qu'elle avait une tout autre idée en tête!

Cela se passa un samedi soir. La journée avait été doublement tiède : la température de juin s'était montrée moyenne et celle des amours plutôt en baisse, les clients importants étant partis en week-end depuis la veille. Alors que la porte d'entrée venait déjà d'être fermée à 23 heures par suite de la carence de la clientèle, Madame me dit au bar :

— Est-ce que ça vous ennuierait, Caroline, si je vous demandais de prendre vos vacances en juillet, c'est-à-dire dans une quinzaine de jours, plutôt qu'au mois d'août? Ça m'arrangerait car Mlle Angélique vient de m'annoncer qu'elle ne pourrait pas me remplacer cet été comme elle l'a toujours fait jusqu'à présent... Aussi ai-je pensé, maintenant que vous avez compris comment les choses se passaient ici, que vous pourriez très bien prendre sa place en août... Vous savez que c'est l'époque, presque sacrée pour moi, où je fais mon séjour annuel dans ma maison de Vannes : pour rien au monde je ne voudrais changer mes habitudes! De votre côté, vous reviendriez de vacances fin juillet pour la transmission des pouvoirs et je pourrais partir l'esprit tranquille, vous sachant là : j'ai une entière confiance en vous. Et comme je vous donnerai mon numéro de téléphone à Vannes, vous aurez toujours la possibilité de m'appeler s'il survenait un événement exceptionnel. Ce qui me surprendrait : il ne se passe jamais rien d'insolite au mois d'août... « La Mondaine » est comme tout le monde : elle a besoin de vacances... Quant à la clientèle, elle sera surtout faite de petits touristes sans envergure et de provinciaux de passage. Vous vous débrouillerez très bien avec un pareil contingent... Il va de soi que vous serez secondée par Marie qui ne prend jamais de vacances parce qu'elle les déteste! De plus, si elle est parfaite pour la cuisine et l'entretien, il ne saurait être question de l'installer dans ce bar où sa seule présence ferait fuir les clients! Même si ça ne lui convient qu'à moitié, je lui donnerai des instructions pour qu'elle se conforme à vos directives... Je crois, ma petite Caroline, que cette direction intérimaire pendant la période estivale vous serait très salutaire pour parachever votre « rodage » et vous permettre de prendre quelques initiatives... Si tout se passe bien — et il n'y a aucune raison pour qu'il n'en soit pas ainsi — je pourrai juger, à mon retour au début de septembre, ce dont vous êtes vraiment capable. Si mon opinion est favorable, cela ne pourra que m'inciter à réaliser plus vite le projet dont nous nous sommes déjà entretenues et qui fera bientôt de vous une remarquable directrice. Cette idée vous sourit-elle toujours ?

— Je dois dire à Madame que j'y ai beaucoup réfléchi depuis qu'elle a bien voulu penser à moi... Seulement...

— Seulement quoi ? Déjà des réticences ? N'est-ce pas

merveilleux pour vous ce que je vous ai proposé, il y a quelques mois ?

— Je suis persuadée que n'importe quelle autre jeune femme que moi, se trouvant à ma place, sauterait sur ce qui serait la chance unique de sa vie ! Mais pour moi, c'est un peu différent... Tout en ayant une immense gratitude à l'égard de Madame pour cette marque de confiance à mon égard, je suis dans l'obligation de lui dire — puisque c'est elle qui revient aujourd'hui sur ce sujet — que je ne pense pas pouvoir continuer à travailler longtemps ici...

Ces dernières paroles, je les avais prononcées à mi-voix, pressentant qu'elles feraient éclater un orage instantané ! Ce fut la foudre qui s'abattit, par le canal de la voix de Madame devenue subitement rauque, sur ma modeste personne :

— Je n'ai pas très bien compris, Caroline ! J'aimerais que vous répétiez ce que vous venez de dire !

Après un moment d'hésitation, je repris, toujours à voix basse mais sur un ton quand même décidé :

— Madame m'a très bien comprise : je lui demande d'avoir l'obligeance de me rendre ma liberté à la fin de juillet au moment où je partirai en vacances moi aussi.

— Et vous ne reviendrez pas en septembre ?

— Je ne le pense pas... Mais il ne faut surtout pas que Madame m'en veuille ! Malgré tout ce que j'ai appris et vu chez elle qui m'a vivement intéressée, malgré aussi les remarquables conseils que Madame n'a pas cessé de me prodiguer pour me faire découvrir certains aspects du métier de servante que je n'avais pas encore eu la possibilité de connaître, je crois sincèrement être plutôt faite pour travailler en maison bourgeoise...

— Ma parole, qu'est-ce qui vous arrive, Caroline ? Avez-vous seulement fait le compte de ce que vous avez déjà gagné ici en dix mois ?

— Je l'ai fait... et plutôt dix fois qu'une! Mais ça ne change rien à ma décision : je sais très bien que jamais je n'atteindrai un pareil chiffre en maison bourgeoise, seulement si je continuais ici, j'y laisserais très vite ma santé. Ce n'est pas parce qu'on est jeune que l'on n'a pas besoin de repos.

— Mais, ma fille, vous êtes solide comme un roc!

Du moment qu'elle aussi commençait à m'appeler « ma fille » c'était signe que les choses allaient se gâter rapidement. De rauque, sa voix devint sifflante : je retrouvais cette même voix qu'elle avait eue, à son retour de prison, quand elle m'avait dit que le châtiment de *Maud* devait être exemplaire.

— C'est ainsi que vous me remerciez de tout ce que j'ai fait pour vous? En me laissant tomber froidement sans même vous préoccuper des difficultés que ça va m'amener? Vous croyez que c'est facile de trouver, à cette époque de l'année où toutes tant que vous êtes ne pensez qu'à bénéficier de vos congés payés, une fille qui veuille se mettre au travail et à laquelle il va falloir que je recommence à tout expliquer de A jusqu'à Z?

— Je ne laisse pas « tomber » Madame comme elle le dit puisque je suis prête à continuer à assurer mon service jusqu'à la fin du mois prochain... Madame a encore plus de six semaines devant elle pour trouver ma remplaçante à laquelle je m'engage sur l'honneur à montrer tout ce qu'elle devra faire après mon départ!

— Sur l'honneur! On aura tout entendu dans cette maison : l'honneur d'une bonniche! Mais ça n'existe pas, ma fille! Toutes, tant que vous êtes, vous n'avez pas plus d'honneur que les putains qui sont bien contentes de venir travailler ici!

— Madame devient insultante...

— Et ça prend ses grands airs, avec ça! Non, mais

regardez-moi ça : cette fille de ferme à qui j'ai fait l'honneur — car l'honneur, c'est de moi qu'il vient et pas de vous — de la ramener dans la plus belle ville du monde pour lui faire voir ce que c'était la Grande Vie! Mais c'est scandaleux, une pareille ingratitude! Une fois de plus, je suis victime de ma bonté!

Elle suffoquait. Elle s'attendrissait aussi, persuadée qu'elle était de ne s'être conduite à mon égard qu'en mère nourricière, alors que je m'étais rendu compte, dès mes premiers jours de service, que tout, chez elle, n'avait été dicté à mon égard — comme à l'égard de tout le monde — que par égoïsme et pour obtenir un meilleur rendement à son seul profit.

De sifflante, la voix devint larmoyante :

— Vous ne pouvez pas savoir, mon enfant, la peine que vous me faites... Vous n'aviez pas le droit de vous conduire ainsi vis-à-vis de Madame Agnès...

Elle commençait à parler d'elle-même à la troisième personne :

— ... Madame Agnès qui vous avait adoptée comme si vous étiez sa propre fille chérie... Madame Agnès qui s'apprêtait à vous laisser le plus fabuleux des héritages!... Et voilà ce qui lui arrive à cette pauvre Madame Agnès!

Elle avait sorti de son sac un petit mouchoir avec lequel elle tamponnait rageusement ses yeux dans lesquels ne perlait cependant pas la moindre larme. Puis elle se moucha avant de retrouver son calme et de dire, cette fois, d'une voix glacée :

— Et puis tout ce que je dis est inutile : comme vous n'avez pas plus de cœur que toutes celles qui vous ont précédée, vous êtes incapable de comprendre... C'est bien : vous allez partir, mais ce ne sera pas à la fin de juillet comme vous l'avez prévu parce que cela vous arrangerait sans doute. Je considère que vous venez de me donner vos huit jours : vous partirez samedi prochain et vous pourrez bien aller à tous les diables! Maintenant filez! Je ne veux plus vous revoir jusqu'à lundi... Et je vous conseille d'en mettre un coup pendant votre dernière semaine de travail chez moi! Car je ne vous passerai rien! Je veux une maison sans poussière et des chambres où les lits seront bien faits, des cabinets de toilette où les bidets seront récurés, un bar où il n'y aura pas un seul verre cassé et où les bouteilles de champagne seront ouvertes en silence... S'il n'en était pas ainsi, savez-vous ce que je mettrais, au moment de votre départ, sur votre certificat? « *Entrée tel jour... Partie tel autre.* » C'est tout! A moins que vous ne préfériez que je n'explique sur ce bout de papier la nature exacte de votre travail dans cette Maison... Cela m'étonnerait qu'après l'avoir lu des bourgeois vous engagent!

Et comme je me dirigeais, muette, vers la porte du vestibule, elle me rappela en criant :

— Caroline! Je sais, moi, pourquoi vous partez!

Il y eut un court silence pendant lequel mon sang ne fit qu'un tour : qu'allait-elle encore me dire? Connaissait-elle la vraie raison de mon départ? Immobile, j'attendis.

— Si vous êtes pressée de me quitter, c'est parce qu'il y a un homme derrière tout cela! Toutes pareilles! Quand vous avez une queue entre les pattes, c'est fini!... Ah! Les hommes... Je les hais!

Ma dernière semaine de service me parut interminable, à peu près autant que les onze jours de fermeture que nous avions vécus par décision de justice. D'abord le rendement des pourboires fut médiocre : il était certain qu'en dépit d'une certaine reprise les affaires étaient moins prospères qu'avant la descente de police. Les pronostics de Dédé se révélaient justes : même s'il n'était pas encore mortel pour la Maison, le coup avait porté très dur. De nombreux habitués n'étaient pas revenus, à commencer par le baron qui — depuis que le principe de notre association avait été admis — avait préféré s'abstenir de reparaître. Cette attitude était celle d'un homme correct, qui m'avait dit au cours du dernier dimanche que j'avais passé avec lui :

— Cela me gênerait de me retrouver en présence de cette chère Agnès qu'au fond j'aime beaucoup... Je crois bien que je serais incapable de lui cacher plus longtemps nos projets et ce serait terrifiant pour vous à qui elle ferait une vie infernale! Elle saura toujours bien assez tôt à la rentrée de septembre que vous êtes devenue l'une de ses concurrentes directes. A ce moment vous pourrez être certaine d'avoir de ses nouvelles! Elle sera folle de rage... Il faudra savoir vous montrer très calme, Caroline, et surtout très prudente!

— Vous croyez, Melchior, qu'elle me fera du mal?

— Elle en serait très capable, mais soyez sans inquiétude : s'il le faut je saurai faire le rempart protecteur!

C'était un paladin, une sorte de nouveau Don Quichotte qui ne pouvait se douter que j'aurais en Dédé un protecteur beaucoup plus efficace! Car je savais très bien que si l'homme de ma vie se mettait en colère, ça pourrait aller très loin...

Je remplis cependant mon devoir avec une telle conscience que la patronne ne put me faire un seul reproche. Elle ne m'adressa d'ailleurs pas une fois la parole à l'exception des quelques mots indispensables pour le service. Je compris que le temps de ses confidences était bien fini pour moi! Ce dont je me moquais d'ailleurs éperdument, ayant déjà appris tout ce qui me serait utile pour diriger mon futur commerce.

Il y avait une chose que je n'avais pas racontée à mon

commanditaire, et cela sur les conseils de Dédé : la façon dont nous nous y étions pris pour recopier les carnets jaune et rose. Je savais que le baron était un homme trop droit pour admettre que sa nouvelle associée ait pu utiliser un tel procédé. Maintenant qu'il n'est plus, je puis avouer qu'il ne l'a jamais su. Quand notre accord avait été signé, il m'avait pourtant demandé :

— Croyez-vous, mon petit, que vous arriverez rapidement à vous créer une clientèle ?

— Mon cher Melchior, vous ne devez avoir aucune inquiétude sur ce point... J'ai déjà quelques bonnes adresses qui me permettront d'ouvrir. Ensuite, comme tout sera impeccable chez moi, ça se saura vite ! Les clients viendront grâce au principe de la boule de neige... D'ailleurs il est dans mes intentions de me créer une clientèle nouvelle, bien à moi. C'est comme dans toutes les affaires aujourd'hui : il faut savoir renouveler « la marchandise » et « les cadres ».

— Elle est extraordinaire, cette petite Caroline ! s'était exclamé mon associé.

Pendant ces derniers jours, à chaque fois que j'avais quitté le bar après la fermeture pour remonter dans ma chambre, je n'avais pas manqué de dire bonsoir à celle qui était encore « ma » patronne. Mais pas une fois cette dernière n'avait daigné répondre : ce qui me prouva qu'elle pouvait être une femme mal élevée.

Enfin le samedi soir arriva.

Vers minuit, Madame m'ordonna :

— Allez fermer la porte : il n'y a plus personne. Et revenez ici.

Je compris qu'elle allait enfin parler. Lorsque je fus de retour dans le bar, elle me dit en effet :

— Comme vous partez demain matin, voici vos gages augmentés des congés payés et accompagnés de vos fiches de Sécurité sociale. Voulez-vous avoir l'obligeance de me signer ce petit reçu prouvant que nous nous séparons d'un commun accord?

Quand ce fut fait, elle demanda :

— Désirez-vous, oui ou non, que je vous fasse un certificat?

— J'espère que Madame ne m'en voudra pas, mais je préfère ne pas en avoir après ce qu'elle m'a dit samedi dernier.

— Rancunière en plus? Eh bien, ma fille, ces dernières journées m'ont permis de découvrir certaines facettes de votre caractère qui me prouvent qu'au fond c'est une excellente chose pour moi que vous vous en alliez... Puis-je savoir si vous débutez bientôt dans votre nouvelle place?

— Comme Madame m'a expliqué que toutes celles qui m'ont précédée chez elle s'étaient toujours arrangées pour profiter de leurs congés payés en la quittant, je ne voudrais pas déroger à cette règle : moi aussi je vais prendre des vacances.

— En Italie peut-être, ou en Sardaigne comme tout le monde?

— Madame m'excusera, mais je préfère conserver le secret de mon repos...

— Parce que vous vous sentez épuisée?

— Épuisée non, mais lasse d'être ici, oui!

— Vous n'avez tout de même pas l'intention de retourner à Vannes?

— Cela gênerait peut-être Madame si nous nous y rencontrions?

— Nullement, ma fille! Je vous demande cependant, si cela se produisait, de faire preuve de discrétion... Je ne pense pas que ce soit nécessaire que l'on connaisse, dans ma ville natale, la nature exacte de mon activité parisienne...

— Madame peut compter sur mon silence... Et ceci d'autant plus que je sais que la famille bretonne de Madame est très bien-pensante...

— Entre Bretonnes, nous nous comprenons... A quelle heure comptez-vous partir demain matin?

— Très tôt : mes valises sont déjà faites.

— Comme ce sera dimanche, je dormirai. Vous ne m'en voudrez pas si je ne me lève pas pour vous accompagner jusqu'à la porte. Ce sera Marie qui me remplacera : je lui ai déjà donné des ordres à ce sujet. Je crois que maintenant nous n'avons plus rien à nous dire...

— Plus rien, en effet...

— Vous pouvez monter dans votre chambre. Je ne vous dis pas « au revoir », mais bonne chance, Caroline!

— Je remercie Madame et je suis sûre qu'un pareil souhait va me porter bonheur. Et je ne me permettrais quand même pas de le retourner à Madame : je crois qu'il est préférable, après ce qu'elle a connu cette année, de faire des vœux sincères pour qu'elle n'ait plus d'ennuis...

Le lendemain, à 8 heures, alors que j'étais encore dans le vestibule en compagnie de Marie, attendant avec mes valises le taxi que j'avais appelé par téléphone, la souillon me dit :

— J'étais certaine que vous ne resteriez pas... Il n'y en a pas une qui reste!

— Mais vous pourtant?

— Moi c'est différent : où voulez-vous que j'aille? On n'engage plus de cuisinière dans les maisons bourgeoises : ça coûte trop cher!... Dans un restaurant? C'est trop dur... Et puis je suis vieille et laide! Ce sont des jeunesses comme vous qu'on s'arrache quand elles veulent bien ne pas se montrer trop feignantes... ça, je reconnais que vous ne l'étiez pas... C'est peut-être pour cela que vous êtes l'une de celles qui ont duré le plus longtemps ici : j'en ai connu qui n'ont fait que trois jours ! C'est une Maison où on ne fait que « passer »... Ce que je vais vous dire va vous paraître bête, mais tant pis ! Ça me fait quelque chose de vous voir partir : j'avais fini par m'habituer à vous...

Je fus stupéfaite d'entendre cet aveu de dernière heure : était-il possible que ma seule véritable alliée dans cette Maison ait été celle que je détestais le plus ? A une telle marque d'estime, je ne pouvais répondre que par un mensonge :

— Moi aussi, Marie, je vous aimais bien...

Le taxi était là : ce furent nos dernières paroles. Pourquoi avais-je fait venir un taxi plutôt que de demander à Dédé de venir me chercher et de m'attendre à l'endroit habituel ? Toujours par prudence... Dédé n'était d'ailleurs pas très loin, stationné place des Ternes, car nous avions tout prévu, minutieusement. Quand je quittai le radio-taxi pour monter « en cliente » — c'est-à-dire sur la banquette arrière de celui de Dédé qui avait placé mes valises dans son coffre — je savais que plus jamais je ne serais une servante... Cette fois j'étais devenue, pour de bon, une « Patronne » qui se faisait conduire dans sa belle voiture par un chauffeur blond aux yeux bleus qui était son amant. Nous allions d'abord chez Dédé pour quelques jours pendant lesquels je savais qu'il me gaverait de caresses et d'amour : ce serait ma juste récompense pour toutes les preuves de compréhension que je lui avais données.

Ensuite nous remonterions dans « notre » diesel pour aller avenue Foch. Je m'installerais dans « mon » luxueux appartement où je régnerais enfin sur Paris, ou tout au moins sur un « certain Paris », comme j'avais rêvé de le faire dès le premier soir où j'avais ouvert la fenêtre mansardée de la chambre du sixième, dans la Maison de celle qui n'était plus pour moi que l'ex-Madame...

Ce soir, dans ce boudoir de « mon » château, je n'en puis plus d'écrire. J'ai mal à la main et j'ai dû faire un réel effort physique pour continuer à tenir mon stylo : je comprends mieux maintenant ce que l'on appelle la crampe de l'écrivain ! Mais quand je vois la pile de feuillets déjà noircis, je ne suis pas trop mécontente et peut-être même satisfaite puisque, depuis ce matin 8 heures, je n'ai pas vu s'écouler le temps. Ma journée du 2 novembre a été bien remplie. Demain, je me remettrai au travail. J'ai la conviction que, si j'écris avec la même fièvre qu'hier et qu'aujourd'hui, j'arriverai enfin à raconter tout ce qu'il me faut encore dire...

LE CHATEAU DE MADAME

J'étais tellement fatigué hier soir qu'à peine couchée je me suis endormie après m'être demandé si j'aurais seulement la force de me réveiller de bonne heure ce matin et le courage de reprendre la plume! Eh bien — alors qu'il n'est pas encore 8 heures — je suis à nouveau en train d'écrire, aiguillonnée par le besoin d'arriver au bout de cette première tranche de mes souvenirs.

Si je pouvais la terminer ce soir, ce serait l'idéal car je ne crois pas être capable de rester assise, pendant quatre jours consécutifs, devant une table-bureau, pour noircir du papier! Trois journées — celle de la Toussaint, celle des Morts et ce lendemain 3 novembre — me paraissaient être pour moi un grand maximum. Quand je pense qu'il existe des gens, hommes ou femmes, qui passent des semaines entières, des mois, des années et pratiquement toute leur existence à écrire, je trouve cela assez stupéfiant. Et je les plains! C'est pourquoi, au seuil de cette troisième journée de labeur que je souhaite être la dernière, j'ai déjà acquis la conviction que — contrairement à ce que je croyais avant-hier — écrire ne sera jamais pour moi une occupation plaisante...

Où en étais-je donc hier soir ? Ah ! Oui, je me souviens : ma plume s'est arrêtée au moment où j'allais prendre enfin possession du bel appartement de l'avenue Foch...

Tout se passa sans que Dédé et moi rencontrâmes la moindre difficulté. Il y eut, bien sûr, la fatigue et les mille et un petits soucis que chacun connaît lorsqu'il s'installe quelque part. Mais les deux mois de juillet et d'août furent suffisants — grâce au merveilleux sens de l'organisation qui fut peut-être la qualité la plus productive de Dédé — pour mettre au point la nouvelle « machine à accueillir la clientèle » dont nous étions les inventeurs et — pourquoi ne pas utiliser ce mot tellement à la mode aujourd'hui ? — les promoteurs.

Nous étions fin prêts pour le 8 septembre, date prédestinée de la Nativité, que nous avions choisie pour faire l'ouverture. Ceci, d'un commun accord avec mon aimable commanditaire qui revint exprès ce jour-là de Villeneuve, où il était en vacances, pour marquer par sa présence effective l'immense intérêt qu'il portait à un pareil événement...

L'inauguration fut d'ailleurs faite en toute simplicité : n'était-il pas préférable de procéder à une ouverture discrète ? Le tapage n'est jamais recommandé dans ce genre d'exploitation : pour y vivre heureux, il faut y vivre caché... Le 8 septembre, il n'y eut, autour d'un excellent magnum de *Moët et Chandon*, que Melchior, Dédé, le commissaire Bormani, Albertine et moi. On pourrait se demander — au cas où ces souvenirs viendraient à tomber un jour sous les regards d'un lecteur, ce qui n'est pas certain car je ne sais pas encore aujourd'hui ce que j'en ferai : si je les brûlerai ou si je les léguerai à d'éventuels héritiers que je n'ai pas encore trouvés, ou plutôt à une association à tendance philanthropique dont j'aimerais assez être la fondatrice : la *Mappemonde* ou *M*utuelle des *A*nciennes *P*atronnes et *P*ensionnaires des *É*tablissements pour *M*essieurs *O*bnubilés par la *N*évrose des *D*ésirs *É*lémentaires — qui étaient le commissaire Bormani et Albertine ?

D'origine corse, comme son nom l'indique, le commissaire était une relation de Dédé : « L'une de celles, disait mon amant, qu'il faut toujours savoir conserver parce qu'elles peuvent servir. » Après une brillante carrière de sous-officier dans l'infanterie coloniale, Antoine Bormani était passé dans la police où il avait rapidement progressé : depuis plus d'une année déjà, il appartenait à « la Mondaine » avec affectation spéciale à la Brigade des Mœurs. M'étant souvenue des excellents conseils que n'avait cessé de me prodiguer mon ex-patronne, je n'avais pas été sans dire à Dédé le jour où nous avions pris possession du rez-de-chaussée de l'avenue Foch :

— Tout cela, c'est très joli, mais ne crois-tu pas que, pour nous éviter certains désagréments, nous ne devrions pas trop attendre avant de nous assurer une certaine protection, ou tout au moins quelques appuis, du côté du quai des Orfèvres ?

Ce à quoi Dédé m'avait répondu :

— C'est déjà prévu. J'ai eu la chance, pendant que je faisais mon service militaire, d'avoir pour adjudant un Corse qui est maintenant dans la police. J'ai été le voir la semaine dernière et je l'ai affranchi sur nos projets : c'était la meilleure façon d'agir. Avec « la Mondaine », ça ne sert à rien de finasser : mieux vaut la franchise. « Mon » flic m'a expliqué que, moyennant certains engagements de ta part, on pourrait t'accorder ce qu'ils appellent *le condé :* c'est-à-dire l'autorisation d'opérer sans que ces messieurs viennent trop souvent mettre le nez dans tes affaires.

— Et ça coûtera combien ?

— Beaucoup moins cher que si l'on t'envoyait en villégiature à la Roquette! L'exemple de ce qui est arrivé à la mère Agnès en est une preuve : depuis ses ennuis, sa boîte ne tourne plus très fort.

Quelques jours plus tard, Dédé m'avait ménagé une entrevue, discrète et sympathique, dans le bistrot du XVe où il tenait le plus souvent ses assises. A la fin d'un excellent repas, dont le cassoulet toulousain avait été le roi, l'amitié fut pratiquement scellée. Je pris trois engagements que j'ai toujours scrupuleusement respectés depuis et qui m'ont permis d'exercer mon activité pendant un quart de siècle sans connaître les regrettables mésaventures dont Madame Agnès fut la victime à plusieurs reprises. D'abord je verserais tous les mois une obole — dont le montant était loin d'être négligeable — à différentes œuvres de police; je promis ensuite de donner à la police, à chaque fois que celle-ci m'en ferait la demande, tous les renseignements que je pourrais avoir aussi bien sur les femmes travaillant pour mon compte que sur la clientèle fréquentant ma Maison; je m'engageai enfin sur l'honneur à ne pas faire travailler des mineures. Ne venais-je pas d'être mieux placée que quiconque pour savoir ce qu'il pouvait en coûter de transgresser ce dernier engagement ?

Comme le commissaire avait su se montrer bon enfant, il nous parut être de bonne politique de l'inviter à sabler le champagne en compagnie du baron. L'officier de police fut assez éberlué de découvrir que j'avais réussi à trouver l'appui financier d'un aussi noble personnage tandis que, de son côté, l'aristocrate parut n'être pas trop mécontent de constater que l'entreprise serait désormais placée sous une protection presque officielle, en vertu du vieil adage qui veut que l'exercice de la profession soit l'un de ceux « que la morale réprouve mais que la police tolère ».

Albertine jouerait, dans mon organisation, le rôle que j'avais tenu chez Madame Agnès : elle serait une femme de chambre aussi dévouée et aussi efficace que j'avais su l'être. Je pouvais compter sur elle sans craindre de la voir me quitter — comme je l'avais fait moi-même — dès qu'elle aurait compris le mécanisme de la Maison, et cela pour l'excellente raison que c'était Dédé qui l'avait recrutée dans sa propre famille : Albertine était sa sœur cadette et chérie. N'offrait-elle pas le triple avantage d'être majeure, d'avoir une admiration sans bornes pour son frère et de se présenter sous une apparence agréable? Sans être plus jolie que je ne l'étais — et en cela elle restait dans la tradition exigée par les règles de son emploi — Albertine faisait certainement plus « accorte soubrette » que moi. Comme le disait Dédé : « Toi, même quand tu portais le tablier, tu avais déjà l'étoffe et l'âme d'une patronne, tandis qu'Albertine me paraît être née pour ne pas dépasser le niveau de l'office. »

N'était-il pas très normal qu'elle fût là, portant le charmant tablier rose que je lui avais trouvé, pour déboucher à son tour les bouteilles du nectar cher à Melchior?... Un Melchior — je m'en étais rendu compte dès le premier jour où il avait entrevu celle que je pouvais considérer, dans le secret de mon cœur, comme étant ma belle-sœur — qui semblait ébloui par les charmes d'Albertine. Pendant tout le temps que dura notre petite fête intime d'inauguration des lieux, il ne cessa de me répéter :

— Chère grande amie, tout cela sent déjà la réussite... Mais votre plus exquise trouvaille est cette délicieuse Albertine : une vraie soubrette de répertoire!

Un étrange phénomène se passait... Maintenant que j'étais devenue « la Patronne », je commençais à offrir beaucoup moins d'attraits pour le baron qui, décidément, se montrait fidèle à son « type » de femme : la bonniche qui sait mettre une pointe d'impertinence dans sa beauté. Une telle évolution dans les pensées concupiscentes du baron n'était d'ailleurs pas pour me déplaire! Depuis que j'avais réussi à lui extirper les capitaux, dont Dédé et moi avions besoin, j'étais plutôt satisfaite qu'il commençât à jeter son dévolu sur une autre... N'avais-je pas réussi le prodige d'aiguiser son appétit sans lui accorder d'autre faveur que celle du baisemain? Si un jour vraiment le moment venait où il exigerait davantage en récompense des bontés financières qu'il m'avait prodiguées, je lui abandonnerais volontiers Albertine. Dédé, qui avait très bien compris que nous ne pourrions plus reculer éternellement ce que j'appelais « l'échéance fatale », me dit :

— S'il faut que quelqu'un finisse par se dévouer pour donner satisfaction à ce vieux satyre, je préfère que ce soit ma sœur plutôt que ma femme!

Et je pouvais compter sur sa force de persuasion pour qu'il fît comprendre à Albertine qu'elle devait, sans plus tarder, s'offrir pour le salut de la collectivité. Il n'aurait d'ailleurs pas trop de discours à lui faire : Albertine savait allier à l'esprit de famille un comportement peu farouche. Nous pouvions donc être rassurés sur la façon dont il faudrait s'y prendre pour calmer la fringale du pétulant sexagénaire. Moi, pour rien au monde — même si Dédé m'avait suppliée de le faire pour les besoins de la cause — je n'aurais pu le tromper! Je continuais à trop l'aimer.

Il peut paraître assez surprenant que Dédé assistât, lui aussi, à cette petite fête inaugurale où se trouvait Melchior qui continuait à rester dans l'ignorance absolue de nos véritables relations intimes. Mais pourtant, en agissant ainsi, nous avions trouvé la solution la plus commode. Plusieurs fois, pendant la période d'installation, alors que Melchior était venu pour s'enquérir, avec sa délicatesse coutumière, de mes besoins et me demander si tout se présentait bien, il n'avait pas été sans remarquer la présence de ce grand garçon blond aux yeux bleus qui m'aidait à déplacer des meubles et qui faisait tout le gros ouvrage manuel qui n'est pas du ressort d'une maîtresse de maison lorsqu'elle s'installe dans un nouveau domicile.

— Qui est-il, demanda-t-il, cet aimable jeune homme qui vous seconde avec tant de zèle ?

— C'est Dédé ! Je ne vous l'ai donc pas présenté, mon cher Melchior ? J'ai manqué à tous mes devoirs ! Dédé est chauffeur de taxi... J'ai découvert ses grandes qualités quand je travaillais chez Madame Agnès où il amenait souvent des clients... Et comme j'ai pensé qu'il pourrait nous rendre le même genre de service, je l'ai mis au courant de « notre » secret... Il est la discrétion même : nous n'avons rien à craindre. Quand je lui ai expliqué comment j'envisageais l'avenir de cette exploitation, il m'a dit que notre projet était génial et qu'il nous aiderait selon ses possibilités... Ce qu'il a déjà commencé à faire pendant cette période préparatoire... Dédé, approchez, j'ai la joie de vous présenter à mon associé, M. le baron de Marnet-Melval...

— M'sieur le baron, dit Dédé en tendant la main, je suis très honoré.

— Et moi, heureux, monsieur Dédé, de vous remercier pour l'aide bénévole que vous voulez bien apporter à Mlle Caroline.

Les présentations étaient faites : je n'aurais plus de « problème Dédé » avec le baron à condition que ce dernier n'en apprît pas plus ! Tactique que je me suis ingéniée à suivre, avec succès, je dois le dire. Et je me gardai surtout de préciser à mon commanditaire que Dédé était le frère de cette Albertine qui commençait à me remplacer dans ses nobles pensées.

Au moment où les coupes de *Moët* furent levées pour boire au succès de « mon » entreprise, chacun y alla de son petit souhait. Ce fut à Melchior — et ce n'était que justice puisqu'il était le doyen de notre quintette — que revint l'honneur de prononcer les premières paroles :

— Je lève ce verre, où pétille le breuvage des Dieux, à votre santé, ma chère Caroline, et à ce nouveau temple des plaisirs et de l'amour! Je dois reconnaître qu'il manquait au piment de notre Vie Parisienne qui est devenue tellement lugubre depuis quelques années par la faute de nos dirigeants qui ne sont plus capables de comprendre les véritables aspirations d'une humanité souffrante... Grâce à lui, tous ceux qui, comme moi, n'ont pas encore abdiqué, pourront enfin trouver le lieu enchanteur où ils se laisseront aller aux plus intimes confidences...

Le commissaire Bormani se montra moins lyrique mais plus précis :

— Je bois, mademoiselle et monsieur le baron, à la durée d'une association que je crois viable à condition que vous sachiez toujours respecter les engagements que nous vous avons demandé de prendre à l'égard de l'institution d'élite à laquelle je m'honore d'appartenir. N'oublions jamais qu'un pays ne peut pas être heureux s'il n'a pas une bonne police...

— A la police! dit Dédé avant d'ajouter : Moi, je ne suis pour rien dans toute cette affaire mais j'y crois parce qu'elle est indispensable au défoulement de la Société! S'il y avait plus de Maisons de ce genre, il y aurait moins de criminalité.

— Ça, c'est bien vrai! déclara Bormani.

Albertine se contenta de boire en silence parce que Dédé et moi nous lui avions appris que si elle voulait faire carrière chez nous elle devrait se taire.

Je terminais, assez émue :

— Je ne pensais pas qu'un jour viendrait où je vivrais un pareil moment... Et c'est à vous seul, mon cher Melchior, que la petite Bretonne, qui n'était venue à Paris que pour servir les autres, doit un avancement aussi rapide... De tout mon cœur je vous dis merci et je vous promets, ainsi qu'à M. l'officier de police Bormani, de faire l'impossible pour me montrer digne de la confiance que tous deux vous voulez bien avoir en moi...

Il ne manquait plus qu'un peu de musique pour ponctuer l'assaut d'éloquence. Malheureusement, la sonorisation stéréophonique — que Dédé avait fait installer pour répandre, aux heures creuses ou tardives, des flots d'harmonie douce — ne fonctionnait pas encore.

Après que j'eus raccompagné le baron jusqu'à sa *Rolls* devant laquelle Gaston se tenait, la casquette à la main, je revins dans mon rez-de-chaussée où le commissaire s'apprêtait, lui aussi, à partir.

— Je vais vous ramener quai des Orfèvres avec mon taxi, lui dit Dédé.

— C'est inutile, répondit l'officier de police. Je préfère utiliser le métro ou l'autobus : c'est plus en rapport avec les moyens qui me sont alloués pour mes frais de déplacement.

Dès que la porte se fut refermée sur ses pas, Dédé me confia :

— Ils ne sont pas bien riches à « la Mondaine » : la seule façon pour eux de se déplacer sans bourse délier, c'est d'utiliser le panier à salade! Seulement il leur faut un ordre de mission ou un mandat d'amener.

— Je préfère que ton ami ne soit pas venu en pareil équipage! Un car de police, ça jurerait avenue Foch...

— Dis-moi : il y a une chose qui m'a chiffonné tout à l'heure : c'est quand le baron t'a appelée « Ma chère Caroline » et Bormani « Mademoiselle ». Ça ne va plus maintenant que tu es patronne et qu'on ouvre demain pour la clientèle : tu ne peux pas rester une « Mademoiselle », ni une Caroline... Ça ne fait pas assez sérieux! Tu dois être une « Madame »...

— Et si je m'appelais *Madame Carole?* Les filles changent bien de nom pour travailler... Pourquoi pas moi?

— C'est très bon, *Madame Carole...* On y croit et ça constitue déjà tout un programme! On ira « Chez *Madame Carole* », alors que personne n'aura confiance dans le savoir-faire d'une Caroline Bineau... C'est adopté à l'unanimité! Pour le boulot, il n'y aura plus à l'avenir que *Madame Carole.*

— Je suis contente que ça te plaise, mais moi je continuerai à t'appeler Dédé!

— C'est normal puisque je reste chauffeur de taxi...

Puis il demanda à Albertine qui nous avait écoutés sans rien dire :

— Et toi, ça te plaît de travailler chez *Madame Carole* plutôt que chez Caroline Bineau?

— Oh! moi, Dédé... Je n'ai pas d'idées.

— Et tu as raison : c'est comme cela que tu seras toujours heureuse! Des idées, moi, j'en ai pour nous trois.

C'était vrai qu'il en avait, des idées! Ce qui était merveilleux aussi, n'était-ce pas de nous retrouver tous les trois, Dédé, sa sœur et moi, dans le bel appartement de l'avenue Foch? Ça prouvait que nous avions réussi à monter une affaire de famille. N'est-ce pas ce qu'il y a de plus sûr, puisque les intérêts y sont liés ? Il ne nous restait plus qu'à la faire prospérer...

Sans exagérer, je peux dire que les pronostics de Dédé se révélèrent justes : dès le premier jour, les clients commencèrent à venir et, après quelques semaines seulement, ils auraient afflué si je n'avais pas opposé — selon la règle que nous avions établie avant d'ouvrir — un barrage très sévère à cette marée d'hommes assoiffés de curiosité et d'amour vénal. « Tout nouveau, tout beau », dit le proverbe... Il était exact que la formule, ultra-luxueuse et infiniment plus discrète que celle appliquée chez Madame Agnès, répondait aux véritables aspirations de la clientèle.

De même que je me souviendrai toujours de ce client auquel j'avais ouvert la porte, après l'avoir observé à travers le judas de Madame Agnès, le jour où je débutais chez elle — de même je n'oublierai jamais le premier homme qui se présenta avenue Foch. Ceci se passa le lendemain du champagne inaugural. Il pouvait être 3 heures. En me quittant le matin pour faire ses heures de taxi, Dédé m'avait dit :

— Je mets mon point d'honneur, chérie, à te procurer ton premier client. Au début de l'après-midi, j'irai me mettre en station avenue George-V, devant le *Fouquet's :* c'est le moment où en sortent les « pontes » qui ont fait un substantiel déjeuner d'affaires. Après la dernière fine « Maison », ils ne sont plus en état de continuer à parler d'affaires et beaucoup plus aptes à parler d'amour... Je vais me renseigner auprès des chasseurs, qui connaissent bien leur clientèle, pour savoir lequel risque d'être le plus intéressant dans le lot et je leur dirai de ne m'appeler que quand ce personnage leur réclamera un taxi. Le reste, je m'en charge. Compte sur moi : tu l'auras, le client!

Avenue Foch, j'avais remplacé — toujours sur les conseils de Dédé — le judas pratiqué dans la porte par l'un de ces petits œilletons que l'on a vus depuis s'incruster un peu partout sur les portes des appartements les plus bourgeois. Il ne me fallut pas détailler longtemps le visiteur pour comprendre, à son allure cossue et timide, que c'était l'envoyé de Dédé dont j'entendais, de mon rez-de-chaussée, le diesel ronronner devant la porte. Je fis signe à Albertine d'ouvrir pendant que je me réfugiais dans mon « cabinet directorial » d'où je ne ressortis, le sourire aux lèvres, que lorsque le client eut été introduit dans le grand salon. Je revins, vêtue d'un strict tailleur noir qui m'avait paru être ce qui convenait le mieux à mes fonctions de patronne. Je n'ai d'ailleurs toujours exercé ma profession qu'en tailleur noir. En vingt-cinq années, j'en ai usé une cinquantaine, à raison de deux par an : un qui était en lainage pour la période s'étalant d'octobre à mars, et l'autre en soie d'avril à septembre.

J'ai pensé, en effet, que pour que la silhouette de *Madame Carole* puisse devenir sympathique à la clientèle, il était indispensable que celle-ci la retrouvât identique à elle-même chaque fois qu'elle reviendrait dans mon appartement. Une patronne de maison de rendez-vous qui pousse l'élégance jusqu'à suivre les évolutions de la mode commet une double erreur : si elle n'est pas trop laide, elle risque de porter tort aux femmes qu'elle fait travailler, et qui deviennent automatiquement ses ennemies, tout en troublant aussi les clients qui ne savent plus très bien où ils en sont. Ils hésitent entre la patronne et ses pensionnaires : ce qui est très dangereux pour l'avenir de l'entreprise. Une patronne bien habillée se fait de l'autoconcurrence. Enfin, il faut savoir choisir : ou être une prostituée tarifée, ou être celle qui fixe les tarifs. La vraie, la bonne « patronne » — celle qui réussit — doit avoir une tenue très sévère et éviter de se maquiller. Sa devise pourrait être : « sobre en tout ».

Ce premier client, rabattu par le taxi de Dédé, était sympathique, rubicond et allemand : un homme sans complication qui voulait profiter d'avoir été envoyé chez nous par un complexe sidérurgique pour découvrir quelques secrets du « Gai Paris ». Je compris aussi — et cela me fit un immense plaisir! — que le luxe du décor et le confort du mobilier l'intimidaient. Quant j'entrai, le personnage, qui avait une carrure de géant, se leva en demandant dans un français guttural :

— Madame Carole?

— C'est moi, cher monsieur... C'est très gentil à vous de venir me rendre visite. Que puis-je vous offrir? Un verre de champagne? un scotch? une fine peut-être? Après le déjeuner cela me semble plus indiqué pour la digestion.

— Vraiment, madame, je ne sais si je puis...

— Vous pouvez, et asseyez-vous, je vous en prie.

Après avoir appuyé sur un bouton de sonnette, je m'installai, moi aussi, dans un fauteuil face à lui. Car nous étions loin, dans mon home cossu, de l'horrible comptoir du bar et des tabourets alignés de Madame Agnès! Chez moi, les boissons n'étaient servies que sur de charmantes petites tables basses, à portée de chaque fauteuil, et offertes par la direction, du moins la première consommation : celle que j'appelais « l'entrée en matière ». C'était là une méthode qui n'entraînait pas de dépense — car j'ai toujours réussi, par la suite, à rentrer dans mes frais avec n'importe quel client — et qui facilitait grandement la conversation, toujours un peu délicate au début... Après, quand le client trouvait à son goût celle que je lui avais présentée et manifestait le désir de passer « un moment agréable » avec elle, c'était lui qui payait les consommations servies dans la chambre. Il faut toujours savoir « amorcer », dans n'importe quel métier. On ne peut faire une pêche miraculeuse que si l'on a bien lancé l'hameçon, ou le filet... Le client est comme le poisson : il est méfiant.

A Albertine qui venait de reparaître :

— Apportez-nous deux verres à liqueur et une bonne fine. Avez-vous une marque préférée, cher monsieur?

— En France, vous êtes les rois du cognac...

— Alors, Albertine, ce sera deux cognacs.

Je savais d'avance que, personnellement, je ne ferais qu'effleurer le verre de mes lèvres pour donner l'illusion que, moi aussi, je buvais. Mais, dès que le client aurait quitté le salon, le contenu de mon verre serait reversé par Albertine dans la bouteille. J'avais vu faire cela par le patron du bistrot que fréquentait Dédé et je trouvais que c'était là une excellente méthode : elle permettait de ne pas vexer le client tout en évitant le gaspillage. Comme les jolies femmes, la bonne marchandise est trop précieuse de nos jours!

Lorsque l'Allemand eut dit, après avoir avalé sa première gorgée, dans un gloussement de satisfaction béate : « Ach! Que c'est bon! », j'estimai que le « moment psychologique » — celui où il est temps d'entrer dans le vif du sujet — était arrivé :

— Puis-je vous demander, cher monsieur, qui vous a indiqué mon adresse? Parce qu'enfin j'ai l'impression que vous n'êtes pas français?

— Je suis allemand...

— Nous avons beaucoup de respect en France pour

l'Allemagne : c'est un grand pays qui, grâce à son travail, a su se relever à une allure vertigineuse.

— Nous travaillons beaucoup en effet, mais nous aimons aussi nous amuser...

— L'un va de pair avec l'autre : on ne peut pas travailler tout le temps, n'est-ce pas ? Et c'est pourquoi vous êtes venu me voir...

— C'est un chauffeur de taxi très aimable qui m'a donné, confidentiellement, votre adresse. Il m'a conduit jusque devant votre porte...

— Et vous lui avez fait confiance ?

— Il avait une *Mercedes*...

— Ça explique tout !

— Il m'a même dit, en venant, que vous ne receviez pas tout le monde...

— C'est la vérité... S'il m'arrivait un jour de rencontrer ce chauffeur, je le féliciterais bien volontiers d'avoir ainsi mis les choses au point... Oui, cher monsieur, à cette époque où vous savez aussi bien que moi que les gens sont de moins en moins exigeants sous tous les rapports, j'ai pris la décision de me montrer de plus en plus difficile aussi bien dans le choix des clients que dans celui des jeunes femmes que je leur présente.

— Je vous approuve ; j'ai de l'argent...

— Ça peut toujours servir ! Ceux qui n'ont que des moyens limités arrivent certainement à trouver des femmes à Paris, mais pas chez moi... Quel genre de femme préférez-vous ?

— La Française...

— Elle est exceptionnelle ! Et c'est à croire qu'elle est faite pour l'Allemand : le mélange de races, c'est toujours très bon... Voilà donc déjà un premier point d'acquis : une Française... blonde ? brune ou rousse ?

— Brune... J'aime la vraie Parisienne.

— Je vois cela : un peu impertinente et très polissonne ?

— C'est ça que nous n'avons pas à Francfort...

— Je vais vous la trouver... Seulement il va vous falloir attendre un peu... Oh ! Ce ne sera pas long : juste le temps d'appeler la personne par téléphone... Oui, l'une des règles de ma Maison est de ne pas avoir de femmes à domicile. Quand il y en a, ce ne sont jamais de très belles créatures et plutôt des filles pour tout le monde ! Ici, je préfère donner exactement au client ce qu'il recherche : vous verrez dans quelques instants une ravissante Parisienne brune, impertinente et polissonne... Encore un peu de cognac ?

— Volontiers...

— Je vous laisse la bouteille : faites comme si vous étiez chez vous, cher monsieur. A tout de suite.

Enfermée dans mon bureau-bibliothèque, je formai aussitôt le numéro de téléphone d'un petit café de l'avenue Victor-Hugo, dont le patron était également un ami de Dédé : la profession de chauffeur de taxi permet de se faire beaucoup de relations utiles...

Car Dédé avait eu une autre idée de génie. Ayant décidé avec moi que je n'aurais pas de « pensionnaires fixes », arrivant à 11 heures et repartant au moment de la fermeture nocturne comme cela se passait chez Madame Agnès, nous risquions de manquer d'effectifs immédiats pour les clients pressés. Ce qui pouvait nous infliger un manque à gagner : comme le disait mon ex-patronne, les clients pressés sont souvent les meilleurs : ils paient vite et bien... Pour pallier cette lacune, nous décidâmes que ce genre de demoiselles de très bonne volonté patienterait dans le petit café appartenant à l'ami de Dédé, qui pourrait en même temps les surveiller pour qu'elles ne partent pas avec n'importe quel consommateur du zinc! J'avais trié les filles et limité leur nombre à trois en tenant compte de la loi des goûts tricolore : une blonde, une brune, une rousse. Je ne leur allouais aucun fixe quotidien comme Madame, mais elles avaient le droit de travailler chez moi au même tarif que les filles qui attendaient chez elles mon appel téléphonique : c'est-à-dire cent cinquante francs. Ce qui mettait « la passe » à trois cents, le prix idéal : ce n'est pas trop cher pour le client, ni trop bon marché pour la femme. Tout le monde s'y retrouve.

Mais, bien entendu, ce fut là le tarif minimum appliqué chez moi : il ne pouvait être question de présenter la marchandise à plus bas prix avenue Foch! Dans l'autre sens, il n'y avait aucune limitation. Comme je me souvenais très bien des prix que payaient les gros clients de Madame Agnès, mon art était de pratiquer les mêmes quand ceux-ci venaient dans mon appartement. Certes, ils y trouvaient le même genre de filles — et parfois, bien que ce fût assez rare, certaines qu'ils avaient déjà connues chez Madame Agnès — mais le cadre était infiniment plus agréable : ce qui leur donnait l'impression d'avoir mieux sans débourser plus.

Dès que la fille brune, « en attente » dans le café de l'avenue Victor-Hugo, fut arrivée, je la présentai à l'Allemand comme étant « la Parisienne effrontée et polissonne » qu'il recherchait. Et il y crut! A peine les avais-je expédiés dans l'une des chambres que la sonnette de l'entrée retentit à nouveau. C'était « mon » deuxième client, amené également par Dédé! Voulant que l'affaire de « sa petite Caroline » tourne à plein rendement dès le départ, il parvint à déposer devant ma porte huit clients! Un véritable record pour un chauffeur de taxi : huit clients qui l'avaient certainement hélé pour être conduits à une adresse déterminée et auxquels il avait réussi, en cours de route, à faire changer d'avis!

Sur les huit, il y en eut cinq qui se laissèrent « opérer » dans mes belles chambres et trois qui préférèrent emmener les filles avec eux pour faire une tournée des Grands Ducs. Ce qui m'arrangeait tout aussi bien puisqu'ils payaient le même prix. Ce premier jour, je ne vis pas arriver d'autres clients que ceux de Dédé et je ne reçus aucune demande par téléphone, mais c'était tout à fait normal : la bonne publicité est celle qui se fait lentement, de bouche à bouche et sur l'oreiller... Au moment de la fermeture je m'aperçus que, grâce à mon infatigable Dédé, j'avais quand même réussi à gagner pour moi quinze cents francs, répartis entre les 50 % de ma part de « présentations » et les consommations payées par les clients dans les chambres. Cent cinquante mille anciens francs pour le premier jour, ce n'était pas tellement mal! Demain, j'en étais sûre avec mon éternel optimisme, je gagnerais le double; après-demain le quadruple; et ainsi de suite... Ça ne s'arrêterait plus, la progression : je le sentais...

Le comble est qu'il en fut ainsi : à la fin de ma première semaine, j'avais rentré vingt mille francs! Pour peu que ça continuât avec la même moyenne, cela ferait, en cinquante-deux semaines d'une année, plus d'un million de nouveaux francs! Je pourrais très bien me retirer, fortune archi-faite, au bout de dix années... Ce qui n'a d'ailleurs pas été le cas et c'est pourquoi je puis avouer aujourd'hui être très éloignée de la misère. Pourquoi ai-je attendu aussi longtemps? Pour plusieurs raisons qui, avec le recul du temps, me paraissent assez pertinentes : d'abord, si j'avais abandonné l'avenue Foch après dix années d'exploitation, je n'aurais eu moi-même que trente-deux ans : ce qui est bien jeune pour prendre sa retraite... Ensuite — qu'on l'admette ou non — à une époque aussi difficile que celle où nous vivons, l'appât du gain offre d'irrésistibles attraits : qui pourrait lui résister ? Pas moi en tout cas ! Et quand une affaire marche bien, c'est un véritable crime de l'abandonner. A moins de trouver l'acheteur payant « le prix fort » ? Malheureusement, comme Dédé me l'avait fait comprendre pour la Maison de Madame Agnès, ce type d'acheteur se fait de plus en plus rare aujourd'hui pour un commerce qui ne tient que par la personnalité de celle qui l'anime. Personne n'aurait pu succéder à cette *Madame Carole* que j'étais parvenue à faire sortir du néant, de même que je n'aurais pas pu remplacer une *Madame Agnès*. N'avait-il pas été préférable de créer mon établissement pour le marquer de mon empreinte ?

Enfin, et sans doute est-ce la raison la plus profonde pour laquelle j'ai continué à m'accrocher au succès : comme celle qui m'en avait appris l'essentiel, j'ai fini par l'aimer passionnément ce métier ! Les dons naturels qui me prédisposaient, dès ma jeunesse, à devenir une entremetteuse, n'ont fait que s'affirmer et grandir pour finalement s'épanouir grâce à la pratique. Je me sens tellement dans la peau du personnage qu'aujourd'hui encore, comme je l'ai laissé entendre au commencement de cette longue confession, je ne suis pas certaine de ne pas reprendre le harnais ! Le seul fait d'avoir évoqué par écrit, pendant ces trois jours, les heures exaltantes que j'ai connues, aussi bien chez Madame Agnès qu'avenue Foch, me les a fait revivre en me donnant l'impérieuse envie d'en connaître de nouvelles du même ordre. Je suis certaine que jamais je ne me serais retirée dans ce château de Villeneuve, il y a deux années déjà, s'il n'y avait pas eu la tragique disparition de celui qui était tout pour moi : Dédé.

Privée de ce tendre conseiller et ayant perdu, quatre années avant lui, mon vieil et magnifique ami le baron, je me suis laissé envahir par le besoin de faire le point dans le calme en changeant radicalement de mode d'existence. Mais cela fait déjà deux années que ce que je pourrais appeler — bien que je n'aie été mariée ni avec l'un ni avec l'autre — mon « double veuvage » se prolonge... Et je commence à en avoir assez! Aurais-je le courage de continuer à attendre ici alors que je n'ai pas encore atteint la cinquantaine? Cela me paraît douteux.

Mais je m'égare : je dois revenir à la période faste de l'avenue Foch... On dit que les peuples heureux n'ont pas d'histoire. Pendant tout le temps où je l'ai occupé, le destin de mon bel appartement a ressemblé à celui de ces peuples, à l'exception cependant de quelques incidents qu'il m'est impossible de passer sous silence.

Pourquoi, dans l'ensemble, la réussite financière fut-elle exceptionnelle? Parce que j'utilisais beaucoup plus les numéros de téléphone recopiés dans le carnet jaune — c'est-à-dire ceux des bons clients — que les numéros des filles entassés dans le carnet rose. Des femmes qui ne demandent qu'à monnayer leurs charmes, on en trouve de plus en plus, alors que les hommes qui consentent à payer ces faveurs se font de plus en plus rares. C'était donc avec les payeurs qu'il fallait d'abord faire alliance. Pendant les tout premiers jours, le taxi de Dédé fut précieux : il amorça merveilleusement l'affaire. Ensuite, enhardie par le succès que je sentais venir, je n'hésitai plus à empoigner, comme Madame Agnès, le téléphone; cet appareil qui doit être béni des dieux du proxénétisme s'ils existent! Le téléphone et les listes...

Quand je m'attaquais à un client de Madame Agnès, que je n'avais pas repéré ou même jamais vu chez elle pendant l'année que j'y avais passé, je disais avec une voix de charmeuse :

— Allô, monsieur X... Puis-je vous parler ? Je ne vous dérange pas ? C'est *Gaby*... Vous ne vous souvenez pas ? J'ai eu le plaisir de vous être présentée il y a quelque temps déjà, chez Madame Agnès... *Gaby?* Ça ne vous dit rien ? A moi, cela me rappelle beaucoup de choses, car nous avons passé un excellent moment ensemble !... Comment j'ai votre numéro de téléphone ? Mais c'est vous-même qui me l'avez donné, cher ami... Malheureusement, étant partie pour l'étranger, je n'ai pas eu la possibilité de vous rappeler plus tôt... Et comme je suis à nouveau à Paris, je le fais dès mon retour...

Je sentais que l'homme, dont le visage m'était aussi inconnu que cette *Gaby* imaginaire l'était pour lui — intrigué, se demandait : « Comment diable est-elle, cette fille-là ? C'est très possible après tout, qu'elle me connaisse : j'ai couché avec tant de femmes que j'ai oubliées ! »

Et j'insistais, de plus en plus câline :

— J'aimerais beaucoup vous revoir... Seulement je dois vous prévenir tout de suite que je ne vais plus chez Madame Agnès... Pourquoi ? Parce que c'est démodé : il n'y a plus une vraie jolie femme qui accepte de se rendre chez elle... C'est trop vieillot ! On dit aussi qu'elle a eu quelques histoires fâcheuses ces derniers temps et que c'est assez dangereux d'aller dans cette Maison qui est très surveillée par la police... Où je vais maintenant ? Chez une charmante jeune femme qui reçoit divinement : *Madame Carole*... Vous ne connaissez pas ? Avenue Foch ? Comme c'est curieux ! C'est pourtant l'endroit ultra-chic... De toute façon, je ne veux pas vous ennuyer plus longtemps : notez toujours le numéro de téléphone et l'adresse de *Madame Carole* où vous pourrez me demander si vous avez envie de me revoir... Personnellement, je serai très heureuse de vous retrouver...

Je raccrochais : en dire plus eût été une erreur.

Il était rare que l'homme ne téléphonât pas ou ne vînt pas, dans les jours qui suivaient, avenue Foch. Quand il me demandait si je connaissais une certaine *Gaby*, je répondais invariablement :

— Très bien! C'est l'une de mes plus gentilles amies... Elle était là hier... L'ennui, c'est qu'elle m'a téléphoné ce matin pour m'informer qu'elle était souffrante... Mais il y a d'autres femmes qu'elle, tout aussi jolies et aussi adorables...

Comme il était éberlué par le cadre, il se laissait faire, ne voulant pas s'être déplacé pour rien. Je lui présentais rapidement une fille, venue soit de chez elle, soit du café de l'avenue Victor-Hugo... Quatre-vingt-dix-neuf fois sur cent, ça marchait en vertu d'une loi assez mystérieuse qui veut qu'un habitué de Maison de rendez-vous reste toujours fidèle à sa vocation.

Si j'appelais au téléphone un client que j'avais bien connu chez Madame Agnès, je m'y prenais un peu différemment tout en m'abritant cependant derrière ce même nom de bataille *Gaby*, qui me portait généralement bonheur :

— Allô, c'est monsieur X... ? Nous avons eu le plaisir de nous rencontrer au bar de Madame Agnès l'année dernière, mais, ce jour-là, vous étiez occupé et moi aussi! Ce qui a fait que nous n'avons pas pu pousser plus loin les choses... Je ne sais si vous l'avez regretté, mais moi sûrement!

Le client était immédiatement intéressé : il n'y a pas un homme, aimant la femme, qui ne soit flatté quand il entend des mots aussi agréables. Il était rare qu'il ne répondît pas :

— Rien n'est perdu! Peut-être pourrions-nous réparer cela?

— Je ne demande pas mieux! Seulement je dois vous informer que je ne travaille plus chez Madame Agnès avec qui je suis d'ailleurs restée en excellents termes... Seulement les ennuis qu'elle a connus l'année dernière me gênent un peu : je n'aime pas les Maisons qui fraient trop avec la police... Enfin l'une de mes bonnes camarades, qui travaillait également chez elle, est morte dans des circonstances assez troublantes : *Maud*...

Je lâchais intentionnellement ce nom, sachant qu'en habitué qu'il était de la Maison de mon ex-patronne, il avait très bien connu *Maud*, lui aussi. Ça suffisait pour lui faire croire qu'en effet il m'avait rencontrée là-bas. Et il arrivait ventre à terre avenue Foch, parfois dans la demi-heure qui suivait, chez cette nouvelle *Madame Carole* où la *Gaby* était censée opérer...

Quand il me voyait apparaître dans mon grand salon, vêtue de mon tailleur noir, il écarquillait les yeux en s'écriant :

— Ce n'est pas possible? Caroline!

— Eh oui, monsieur, la petite Caroline qui vous servait au bar et dans les chambres... Elle a grandi puisqu'elle est installée dans ses meubles et qu'elle est devenue *Madame Carole!*

— C'est vous la *Madame Carole* dont on m'a déjà parlé?

— C'est moi...

— Eh bien, je préfère ça : au moins je vous connais! Qu'est-ce qu'elle dit de cela, la mère Agnès?

— Elle n'a rien à dire : ça ne la regarde pas! D'ailleurs, depuis que j'ai ouvert, elle n'a jamais daigné me donner de ses nouvelles... La seule chose que je sache par ouï-dire, c'est que ça ne va pas très fort chez elle. Est-ce vrai ?

— Un vrai désastre, Caroline! C'est la débâcle! Mais elle doit être furieuse que vous lui ayez chipé des filles ?

— D'abord il n'y a pas d'exclusivité dans ce travail! Ensuite je ne lui ai « chipé », comme vous le dites, aucune femme, à Madame Agnès... S'il y en a quelques-unes qui préfèrent maintenant venir chez moi, c'est qu'elles le veulent bien, mais je vous jure que je ne cours pas après son cheptel qui ne vaut plus grand-chose... Ici, j'ai des nouvelles et beaucoup de femmes du monde qui adorent faire l'amour, des vraies!

— Mais vous avez pourtant une certaine *Gaby* qui m'a téléphoné pour me dire qu'elle m'avait rencontré l'année dernière chez Agnès ?

— *Gaby?* Inconnue dans mon bataillon! Voulez-vous que je vous donne mon opinion là-dessus ? Ça, c'est un coup de la vieille qui vous a tendu la perche pour savoir si vous veniez chez moi.

— Quelle salope!

— Vous savez bien qu'elle est capable de tout!

— Je n'admets pas ce procédé et je vous garantis que je n'irai plus jamais chez elle!

— Vous viendrez chez moi... Qu'est-ce que vous pensez de mon installation ?

— Formidable! Ça sent le neuf, et puis, au moins, c'est propre!

— Qu'est-ce que vous direz quand vous verrez celle que je vais vous présenter! Si ma mémoire est bonne, je me souviens que vous aimiez particulièrement les rousses ?

— Félicitations!

— Faites-moi le plaisir d'accepter un *John Haig* — je me souviens aussi que c'était votre whisky préféré — pendant que j'appelle une rousse splendide! Elle est mariée avec un banquier...

— En faillite, la banque?

— Disons : en difficulté... Mais, heureusement, avec une épouse pareille, les affaires s'arrangeront! Je vais lui téléphoner de mon bureau; attendez-moi ici quelques instants...

Après que j'eus sonné, Albertine apportait le *John Haig :* non pas un verre, mais la bouteille pour que l'ex-client de Madame Agnès se rendît bien compte que chez *Madame Carole,* on ne lésinait pas.

Comment j'avais recruté cette authentique épouse de financier au bord de la banqueroute et beaucoup d'autres? Grâce à Dédé... Toujours Dédé, qui ne limitait plus son « activité roulante » au seul rabattage des clients parce qu'il avait compris que toute jolie femme élégante, qu'il chargeait dans son taxi, pouvait devenir une précieuse recrue de l'avenue Foch. Quelle est la Parisienne, aussi gâtée soit-elle, qui n'ait pas envie de l'être de plus en plus? Quelle est celle, même mariée ou vivant avec un homme généreux, qui ne désire pas profiter de nouvelles largesses? Quelle est la créature du doux sexe qui ne rêve, dans le secret de ses appétits, de connaître le frisson exquis de l'aventure à condition que celle-ci ne lui apporte aucun désagrément? Toute femme, ayant quelque chic et possédant ce don du ciel que l'on a baptisé le sex-appeal, peut faire des rencontres passionnantes n'importe où, mais quand la passion se double de l'intérêt, le problème est plus ardu. Ce n'est pas elle qui peut discuter des conditions; elle préfère donner l'impression à l'admirateur qu'elle reste sur sa position d'honnête femme et laisser à un intermédiaire le soin de s'occuper des questions matérielles. Et aucune organisation ne peut lui procurer plus de satisfactions dans ce domaine que celle d'une maison de rendez-vous discrète et bien organisée. La nôtre n'était-elle pas la mieux habilitée pour ce genre de travail? Ne nous complétions-nous pas admirablement, Dédé et moi? Lui, de son taxi, lançait le ballon d'essai que la femme tentée saisissait au vol pour me le rapporter avenue Foch où elle essayait de marquer des buts. Dans ce genre de sport, tous les coups sont permis, à l'exception des coups bas... Et il ne pouvait pas y en avoir, puisque la femme était généralement mariée, ou entretenue, et que nous le savions.

Avec sa grande subtilité, Dédé savait s'y prendre d'une façon très adroite. Après avoir observé la belle créature dans son rétroviseur et avoir aussi étiqueté la qualité de son parfum, il engageait doucement la conversation sur un sujet banal tel que celui des embarras de la circulation ou des difficultés de l'existence. Si la dame demeurait muette ou ne répondait que par des « oui » et par des « non », il n'insistait pas. Mais si, elle aussi, se lançait dans une diatribe sur la pénurie des temps, il embrayait sur un sujet plus précis en disant, par exemple, en soupirant :

— Je comprends très bien, madame, tout ce que vous me dites et je suis entièrement de votre avis... Ce qui me surprend le plus, et que j'admire, c'est qu'en dépit de toutes ces difficultés, une dame, telle que vous, parvienne à être aussi élégante! Ça, c'est le vrai miracle de la Parisienne! Il n'y a que chez nous que l'on peut rencontrer des femmes de cette classe.

Ce à quoi elle répondait presque toujours :

— Vous avez trouvé le mot juste : j'accomplis de

véritables miracles! et mon mari — à moins qu'elle n'eût dit « mon ami » — ne se rend absolument pas compte des prodiges que je dois faire pour continuer à lui plaire.

— Il en a de la chance!... Notez, chère madame, qu'il m'est souvent arrivé, de par ma profession, de « charger » des dames qui étaient dans le même cas que vous, mais qui arrivaient quand même à très bien se débrouiller sans que leurs époux ou leurs amants en titre pussent deviner comment elles s'y prenaient... Il leur a suffi pour cela d'avoir une bonne adresse...

Si la dame paraissait de plus en plus intriguée, Dédé n'avait plus qu'à progresser dans les confidences... Il n'hésitait pas à parler chiffres et notamment des sommes rondelettes que chacune de ces femmes « ayant trouvé le joint pour boucler leur budget de charme et d'élégance » parvenait à encaisser discrètement chaque semaine, à l'insu de son commanditaire officiel et surtout du percepteur. Au moment où le taxi approchait de la fin de la course, Dédé ne manquait pas d'ajouter :

— Ne m'en veuillez pas si je vous ai raconté comment les choses se passent parfois... Je ne l'ai fait qu'avec le désir sincère de vous rendre service... Personnellement je n'ai aucun intérêt dans ce genre de confidences : je suis marié avec une femme que j'adore, j'ai deux beaux bambins et je gagne très bien ma vie avec mon métier.

Au moment où la voiture s'arrêtait, la dame demandait, après une très courte hésitation et sur un ton qu'elle s'efforçait de rendre le plus détaché possible :

— Vous n'allez tout de même pas me dire que vous connaissez l'une de ces adresses dont vous venez de parler?

— J'en connais plusieurs pour y avoir déposé des clientes qui toutes étaient, sinon aussi jolies, mais du moins aussi élégantes que vous... Seulement j'ai pu remarquer qu'il doit exister de bonnes et de moyennes adresses : ces dernières sont utilisées par les femmes moins attrayantes alors que celles qui sont vraiment aussi belles que vous, vont toutes à une même adresse dont la qualité doit sûrement surclasser les autres...

— Où cela?

Comme cette ultime question avait jailli du cœur, Dédé répondait en prenant un sourire de mystère et après avoir fait semblant d'hésiter, lui aussi.

— Avenue Foch, n° X... Je sais que c'est au rez-de-chaussée à droite parce que j'ai vu ces dames y aller directement. Je crois aussi qu'il n'y a pas de loge de concierge sous la voûte : ce qui facilite les choses... La personne qui reçoit s'appelle, paraît-il, *Madame Carole*... Plusieurs des dames, qui se sont fait conduire par moi chez elle, m'ont dit que c'était une femme aimable, compréhensive et spécialisée dans la clientèle de haut luxe... Après tout, on ne risque rien à essayer un jour si l'on a du vague à l'âme, des ennuis financiers dont on ne peut pas parler autour de soi, ou même si l'on trouve cela amusant?

Dédé avait remarqué que celles auxquelles il avait tenu ce langage n'inscrivaient jamais l'adresse sur un petit carnet ou sur un bout de papier : ce qui le confirmait dans sa conviction que la mémoire des femmes est infaillible lorsqu'il s'agit d'améliorer rapidement leurs conditions de vie. N'ayant pas besoin, pour s'en souvenir, de noter l'adresse d'un bon couturier ou d'un grand coiffeur, pourquoi oublieraient-elles celle d'un endroit providentiel qui leur permettrait précisément de payer ce couturier ou ce coiffeur?

Quand la dame, ravie, descendait du taxi, il était bien rare qu'elle ne laissât pas un gros pourboire. C'était là chez elle une sorte de preuve de reconnaissance à l'égard de celui qui venait, au cours d'un trajet en taxi dans Paris, de lui ouvrir de nouveaux horizons... Pour Dédé c'était une façon élégante de gagner sur deux tableaux : celui de sa profession patentée et celui de sa fonction de « conseiller occulte » de ma Maison.

Si ce genre de femmes, en détresse provisoire et relative, était très intéressant pour la marche de l'exploitation, il en existait un autre dont le rendement était loin d'être négligeable : celui des femmes que j'expédiais à domicile.

Autant il était préférable que les premières opérassent directement avenue Foch, parce qu'elles n'auraient jamais osé aller ailleurs, autant les secondes devaient rester le moins de temps possible dans mon décor enchanteur. Ces dernières étaient généralement moins belles que les autres... Et justement parce qu'elles étaient ainsi, elles étaient nimbées de plus de hardiesse : celle qui ne leur faisait pas craindre de se rendre directement chez le client qu'elles n'avaient jamais vu. Ceci en fonction de cette question que beaucoup de créatures, moyennement servies par la nature, ne cessent de se poser à elles-mêmes : « Après tout, pourquoi pas moi ? »

Quand ce type de volontaires se présentait chez moi, je ne perdais pas de temps :

— La seule chose que je puisse faire pour vous, c'est de vous donner deux ou trois bons numéros de téléphone : ce sont ceux de clients qui ne se déplacent pas et qui préfèrent recevoir chez eux... Vous les appelez à des heures convenables, c'est-à-dire plutôt l'après-midi que le matin aux aurores ou tard dans la nuit. Si vous avez la chance de les avoir eux-mêmes tout de suite au bout du fil, vous leur dites que vous avez eu leur adresse par l'une de vos amies que vous affublez de n'importe quel nom à l'exception du mien. Si vous vous permettiez de l'utiliser, ces clients me le diraient et je vous garantis que cela vous coûterait cher! Ensuite vous racontez que vous êtes mannequin volant — c'est un truc qui prend presque toujours! — et que vous aimeriez passer « un moment de détente ». Vous vous décrivez vous-même : « Je suis grande, blonde, mince, etc. » Si vous sentez que ça mord, vous demandez à quelle heure vous pouvez venir. Et vous y allez après que le client vous a donné son adresse. Mais attention! Ne parlez jamais de chiffres au téléphone : vous attendrez d'être dans les lieux pour voir comment les choses se présenteront... Ce sera à vous de vous débrouiller : plus vous saurez vous montrer habile, ou experte, et mieux vous serez récompensée. Courez le risque de vous faire régler après : à domicile, le rendement est meilleur. C'est une marque de confiance que vous donnez au monsieur.

» Si, quand il répond au téléphone, ce dernier vous pose trop de questions, raccrochez immédiatement et laissez tomber! Mais cela me surprendrait, car tous ceux dont je vous donnerai le numéro aiment ce genre d'appel. Si c'est une autre personne que lui qui répond, soyez très prudente : ça peut être sa femme, sa mère, sa sœur, sa fille, ou même une maîtresse avec laquelle il vit. Si cette femme vous demande : « De la part de qui? » vous donnez un nom « bidon » qui fasse quand même sérieux. Et si l'on vous demande encore : « C'est à quel sujet? », ne commettez pas la gaffe irréparable, qui flanque tout par terre, de répondre : « C'est personnel. » Raccrochez, cela vaudra mieux. A moins que vous ne tombiez sur une bonne espagnole ou portugaise : comme ces filles ne comprennent jamais rien au téléphone, essayez de savoir « à quelle heure Monsieur rentrera ? » Quand c'est fait, ne perdez pas de temps : raccrochez et appelez à tout hasard à l'heure indiquée. Ce sera bien le diable si vous ne parvenez pas à joindre, à un moment ou à l'autre, celui qui vous intéresse.

Automatiquement, après m'avoir écoutée, la fille demandait :

— Comment nous entendons-nous financièrement ?

— Vous gardez pour vous tout ce que le client vous aura donné. Comme je ne suis pas folle, je sais très bien que vous ne me direz jamais la vérité : si j'exigeais — ce qui serait normal — que nous partagions, comme cela se pratique, la poire en deux, je serais toujours lésée ! C'est pourquoi je préfère gagner moins, mais être payée d'avance. Pour chaque numéro de téléphone que je vous donne, vous me remettez ici même cinquante francs... C'est très bon marché, croyez-moi ! Je sais bien que, depuis quelque temps, quand vous vous rencontrez entre vous, les filles, vous vous refilez certains « carnets » où se trouvent des numéros et que vous n'achetez pas cher... Seulement ce sont de mauvais numéros : ceux de faux clients, de maigres payeurs ou même de personnalités connues — dont les numéros ont été piochés dans l'annuaire ou dans le Bottin Mondain — qui ne fréquentent jamais les filles ! Et vous tombez sur un bec ! Tandis que « mes » numéros à moi sont bons : ils ont fait depuis longtemps leurs preuves... C'est oui ou c'est non ? Si vous êtes d'accord, je vous livre quelques numéros que vous me payez sur-le-champ, sinon vous fichez le camp et ce n'est plus la peine de vous présenter chez moi ! J'ai assez de mémoire pour me souvenir de votre visage... J'attends la réponse.

— C'est oui...

— Restez ici. Je reviens dans un instant.

Dans mon cabinet, je consultais mes listes sur lesquelles je prenais soin de ne prélever que les numéros téléphoniques de clients médiocres que j'avais vus chez Madame Agnès mais que je ne tenais pas du tout à recevoir chez moi. Et, de retour dans le salon :

— Voilà déjà trois bons numéros accompagnés des noms de leurs propriétaires : ça fait cent cinquante francs.

Après avoir empoché l'argent :

— Je ne vous en donne pas plus pour le moment. Commencez par ces trois-là : quand vous les aurez « épuisés », vous reviendrez me voir et je vous en indiquerai trois autres. Si je constate dans quelque temps que vous êtes régulière et que vous consommez beaucoup de numéros, j'augmenterai la dose. Bonne chance!

Ça peut paraître risible et même assez mesquin, ces cinquante francs que je prenais par numéro de téléphone, mais, quand je faisais mes comptes hebdomadaires, je m'apercevais que ça me rapportait un minimum de mille francs... Au bout d'une année, cela en faisait cinquante-deux mille et après un quart de siècle!... Si l'on réfléchit que c'était de l'argent gagné sans décaisser un centime de frais — la fille venant se ravitailler en numéros chez moi — sans qu'il y ait eu de consommation offerte, de linge à envoyer chez le blanchisseur, de savonnette neuve, de risques surtout, le rendement était fabuleux! Quand il arrivait — ce fut très rare — qu'une fille ait lâché le morceau en révélant mon nom au client et que celui-ci m'ait téléphoné pour m'eng...ler copieusement, je répondais, candide :

— Vraiment, cher monsieur, je ne comprends pas ce que vous voulez dire! Vous devez certainement vous tromper d'adresse : ici c'est une Maison sérieuse où nous avons trop le respect de la clientèle... Je ne connais pas cette fille dont vous parlez! D'abord chez moi il n'y a pas de filles; on n'y rencontre que des dames.

Et si la traîtresse avait le toupet de revenir me trouver, elle recevait un tel paquet que je ne la revoyais plus jamais! Sincèrement, ce système de filles baladeuses, ressemblant à une sorte de S.O.S. de la galanterie, avait du bon...

Il y avait déjà quatre mois que l'affaire tournait à plein lorsque je reçus une visite que je pourrais qualifier pour le moins d'intempestive.

Cela se passa un samedi soir alors qu'il n'y avait plus personne et que je m'apprêtais, après avoir clos la porte jusqu'au lundi, à dire à Albertine qu'elle pouvait monter se coucher dans la chambre où elle logeait au septième. Moi-même, dès que j'en aurais terminé avec ma comptabilité, j'irais, comme chaque soir, jusqu'à l'angle de l'avenue Foch et de l'avenue Malakoff où Dédé m'attendait dans son taxi. Ce n'était pas parce que j'étais devenue une patronne que nous avions modifié toutes nos charmantes habitudes : Dédé et moi nous devions être faits pour nous retrouver toujours dans un virage... Parce qu'il y a une chose que je dois également dire : aussi bien par nécessité de convenance pour l'exploitation de mon commerce que par prudence à l'égard de mon commanditaire le baron, qui n'était toujours pas au courant de nos amours, nous avions décidé, longtemps avant l'ouverture, que nous continuerions à cohabiter dans la mansarde du XVe arrondissement. Mansarde que Dédé avait d'ailleurs transformée — les moyens aidant — en une ravissante garçonnière où nous pouvions continuer à roucouler sous les toits comme seuls les vrais amants savent le faire. C'était notre havre de paix après les journées exténuantes que nous passions, lui au volant de son taxi et moi sous mes lambris dorés. Et j'ai toujours pensé que c'était une grosse erreur, quand on exerçait une profession comme la mienne, d'habiter et surtout de coucher soi-même dans le lieu où l'on arrive à faire se coucher les autres. Une patronne de Maison se doit d'avoir l'initiative des opérations, mais de ne jamais donner l'exemple.

Cette journée du samedi n'avait guère été plus brillante que toutes celles que j'avais connues chez Madame Agnès. Cette dernière avait mille fois raison lorsqu'elle m'affirmait que les samedis et les lundis étaient des jours à recette moyenne. Et cette constatation se révélait encore plus sensible avenue Foch : c'est une région géographique de la capitale où les gens ont, encore plus que les autres Parisiens, les moyens de s'offrir des week-ends prolongés. N'ont-ils pas aussi l'inestimable avantage d'habiter une avenue qui conduit, sans heurt et sans trop d'embouteillages, vers la sortie de la ville qui est quand même la plus agréable parce qu'elle est boisée? Mais ce manque à gagner, très relatif, n'avait entamé en rien mon optimisme. J'étais parfaitement sereine quand le timbre de la porte retentit de trois coups prolongés.

Il n'y avait aucun doute à avoir. Un seul être au monde pouvait sonner ainsi : le baron! Qu'est-ce qu'il pouvait bien venir faire à une heure pareille et un samedi soir, lui que je n'avais jamais vu traîner chez moi plus tard que 19 heures et qui haïssait la fréquentation de ces égarés ou de ces laissés-pour-compte que l'on ne rencontre qu'en fin de semaine!

— Allez vite ouvrir, Albertine! C'est notre grand ami...

Elle courut. Mais lorsqu'elle revint, ce fut en suivant une mégère déchaînée qui, après avoir foncé au pas de charge, se planta, les mains sur les hanches, devant moi, en s'exclamant :

— Je vous ai bien eue avec mes trois coups de sonnette! Vous avez cru que c'était votre croulant de financier... Eh bien, ce n'est que moi! A nous deux, *madame Carole!*

La visiteuse du soir était *Madame Agnès.*

Une Madame Agnès que je n'avais encore jamais vue, moi qui croyais cependant tellement bien la connaître! Je suis certaine de n'avoir pas exagéré en écrivant, quelques lignes plus tôt, que j'avais vu entrer dans mon salon une « mégère »... Mon ex-patronne, qui m'avait toujours paru être une femme très soignée de sa personne, donnait l'impression d'avoir volontairement voulu laisser toute sa coquetterie ailleurs. La teinture au henné de sa chevelure n'avait certainement pas été faite depuis trois mois : ce qui laissait apparaître des racines d'un gris sale. Les cheveux eux-mêmes, à peine coiffés, étaient rassemblés en un chignon fait à la diable et d'où s'échappaient, aussi bien de chaque côté du visage que dans la nuque, des mèches frisées que n'aurait pas désavouées une sorcière de Shakespeare. J'aurais très bien vu la vieille femme gesticulante, qui paraissait empoignée par une rage démoniaque, chevaucher un balai au grand galop sur ma moquette! La seule attitude à prendre, face à une telle furie, était de conserver le calme, d'autant plus qu'Albertine, affolée, s'était réfugiée au fond de l'appartement en me laissant seule en présence de la visiteuse. Aussi fut-ce avec le plus aimable des sourires que je répondis à la menace sibylline :

— Quelle bonne surprise! C'est tellement gentil à vous, madame Agnès, d'être venue me rendre visite...

Cet accueil eut le don de couper le souffle à la bonne femme qui resta pendant quelques secondes la bouche grande ouverte, incapable d'articuler un son. J'en profitais pour continuer, de plus en plus détendue :

— Vous avez d'ailleurs une certaine chance de me trouver encore ici : je m'apprêtais à rentrer chez moi... Vous savez mieux que moi ce que sont les samedis dans « notre » métier ! Je crois que, si ça continue, nous aurons intérêt l'une et l'autre à ne pas ouvrir ce jour-là ! Ce qui nous permettra, à nous aussi, de nous offrir des week-ends réparateurs... Que puis-je vous offrir ? Que diriez-vous d'une bonne bouteille de *Cristal Rœderer ?* Ne vous en dois-je pas une en remerciement de celle que vous avez bien voulu boire en ma seule compagnie un certain soir, pour fêter la pleine réussite de « l'opération *Tania* » ?

— Ce n'est pas la peine, ma petite, de jouer devant moi les maîtresses de Maison : ça ne vous va pas ! Vous n'en aurez jamais l'allure ! A mes yeux, vous ne serez toujours qu'une vulgaire bonniche que j'ai congédiée... Parfaitement ! Car ne l'oubliez pas : ce n'est pas vous qui êtes partie, c'est moi qui vous ai flanquée à la porte en huit jours ! Je tiens également à vous faire remarquer qu'en venant vous rendre ce que vous appelez « une visite », j'ai au moins eu le tact de choisir un jour et une heure où j'ai pensé que vous n'auriez plus de clientèle... Dans cette profession, que vous avez choisie, on ne lave son linge sale qu'en famille ! Et je vous jure que le vôtre n'est pas propre !

— Je ne vois pas, chère madame Agnès, ce que vous voulez dire ? Ma conscience me dit que je ne vous ai fait aucun tort.

— Ça, c'est le comble ! Vous me quittez le 30 juin dernier en me disant que vous allez profiter de vos congés payés pour prendre des vacances avant d'entrer en maison bourgeoise et qu'est-ce que vous faites ? Vous vous précipitez ici, sans perdre une seconde, pour préparer fébrilement l'ouverture d'une maison directement concurrente de la mienne ! Mais ça encore, je le reconnais, c'est de bonne guerre : chacun court sa chance comme il le peut... Bien que je sois persuadée que votre affaire ne pourra pas durer longtemps pour l'excellente raison que — n'ayant ni l'expérience suffisante ni surtout la connaissance du « Tout-Paris » qui est indispensable pour pouvoir faire votre trou dans le métier — vous êtes incapable de la mener.

— Croyez-vous, madame Agnès ? Puisque vous voulez bien me faire des pronostics aussi pessimistes, je n'hésite plus à vous confier que je n'ai pas trop à me plaindre des résultats déjà obtenus après les quatre premiers mois d'exploitation.

— Et ça fanfaronne, avec ça ! Comptez sur moi, petite dinde, pour que votre période de vaches maigres arrive ! Bientôt vous ne verrez plus un client sonner à votre porte : ce sera le désert et ce jour-là vous pourrez penser à moi !... Mais ce n'est pas pour vous dire cela que je suis venue... Ce que je n'admets pas, c'est que non seulement vous m'ayez volé l'un de mes meilleurs clients — ce qui ne se fait jamais dans notre milieu, au cas où vous ne le sauriez pas — mais qu'après l'avoir suborné, vous ayez réussi à vous faire prêter de l'argent par lui pour ouvrir votre sale boutique ! Cet imbécile de Melchior ne se rend même pas compte du guêpier dans lequel il vient de se fourvoyer ! Mais savez-vous seulement qu'il est couvert de dettes depuis des années et que, s'il n'avait pas le prestige de son nom ajouté à des relations bien placées, tout ce qu'il croit encore posséder serait déjà saisi et vendu depuis longtemps ! Il n'a plus un sou, vous m'entendez ? Vous en voulez une preuve : sa dette semestrielle, qu'il me devait pour tout ce que je lui ai procuré et offert quand vous travailliez chez moi, il n'a pas pu me la payer, comme c'était convenu depuis toujours entre nous, en juillet dernier, au lendemain du Grand Prix !

Je lui ai téléphoné au Cercle pour qu'il m'invite, selon le rite établi, à son restaurant... Eh bien il ne l'a pas fait! Il n'est même pas venu à l'appareil! C'est un larbin du Cercle qui m'a répondu que « Monsieur le Baron » était déjà parti en vacances! J'ai appelé son château : même réponse! En désespoir de cause, je me suis résignée à former le numéros de son appartement parisien et je suis tombée, bien entendu, sur sa femme! Comme j'ai de la branche, moi, je n'ai pas insisté : j'ai raccroché. Bilan : je n'ai aucun moyen de recours... Voilà ce que c'est que de faire confiance à des aristocrates pannés!

— Serait-il indiscret de vous demander combien vous doit le baron?

— Cinq mille neuf cents francs! Trois mille quatre de passe, y compris celle de *Tania*, plus deux mille cinq de *Moët et Chandon.*

— C'est tout?

— Comment, c'est tout? Mais ça fait plus d'un demi-million!

J'avais fouillé rapidement dans mon sac, dont je ne me séparais jamais :

— Chère madame Agnès, voici la dette du baron! dis-je en lui tendant une liasse de billets.

Stupéfaite, mais ne pouvant pas résister à l'attrait de la manne céleste, elle saisit l'argent qu'elle enfouit prestement dans son sac à elle en s'exclamant :

— Et voilà que maintenant ça joue l'Armée du Salut! Mais n'allez surtout pas vous croire quitte envers moi!

— Je ne me fais aucune illusion... Si j'ai agi ainsi, ce n'est que parce que je dois bien cela au cher Melchior pour toutes les bontés dont il a bien voulu faire preuve à mon égard.

— Son « cher Melchior »! Elle l'appelle comme moi!

Je vous interdis, vous m'entendez, de me voler en plus mes expressions! Elles sont à moi, rien qu'à moi!... Je continue : vous avez donc ouvert, grâce à cet argent trouvé je ne sais où! Je me demande d'ailleurs quel est l'imbécile qui a bien pu faire crédit à Melchior? Et, une fois votre bordel ouvert, vous n'avez plus eu qu'une idée : le faire connaître et prospérer aux dépens de ma Maison que vous avez commencé à saper sournoisement...

— Je vous assure, madame Agnès...

— Taisez-vous, morveuse! Voulez-vous d'autres preuves? En voici... Premièrement, à peine veniez-vous d'ouvrir en septembre que j'ai reçu la visite de filles qui, jusqu'alors, avaient travaillé assez consciencieusement chez moi. Savez-vous ce qu'elles m'ont dit? Que ce n'était plus la peine que je leur téléphone parce qu'elles avaient trouvé mieux... Qu'elles iraient désormais chez mon ancienne femme de chambre qui venait d'ouvrir un palais avenue Foch! En apprenant cela, j'ai cru m'évanouir... C'est ainsi que j'ai appris la naissance de *Madame Carole*, alias Caroline Bineau!

— N'est-ce pas mon droit de changer de peau? N'y a-t-il pas eu quelques précédents, ne serait-ce qu'une certaine dame Grange devenue *Madame Agnès?*

— C'est vrai! Seulement *Madame Agnès* n'a jamais débauché le personnel actif de Maisons concurrentes! Dans tout commerce — et plus encore dans celui-ci que dans d'autres — il existe un *fair-play* que l'on doit respecter! Et quand j'ai entendu ces moins-que-rien me dire que c'était beaucoup plus agréable chez vous parce qu'on y gagnait autant d'argent tout en opérant plus vite, j'ai trouvé cela scandaleux! Vous sabotez le travail.

— Mes clients paraissent pourtant satisfaits...

— Justement : parlons-en des clients!... Il y en a — et

d'excellents! — qui ne viennent plus chez moi parce qu'ils courent chez vous! Eux-mêmes m'ont dit, quand je les ai appelés au bout du fil pour les relancer, que c'était vous qui leur aviez téléphoné... Comme vous l'avez d'ailleurs fait pour les filles! Alors je voudrais bien savoir si, oui ou non, vous êtes un phénomène de mnémotechnie? Que vous vous souveniez à la rigueur des noms des clients ou des filles que vous avez vus passer chez moi, c'est possible, mais que vous connaissiez leurs numéros de téléphone, c'est louche. Même très louche...

— Il faut croire qu'aussi bien les filles que les clients manquent de discrétion : rien ne prouve que ce ne sont pas elles-mêmes ou eux-mêmes qui m'ont donné leurs numéros...

— Parce qu'ils savaient, quand vous étiez encore chez moi, que vous alliez monter une Maison? Je n'en crois pas un mot : il n'y en a pas une seule ou un seul qui ne me l'aurait immédiatement raconté! Parce que, comme vous venez de le dire : elles et eux sont tout, sauf discrets! Mais, de toute façon, ce que vous avez fait là s'appelle de la concurrence déloyale... Je pourrais vous attaquer en justice!

— Je voudrais bien voir cela?

— Évidemment, vous vous sentez forte parce que vous savez aussi bien que moi que la justice est toujours contre nous lorsqu'il s'agit de défendre « nos » intérêts! D'ailleurs tout le monde le sait : il n'y a plus de justice en France... Troisièmement — et c'est peut-être là, à mon avis, ce qu'il y a de plus grave... Comme je m'étonnais, après votre départ, de ne plus voir le chauffeur de taxi Dédé m'amener son contingent de clients, j'en fis la remarque à l'un de ses confrères qui, d'ailleurs, m'avait toujours rabattu beaucoup moins de pigeons que lui! Avez-vous idée de ce que m'a répondu ce chauffeur?...

Que je n'avais plus aucune chance de revoir des clients amenés par Dédé puisque ce dernier les orientait maintenant sur un établissement « select » de l'avenue Foch et qu'il lui avait même conseillé d'en faire autant : la patronne, une certaine *Madame Carole,* allouait — pour chaque client déposé devant sa porte — une commission de trente francs alors que moi je n'en donnais que vingt! Mais vous tuez le métier, imbécile! Vous faites du tort à toute notre corporation! Ah, je vous garantis que si nous étions syndiquées les choses ne se passeraient pas comme ça! Votre chance, c'est que nous n'avons pas de syndicat!

— Si j'agis ainsi, c'est que je trouve que c'est juste : ne m'avez-vous pas dit vous-même que la vie était tellement difficile pour ces pauvres chauffeurs de taxi?

A nouveau elle me regarda, bouche bée, avant de dire :

— Vous avez réponse à tout!

— Ne m'avez-vous pas également enseigné que, dans notre métier, il ne fallait jamais se laisser démonter par l'adversaire?

— Vous êtes le démon, Caroline! Et parce que vous êtes telle, il y aura des sanctions pour tout le mal que vous m'avez déjà fait... Savez-vous que je suis assez étonnée — à une époque où la politique gouvernementale n'a qu'une idée, c'est de faire disparaître, les unes après les autres, les dernières Maisons existant — que vous ayez réussi à ouvrir celle-ci et surtout à ce qu'elle ne soit pas encore fermée? Actuellement on tolère encore quelques vieilles Maisons comme la mienne qui, avec le temps, ont pris figure d'Institutions : elles ont un passé relativement honorable, elles font partie du pittoresque parisien et elles sont surtout utiles pour satisfaire les demandes des ambassades ou du Quai d'Orsay. Mais de nouvelles boîtes comme la vôtre sont déjà superflues le jour même de leur ouverture!

— Je suis assez touchée de la sollicitude dont vous voulez bien faire preuve à l'égard de l'avenir de mon entreprise, mais rassurez-vous : moi aussi j'ai « mon » *condé*...

— Vous avez même cela?

— Même cela!

— C'est inouï! On engage une petite bonne ignare au fond de la Bretagne et, un an après, elle a son *condé!*... Ah! Notre pauvre pays est bien bas : on n'y connaît plus l'échelle des valeurs! Mais ça ne fait rien; même si je suis seule dans ma lutte, je mettrai bon ordre à tout...

— Vous ferez ce que vous voudrez, madame Agnès... Sachez cependant que s'il vous prenait envie d'essayer de me faire du tort, je ne manquerais pas de parler à qui de droit de deux affaires qui vous concernent de très près : celle de la belle *Tania* que vous avez mise sous la protection d'un souteneur étranger et celle de l'assassinat de cette pauvre *Maud* qui, peu de temps avant ce fâcheux événement, travaillait encore chez vous...

Le visage devenu subitement blême, la vieille femme balbutia, les lèvres serrées :

— Vous êtes encore plus ignoble que je ne le pensais! Je ne vous dis pas au revoir.

Et elle partit, presque en courant, comme si, vraiment, elle venait de se trouver en face d'un monstre.

Moi aussi, je ne devais pas avoir une très bonne mine lorsque je rejoignis Dédé qui m'accueillit dans son taxi en demandant :

— Qu'est-ce que tu fichais, bon Dieu? Ça fait trois quarts d'heure que je suis là!

Mais, voyant mon visage, il dit plus doucement :

— Tu n'es pas malade, au moins?

— Je ne me sens pas très bien, Dédé... Ramène-moi vite chez nous.

Et, alors que la voiture commençait à rouler, mettant déjà une frontière entre le moment que je venais de vivre et celui, plus tendre, qui m'attendait, je retrouvai la force de lui dire :

— Sais-tu ce qui m'a retardée? Une visite...

— Un client?

— Madame Agnès.

— C'est une blague?

— Une mauvaise blague, en effet, car c'était bien elle...

— Qu'est-ce qu'elle te voulait?

— Du mal, Dédé! Beaucoup de mal...

— J'espère que tu ne t'es pas laissé faire?

— Tu me connais! Ne suis-je pas ta petite femme?... Mais je vais quand même te dire une vérité : la vieille est folle de rage de savoir que notre affaire marche...

— Tant mieux! Du moment qu'elle le sait, c'est la preuve que nous tenons le succès.

— Je l'espère comme toi... Pourtant je crois qu'il serait peut-être judicieux que tu parles d'elle, sans trop attendre, à ton ami le commissaire Bormani...

— Pourquoi?

— N'est-il pas préférable de passer à l'attaque plutôt que d'attendre de recevoir des coups?

— Pas dans ton boulot, Caroline! Souviens-toi du proverbe arabe : *La caravane passe et les chiens aboient*... Laisse la vieille aboyer, c'est-à-dire laisse tomber. Ne t'inquiète pas : je suis là...

Il me le prouva la nuit même, en m'apportant une fois de plus la seule chose que je lui demandais : son amour... Le lendemain matin, dimanche, je ne pensais plus à la surprenante visite. Le lundi, je repris mon travail qui me fit oublier qu'il existait quelque part dans Paris une Madame Agnès dont j'avais fait mon ennemie à mort. Le temps passa sans que j'entendisse parler d'elle. Ce ne fut que deux années plus tard que j'appris, par le plus grand des hasards au cours d'une conversation avec Bormani qui était venu me rendre une visite amicale, que la Maison de Madame Agnès venait de fermer définitivement sa porte et qu'elle avait même vendu son hôtel particulier dont le destin serait désormais — comme celui de beaucoup de Maisons closes disparues — d'être transformé en bureaux pour fonctionnaires.

Où Madame Agnès a-t-elle pu se réfugier? Aujourd'hui encore je me le demande? Est-elle même seulement vivante? Et, si elle l'est, elle doit être très âgée... Peut-être s'est-elle tout de même retirée dans cette maison de famille qu'elle avait restaurée à grands frais dans la ville où elle m'avait découverte? C'est sans doute la vraie raison pour laquelle je n'ai jamais ressenti l'envie de retourner à Vannes...

Les Maisons se faisant de plus en plus rares sur le marché français, je n'eus pas grand mérite à ce que la mienne continuât, sur sa lancée, à être l'une des affaires les plus discrètement florissantes de la Capitale. Assez vite, les clients qui avaient fait la fortune d'une Madame Agnès ou de ses concurrentes commencèrent à solliciter mes services. Même un Monsieur Richard — pour qui j'avais fait laisser un message téléphonique chez le chevillard de La Villette dont la boucherie lui servait de boîte postale — vint me trouver avec sa vulgarité et ses liasses de billets, pour me supplier de lui « procurer » des « dames de l'aristocratie ». Quand il m'expliqua qu'il ne retournerait plus jamais chez Madame Agnès parce qu'elle l'avait « truandé » en lui présentant des aristocrates pré-fabriquées, je ne manquai pas de lui dire :

— Vous êtes sévère, monsieur Richard... Souvenez-vous de cette merveilleuse Hongroise, la comtesse *Hoppony*...

Il me répondit :

— La Hongroise! Je l'ai payée sans discuter, mais comme elle a cru que c'était arrivé, elle m'a confié qu'elle n'était pas plus de là-bas, ni plus noble que moi, et qu'elle n'avait qu'une idée : trouver un gars honnête dans mon genre qui l'arracherait à un maquereau italien, dont elle ne savait comment se débarrasser! C'est la raison pour laquelle je viens ici. Vous, au moins, vous donnez bonne impression... Alors, qu'est-ce que vous me proposez?

— Rien pour le moment, monsieur Richard! Ceci pour la bonne raison que je n'ai aucune femme à vraie particule sous la main... Mais ça peut se présenter bientôt... Je vous promets de faire des recherches et le jour où je tiendrai enfin « la vraie », je vous ferai prévenir par votre ami de La Villette.

Après m'avoir regardée, d'abord avec surprise, puis dans une sorte de ravissement, le marchand de bestiaux m'avait dit :

— J'ai envie de vous donner l'accolade! C'est vrai : vous êtes la première qui ne se f... pas de moi! Vous ne croyez pas que j'ai bien le droit, puisque j'ai le pognon, de m'offrir une baronne ou une comtesse?

— L'argent donne tous les droits, monsieur Richard! Dussé-je y passer des années, vous aurez « votre » aristocrate, je vous le jure! Et comme j'ai appris à vous connaître et à vous apprécier, je sais que ce jour-là vous saurez me récompenser... Avant, je me refuse à recevoir un centime de vous! Qu'est-ce que je peux vous offrir? J'ai du beaujolais nouveau...

— Va pour le beaujolais! Cette année, il est fameux!

Nous trinquâmes au beaujolais dont, personnellement, j'ai horreur. Mais il y a des sacrifices qu'il faut savoir faire...

Périodiquement — c'était généralement les mardis, les jours de La Villette — le bonhomme revenait me voir en me posant toujours la même question :

— Alors?

— Toujours rien pour vous, monsieur Richard.

— Mais enfin, vous connaissez votre métier?

— C'est justement parce que je le connais que je vous dis qu'il n'y a pas encore une seule aristocrate authentique à l'horizon... Mais ça viendra, j'en suis sûre!

— Elles n'ont donc pas besoin d'argent, ces bougresses?

— Elles sont comme tout le monde : elles en manquent, mais elles le cachent!

— Qu'est-ce que je vais devenir, *madame Carole?* Je ne sais plus quoi faire de mon fric!

— Gardez-le! Et faites-moi confiance : quand je vous aurai trouvé une vraie baronne, marquise ou même duchesse, je vous promets qu'elle saura le dépenser! Il n'y a pas mieux que ces femmes-là pour jeter l'argent par les fenêtres! Ça fait des générations qu'elles ne savent pas faire d'économies... C'est pour cela qu'il vaut mieux que vous ayez des réserves.

— Vous aussi, vous commencez à vous ficher de moi?

— Je ne suis pas comme Madame Agnès, moi! Je vous respecte, monsieur Richard, parce que vous êtes sincère dans vos désirs.

— On trinque... au beaujolais!

Et ça recommençait...

Cela dura pendant des années : n'était-ce pas la seule

façon de conserver le contact avec ce genre de clientèle? Mais pour moi c'était un souci... presque aussi grand que celui que m'apportaient les visites du baron.

Le cher Melchior! L'homme délicat qui n'était même plus mon commanditaire puisque au bout de cinq années à peine, j'étais parvenue à lui rembourser intégralement la somme qu'il m'avait avancée. Je n'avais d'ailleurs fait en ça que suivre les conseils de Dédé, qui n'avait cessé de me répéter :

— Qui paie ses dettes s'enrichit!

Ayant récupéré les parts que je lui avais données en garantie, j'étais devenue seule propriétaire de mon affaire, mais, pour le remercier de son élégance, je continuerais à lui verser des intérêts selon le mode qui l'enchantait : à chaque fois qu'il viendrait avenue Foch, il ne paierait aucun tête-à-tête intime avec une fille, ni les bouteilles consommées de son cher *Moët et Chandon*. J'ai la satisfaction de me dire en ce moment que l'excellent homme a pu profiter de ces avantages encore pendant un nombre appréciable d'années. Il n'exagéra d'ailleurs pas et prit soin d'espacer ses visites galantes : la seule à qui il continuât à prodiguer ses largesses fut Albertine qui ne manquait jamais, lorsqu'il s'en allait, de l'accompagner dans le vestibule comme je l'avais moi-même fait quand je remplissais les mêmes fonctions chez Madame Agnès. Une Albertine qu'il lutinait gentiment tout en lui donnant des pourboires royaux.

Je n'avais plus de dettes à l'égard de personne. Entretemps, Dédé, qui avait poussé la conscience professionnelle jusqu'à continuer à faire le chauffeur de taxi alors que nous étions déjà très riches, avait changé trois fois de voiture. Le diesel *Mercedes* avait été remplacé par un diesel *Peugeot*, mais, celui-ci faisant vraiment trop de bruit, il l'avait remplacé par une *Citroën*, puis par une

Opel américano-allemande qui alliait la solidité au silence. Quand il avait voulu se séparer de la *Mercedes* de notre réussite, je m'y étais farouchement opposée :

— Dédé! Ce serait un crime de vendre ce taxi auquel nous devons tout, toi et moi! Qu'est-ce que tu pourras en tirer comme reprise maintenant qu'il a fait plus de cent mille kilomètres dans Paris? Gardons-le en souvenir dans un garage où je louerai à l'année, s'il le faut, un box fermé : pour moi ce diesel équivaut à un trésor. Mais je suis tout à fait d'accord, puisque nous en avons les moyens, pour que tu t'achètes aussi un taxi tout neuf.

— Qu'est-ce que tu dirais d'une nouvelle *Mercedes?*

— Non. Choisis une autre marque : il n'y aura toujours dans notre vie qu'une seule *Mercedes...* Je suis un peu comme le baron qui reste fidèle à sa vieille *Rolls...*

Dédé n'est plus alors que son premier diesel est toujours ma propriété; il est monté sur cales dans le garage des communs de ce château. Il est là, à côté de la *Rolls* de Melchior que j'ai également conservée... Et il n'y a pas de semaine où je ne me rende aux communs pour pénétrer dans la remise qui est devenue pour moi mon véritable musée personnel de l'automobile avec la belle voiture cannée et le taxi, dont le compteur ne tournera plus jamais puisque le cœur de Dédé s'est arrêté de battre. Les deux voitures sont rutilantes, entretenues régulièrement par Émile, le mari d'Angèle, à qui j'ai expliqué une fois pour toutes, lorsque j'ai engagé le couple, que je considérais que ce travail d'entretien serait le plus important de tous ceux qu'il aurait à faire ici. Je ne saurais admettre qu'il y eût de la poussière sur les carrosseries.

A chaque fois que je vais au garage, je m'assois successivement dans les deux voitures : à l'arrière, dans la *Rolls* et sur le siège avant de la *Mercedes.* Et je reste immobile, dans chaque voiture, pendant un temps dont j'ignorerai toujours la durée... Je m'imagine alors faire deux randonnées, toujours les mêmes... Dans la *Rolls,* je revis le premier voyage que j'y fis, en compagnie de Melchior, lorsqu'il vint me chercher à la terrasse de *Francis* — où je l'attendais coiffée de mon canotier blanc — pour m'emmener déjeuner ici, à Villeneuve. Et je refais le charmant parcours qui me permit de découvrir le vrai visage d'un authentique gentleman... Dans la *Mercedes,* assise à l'avant, je m'imagine que Dédé est là, à ma gauche, tenant son volant, ce dimanche de printemps où, après m'avoir attendue à notre lieu de retrouvailles habituel, il m'a emmenée faire la promenade inaugurale de « notre » taxi... Quand je ressors du garage, j'ai l'impression d'avoir rajeuni de vingt-cinq années : ces voitures, démodées toutes les deux aujourd'hui, sont les instruments magiques qui me permettent de faire ma cure de jouvence hebdomadaire.

Au fur et à mesure que les années passaient, Melchior venait de moins en moins avenue Foch. Ce qui me chagrinait — non pas pour la recette puisqu'il y était toujours mon invité — mais parce que je craignais d'apprendre un jour par la chronique nécrologique du *Figaro* que mon vieil ami avait quitté ce monde, abandonnant cette vie parisienne qu'il aimait tant! La dernière fois que je l'avais vu dans mon salon, trois mois plus tôt, je l'avais trouvé — lui qui, jusqu'alors, avait su rester magnifiquement alerte — terriblement changé et surtout très vieilli. C'était à peine s'il avait trempé ses lèvres dans une coupe de *Moët* et, lorsqu'elle était revenue auprès de moi après l'avoir raccompagné jusqu'à la porte, Albertine m'avait confié :

— C'est la première fois qu'il ne m'a pas fait de compliments galants et qu'il a oublié de me donner un pourboire !

C'était pourquoi je pouvais être assez inquiète sur son état de santé. Le lendemain j'avais téléphoné à son cercle où il m'avait été répondu que M. le Baron, un peu souffrant, n'y viendrait pas ce jour-là. Que pouvais-je faire ? Téléphoner chez lui ? C'était délicat à cause de la présence de son épouse. J'attendis quarante-huit heures avant de rappeler au Cercle et, cette fois, j'eus la joie de l'entendre au bout du fil. Il me dit qu'il se sentait mieux et qu'il viendrait bientôt me revoir. Sa visite fut précédée, la veille, d'un appel téléphonique au cours duquel il m'annonça d'une voix joyeuse :

— Chère amie, je serai chez vous demain à 17 heures, ayant décidé de ne pas jouer au bridge... Je me sens en pleine forme. Et vous ?

— Je vais toujours bien, Melchior, quand je vous entends.

— Et cette chère petite Albertine ? Toujours aussi croustillante ?

— Toujours, elle vous attend...

— J'espère que demain elle saura mettre le plus charmant de tous ses tabliers ?

— Ce sera la plus jolie soubrette que vous aurez jamais vue !

— J'y compte bien ! A demain...

A 17 heures précises, les trois coups de sonnette prolongés retentissaient. Albertine, vêtue comme il l'aimait, se précipita et il apparut plus pétulant que jamais. Après avoir bu un premier verre, il déclara :

— Voilà déjà une bonne chose de faite... Oui, je me suis dit hier, en me levant : « Il y a bien longtemps que je n'ai été me revigorer aux sources vivifiantes de l'avenue

Foch... Que doivent penser de moi en ce moment les charmantes amies qui m'y attendent? » Et me voici!... Ah! J'ai pour vous une nouvelle stupéfiante : figurez-vous que, tout à l'heure en venant ici, ma *Rolls* a eu sa première panne depuis trente années! C'était comme si cette diablesse voulait m'empêcher de vous rendre visite... Gaston était désespéré! Je l'ai laissé se débrouiller avec sa machine en lui disant de venir m'attendre ici à 19 heures, quand la réparation aura été faite. Et j'ai sauté allégrement dans un taxi : au fond, c'est très commode, les taxis... J'ai tort de ne pas en prendre plus souvent.

Il s'attaqua à une deuxième coupe avant de reprendre :

— Je ne vous demande pas, ma chère Caroline — car lui s'était toujours obstiné à continuer à m'appeler ainsi : il trouvait que *Madame Carole,* ça me vieillissait trop! — comment vont les affaires puisque je sais, aussi bien par vous que par la rumeur publique, qu'elles continuent à prospérer. Et j'en suis enchanté pour vous.

— C'est à vous que je dois cette réussite, Melchior.

— Oh, moi! Je n'ai été, dans tout cela, que l'instrument du Destin... Il faut bien que notre argent serve parfois à aider ceux qui ont plus de courage que nous! C'est même très curieux de constater à quel point nous naissons fatigués dans nos vieilles familles! Cela tient peut-être au fait que nous ne cessons pas de penser dans notre for intérieur : « Mon père a fait la guerre, mon grand-père a fait la guerre, donc je me repose! » L'ennui c'est que nous nous répétons cela depuis des générations... Aussi devrions-nous plutôt être très reposés?

— Mais vous l'êtes, Melchior! Jamais je ne vous ai vu dans une pareille forme... J'avoue qu'il y a quelques mois j'étais un peu inquiète à votre sujet. Je vous trouvais mauvaise mine tandis qu'aujourd'hui vous êtes resplendissant!

— Je ne me sens pas trop mal... Et puisque nous sommes, vous et moi, seuls en ce moment dans ce salon, je vais vous faire une petite confidence : si je suis revenu aujourd'hui, c'est avec l'intention de faire des folies!

— Voyez-vous cela! De quel ordre, ces folies?

— Je veux consommer, Caroline... Mais comprenez-moi : il ne s'agit pas seulement du champagne... Je veux consommer au sens biblique.

— Et qu'est-ce qui vous en empêche? Il me suffira d'un appel téléphonique pour trouver ce qu'il vous faudra...

— Ce n'est pas certain, chère amie! Car, aujourd'hui, j'ai une idée fixe en tête dont je ne démordrai pas! Vous serez la première à reconnaître que jusqu'à présent — et ceci depuis des années que vous avez ouvert cet appartement — j'ai toujours su me montrer conciliant en acceptant généralement avec bonne humeur les créatures que vous me présentiez?

— C'est exact, Melchior. Mais reconnaissez à votre tour que je ne me suis pas tellement trompée dans le choix de ce qui est votre type préféré de femme?

— Vous vous êtes montrée beaucoup plus adroite que n'a jamais su l'être une Madame Agnès... Cependant, je ferai une petite restriction : vous n'avez jamais réussi à me trouver — vous que j'ai adorée quand vous n'étiez encore qu'une petite servante aux pieds de qui je n'ai pas hésité à déposer une partie de ma fortune — une remplaçante...

— Je ne comprends pas, Melchior?

— Mais si : une autre servante authentique — et non pas l'une de ces fausses soubrettes que vous savez tellement bien façonner en utilisant la première putain venue — qui vous remplacerait dans mes aspirations sentimentales...

— Je croyais pourtant que vous n'étiez pas indifférent aux charmes d'Albertine ?

— Justement, Albertine... C'est d'elle que je veux vous entretenir... Voilà des années qu'elle me plaît ! Je pourrais même dire : depuis le jour où nous avons fêté l'ouverture de cet éden... Eh bien, il ne s'est rien passé entre elle et moi !

— Ce n'est pourtant pas moi qui ai fait obstacle à une pareille idylle !

— Non, c'est elle... Et c'est bien ce qui me chagrine !

— Racontez-moi tout, Melchior... Vous savez que je suis votre plus grande amie...

— Vous êtes plus que cela, Caroline : une confidente digne du répertoire antique !

— Je vous promets que, si je le puis, je ferai tout pour vous faciliter les choses... Parlez.

— Vous savez très bien, pour l'avoir vécu vous-même, comment les choses se passent généralement avec moi : j'ai un faible très marqué pour les femmes d'extraction modeste, telles que vous, que je sens animées des plus hautes ambitions. Vous avez su admirablement utiliser à votre profit mon penchant naturel pour faire votre chemin : je ne vous en veux nullement et je vous félicite même... Seulement, plus je vieillis et plus je ressens l'impression un peu amère d'avoir été, non pas un aimable « micheton » selon l'expression consacrée, mais un homme qui s'est toujours leurré et qui n'a pas eu la part d'amour très spéciale qu'il réclamait... Je sais très bien que je n'en ai plus pour très longtemps à vivre, mais je ne voudrais pas disparaître sans avoir connu enfin ce que je pourrais appeler « le grand frisson » avec l'une de ces soubrettes qui sont pour moi « mes » déesses... J'ignore si vous avez une vie privée, Caroline, et si cela était, je ne voudrais surtout pas la connaître maintenant que vous êtes devenue une « patronne » et surtout une femme riche. Je souhaite d'ailleurs, de tout mon cœur de vieil homme, que vous connaissiez autre chose qu'une existence menée, jour après jour, pendant des années, entre les murs d'un local où se pratique le libre-échange! Mais il est possible aussi que ce soit là pour vous un idéal : toutes les vocations sont respectables... De toute façon, vous me devez, en compensation de ce que j'ai fait pour vous, une petite récompense. Ce sera la première et la dernière fois où je vous le demanderai. Si vous me la refusez, je ne reviendrai jamais ici, ayant compris que vous estimez ne plus rien me devoir. Et croyez bien que je ne vous en tiendrai aucun grief! Mais si, au contraire, vous accédez à ma requête, vous pourrez vous dire que vous avez enfin fait de notre vieil ami « le baron » le plus heureux des hommes...

Jamais Melchior ne m'avait parlé ainsi. J'étais à la fois stupéfaite et bouleversée. Il venait de s'exprimer sur un ton pondéré, presque grave, que je ne lui avais pas connu non plus. Je sentais que cette fois, c'était sérieux, très sérieux même si je ne voulais pas perdre mon plus grand ami. Et je répondis, sans réfléchir davantage :

— Je tiens à vous revoir, Melchior.

Après avoir bu une nouvelle gorgée, il me dit alors d'une voix timide, presque en rougissant :

— Je rêve, depuis que vous avez ouvert cette Maison, de vous voir m'apporter vous-même une bouteille de *Moët,* comme vous le faisiez quand vous étiez chez Madame Agnès, dans l'une de vos chambres, lorsque j'y serai entré et que je vous sonnerai après un quart d'heure... Ce sera la dernière fois de votre vie peut-être où vous redeviendrez cette petite femme de chambre au nez retroussé dont l'apparition, en portant son plateau, tenait pour moi de la féerie... Et vous me direz comme autrefois avant de vous retirer : *Monsieur le Baron est servi...* Est-ce trop vous demander?

— Mais non, Melchior! Je vais le faire avec joie... Seulement puis-je poser une question? Vous serez seul dans cette chambre?

— Non, mon petit! Ce serait ridicule, le baron de Marnet-Melval se morfondant sans compagnie devant un grand lit qui attend l'amour! Je serai avec Albertine...

— Quoi?

— Oui, votre soubrette actuelle que vous servirez à votre tour parce que tel sera mon plaisir...

— Mais enfin, vous n'y pensez pas? Qu'est-ce que diraient les autres clients si ça se savait?

— Ça ne se saura pas : ce sera un secret de plus qui restera entre vous, moi et Albertine...

— Je ne suis pas sûre du tout qu'elle accepte...

— Elle acceptera... Faites-lui confiance : je l'ai assez regardée depuis des années pour savoir que c'est une soubrette chaude!

— Mais pourquoi ne pas faire cela ailleurs avec elle en l'invitant, comme vous l'avez fait avec moi, à goûter le charme d'une promenade en votre compagnie dans votre belle *Rolls* un dimanche, qui est son jour de congé?

— Vous êtes la seule servante qui ait eu le droit de monter ainsi dans ma voiture : c'est là un privilège qui ne restera qu'à vous... Et je ne veux pas que ça se passe ailleurs qu'ici avec Albertine! Comprenez-moi : voilà plus de cinquante années que je rêve de faire l'amour dans une Maison de rendez-vous, non pas avec une professionnelle, mais avec la propre femme de chambre de cette Maison! Vous voudriez que je disparaisse sans avoir enfin réalisé ce rêve? Prêtez-moi Albertine...

J'avais entendu beaucoup de choses depuis des années, aussi bien chez la mère Agnès que chez moi, mais jamais une demande pareille! Et je n'avais pas le droit de ne pas y accéder : ne devais-je pas tout au baron?

— Si vous voulez bien patienter ici, je vais essayer, cher grand ami, d'amener Albertine à compréhension, mais vous comprendrez qu'il est nécessaire pour cela que j'aie une petite conversation avec elle dans mon bureau...

— Je vous fais confiance : n'ai-je pas été bien placé pour apprécier votre pouvoir de persuasion? Quand vous voulez vraiment, qui pourrait vous résister?

Quelques secondes plus tard Albertine m'avait rejointe dans mon antre directorial :

— Cette fois ça y est, Albertine! Il faut que tu y passes!

— Avec le vieux?... Ça ne m'étonne pas, depuis le temps que je le sens rôder autour de moi à chaque fois qu'il vient! Eh bien, ça va être gai!

— Ce sera plutôt moins triste qu'avec d'autres : il offre l'avantage d'avoir une conversation agréable... Et tu ne risques rien puisqu'il ne touche jamais à une femme! Tu le sais aussi bien que moi...

— Il n'a peut-être jamais touché aux autres, mais je ne mettrais pas ma main au feu qu'il n'essaie pas avec moi, la femme de chambre! Si tu savais la façon dont il me regarde quand je le raccompagne dans le vestibule! Son œil gauche devient lubrique derrière son faux monocle...

— Et l'œil droit?

— Il cligne... Et si je fais ça, il ne me donnera pas de pourboire!

— C'est moi qui te le donnerai, et il sera gros!

— Je sais bien que tu es la femme de mon frangin, mais quand même, tu me demandes là un drôle de truc!

— Ce n'est pas moi seule qui te le demande, c'est également Dédé... C'est toute la famille, Albertine!

Sans trop hésiter, elle répondit :

— Puisqu'il le faut, allons-y! Mais je le sens, ça ne va pas être du gâteau!

— Va l'attendre dans la chambre rose. Je ferai le service. Toi, tu ne t'occupes que de lui et surtout, prends ton temps...

— Ça m'étonnerait que ça se fasse en vitesse! Dis-moi quand même quelque chose pour me donner du courage...

— C'est drôle... Quand Dédé m'avait conduite en taxi au premier rendez-vous que j'avais avec le baron, je lui avais demandé la même chose...

— Et qu'est-ce qu'il t'avait dit?

— M...!

— Ça peut aller... A tout à l'heure, ou à demain matin, si ça se prolonge!

Revenue dans le salon où le baron continuait à boire, sans doute pour se mettre en état, j'eus la satisfaction de pouvoir lui annoncer :

— Mon cher Melchior, « on » vous attend dans la chambre rose : celle que vous préférez... Vous connaissez la maison et je connais vos habitudes : vous n'aimez pas que l'on vous accompagne... « On » fera tout ce que vous voudrez parce que « l'on » a de l'admiration pour vous...

— Je préférerais, très chère, que ce fût de l'amour...

— Il y en a aussi, caché, qui se révélera à l'usage... Cette petite Albertine est une grande sentimentale.

— Je m'en doutais un peu... Et je préfère cela! Parce qu'enfin c'est affreux qu'une jeune femme s'offre à vous non pas par plaisir, mais pour l'honneur! J'y cours.

Avant qu'il ne sorte, je lui dis encore :

— Vous n'aurez qu'à sonner quand la prise de contact sera faite et je vous apporterai une nouvelle bouteille de *Moët*... Oui, pour vous, je consens à servir ma propre femme de chambre!

J'attendis près de vingt minutes avant d'entendre l'appel téléphonique de la chambre. J'étais assez inquiète, et même angoissée, me demandant si les choses se passaient comme le vieil homme le désirait depuis tellement longtemps et surtout si ma pseudo-belle-sœur savait se montrer à la hauteur de sa noble conquête? Enfin le téléphone sonna. C'était la voix d'Albertine qui dit, sur un ton de commandement que je ne lui avais encore jamais connu, ces mots qui me stupéfièrent :

— Ma fille, vous pouvez apporter une bouteille...

Elle m'avait appelée « ma fille »! Ça, c'était le clou! Il n'y avait qu'une explication possible : c'était qu'elle devait déjà se sentir dans la peau d'une maîtresse... Et j'en eus le vertige : serait-ce possible qu'enfin il se fût passé quelque chose de tangible dans une chambre avec Melchior? S'il en était ainsi, c'était la preuve qu'il avait eu mille fois raison, l'excellent homme, de persister dans son entêtement : c'était bien une bonniche qu'il lui fallait...

Quand, apportant le plateau, je frappai à la porte, ce fut encore la voix de plus en plus triomphante d'Albertine qui cria :

— Entrez!

Je le fis et je crus laisser tomber, de saisissement, mon plateau par terre : Melchior et Albertine étaient dans le lit, cachés partiellement par le drap, blottis l'un contre l'autre, bouche contre bouche, ne se préoccupant même pas de ma présence! Après avoir débouché la bouteille, avec toute cette discrétion que m'avait enseignée Madame Agnès et que j'avais moi-même inculquée à Albertine, je dis, comme Melchior me l'avait demandé :

— Monsieur le baron est servi...

Il n'y eut pas de réponse, l'amant septuagénaire était beaucoup trop occupé... Je me retirai sur la pointe des pieds en refermant doucement la porte derrière moi. Arrivée dans le salon, je me versai à mon tour une coupe de champagne que j'avalai d'un trait, sentant que j'en avais le plus grand besoin! La vision que je venais d'avoir m'avait suffoquée. N'était-ce pas fantastique de penser qu'Albertine avait réussi là où tant d'autres, qui se croyaient cependant irrésistibles, avaient échoué? Melchior, qui s'était déshabillé, n'éprouverait certainement pas, cette fois, le besoin de rester dans la chambre un bon quart d'heure après la femme pour y répandre un désordre organisé... Décidément, il n'y avait que des as dans la famille de Dédé! Je crois aussi qu'à cette seconde j'ai été un peu jalouse d'Albertine.... Je payais ma fidélité à Dédé : ce qu'elle récoltait, j'aurais très bien pu l'avoir longtemps avant elle si je l'avais voulu...

Combien de temps restai-je rêveuse dans le salon? Je n'en sais trop rien, mais ce dont je me souviens très bien c'est de ne m'être même pas dérangée pour aller ouvrir à d'autres clients qui sonnèrent à la porte et d'avoir répondu, à deux qui téléphonèrent pour demander s'ils pouvaient venir : « Attendez plutôt demain. Aujourd'hui je n'ai rien de bien pour vous. » Je ne me sentais pas suffisamment en état de grâce pour faire correctement mon métier. Et c'eût été un crime de laisser pénétrer dans ma Maison d'autres clients et des professionnelles quand il s'y passait un événement aussi extraordinaire! N'était-ce pas très beau, inespéré et grandiose, ce qui arrivait à Melchior ? Personne d'autre qu'Albertine et moi ne devait être au courant du miracle... Il y aurait aussi Dédé, à qui je me devais de tout raconter le soir quand je le retrouverais. Et, comme je connaissais sa sensibilité, je savais déjà qu'il serait aussi ému que moi à la pensée que « nous » avions enfin pu récompenser le baron pour toutes ses largesses...

Il y avait peut-être une demi-heure que j'étais ainsi, solitaire, lorsque la porte du couloir conduisant aux chambres s'ouvrit brusquement sur une Albertine échevelée et hagarde, aux trois quarts nue, n'ayant pour tout vêtement qu'une serviette-éponge enroulée autour des hanches, qui hurlait :

— Viens vite ! Il ne bouge plus !

Je me précipitai dans la chambre rose. Ce fut la première et la dernière fois que je vis Melchior tout nu. Son long corps, allongé sur le lit, était immobile. Le regard était fixe, sans monocle... Je me baissai, appliquant l'oreille contre sa poitrine et je dus me rendre à l'évidence : le cœur s'était arrêté... Pétrifiée, je me redressai avec peine, contemplant le corps qui me parut immense : malgré son âge, Melchior était encore un très bel homme ! Ce qui me fascina le plus — au point que je ne pouvais en détacher mon regard — fut la vue du phallus qui restait dressé dans une dernière érection. Tout autour, le drap était taché comme ceux que j'avais changés tant de fois, avec Marie la souillon, quand j'étais femme de chambre chez Mme Agnès. De l'autre côté du lit, Albertine, silencieuse, me regardait, hébétée.

Il peut se présenter ainsi, dans la vie, des moments ahurissants où l'on n'a que quelques secondes devant soi pour prendre une décision qui peut être lourde de conséquences. En un éclair de pensée, je mesurai l'ampleur du désastre que pourrait représenter pour mon commerce cette fin subite, chez moi, d'un Monsieur aussi respectable et aussi connu. C'était vraiment ce que l'on appelle « le gros pépin » imprévisible qui, en un instant, risque de faire s'écrouler tout un édifice qui paraissait construit pour défier toutes les intempéries de l'existence... Que faire ? Et d'abord, était-il réellement mort ? Peut-être, après tout, n'était-ce qu'une crise passagère due à un état d'excitation intense ? Une sorte de mort apparente ?... Pourtant le cœur... Je me penchai à nouveau pour écouter : rien ! Il fallait tout de même agir... Mon devoir n'était-il pas d'appeler d'urgence Police-Secours ou les pompiers qui possèdent un matériel de réanimation immédiate très perfectionné ? Mais quel remue-ménage cela ferait dans l'immeuble et peut-être même dans le quartier ! J'avais conservé un tel mauvais souvenir de la vision des cars de police devant la maison de Madame Agnès !... Ah ! Si seulement Dédé avait été là, il m'aurait conseillée... Mais je ne savais pas où le joindre ! Il devait être en train de tourner dans Paris avec son taxi... Je n'avais, pour m'aider, que cette gourde d'Albertine qui continuait à me regarder avec des yeux de folle... Évidemment ce qu'elle venait de connaître n'avait pas dû être très agréable : voir quelqu'un, qui est avec vous dans un lit en train de... et qui, brusquement... c'est du cauchemar ! Mais n'était-ce pas aussi beaucoup de sa faute, à elle ? Comme si, sachant qu'elle avait affaire à un vieillard, elle n'aurait pas pu s'y prendre avec plus de modération ! Seulement voilà : en vraie bonniche qu'elle était, il lui avait tout fallu !

— Je t'en prie, Albertine, rends-toi utile au lieu de rester devant lui les bras ballants ! Et habille-toi surtout ! C'est encore une chance que nous soyons seules, toutes les deux, dans la Maison ! Tu te rends compte de ce que ce serait s'il y avait d'autres clients dans les chambres voisines avec des filles ! Quelle salade ! Mais qu'est-ce que j'ai fait au Ciel pour qu'il me fasse une vacherie pareille! Moi qui ai réussi à ne pas avoir une seule histoire chez moi depuis que j'exerce! Et si j'appelais un médecin? Seulement il va poser des questions pour savoir comment ça s'est passé! Que répondre?

Je sentais, moi aussi, ma tête vaciller...

— Aide-moi à le recouvrir du drap supérieur...

Je sais que ce que j'ai dit alors fut très bête, mais cela m'échappa des lèvres :

— Il aura moins froid...

Et ce regard qui continuait à fixer le plafond, ou l'infini...

Je courus à mon bureau et, au moment même où, désespérée, je commençais à former sur le cadran le numéro de Police-Secours, une idée germa : « Et le commissaire Bormani? Lui, il comprendra, parce que c'est un ami de la Maison, et il agira au mieux... »

J'eus la chance inespérée de l'avoir à son poste, quai des Orfèvres. Après que je lui eus expliqué rapidement ce qui venait de se passer, il répondit :

— J'arrive avec un médecin de la Préfecture. Surtout n'ouvrez à personne jusqu'à ce que nous soyons là!

Un quart d'heure plus tard, il était, en compagnie d'un médecin, au chevet de Melchior. Les secondes pendant lesquelles le praticien écouta, le stéthoscope appliqué sur la région du cœur, me parurent épouvantables : je guettais le visage et les réactions du docteur, espérant encore qu'il y avait un espoir. Mais il se releva, disant :

— C'est fini... La mort a été instantanée; il n'a pas souffert. On pourrait même dire, étant donné les circonstances, qu'il a réussi à partir dans d'excellentes conditions...

Et pendant qu'il lui fermait les yeux, il ajouta :

— De toute façon, il n'a plus rien d'intéressant à voir ici...

Albertine, qui s'était rhabillée, éclata en sanglots et s'agenouilla en faisant le signe de croix. Je ne sais pourquoi, mais j'en fis autant : je n'avais pas accompli ce geste de rédemption depuis l'époque de ma confirmation à Vannes... Il y a des gestes, comme celui-là, qui vous reviennent naturellement aux moments graves parce qu'ils apportent l'apaisement. Il y eut dans la « chambre rose » un moment de recueillement qui fut interrompu par la voix rude de Bormani disant :

— Les prières, mes bonnes dames, c'est très bien... Seulement ce ne sont pas elles qui nous donneront l'inspiration pour agir! Car il faut prendre une décision... Qu'est-ce que nous faisons de lui, docteur?

— Normalement, il faut le faire transporter à l'Institut médico-légal où sa famille, s'il en a une, viendra le reconnaître pour prendre possession du corps.

— Vous n'y pensez pas, docteur! m'écriai-je. On ne peut pas envoyer un monsieur pareil, le baron de Marnet-Melval, à la morgue! D'abord l'ayant bien connu, je vous garantis que ça ne lui plairait pas du tout!

— Oh! Vous savez, madame : au point où il en est!

— Et puis il me paraît difficile que son épouse, la baronne, que je ne connais pas d'ailleurs, se rende en un pareil lieu : ce sera atroce pour elle!

— Vous préférez peut-être, dit l'officier de police, qu'elle vienne ici, dans... cette Maison?

— Ah, non! Pas ça! Qu'est-ce qu'elle penserait, la baronne!

— Alors? Vous ne pouvez tout de même pas le garder chez vous éternellement!

La sonnette d'entrée avait retenti.

— Allez voir ce que c'est, dit Bormani à Albertine, mais veillez à ce que l'on reste dans le vestibule.

Dès qu'elle eut quitté la pièce, il me demanda :

— C'est elle qui était avec lui quand ça s'est produit?

— Oui...

— Vous en êtes réduite aux serveuses-montantes?

— Jamais de la vie! Moi je ne voulais pas... C'est lui qui l'a exigé... Ce m'était très difficile de lui refuser...

— Forcément : vous avez eu la reconnaissance du ventre! Moi, j'ai toujours pensé qu'il était complètement dingue, ce vieux beau!

Albertine revint, annonçant :

— C'est le chauffeur de M. le Baron qui fait dire à son patron que la voiture est réparée et qu'il attend devant la porte.

— C'est vrai, monsieur Bormani : en arrivant, Melchior m'a dit que sa *Rolls* avait eu une panne... La *Rolls!* Mais... Est-ce qu'on ne pourrait pas l'utiliser pour ramener M. de Marnet-Melval chez lui plutôt qu'à la morgue?

Il y eut un nouveau silence au bout duquel le policier dit :

— Évidemment, ça arrangerait bien des choses... Pour vous, madame Carole, ça éviterait qu'en s'ébruitant l'affaire ne déclenche un scandale qui pourrait amener la fermeture de votre Maison... Pour l'épouse légale, ça permettrait de ne pas lui dire dans quelles circonstances assez spéciales son mari est mort... Qu'est-ce que vous en pensez, docteur?

— Je pense que l'on a toujours intérêt, à moins d'un cas de force majeure ou lorsqu'il y a un crime — ce qui n'est pas le cas — à faire le moins de bruit possible autour de certains décès...

— Mais vous ne pourrez pas dire dans votre certificat qu'il est mort ici ?

— Mon cher ami, si l'on y réfléchit, l'idée de Madame Carole n'est pas tellement mauvaise... Ce monsieur peut très bien avoir eu une crise cardiaque dans sa voiture. Le chauffeur, s'apercevant qu'il y avait quelque chose d'anormal et que son maître s'était affaissé sur la banquette arrière, s'est arrêté... Affolé, il a appelé à l'aide... La chance a voulu que, passant par là moi-même avec ma voiture sur le pare-brise de laquelle se trouve le caducée indiquant ma profession, j'ai été hélé par le chauffeur... Mais hélas c'était trop tard ! Le tour sera joué au mieux des intérêts de tout le monde, et même du défunt qui, comme nous l'a fait comprendre Madame, n'aimerait pas se retrouver dans l'un des casiers de la morgue ! Vous dites qu'il a une *Rolls ?...* Après tout, mourir en *Rolls,* ce n'est pas si mal et ce n'est pas donné à tout le monde !

Au bout d'un moment de réflexion, l'officier de police déclara :

— Puisque tout le monde est d'accord, on applique cette solution... Dites-moi, Carole : vous connaissez le chauffeur ?

— Gaston ? Très bien ! Il m'a conduite plusieurs fois avec le baron. Il lui était très dévoué.

— Le genre « vieux serviteur » ? Alors il comprendra que ce sera pour la réputation posthume de son patron... Venez avec moi : nous allons l'affranchir... Et pendant ce temps le docteur, aidé d'Albertine, va habiller le défunt : l'avant-dernière toilette...

Quand nous annonçâmes la triste nouvelle à Gaston, ses yeux se remplirent de larmes avant qu'il ne pût dire, en guise d'oraison funèbre :

— Tôt ou tard, ça devait arriver... Et mieux vaut que ça se soit passé dans cette Maison... Je connaissais trop bien M. le Baron pour ne pas savoir qu'il n'aurait pu tolérer de se sentir diminué physiquement... Il n'y avait rien qui le mettait plus en colère que lorsque Mme la Baronne lui disait : « Mais, mon cher, au train où vous y allez, je vous pousserai bientôt dans une petite voiture! »

— Eh bien, dit Bormani en désignant la *Rolls,* ce ne sera pas dans la petite, mais dans la grande voiture qu'il roulera pour aller retrouver son épouse... Car vous allez le ramener chez lui comme vous le faisiez tous les soirs.

Et, après qu'il eut expliqué la manœuvre projetée, Gaston admit :

— Je crois, en effet, que c'est ce qu'il y a de mieux à faire pour éviter un choc trop désagréable à Mme la Baronne... Elle n'aimait pas beaucoup son époux, mais quand même!

— J'ai l'impression, dis-je, que de son côté Melchior ne la portait pas en très haute estime?

Ce qui permit à l'officier de police de conclure :

— C'est précisément quand les gens ne se sont pas tellement bien entendus de leur vivant que l'on doit donner l'impression qu'ils pourront peut-être se retrouver ailleurs... Maintenant au travail! Nous avons la chance qu'il fasse nuit, que l'avenue soit déserte, que ça se soit passé dans un rez-de-chaussée et surtout que la loge du concierge regarde sur la cour! Ce serait à croire, *Madame Carole,* que vous avez tout prévu en portant votre choix, il y a des années, sur cet appartement... Mais vous est-il venu quand même à l'idée que des clients pourraient y entrer pleins de vie et en ressortir morts?

— Non.

— Eh bien, vous avez eu tort, car de pareilles choses se sont déjà passées dans des établissements similaires... On a même vu y mourir l'un de nos plus grands ambassadeurs! C'est pourquoi nous ne nous frappons plus de rien dans la police...

Puis il ajouta, à l'intention de Gaston :

— Venez prêter main-forte au docteur pour le transport... Moi, j'assurerai la protection : c'est mon boulot... Allons-y : il doit être « prêt »...

Il l'était, le cher Melchior, assis tout habillé sur le bord du lit où Albertine le maintenait pour qu'il ne s'y affaissât pas à nouveau... Il manquait cependant un détail vestimentaire essentiel que je trouvai sur la table de chevet : le cercle doré du monocle.

— Madame a raison, dit Gaston, M. le Baron ne peut pas rentrer chez lui sans son monocle : ça pourrait faire jaser et Mme la Baronne risquerait d'avoir des doutes...

Il prit le cercle sans verre qu'il plaça dans l'arcade sourcilière gauche en disant :

— J'ai suffisamment pu observer M. le Baron depuis trente ans pour avoir repéré comment il s'y prenait pour le faire tenir...

Et le faux monocle resta fixé devant une paupière fermée.

Précédés par le policier, qui remplissait les fonctions de maître de cérémonie, le docteur et Gaston soulevèrent le défunt et traversèrent l'appartement jusqu'à la porte du vestibule : ce fut la dernière fois que Melchior de Marnet-Melval passa sous les lambris de mes salons qu'il aimait tant! Albertine et moi, nous suivions, constituant la délégation des fausses « dames de la famille ». Étrange convoi en vérité! Avant le franchissement de la voûte et du portail de l'immeuble, on fit une halte pour permettre à Bormani de vérifier si « la voie était libre ». Elle l'était, comme au temps où Melchior utilisait l'ascenseur, ou l'escalier, chez Madame Agnès.

Quelques instants plus tard, il était installé au fond de

sa voiture avec, pour compagnon de route à sa droite, le docteur dont la tâche, pendant le trajet, serait de maintenir droit son voisin pour qu'il conservât toute sa dignité.

— Je vous suis dans l'autre voiture, dit Bormani. Mais nous ne nous arrêterons pas juste devant la porte de son domicile pour éviter les commérages toujours possibles... Vous ferez le nécessaire auprès de la baronne, docteur, et vous lui remettrez le certificat de décès : je vous attendrai dans la rue, un peu plus loin.

Quand le chauffeur de la Préfecture avait vu le défunt monter dans la *Rolls*, il s'était découvert. Je ne pus m'empêcher de penser que jamais mon ami Melchior n'avait dû descendre ou monter dans un véhicule sans que l'on se découvrît devant lui.

Lorsque Gaston eut fermé la portière arrière avant de reprendre son volant, l'officier de police lui dit :

— Surtout, allez doucement pour éviter les chocs...

— Monsieur le commissaire peut compter sur moi : M. le Baron détestait la vitesse !

Les deux voitures démarrèrent dans la nuit. Pendant un moment, je restai immobile sur le trottoir, avec Albertine à mes côtés, me souvenant également d'un certain après-midi où j'avais vu Madame Agnès et ses ouailles monter dans des cars de police. Ce jour-là, c'était Marie qui était derrière moi. Il y avait cependant un détail qui différait : aucun agent ne se trouvait là, en faction, prêt à me dire d'un ton goguenard : « Alors, on ferme ? » Ce soir, bien sûr, je ne recevrais aucun client en signe de deuil : un vrai deuil... Mais, dès demain, il faudrait bien que je rouvre ma Maison, sinon la clientèle ne comprendrait pas.

Quand nous nous retrouvâmes dans le salon, j'ordonnai à Albertine :

— Apporte une bouteille de *Moët*... J'ai l'impression que, d'où il est en ce moment, Melchior serait content de nous voir accomplir un geste qui a été l'une des marques de sa personnalité...

Le bouchon sauta. Après avoir levé, l'une et l'autre, nos verres en silence, nous bûmes avidement. Il avait raison, Melchior : le champagne est l'une des rares boissons qui réconfortent... Je crois qu'Albertine en avait encore plus besoin que moi ! Quand je vis que son visage avait enfin repris quelques couleurs, je lui demandai :

— Dis-moi maintenant : quelle impression ça t'a fait quand c'est arrivé ?

— Je ne ferai plus jamais l'amour !

— Pourquoi ? Tu n'es pas responsable de ce qui s'est passé... Ce serait plutôt moi... Mais n'avons-nous pas bien agi, toutes les deux, en essayant de lui faire plaisir ?

Albertine ne répondit pas et avala un second verre.

Les obsèques du dernier baron de Marnet-Melval eurent lieu, quatre jours plus tard, ici même à Villeneuve. Il y vint, je le sais, une foule considérable, s'étalant de ses amis du Cercle à ses fermiers en passant par toute la population du canton et les innombrables relations parisiennes pour qui Melchior avait représenté une figure originale que personne ne retrouverait plus.

Dédé et moi nous hésitâmes longuement avant de décider si nous nous rendrions, ou pas, à la cérémonie. Lui était pour :

— Il me paraît difficile, après ce qu'il a fait pour toi, que tu n'y ailles pas, Caroline !

Mais moi j'étais contre :

— Je sais tout ce que nous lui devons, chéri... Seulement réfléchis : parmi ses amis de Paris, j'ai quelques clients... Qu'est-ce qu'ils diront s'ils me reconnaissent dans la foule ? Et puis, je t'avoue que je ne me sens pas le courage de défiler devant son épouse que je n'ai jamais vue, et encore moins celui de lui serrer la main en bafouillant des condoléances... Ne crois-tu pas que ce serait très déplacé de ma part et même d'assez mauvais goût ? J'aurais presque l'air de venir la narguer alors que je ne lui ai jamais voulu de mal, à cette femme.

Finalement, nous optâmes pour une solution qui apaisait notre conscience tout en ne risquant pas de provoquer un scandale de dernière heure inutile. Nous enverrions une très belle couronne de camélias : Melchior les adorait, je le savais. Elle ne serait accompagnée d'aucune inscription ni d'aucun bristol : elle resterait anonyme... Sans doute a-t-elle été rejoindre, à l'issue de la cérémonie, les innombrables autres fleurs déposées dans la petite chapelle de ce caveau de famille où il repose depuis six années et où je me suis recueillie avant-hier ?

L'avenue Foch avait repris son activité intense, mais je dois avouer qu'à plusieurs reprises, pendant les premières semaines qui suivirent la mort de mon vieil ami, des clients me demandèrent :

— Qu'est-ce que vous avez, *Madame Carole?* Vous semblez toute triste...

Invariablement je répondais :

— Je viens d'avoir un gros chagrin, mais mon rôle ici est de m'occuper de vous et non pas de moi.

Et je m'efforçais de sourire.

Albertine, non plus, n'était plus la même : je sentais qu'elle ne continuait à assurer son service qu'au prix d'un réel effort. Tout semblait la dégoûter. Un soir où je lui en fis la remarque, elle alla même jusqu'à me répondre :

— Ça pue le cadavre ici !

Heureusement que son frère Dédé, auquel je racontai l'incident, était là : dès le lendemain, il sut la ramener à la raison. Peu à peu, les mauvais souvenirs commencèrent à s'estomper et les choses reprirent leur cours.

Il y avait déjà quatre mois que Melchior n'était plus lorsque l'on sonna, un après-midi, à la porte. Albertine, qui avait été jeter le regard d'inspection à travers l'œilleton, revint en m'annonçant :

— C'est une femme. Elle est tout en noir.

— Peut-être en est-ce une qui « joue les veuves »? C'est d'un très bon rendement, ce truc-là, et, justement, je n'ai pas cette catégorie de femme en ce moment... Ouvre-lui. On verra bien.

Celle qui s'avança vers moi était exactement ce que l'on appelle une femme entre deux âges. Sans être vraiment jolie, elle avait une distinction rare et surtout une admirable silhouette. On sentait tout de suite qu'elle avait dû être très belle une dizaine d'années plus tôt. Quand Albertine m'avait dit qu'elle était « tout en noir », elle s'était exprimée avec modération. La visiteuse était plus qu'en noir : elle portait le deuil... Un deuil d'ailleurs très recherché et même assez agressif qui convenait à merveille à sa blondeur. Ce qu'il y avait de plus réussi, dans sa toilette, était un ravissant petit chapeau noir d'où s'échappait, sur le côté gauche, un voile de crêpe qui descendait pour s'enrouler, en foulard, autour du cou. Le visage était soigné, bien maquillé, prouvant que ce n'était certainement pas ce jour même que des larmes de douleur s'y étaient imprégnées. La voix, chaude et agréable, demanda :

— Seriez-vous *Madame Carole?*

— C'est moi.

— Baronne de Marnet-Melval...

Je me souviens m'être raidie en entendant ce nom :

je m'attendais à tout, sauf à ça! Ce qui me gênait le plus, c'était le sourire assez ambigu qui s'était dessiné sur les lèvres de mon interlocutrice quand elle avait annoncé son nom. Sourire qui semblait dire : « Tu es très épatée, ma bonne femme, de te trouver devant cette baronne dont l'époux défunt t'a sans doute fait un portrait redoutable... Tu es déçue aussi parce que tu espérais que je serais plus laide! Mais tu savais pourtant bien que j'étais beaucoup plus jeune que Melchior et que j'avais été Grand Mannequin?... Ne penses-tu pas que ce genre de femme a parfois de beaux restes? En tout cas, il sait s'habiller comme tu peux le constater... Avoue que j'ai une façon de porter le deuil qui n'est qu'à moi? » Tout cela avait été dit dans le sourire et dans le regard. Et je ne me sentais pas à l'aise... Je me suis toujours méfiée des gens qui savent sourire quand il ne le faudrait pas... Car enfin notre première entrevue n'avait rien de très risible!

Après avoir promené un regard circulaire sur le décor, elle reprit :

— C'est charmant chez vous... Il y a dans l'ameublement un certain goût du détail et de la finition qui est assez surprenant pour une Maison de ce genre...

— Nous avons essayé de faire pour le mieux...

— Au moins vous, vous ne m'appelez pas « Madame la Baronne »! Ça me plaît... Si vous saviez ce que j'ai pu en entendre, de ces « Madame la Baronne » et de ces « Madame de » depuis la mort de mon mari! Avant, les gens étaient plus discrets à mon égard. C'était lui qui avait droit à tous les égards... Ce doit être parce que l'on sait que je suis l'héritière unique! L'ennui, chère *Madame Carole,* c'est qu'il n'y a pas d'héritage...

— Vraiment?

— Il ne reste que des dettes! Quand j'ai épousé Melchior, j'ai pris soin de le faire sans contrat pour bénéficier des avantages qu'apporte la communauté de biens... Je dois vous dire qu'à cette époque, il était assez fasciné par moi et se montrait prêt à toutes les concessions... Il n'avait jamais encore été marié : c'était le type même du vieux garçon élégant qui aimait se montrer en compagnie de Grands Mannequins. Même si ses goûts intimes étaient tout autres, il trouvait que ça faisait bien, que ça le posait... Et moi ça ne me déplaisait pas du tout de porter un titre de baronne... C'est ainsi, si j'ose dire, que nous avons uni nos destinées... Mais je vous crois assez fine pour vous douter que ce ne fut, ni chez lui ni chez moi, ce qu'on appelle un mariage d'amour... Nous nous sommes supportés réciproquement parce que nous avons su organiser notre existence commune de telle façon que nous ne faisions que nous croiser dans les réceptions ou les dîners mondains auxquels on ne peut échapper! Autrement dit, Melchior et moi, nous avons toujours su sauver la façade... Pour le reste, chacun se débrouillait, selon ses goûts, de son côté.

Elle avait dit tout cela avec un cynisme ahurissant. Je pensais que Melchior avait eu mille fois raison quand il m'avait confié, un jour où il était en veine de confidences, que son épouse était odieuse! Mais pourquoi diable, lui qui avait la chance d'être resté libre et d'avoir une existence plus qu'agréable, avait-il éprouvé le besoin de l'épouser? Pour moi, c'était là un mystère...

Elle reprit :

— Je m'appelle Laure... Je sais aussi que votre véritable prénom est Caroline : ça vous va... Je vous expliquais donc que — n'ayant aucune fortune personnelle comme la plupart de ces filles qui ne choisissent la profession de mannequin que pour pouvoir être élégantes à peu de frais — je m'étais mariée sous le signe de la communauté... Eh bien, j'ai commis là une regrettable erreur! A l'époque de notre mariage, Melchior avait encore quelques biens, principalement des terres entourant sa propriété de Villeneuve... Mais ce que j'ignorais absolument — car il avait pris bien soin de me le cacher — c'est que celles-ci étaient déjà toutes plus ou moins hypothéquées... Car ce pauvre homme avait un terrible défaut : il jouait! Et ceci, un peu partout, à un train d'enfer : aussi bien à son Cercle que dans des maisons de jeu moins huppées... Ce qui faisait — Melchior ayant, bien entendu, omis non seulement de rembourser les hypothèques prises mais même de payer leurs intérêts annuels — qu'il n'était plus question pour lui de pouvoir récupérer la propriété de ses fermes qui sont toutes vendues aujourd'hui! Il ne lui restait pratiquement plus que le château de Villeneuve et le parc l'entourant. Je n'aime d'ailleurs pas tellement cette horrible bâtisse où je n'allais jamais, mais enfin je ne la détestais pas puisque mon mari me disait : « Très chère, ce sera pour vous, après mon décès, l'endroit idéal où vous pourrez vous retirer. » En disant cela, il devait sans doute penser que je ne pourrais pas continuer à survivre à Paris avec ma douleur... Ce en quoi il se trompait! Actuellement je porte encore le grand deuil qui prendra fin dans deux mois; ensuite ce ne sera plus que le demi-deuil et, six mois plus tard, on n'en parlera plus, sans que j'aie éprouvé le besoin de m'enterrer à Villeneuve!

Après une courte pause, elle demanda :

— Connaissez-vous Villeneuve?

Pendant deux secondes, j'hésitai : devais-je répondre par un oui ou par un non? Si j'affirmais que je n'y avais pas mis les pieds, n'était-ce pas courir le risque de m'entendre dire : « Les domestiques de Melchior m'ont pourtant certifié qu'ils vous y avaient vue à plusieurs reprises! »

Si, au contraire, j'avouais m'y être rendue, en compagnie du baron, dans la *Rolls* conduite par Gaston, ne serait-ce pas très dangereux ? Car enfin la conversation semblait vouloir prendre brusquement un tour plus brûlant... Je répondis :

— Votre mari m'a fait l'honneur de m'inviter à déjeuner dans son château.

— Alors vous avez pu juger comme c'est laid ! Mais enfin, ça valait encore quelque chose... du moins je le pensais ! Aussi, quelle ne fut pas ma surprise, après le décès de Melchior, d'apprendre par le notaire de Villeneuve que même ce château et ce parc avaient été hypothéqués pour une somme assez importante que mon époux aurait immédiatement investie dans une affaire... Quelle affaire ? J'ai fait procéder à une enquête et j'ai découvert que cette affaire était la vôtre, chère *Madame Carole !* Seulement ce que vous ne savez peut-être pas, c'est qu'une telle opération — faite à mon insu puisque je suis mariée sous le régime de la communauté et que j'ai donc des droits prioritaires sur ce qu'il reste de celle-ci — est parfaitement illégale ! Je pourrais évidemment me retourner contre le notaire qui, dans son désir de faire preuve de dévouement à l'égard de Melchior, a complètement omis de penser à l'existence de son épouse légale, mais qu'est-ce que cela donnerait ? Un long procès... J'ai horreur des procès ! Et comme je n'aime pas Villeneuve, ce qu'il me faut, c'est l'argent. C'est pourquoi je suis venue vous trouver...

— Je comprends mieux maintenant la raison de votre visite exceptionnelle...

— Ce qui prouve que vous êtes intelligente... J'aurais très bien pu confier à un cabinet spécialisé le soin de régler cette affaire, mais, étant donné la nature assez spéciale de votre exploitation, j'ai pensé qu'il serait peut-être préférable de nous entendre entre nous. Vous ne pouvez être que comme moi; vous ne devez pas vous montrer tellement désireuse que le fisc — qui a le mauvais esprit de s'intéresser à toute succession — mette le nez dans ce que j'estime avoir le droit d'appeler maintenant, puisque je suis la veuve, « nos » affaires. Car vous ne pouvez pas ne pas être au courant de la provenance des fonds que vous avez reçus, il y a de cela dix-neuf ans?

Il fallait temporiser pour me permettre de reprendre mes esprits. Et, dans mon métier, il n'y a qu'un seul moyen pour gagner du temps : offrir à boire... Ça peut prendre ou ne pas réussir, mais, si ça prend, ça permet en tout cas de faire une pause.

— Que puis-je vous offrir, chère madame? Un peu de champagne?

— Je n'ai pas du tout les mêmes goûts que Melchior... Je préfère un whisky avec de l'eau plate.

— Ne pensez-vous pas que nous serions plus tranquilles dans mon bureau pour parler de tout cela? Ici, il y a forcément du mouvement...

— Je m'en doute... Et il faut souhaiter que ça continue pour que « notre » affaire marche! Je vous accompagne.

Quand nous fûmes enfermées, elle et moi, dans le bureau où Albertine avait apporté le whisky, et après que « mon invitée » eut avalé une première gorgée, je passai à l'attaque :

— A plusieurs reprises, chère madame, vous avez parlé de « notre » affaire comme si ce que j'ai créé, et dont je suis l'unique propriétaire, vous appartenait... Je crains qu'il n'y ait eu une confusion dans votre esprit... Il est certain que votre défunt époux, pour la mémoire duquel je continuerai toujours à avoir le plus grand respect, m'a prêté une certaine somme; mais ce que vous ne savez peut-être pas, c'est que je la lui ai intégralement remboursée depuis quatorze années.

— Qu'est-ce que vous me racontez là ?

— La vérité. J'ai toutes les pièces comptables à l'appui ainsi que tous les reçus signés de la main même du baron, déposés chez mon propre homme d'affaires. Quand vous le désirerez, je vous en ferai parvenir les photocopies... Ce qui implique automatiquement que vous n'avez aucun droit sur ce qui m'appartient en propre.

— Et où est cet argent que vous me dites avoir rendu à Melchior ?

— Ça, chère madame, je l'ignore !... Ne m'avez-vous pas dit vous-même tout à l'heure qu'il jouait ? Vous savez aussi bien que moi qu'il n'y a pas de fortune, quelle qu'elle soit, qui puisse résister au jeu ! Peut-être pourriez-vous trouver là une rapide explication à cette volatilisation de capitaux ?

Après être demeurée perplexe pendant quelques instants, elle dit :

— C'est donc cela... Je m'étais toujours demandé comment Melchior avait pu faire de telles différences au jeu, il y a treize ans, à Deauville...

— Ne cherchez pas plus loin ! Il s'est servi de l'argent de l'hypothèque, prise sur le château et sur le parc, qu'il a préféré jeter sur le tapis vert plutôt que de le rapporter, après que je le lui avais rendu, chez le notaire pour rembourser les prêteurs.

La belle baronne avait perdu toute son arrogance souriante et ce fut d'une voix terne qu'elle murmura :

— Si ce que vous me dites est vrai, je suis complètement ruinée ! Il ne me reste plus un sou... Ce mariage avec un vieillard ne m'aura servi à rien !

— Il vous aura quand même laissé quelques bons souvenirs... Je n'ai pas l'impression que vous ayez tellement mal vécu pendant tout le temps où le baron a été là ?

— Je n'arrive pas à croire qu'un homme de la classe de Melchior se soit conduit à mon égard pendant vingt-deux années comme un acrobate vivant sur la corde raide ou comme un illusionniste qui a réussi à me faire croire que nous roulions sur l'or !

— Il arrive, hélas, que l'on connaisse parfois très mal son époux...

— C'est abominable de sa part ! Il m'a eue !

— Peut-être pas complètement, chère madame ? Franchement, vous est-il arrivé de vous donner une seule fois à lui physiquement en toute sincérité ?

— Heureusement que non ! Vous n'auriez tout de même pas voulu, avec la différence d'âge qui nous séparait, que j'aie envie de lui ?

— Ne pensez-vous pas qu'il s'en est aperçu et que c'est sans doute la raison pour laquelle il a omis volontairement de vous confier tous ses secrets financiers ?

— C'était un vieux roublard !

— Qui avait beaucoup de charme...

— Avec les autres !... Mais qu'est-ce que je vais devenir, moi ? Tout est saisi : le château, le parc, le mobilier de l'appartement de Paris... C'est épouvantable !

— Croyez-moi bien que je compatis à vos ennuis... Et, malgré tout ce que vous pouvez penser de lui, j'ai conservé une telle admiration pour le baron de Marnet-Melval que je ne demanderais pas mieux de vous aider à sortir de cette mauvaise passe qui, pour une dame de votre rang, ne pourra être que très passagère... Mais pourquoi, par exemple, ne reprendriez-vous pas une activité dans la Couture ? J'ai la conviction qu'il y aurait plus d'un grand couturier qui serait très heureux, et même flatté, d'avoir à ses côtés une dame, portant un nom tel que le vôtre, pour accueillir et recevoir la clientèle ?

— J'y ai pensé, figurez-vous... Seulement je me suis renseignée : si vous saviez le nombre de femmes du monde qui se battent pour accéder à ce genre de *job!*

— Si vous voulez bien me laisser quelques jours de réflexion, je suis à peu près sûre d'arriver à trouver pour vous une situation qui sera aussi lucrative qu'intéressante... Me permettez-vous de vous téléphoner, si quelque chose se présentait, en m'indiquant à quelle heure cela vous dérangerait le moins ?

— J'occupe toujours notre appartement parisien : tant que le mobilier, sur lequel a été pratiquée une saisie, y sera, j'y resterai... Mais vous avez certainement le numéro de téléphone ?

— Je ne me serais pas permis de le demander au baron !

— Ce qui pourrait me faire croire que vous avez plus de discrétion qu'une certaine maquerelle, dont je ne me souviens d'ailleurs plus du nom, qui — il y a déjà pas mal d'années — s'est permis de me téléphoner pour m'expliquer que mon mari avait des dettes chez elle ! Mais alors, expliquez-moi : comment pouviez-vous communiquer avec Melchior lorsque vos « intérêts communs » vous y contraignaient ?

— Je l'appelais à son Cercle...

— Ce maudit Cercle où il s'est fait plumer toute sa vie ! C'était un véritable enfant !

— Qui avait peut-être grandi un peu vite ? Vous voulez bien me laisser votre numéro ?

Elle sortit de son sac une carte de visite, bordée de noir, sur laquelle elle inscrivit son numéro :

— Le voici : appelez-moi le matin de préférence...

Et avant de s'en aller :

— Merci pour le whisky... Vous me permettez de vous dire encore quelque chose ?

— Je vous en prie...

— Je suis assez étonnée que le baron, qui aimait plutôt se montrer dans le monde avec de grandes filles dans mon genre, n'ait pas hésité à vous financer... Vous n'êtes pourtant pas du tout le type de femme qu'il appréciait.

— Je puis vous assurer qu'il ne s'est jamais rien passé entre le baron de Marnet-Melval et moi... Comment un Monsieur de sa classe aurait-il même jeté son dévolu sur une petite bonne femme telle que moi? Je ne me suis jamais fait la moindre illusion sur ce point! Seulement je pense qu'il peut arriver, dans la vie d'un homme, qu'il aime se faire voir en compagnie de certaines femmes qui ont toutes les séductions mais en qui il n'a aucune confiance, alors qu'il se cache quand il fait crédit à des créatures qui sont laides mais qui savent rester correctes en affaires.

— *Madame Carole,* vous ne manquez ni de don de repartie ni de toupet!

— Puis-je répondre à Madame la Baronne qu'elle sait allier le chic à l'outrecuidance?

— Comme cela nous sommes quittes... Au revoir.

Elle avait laissé dans mon bureau, et même dans les salons, un parfum que je repérai tout de suite car elles étaient assez rares, parmi les femmes que je faisais travailler, celles qui l'utilisaient : c'était *Vol de Nuit...*

Fut-ce la senteur persistante de ce parfum qui me donna une idée? *Vol de Nuit,* cela ne voulait-il pas dire que celle qui s'en imprégnait volontairement, était déjà prête à toutes les concessions, à toutes les fugues? Elle ne manquait pas de charme, la baronne... Et quelle allure! Elle au moins, grâce à son mariage, était une authentique dame à particule, même si elle était loin de l'être de naissance... Ne présentait-elle pas également pour moi l'avantage, connaissant actuellement de sérieuses difficultés, d'être accessible et peut-être vulnérable ? Lui ayant presque promis de lui trouver « une situation lucrative », ne devais-je pas tenir mes engagements ?

Je consultai ma liste et je formai sur le cadran un numéro que je n'avais pas encore pu utiliser jusqu'alors malgré tout mon désir : celui d'un chevillard qui tenait boutique du côté de La Villette...

— Allô ? Excusez-moi, monsieur, de vous déranger, mais pourrais-je vous demander d'avoir l'obligeance de transmettre un message à Monsieur Richard ?... Vous le verrez demain ? C'est parfait... Dites-lui simplement que *Madame Carole* — il me connaît très bien — demande qu'il l'appelle de toute urgence parce qu'elle a trouvé exactement ce qu'il recherchait... Merci.

N'était-ce pas assez piquant, après m'être fait commanditer par le mari, de faire « travailler » sa femme ? Et ne devais-je pas cela à la baronne, en mémoire du cher Melchior ?

Les choses allèrent vite. Monsieur Richard m'appela dès le lendemain. Après que je lui eus expliqué, au bout du fil, ce dont il s'agissait, il dit :

— Je veux bien vous croire, seulement Madame Agnès m'avait déjà présenté une fausse divorcée... Vous êtes bien sûre que ce soit une vraie veuve ?

— Celle-là, je vous la garantis ! D'ailleurs vous avez très bien connu son époux chez Madame Agnès : le baron de Marnet-Melval...

— C'est sa femme ? Il est mort, ce vieux-là ? Il était marrant ! Je me souviens très bien : j'ai passé avec lui une soirée épatante ! Et savez-vous le plus drôle ? Je connais son château à Villeneuve : mes herbages sont sur la même commune...

— C'est fou ce que le monde est petit !

— Si on m'avait dit, quand je débutais dans l'élevage, qu'on m'offrirait un jour sur un plateau la baronne de Marnet-Melval! C'est formidable! Mais dites-moi : elle n'est pas trop vieille?

— Elle a vingt-cinq ans de moins que son époux et elle est encore très belle.

— Alors je suis d'accord... Ça se passera quand?

— Venez mardi prochain à 17 heures. Je sais que c'est le jour où vous êtes à Paris pour le marché de La Villette... Les grandes dames, ça préfère les cinq à sept! Je vais vous préparer la plus belle soirée de votre vie...

— Avec le dîner?

— Le dîner, le souper si vous le voulez, les tziganes dans une boîte russe et tout le reste!

— Je serai là. A mardi.

Il ne me restait plus qu'à convaincre la baronne... Estimant qu'elle se prenait, depuis son mariage, pour une personne très importante, je lui offris, par téléphone, d'aller lui rendre visite chez elle, mais elle répondit :

— Je préfère venir chez vous. Si la situation dont vous me parlez me paraît intéressante, je ne dirai sans doute pas non... Ne croyez surtout pas, si je ne vous reçois pas chez moi, que c'est parce que ça me gênerait d'accueillir quelqu'un tel que vous... La raison est plus simple; j'ai été contrainte, devant la situation désastreuse dans laquelle je me suis retrouvée après la mort de Melchior, de me séparer de ma domesticité et ça ne m'amuse pas de laisser voir à des visiteurs éventuels mes meubles de style sur lesquels des scellés ont été apposés par ordre du fisc! aussi je préfère ne recevoir personne.

— Je comprends tout cela très bien. Pouvez-vous venir cet après-midi vers 14 heures? C'est l'heure la plus calme chez moi... Mais je vous promets que même s'il y avait du monde, toutes dispositions seront prises pour que vous ne rencontriez personne.

A l'heure dite, elle sonnait à la porte. Albertine la conduisit directement par le vestibule jusqu'à mon bureau, sans la faire passer par les salons.

Elle était peut-être encore plus élégante que la première fois, portant un ensemble noir fait d'une tunique et d'un pantalon. Mais elle avait omis de se coiffer du charmant petit chapeau, à voile torsadé de crêpe, qui convenait si bien à son deuil.

— Que puis-je vous offrir?

— Rien à cette heure, merci... Je dois d'abord vous dire qu'après ce que vous m'avez révélé l'autre jour du remboursement que vous avez fait à mon mari des sommes qu'il vous avait avancées, je me suis renseignée. Et j'ai appris, en vérifiant les dates, qu'il a en effet dilapidé tout cet argent au Casino de Deauville. C'est assez insensé mais, au fond, c'est tout lui! Alors, cette situation?

— Elle est assez spéciale mais, étant donné le métier que j'exerce, elle me permettrait de vous épauler utilement... Je vous donne aussi l'assurance que je ne me serais jamais permis de vous la proposer si j'avais acquis la certitude que vous ressentiez un grand chagrin de la disparition de votre époux... Mais vos propres paroles de l'autre jour m'ayant fait comprendre qu'il n'en était pas ainsi, j'ose parler. Voici...

Et je lui expliquai, en mesurant le plus possible mes termes, comment j'envisageais de lui présenter Monsieur Richard... Après m'avoir écoutée sans broncher et sans que rien de ce que je lui disais ait paru la choquer, elle répondit, très calme :

— J'ai la conviction que vous connaissez admirablement votre profession : votre réussite en est la preuve... Seulement ce qui m'intéresserait, puisque j'en suis à ce point, ce serait que ce personnage, dont vous vantez la fortune et me dites le plus grand bien, ne m'importune pas! Vous comprenez bien que je ne consentirai à lui accorder certaines privautés qu'à ce prix! D'autant plus que vous avez la franchise de me dire que son apparence extérieure fait très ce qu'il est, c'est-à-dire un marchand de bestiaux... Vous ne m'imaginez tout de même pas — moi, la veuve du baron de Marnet-Melval et, par surcroît, l'un des plus célèbres des anciens grands mannequins parisiens — m'affichant dans des endroits à la mode avec un bonhomme pareil! Je n'accepterai de dîner avec lui mardi prochain qu'à la condition que ce soit dans un restaurant très discret.

— Je puis vous certifier à l'avance que ce repas aura lieu dans les parages des Halles : c'est son coin préféré pour faire la cour à une jolie femme.

— Les Halles ne me gênent pas : je n'y ai jamais été... Mais votre rôle consistera à lui faire comprendre que je lui fais un très grand honneur et que, même s'il y avait des prolongements à ce dîner, il en serait toujours ainsi... Quand on a la chance de pouvoir faire l'amour avec une baronne authentique, et que l'on n'est qu'un *Monsieur Richard,* il faut savoir se contenter de peu en payant beaucoup.

— Je partage entièrement vos idées : il existe une hiérarchie en tout!

— Alors nous sommes d'accord... Comment ça se passe financièrement?

— Vous pensez bien, chère madame, que je ne vais pas vous assimiler aux femmes qui viennent travailler régulièrement pour moi! Vous, vous êtes ce que j'appelle « l'exception »... Vous n'avez pas de prix, donc il m'est impossible d'établir un tarif que nous partagerions entre nous comme cela se pratique généralement dans ce genre d'affaire... Il n'est d'ailleurs nullement dans mes intentions de vous présenter, par la suite, d'autres clients : d'abord parce que je n'en trouverais pas ayant les moyens de ce Monsieur Richard et, ensuite, parce que ce brave homme — car c'est un très brave homme! — attend, depuis des années, de rencontrer celle dont la particule soit vraie. Je suis persuadée que, lorsqu'il vous aura vue, il n'en voudra pas d'autre et que ça pourra durer très longtemps...

— J'y compte bien! Car il n'est pas question de me prostituer! Il me faut un ami discret, et un seul, que je voie le moins possible — presque pratiquement en cachette — mais qui me donne les moyens de maintenir mon standing dans un monde où lui-même ne mettra jamais les pieds! Vous pouvez compter sur moi pour que mes conditions soient posées dès le premier dîner.

— Et vous aurez raison! Les situations nettes sont toujours les meilleures...

— Qu'est-ce que vous estimez, à votre avis, que je puisse lui soutirer?

L'expression me parut assez surprenante, et même triviale, dans la bouche d'une baronne... Mais enfin, la belle Laure de Marnet-Melval n'était, après tout, qu'un ex-mannequin devenue noble par raccroc, ce qui expliquait beaucoup de choses...

— Je pense que vous parviendrez très vite à lui prendre le maximum... Et ce ne sera que justice : la beauté venant au secours de la force... C'est un homme qui vaut des millions et peut-être même quelques milliards! Ça paie très cher, la viande en gros... C'est pourquoi aussi je m'en voudrais de vous demander un pourcentage régulier : nous n'en sortirions plus, ni vous ni moi! En ce qui me concerne, puisque vous avez eu la délicatesse de me poser la question, je crois que le mieux serait, si tout va bien, que — ceci seulement lorsque vous aurez réussi à rétablir vos finances — nous nous mettions d'accord sur un chiffre dès aujourd'hui pour ne plus en parler... Je ne sais si vous êtes comme moi, mais j'ai horreur de ces questions de gros sous!

— Combien voulez-vous?

— Serait-ce trop vous demander que de penser à moi pour... dix mille francs?

— C'est-à-dire un million?

— Ancien! Tout ce qu'il y a de plus ancien... Croyez-moi, chère amie — vous permettez que j'appelle ainsi la veuve de ce cher Melchior? — c'est plus que raisonnable! Après, je vous tiendrai pour quitte à mon égard et je ne vous demanderai plus rien, même si vous devenez milliardaire! On ne sait jamais! Et surtout dites-vous bien que ça ne presse pas! Vous pourrez me régler cela dans deux mois, six, ou même un an, à moins que ça vous arrange mieux de le faire par petites mensualités... La seule chose qui me ferait plaisir serait que ce fût fait en liquide et non par chèque, à cause du fisc! Je suis écrasée d'impôts...

— Il m'est difficile de ne pas être d'accord, n'est-ce pas?

— Si vous ne le faisiez pas, rassurez-vous : je n'irais pas vous chercher des noises! Ce n'est pas mon genre. Je me dirais simplement : « C'est curieux : cette grande dame n'a sans doute pas compris l'ampleur du service que je lui ai rendu? » Et ça me ferait de la peine...

— Sensible à ce point?

— Ce petit cadeau que vous me ferez certainement, je le mets déjà sur le compte de l'amitié.

La présentation eut lieu le mardi prévu. Et tout se passa le mieux du monde. J'avais pris soin de téléphoner le matin à la baronne pour lui faire une ultime recommandation :

— Permettez-moi de vous conseiller de porter ce ravissant chapeau agrémenté du voile, que vous aviez la première fois où vous avez eu la gentillesse de venir me voir : ça fera plus veuve... Connaissant le monsieur, je suis sûre qu'il sera très sensible à ce supplément de charme attristé : il a l'âme d'un consolateur... A tout à l'heure.

Elle m'avait écoutée. Quand il la vit, le marchand de bestiaux demeura, pendant quelques instants, muet et confondu d'admiration. Ensuite ce ne fut plus pour la baronne qu'un jeu dans lequel je dois reconnaître qu'elle excella, mêlant la distinction apprêtée à une aisance enjouée qui firent merveille. Je sentis que la conquête fulgurante était faite. Après qu'ils furent partis ensemble pour leur premier tête-à-tête gastronomique, je ne pus m'empêcher de confier à Albertine :

— Ah! Si les femmes du monde voulaient s'en donner la peine, il n'y aurait pas une seule professionnelle qui pourrait leur arriver à la cheville!

J'appris le surlendemain, par un coup de téléphone de la baronne, que tout marchait bien et, quinze jours plus tard, par un autre appel, que les choses allaient de mieux en mieux. Un mois après elle me fit la surprise de venir me voir à l'improviste au début d'un après-midi : elle portait le plus beau manteau de vison blanc que j'aie jamais vu! Et il était rehaussé par une toque, de même fourrure et de même qualité, qui la grandissait encore en lui donnant l'allure d'une impératrice comblée.

— Je ne fais que passer, dit-elle. Ceci est pour vous...

Elle me tendit une enveloppe fermée avant d'ajouter :

— Vous aviez raison : ce n'est pas cher... Savez-vous que, non seulement « il » a fait retirer les scellés — qui infestaient mon appartement parisien — en payant mes arriérés du fisc, mais qu'il a aussi remboursé l'hypothèque ainsi que les intérêts grevant le château et le parc de Villeneuve... Et tout cela en mon nom.

— Je vous avais dit que c'était un brave homme. Il ne faut jamais se fier aux apparences...

— Ça, c'est évidemment autre chose... Seulement ça n'a pas grande importance puisque je ne le vois jamais à Paris.

— Comment faites-vous alors?

— Deux fois par mois — et c'est très suffisant pour mon plaisir! — je vais passer la journée à Villeneuve où il vient me retrouver...

— Ça se passe là-bas?

— Oui : il aime cela! Il prétend qu'aucune jouissance ne peut-être comparable, pour un roturier comme lui, à celle qui consiste à baiser une baronne dans le propre château des ancêtres de son mari!

— Il se croit au XVIIIe siècle?

— Il aurait fait un excellent Turgot... Au revoir... la *Rolls* m'attend...

— Vous l'avez conservée?

— Du temps de mon mari, je ne montais jamais dedans, pensant que ça me vieillissait... Mais aujourd'hui c'est différent! Je trouve au contraire que cette voiture assez archaïque constitue pour moi le plus prestigieux des écrins... Si vous voyiez la tête de Monsieur Richard quand je descends de ce bahut devant l'entrée du château! Il est rouge de plaisir!

— Il monte quelquefois dedans lui aussi?

— Jamais! Ça ne lui irait pas...

Elle partit sur ces paroles d'enthousiasme mitigé pour son partenaire. N'ayant pas voulu le faire devant elle par discrétion, et parce que l'on doit toujours montrer que l'on fait confiance aux gens de qualité, j'ouvris l'enveloppe : les dix mille francs s'y trouvaient en billets. Pour moi ce n'était pas une mauvaise opération, mais j'avais quelques regrets : elle aurait pu être meilleure. Je n'avais pas su me montrer assez gourmande ! Au point financier où en était maintenant la baronne, j'aurais sûrement pu obtenir le double ! Ça coûte cher d'être trop discrète...

Ce fut la dernière fois que je revis l'alerte veuve.

Seize mois plus tard, un samedi soir, j'étais en train de dîner tranquillement avec Dédé — ayant fait la fermeture de l'avenue Foch à 20 heures par manque de clients — dans « notre » petit bistrot du XVe auquel nous étions restés fidèles, quand nos regards tombèrent sur la première page d'un journal du soir où s'étalait, sur trois colonnes et sous un titre imprimé en caractères gras, L'ÉTRANGE DRAME DE LA BARONNE ET DE SON AMANT, un article qui nous coupa l'appétit. Dédé le relut à deux reprises à haute voix, tellement il avait eu, comme moi, l'impression, à la première lecture, d'avoir mal compris... Et pourtant, tout était raconté, dans ce papier, avec une grande clarté et, ce qui est plus rare, avec sobriété.

Nous apprîmes ainsi que, le matin même, un crime ahurissant avait été commis au château de Villeneuve : la baronne Laure de Marnet-Melval y avait tué, de deux coups de revolver, un gros marchand de bestiaux de la région, très connu également à La Villette, que tout le monde appelait *Monsieur Richard,* mais dont le véritable nom était Richard Levesque. Cela s'était passé au premier étage du château, dans une chambre que je connais mieux que personne puisque c'est aujourd'hui la mienne. Le crime avait été découvert par le propre chauffeur de la baronne, un certain Gaston, qui était venu frapper à sa porte pour lui annoncer que sa voiture l'attendait pour la ramener à Paris.

Le corps de l'homme était au pied du lit défait alors que la meurtrière, prostrée, et tenant encore l'arme à la main, s'était laissé désarmer par le chauffeur sans opposer la moindre résistance. La gendarmerie locale, appelée de toute urgence, avait procédé à une première enquête d'où il semblait résulter qu'il s'agissait là d'un crime passionnel. Les langues s'étant déliées parmi les serviteurs du château, on avait appris que, depuis un certain temps déjà, la baronne et Monsieur Richard se retrouvaient périodiquement dans ce lieu.

L'article continuait par une rapide généalogie de la famille de Marnet-Melval dont la baronne, veuve elle-même du baron Melchior, décédé deux années plus tôt, était la dernière tenante du nom. Et il se terminait en disant que la victime était très populaire, parmi la population paysanne de la région, à la suite des grands efforts qu'elle avait faits, depuis des années, pour obtenir une amélioration de la qualité de la viande charolaise.

Dédé et moi, nous étions atterrés. Qu'est-ce qui avait bien pu se passer alors que nous avions acquis la conviction, n'ayant plus jamais reçu avenue Foch la visite de l'un ou de l'autre, que le couple d'amants continuait à filer secrètement la plus parfaite des liaisons. Et ce pauvre Gaston dont le nom revenait à propos d'une nouvelle mort! C'était à se demander si la destinée de ce chauffeur stylé n'était pas d'arriver avec sa *Rolls* à chaque fois qu'il y avait eu une mort subite!

— Décidément, dit Dédé, on ne peut pas dire que tu portes bonheur à cette famille!

— Ce n'est tout de même pas de ma faute si elle a tué son amant!

— Personne ne t'accuse, chérie! Mais tu dois quand même reconnaître que c'est toi qui as présenté la veuve à ce marchand de bestiaux?

— Il y a déjà seize mois de cela!

— Je ne dis pas... Mais imagine que la baronne, maintenant qu'on l'a arrêtée, aille expliquer au juge d'instruction dans quelles conditions elle a fait la connaissance de Monsieur Richard? Ça pourrait être rudement embêtant pour la réputation de la Maison! Et pour peu, si l'enquête s'en mêle, que l'on découvre aussi que l'ex-mari, le baron, est mort brusquement chez toi, on risquerait de faire certaines suppositions et même de croire que tout cela a été manigancé par toi d'avance! Ça ferait un drôle de grabuge, Caroline!

— Qu'est-ce que tu veux! De même qu'on ne peut pas faire d'omelette sans casser des œufs, c'est impossible d'exercer ce métier pendant des années, comme je viens de le faire, sans courir quelques petits risques...

— Petits! Tu es modérée...

— Tu crois que nous allons voir des ennuis?

— Je ne sais pas... Et puis il y a ce sacré chauffeur qui te connaît et qui pourrait très bien — tu peux être sûre qu'il va être le premier cuisiné par les flics puisque c'est lui qui a découvert le crime — lâcher le morceau et dire que tu connaissais le baron avec lequel il t'a conduite au château dans la *Rolls*, qu'il a transporté son patron mort de l'avenue Foch au domicile parisien et qu'enfin il a amené la baronne chez toi quand elle portait, m'as-tu dit, son manteau de vison blanc! Ne penses-tu pas que tout cela, ça suffirait pour créer de sérieux doutes?

— Qu'est-ce qu'il faut faire?

— Surtout ne pas bouger pour le moment! On verra comment ça va tourner en suivant les journaux... Tu n'as rien fait de mal, Caroline, seulement tu sais comme moi que les gens sont très méchants et que ta réussite n'a fait que des jaloux... Mais ce n'est pas ce fait divers qui nous empêchera de finir notre repas! Veux-tu du fromage?

— Non, je t'assure... Je préfère rentrer.

Je n'aurais pas pu avaler une seule bouchée, sentant que Dédé, pour la première fois de sa vie peut-être, était inquiet...

Pendant toute la semaine qui suivit, Dédé et moi, nous nous jetâmes, dès le réveil, sur les journaux. Tous confirmaient qu'il s'agissait d'un crime à allure « passionnelle », la baronne ayant fait, avant d'être écrouée à la prison d'Orléans — ce qui était normal puisque Villeneuve se trouve à vingt-trois kilomètres de cette ville — une déclaration où elle avait dit n'avoir agi que parce qu'elle s'était estimée « en état de légitime défense » face aux assiduités de plus en plus pressantes d'un homme dont elle ne pouvait plus supporter la présence.

Sans doute avait-elle bien fait de dire cela pour essayer de s'en tirer avec le moins de mal possible, mais ayant été à même de la juger, j'aurais pu certifier qu'elle mentait. Connaissant par Madame Agnès et les filles, qui lui avaient été présentées chez elle, sa réputation solidement établie de mâle très bien constitué, il paraissait tout à fait improbable que Monsieur Richard se fût contenté de « roucouler » avec la baronne sans l'effleurer pendant seize mois! Il était encore plus douteux qu'un homme, aussi réaliste et aussi terre à terre que lui, ait fait de telles dépenses en faveur de l'ancien mannequin uniquement pour avoir le plaisir de bavarder avec elle deux fois par mois! Ce ne pouvait même pas être « pour la gloire » puisque toutes les entrevues s'étaient faites avec une extrême discrétion comme l'avait exigé la dame... Enfin, si je l'avais répétée devant une Cour d'Assises, il y avait une phrase — que la baronne m'avait dite elle-même dans mon salon, la dernière fois où elle y était venue — qui aurait influé lourdement sur le verdict final : « Il prétend qu'aucune jouissance ne peut être comparable, pour un roturier comme lui, à celle qui consiste à baiser une baronne dans le propre château des ancêtres de son mari! » Après cela, elle pourrait bien raconter à qui elle voudrait qu'elle n'en pouvait plus de « supporter ses assiduités », personne ne la croirait! Enfin, elle n'était plus à un âge où l'on craint de se faire violer... Monsieur Richard, comme beaucoup d'autres certainement avant lui avec elle, s'était payé en nature. Et s'il ne l'avait pas fait, il s'était conduit comme un imbécile! A moins que l'auréole du titre, véritable cette fois, ne l'ait tellement ébloui qu'il n'avait pas osé pendant des mois, jusqu'à ce samedi matin où il ne trouva plus le courage de résister aux attraits physiques de celle qui lui coûtait très cher? Le mâle, qui était en lui, s'était rué sur le lit de la châtelaine... Celle-ci avait aussitôt riposté en se servant d'un moyen radical pour couper ses élans. Chose étrange, elle avait dû prévoir qu'un moment viendrait où une pareille éventualité se présenterait puisqu'elle avait pris soin de glisser un revolver chargé en permanence dans un tiroir de la table de nuit? Peut-être avait-elle fait ce calcul : « Maintenant que je lui ai pris assez d'argent, je vais essayer de me débarrasser de lui! S'il s'obstine, ne voulant pas partir, je le tuerai en disant que j'étais en état de légitime défense. La France n'est plus un pays très galant, à une exception près cependant : on sait encore s'y montrer indulgent pour la femme meurtrière, surtout quand celle-ci a voulu défendre sa dignité... Ce qui sera encore plus vrai s'il s'agit d'un gros lourdaud qui s'est attaqué à la baronne de Marnet-Melval! »

Il faut croire qu'elle n'avait pas trop mal raisonné : d'abord elle réussit — grâce à de puissantes interventions et sans doute aussi moyennant caution : Monsieur Richard n'avait-il pas été là pour lui donner des possibilités financières ? — à se faire mettre en liberté provisoire. Quand le jour du jugement arriva, elle sut s'habiller en très grand deuil : celui de l'amant éconduit ajouté à celui du « cher époux » défunt. Elle apparut ravissante, dans le box des accusés, avec toute sa blondeur auréolée de crêpe... Les jurés et les magistrats sont aussi sensibles à la noblesse qu'à l'élégance : comment aurait-on osé, au risque de faire se déchaîner un *tollé* général, condamner une telle créature ? Et qu'est-ce que c'est après tout qu'un marchand de bestiaux, de plus ou de moins, sur la terre ?

Laure de Marnet-Melval fut acquittée à l'unanimité du jury sous les applaudissements de la foule. Le soir même, pour fêter cela, elle dînait en compagnie des membres les plus éminents du Cercle de feu son époux, chez Maxim's. Elle sut pousser la coquetterie jusqu'à se vêtir d'un long fourreau de satin blanc, qui moulait merveilleusement ses formes de grand mannequin arrivé. Quand elle fit son entrée dans « l'omnibus » du célèbre restaurant, il y eut un silence admiratif, suivi de murmures flatteurs : elle portait, négligemment jeté sur ses épaules, un admirable manteau de vison blanc... Le double deuil était oublié, laissant place à la virginité du cœur.

Jamais elle n'avait parlé de moi au cours de l'enquête. Je trouve deux raisons à ce silence voulu : ou elle se souvenait de m'avoir fait certaines confidences sur la façon dont se passaient ses amours avec Monsieur Richard, ou elle ne tenait pas à ce qu'on apprît qu'elle avait eu recours à mes bons offices pour redorer ses finances. Les gens sont ainsi faits qu'ils n'ont jamais de gratitude pour ceux qui leur ont rendu service.

Mais j'ai préféré, dans le cas présent, qu'il en ait été ainsi : l'inquiétude de mon Dédé disparut.

Le seul que personne ne plaignit dans cette affaire, fut ce pauvre Monsieur Richard... Trois jours après son assassinat, il avait été enterré, de nuit et sans la moindre pompe, dans le cimetière de Villeneuve. Ça aussi, c'était normal puisqu'il avait vu le jour, soixante et une années plus tôt, dans l'une des plus pauvres maisons situées sur le territoire de la commune.

Mais, lorsque l'on ouvrit son testament, laissé chez le notaire de Villeneuve, on s'aperçut qu'il avait le double mérite de n'avoir aucun héritier et de laisser une fortune colossale, en herbages et autres — à peine grevée par les largesses prodiguées à la baronne — dont il faisait don aux pauvres du Département à la condition expresse cependant qu'on élevât, au-dessus de sa tombe, un monument important rappelant qu'il avait été un bienfaiteur public... On attendit un peu avant de procéder à l'exécution d'une telle clause testamentaire, mais comme le Département ne pouvait s'approprier l'héritage que lorsqu'elle aurait été remplie, on fut bien obligé de s'y conformer. Dès que le procès de la baronne se fut terminé par l'acquittement, le conseil municipal de Villeneuve se réunit pour étudier dans quelles conditions on pourrait enfin rendre au disparu le juste hommage qui lui était dû.

Un concours fut ouvert parmi les artistes de la région pour leur permettre de soumettre des projets. Finalement, après de longues délibérations, l'un d'eux fut adopté : c'est celui qui a abouti à la monstruosité devant laquelle, je l'avoue, j'ai eu du mal à réprimer ma désapprobation avant-hier... Je me demandais, en effet, si le brave Monsieur Richard aurait apprécié — lui qui n'avait toujours rêvé que de femmes fines et aristocratiques, et qui n'était plus de ce monde par le seul fait du geste un peu brusque de l'une d'elles — la présence, sur sa pierre tombale, de ces deux créatures sculptées et assises, aux formes opulentes et lourdes, qui symbolisaient les mamelles de la France... J'ai relu aussi l'inscription gravée que je connaissais cependant par cœur ! Et je l'ai trouvée totalement injuste ! Pourquoi avait-on seulement écrit : *Nul ne fit plus que lui pour l'amélioration de la race charolaise?* Pourquoi avoir omis de rappeler que cet homme, né très pauvre, n'avait eu qu'un souci : laisser toute la fortune, qu'il avait gagnée grâce à un travail acharné, aux pauvres ? Je sais bien qu'il avait fait quelques prélèvements sur ce capital pour satisfaire son besoin de choyer de nobles femmes, fausses ou vraies, pour lesquelles il avait eu un faible. Mais n'était-ce pas son droit, après tout ? Et ne fut-ce pas là sa seule véritable satisfaction ? En repensant à cela aujourd'hui, je crois qu'il n'aurait pas été déplacé non plus qu'après avoir cité la race charolaise sur l'inscription, on eût ajouté ces quelques mots : *Il fit également tout ce qu'il put pour augmenter la joie de vivre de certaines Grandes Dames...*

L'inauguration du monument eut lieu, jour pour jour, un an après la mort de Monsieur Richard. Autant Dédé et moi avions jugé plus sage de ne pas nous montrer aux obsèques de Melchior, autant nous estimâmes qu'il était de notre devoir d'aller assister à cette cérémonie du souvenir où personne ne saurait qui nous étions.

— Tu dois bien cela à ce bonhomme, dit Dédé. Ne t'a-t-il pas fait confiance en ne retournant plus chez la mère Agnès et en attendant, patiemment, pendant des années, que tu trouves enfin l'authentique femme noble qui lui convienne ?

— J'aurais préféré de beaucoup ne jamais lui permettre de réaliser ce rêve!

— Pourquoi dire ça? Un rêve, ce n'est bon que si on le vit complètement! Il a vécu le sien, grâce à toi... Qu'est-ce qui te dit que, là où il est maintenant, il ne t'en est pas éternellement reconnaissant?

— Éternellement, c'est sûr, Dédé!

— Personne n'a été très chic avec lui parce que c'était un type qui ne cachait pas ses origines modestes et qui ne cherchait pas à bluffer comme tant d'autres... S'il est mort, c'est indirectement de notre faute, tu le sais bien! Et si je dis « notre » c'est parce que, devant toi, je ne crains pas de prendre ma part de responsabilité : s'il n'y avait pas eu l'avenue Foch, il serait encore vivant. Et ne suis-je pas, au même degré que toi, l'un des deux promoteurs de l'avenue Foch? Conclusion : nous allons là-bas demain. Ça nous donnera aussi la possibilité, puisqu'ils sont enterrés dans le même cimetière, d'aller, sinon faire une prière — il y a longtemps que toi et moi nous ne savons plus ce que c'est — du moins nous incliner devant la tombe du baron. A lui aussi nous devons ça...

Ce dernier argument acheva de me convaincre et nous nous retrouvâmes, le lendemain matin, pour la première fois dans ce cimetière de Villeneuve qui, depuis, semble être devenu une sorte de gare régulatrice de mon destin.

Il y avait une foule énorme avec le préfet, un député, un sénateur, des conseillers généraux, le maire, tout le conseil municipal de Villeneuve au grand complet, une population qui excédait de loin celle du village, et même une clique qui joua, quand le grand voile noir recouvrant le monument tomba, une marche funèbre que tout le monde écouta au garde-à-vous. J'étais très émue, et heureuse, de me dire qu'enfin Monsieur Richard n'était plus seul! Il y eut des discours, trop nombreux, qui tous, invariablement, se terminèrent par une péroraison enflammée où il ne fut question que de « la tragique disparition ». Le curé donna l'absoute et tout le monde reprit le chemin du village pour continuer à vanter les mérites du disparu, dans les cafés.

Restés à peu près seuls dans le cimetière, Dédé et moi en avions profité pour accomplir le pèlerinage tardif dans la petite chapelle du caveau de famille des Marnet-Melval. La plaque, indiquant la présence de Melchior, était bien là... A côté d'elle se trouvait une autre plaque de marbre blanc, ne portant encore aucune inscription. C'était d'ailleurs la dernière place libre dans la chapelle : quand elle serait occupée, on pourrait afficher « complet ». Était-ce là où devrait reposer, un jour, à son tour, une Laure de Marnet-Melval ? C'était plus que probable mais, étant donné son attitude et sa conduite après la mort de son époux, je trouvais personnellement que ce serait scandaleux.

Quand nous ressortîmes de la chapelle, un homme, vêtu de noir et le chapeau melon à la main, était devant la porte, ressemblant à un ordonnateur des Pompes Funèbres, et semblant nous attendre :

— Madame Caroline Bineau ? demanda-t-il.

— C'est moi, monsieur...

— Je me permets de me présenter : Me Bourineau, notaire à Villeneuve... Je n'ai jamais eu le plaisir de vous rencontrer, madame, et j'aurais préféré que ce fût en d'autres circonstances... Mais peut-être le lieu même, ce caveau où repose une grande famille, a-t-il au contraire été choisi par le Destin pour que nous fassions enfin connaissance ? Vous vous demandez sans doute comment j'ai pu vous reconnaître ? Grâce aux descriptions chaleureuses, et je dirais même enflammées, que m'a faites de vous M. le baron de Marnet-Melval qui voulait bien m'honorer de sa confiance...

Puis, désignant Dédé :

— Monsieur est sans doute votre mari ?

— Si l'on veut : c'est tout comme... M. André Vasseur.

Pour un notaire, je ne pouvais pas dire Dédé : ça n'aurait pas fait sérieux.

Après qu'ils se furent serré la main, il reprit :

— Cette rencontre, madame, nous permet de gagner un temps précieux car il était dans mes intentions d'aller vous rendre très prochainement visite, avenue Foch...

Je fus plus que surprise et je vis le visage de Dédé qui se fermait, signe chez lui d'une nouvelle crise d'inquiétude.

— Vraiment, maître ? Puis-je savoir pourquoi ?

— Il me paraît difficile de vous expliquer certaines choses dans ce cimetière, madame... Si vous vouliez bien me faire l'honneur de m'accompagner jusqu'à mon Étude, nous y serions plus à l'aise pour parler. Bien entendu, Monsieur n'est pas de trop... Je préfère même qu'il entende ce que j'ai à vous dire : ce qui vous permettra ensuite de prendre une décision d'un commun accord puisque vous venez de me faire comprendre que vous viviez maritalement. Deux avis ne valent-ils pas toujours mieux qu'un ? Nous allons à l'Étude ? J'ai ma voiture à la porte du cimetière.

— Nous aussi, nous avons la nôtre.

— Dans ce cas, si vous voulez bien suivre la mienne ? Je vous montrerai le chemin.

Il était difficile de s'esquiver. Nous le suivîmes et, pendant le trajet derrière sa voiture, Dédé me dit :

— Qu'est-ce que c'est encore que cette histoire ? Tu crois que nous finirons par en sortir de tous ces gens qui se font enterrer à Villeneuve ?

— Je me le demande, chéri...

— Il a une drôle de bouille ce notaire! Ça ne doit pas être un grand rigolo!

— Il a la tête de son emploi : il me rappelle un peu celui chez qui j'ai travaillé à Vannes... Ça va me faire un drôle d'effet de me retrouver dans une Étude! Je te parie que ça va puer le mégot!

Ça suintait en effet l'odeur du tabac chez Me Bourineau... Le tabac, la moisissure et le renfermé : toute la gamme des parfums y était.

Assis derrière la grande table-bureau de son cabinet, encombrée de dossiers poussiéreux, le notaire commença :

— Voici, madame, ce qui se passe... Mme la Baronne de Marnet-Melval a décidé, à la suite des regrettables incidents qui s'y sont passés, de mettre immédiatement en vente le château et le parc de Villeneuve dont elle est la propriétaire unique. Elle m'a signé, la semaine dernière, un pouvoir en blanc m'autorisant à faire procéder d'urgence à cette vente au mieux de ses intérêts. La baronne a également préféré, à la suite du procès dont vous avez certainement entendu parler, s'expatrier : elle s'est embarquée hier pour les États-Unis, ne pouvant supporter d'être encore en France le jour où l'on inaugurerait très officiellement le monument élevé à la mémoire de celui qu'elle a tué... Et on comprend très bien qu'elle ait agi ainsi! De toute façon ce monument, édifié dans le propre cimetière de Villeneuve, rendrait sa présence impossible au château... Ceci d'autant plus que la population ne l'appréciait guère! Si elle était revenue ici, elle n'aurait rencontré que des visages hostiles : vous n'avez pas idée comme les gens sont rancuniers dans nos campagnes! De plus, autant ils sont unanimes pour la mépriser, autant ils avaient un grand respect pour son époux et une amitié certaine pour Monsieur Richard... Nous pouvons donc considérer que Mme de Marnet-Melval est partie sans esprit de retour. Elle m'a d'ailleurs laissé des instructions très précises pour faire virer dans une banque américaine les fonds qui proviendront de la vente dès que celle-ci aura été faite. Et c'est là où les choses se compliquent un peu... S'il n'y avait pas eu le crime, la meilleure solution serait de procéder à une vente publique. Seulement j'ai tout lieu de craindre, d'après les premiers sondages que je viens de faire depuis que la baronne a pris cette décision, que ce ne soit assez difficile de vendre ce château et ce parc! Personne, dans la région, n'a envie d'acheter ce que l'on appelle maintenant et que l'on appellera malheureusement longtemps encore, « le Château du Crime ». Cette demeure, qui ne manque pas de charme, est devenue un objet de curiosité morbide que l'on se montre du doigt et d'assez loin sans même oser entrer dans le parc, mais que l'on n'achèterait pour rien au monde par crainte qu'elle porte malheur... Je sais que c'est assez stupide, mais on ne refait pas la nature des gens et on ne corrige surtout pas leur superstition!

» Il est évident que j'aurais pu m'adresser également à un marchand de biens qui aurait procédé à des lotissements. Malheureusement, la propriété se réduit en tout et pour tout au château proprement dit et à ses communs, ainsi qu'au parc, entouré de murs, mais qui n'est pas grand. On peut y ajouter aussi un petit pré, bordant extérieurement le mur et que la commune lorgne depuis quelque temps déjà pour y aménager un terrain de sport pour la jeunesse rurale. Les fermes, qui constituaient la valeur essentielle de la terre, ont dû être vendues après le décès de M. le baron : vente désastreuse d'ailleurs puisque toutes, sans exception, se trouvaient grevées de très lourdes hypothèques dont M. de Marnet-Melval n'a jamais payé les intérêts malgré toutes les supplications que je lui ai faites! C'était un grand seigneur dont la devise ancestrale était : *Toujours debout,* mais dont la devise réelle aurait pu être : *Après moi le déluge!*

— Je l'ai, en effet, entendu dire cela un jour devant moi...

— Ça ne me surprend pas... Même si sa veuve, ayant eu à nouveau quelques mois après son décès, de puissants moyens à sa disposition, l'avait voulu, elle n'aurait pas pu racheter ces fermes! C'était trop tard. Elle n'en a d'ailleurs jamais manifesté le désir, ne s'intéressant pas du tout à la terre...

— Elle était surtout une Parisienne...

— Comme vous le dites! Une troisième solution serait, pour vendre ce qu'il reste, de me tourner vers une grosse société industrielle ou un syndicat qui en ferait l'achat pour transformer l'ensemble en une maison de repos ou de vacances... Mais ce n'est pas assez grand pour une telle destination et, là encore, le souvenir du crime continuera à peser dans les décisions... Finalement plus j'y ai réfléchi et mieux j'ai compris qu'il ne restait vraiment qu'une quatrième solution, de loin la meilleure, qui consisterait à trouver très rapidement un acquéreur privé, et n'étant pas de la région, qui — se sentant séduit par l'attrait du site et surtout par le fait que cette propriété n'est qu'à une centaine de kilomètres de Paris — l'achèterait pour un prix raisonnable... Je veux dire par là qu'ayant les pleins pouvoirs — et sans chercher nullement à léser les intérêts de la propriétaire actuelle —, je serais disposé à faire le maximum pour faciliter l'opération... Car je reste très attaché moi-même à ce château et à ce parc : autant je serais heureux de les voir aux mains de particuliers, autant je serais désespéré de penser que, par ma faute, le château de Villeneuve est devenu une maison de repos pour dactylos fatiguées... Voilà, madame.

— Si vous venez de me faire toutes ces confidences, c'est sans doute que vous pensez à moi comme acheteuse éventuelle ?

— Exactement. Je sais que vous avez de grosses disponibilités... Tout se sait quand il s'agit d'argent ! Et je suis convaincu qu'il y a des moments où, comme tous ceux qui ont quelque bien, vous devez être assez perplexe lorsqu'il s'agit de placer judicieusement ces économies... A notre époque, qui n'est faite que d'une succession de dévaluations, acheter un château et ses quelques hectares de parc est devenu un placement sûr. Cela ne rapporte aucun dividende mais, au moins, ça ne se démonétise pas ! La valeur du terrain ne peut même qu'augmenter du fait de la proximité avec l'agglomération parisienne... Mais ce ne sont là que des considérations d'ordre monétaire. Il en est une autre qui, à mon avis, devrait avoir beaucoup plus de poids dans votre décision et qui est d'ordre moral.

— Que voulez-vous dire, maître ?

— Comme je vous l'ai laissé entendre, alors que vous veniez de vous recueillir avec Monsieur devant sa tombe, M. le baron de Marnet-Melval avait beaucoup d'estime pour vous... Et je me crois autorisé aujourd'hui, devant la tournure prise par les événements, à vous répéter mot pour mot ce qu'il m'a dit lui-même, alors qu'il était assis devant moi, dans ce fauteuil que vous occupez, trois mois avant sa mort... Ce jour-là, qui fut le dernier où il me fit le plaisir de me rendre visite, je l'avais senti assez fatigué, lui que j'avais toujours connu tellement brillant ! J'avais devant moi un très vieil homme, las de beaucoup de choses et peut-être aussi de la vie, qui me dit : *Mon cher Bourineau* — il me faisait l'honneur de m'appeler ainsi — *vous avez devant vous un homme bien inquiet ! Je me demande ce que deviendra Villeneuve après ma mort... Je n'ai plus d'argent et la baronne, qui hait cette propriété autant qu'elle me déteste, s'empressera de la mettre en vente au plus vite dans l'espoir de ramasser les miettes, s'il en reste!... S'il arrivait que mon épouse prît une telle décision, je ne vois qu'une seule personne qui saurait peut-être se montrer capable de racheter Villeneuve dans l'état assez lamentable où il se trouve actuellement... C'est cette petite Caroline dont je vous ai souvent parlé : elle a de la suite dans les idées et elle possède surtout ce qui nous a manqué, à nous les Marnet-Melval, le courage! Aujourd'hui, de petite bonniche qu'elle était, elle est devenue riche et on l'appelle à Paris, avec un certain respect, « Madame Carole »... Promettez-moi une chose, Bourineau : avant que Villeneuve ne soit livré en pâture aux enchères publiques, vous irez la trouver. Voici son adresse avenue Foch... Et vous lui direz de ma part que mon vœu le plus cher serait qu'elle devînt la propriétaire de Villeneuve : avec elle, au moins, je serais tranquille dans ma tombe, sachant qu'elle saura faire ce qu'il faudra pour restaurer l'ensemble et surtout qu'elle le gardera parce qu'elle aussi vient de la terre et sait ce que ça vaut... Vous ajouterez enfin que, ne pouvant la coucher officiellement sur mon testament, ce qui ne lui apporterait que des soucis, j'ai préféré lui faire ce legs moral qui n'est qu'un pâle reflet de l'estime en laquelle je l'ai toujours tenue.*

Au fur et à mesure que le notaire avait parlé, mes yeux s'étaient remplis, bien à mon insu, de vraies larmes et je ne pus que balbutier :

— Il a dit ça, le baron?

— Oui, madame.

Il y eut un silence. Je regardais Dédé qui était devenu tout pâle. Le notaire se leva en disant :

— Pardonnez-moi, madame, et vous aussi monsieur, de vous avoir retenus aussi longtemps... Mais j'avais tant de choses à vous dire! Je me permets de vous remettre ma carte sur laquelle est inscrit mon numéro de téléphone... Je vous demande de réfléchir tout en n'oubliant pas que nous n'avons que très peu de temps devant nous. De toute manière, je prends l'engagement de ne pas entreprendre d'autre démarche avant que vous ne m'ayez appelé pour me donner votre réponse de principe. Le reste ne sera plus que du détail et je suis convaincu que, si vous optez pour la seule solution qui me paraisse susceptible de sauver Villeneuve, nous arriverons très vite à un accord... Mes hommages, madame... Monsieur...

Pendant le voyage de retour à Paris, Dédé et moi n'échangeâmes pas un seul mot : tout ce que nous aurions pu dire alors aurait été inutile, et déplacé. Lui, comme moi, nous avions l'impression d'entendre encore la voix de Me Bourineau nous répétant sans cesse — comme si elle avait été enregistrée sur un disque — les dernières paroles que m'avait adressées Melchior.

Ce ne fut que le soir, quand nous nous retrouvâmes dans la tiédeur du lit, que Dédé demanda doucement :

— Qu'est-ce que tu en penses?

— Je pense, Dédé, que ce message du baron est pour nous une sorte d'avertissement... N'as-tu pas l'impression, comme moi, qu'il a voulu nous dire, à travers les lignes : « Faites attention, mes amis... Ne cherchez pas à forcer le destin! Pendant des années tout a bien marché pour vous selon vos désirs... Mais il y a déjà eu deux sérieux accrocs : ma mort chez vous et l'assassinat d'un brave homme dans mon propre château... Ne croyez-vous pas que c'est suffisant? N'oubliez pas non plus que le proverbe dit : Jamais deux sans trois! » Dédé, es-tu superstitieux?

— Pas plus que toi!

— Ça ne te gênerait pas si nous achetions ce que l'on appelle « le Château du Crime »?

— Tu es dingue! Tous ceux qui croient à ces histoires de malheur sont des imbéciles... D'ici que les gens racontent là-bas que le fantôme du marchand de bestiaux revient dans le château toutes les nuits, il n'y a qu'un pas! Si on s'installait là-bas, je te garantis que je prouverais vite à tout le monde que je ne me laisse pas chatouiller les doigts de pied par un squelette!

— Ne parle pas comme ça, Dédé... Moi, ce n'est pas de Villeneuve que j'ai peur, mais de l'avenue Foch... Si nous avions un troisième ennui?

— Il n'y en aura pas!... Eh bien vrai! ça ne te réussit pas d'aller dans les cimetières... Maintenant on se tait et on dort. On reparlera de cela demain.

Je rouvris l'avenue Foch, comme d'habitude, à midi. La journée fut morne : il n'y eut pas beaucoup de clients. Il en fut de même le lendemain et toute la semaine : l'une des plus mauvaises que j'aie jamais faites. Quand je retrouvai Dédé le samedi pour dîner, je ne pus m'empêcher de lui confier :

— Ça n'a pas été brillant ces six derniers jours... C'est bizarre, mais j'ai comme le pressentiment qu'elle ne marchera plus, notre affaire... Elle a fait son plein. Maintenant ça va décliner...

— Qu'est-ce qui te fait dire cela?

— Je ne sais pas : l'intuition...

— Vos fameuses intuitions de femmes! Tu me fais rigoler, Caroline!

— Et j'ai autre chose à te dire : j'en ai assez de faire ce métier... Je n'ai plus le cœur à l'ouvrage... Tu vois, cette semaine, je n'ai même pas trouvé le courage de prendre mon téléphone pour racoler les clients... C'est comme toi : tu ne m'as pas ramené un seul client avec ton taxi!

— C'est que moi aussi, Caroline, j'en ai marre de faire le taxi! J'y laisserai ma peau dans ce boulot de fou! On ne peut plus circuler avec les embouteillages. Je ne peux plus voir Paris! Ses rues me sortent par tous les pores de la peau : elles puent le gas-oil et l'essence... Il y a des moments, quand je suis à mon volant, où j'ai l'impression que je cours à l'asphyxie!

— Alors, pourquoi ne pas nous retirer à Villeneuve et profiter du bon air de là-bas? Vivre enfin une vie normale? N'avons-nous pas la chance de ne pas être encore des « vieux » et d'avoir, devant nous, plus d'argent que nous n'en aurons jamais besoin? Achetons Villeneuve!

— Mais si on va là-bas, qu'est-ce que l'on fera de l'avenue Foch? A qui veux-tu qu'on vende ça? Tu sais très bien que, dans ce commerce-là, on ne trouve jamais d'acheteur! Ce n'est pas comme un château!

— Nous n'avons pas besoin d'essayer de vendre « le fonds », qui ne vaut rien, à quelqu'un! Et je suis comme Madame Agnès : je ne veux pas qu'on me succède et qu'une incapable mène à la faillite une Maison à laquelle je me suis donnée entièrement pour en faire l'une des toutes premières de Paris... On se contentera de céder le bail : avenue Foch, ça vaut cher! Ceux qui s'installeront à ma place pourront bien faire tout ce qu'ils voudront, sauf mon boulot! Toi, de ton côté, tu vends ton taxi et ta licence : ça paie encore bien. On ne gardera que la vieille *Mercedes*...

— Mais elle est sur cales depuis des années dans son box!

— On la remorquera, s'il le faut, jusqu'à Villeneuve où on la replacera sur cales : mais là au moins, elle mènera la vie de château! Ne crois-tu pas qu'elle l'a bien mérité?

— Ça oui!... Seulement il faudra quand même bien que nous ayons une bagnole qui marche! Ce n'est pas possible de vivre à la campagne sans voiture.

— Tu n'as qu'à en acheter une de tourisme. Fini le taxi! Et choisis la plus belle : tu y as droit et nous en avons les moyens.

— Qu'est-ce que tu dirais de la nouvelle *Ferrari?*

— Je ne sais pas comment c'est fait, mais je te dis d'avance : formidable! Du moment qu'elle te plaît, c'est qu'elle doit être épatante, parce que toi, tu as l'œil pour les voitures...

— Et pour les femmes? Je ne t'en ai pas rameuté de belles?

— Fini aussi les femmes, Dédé! Tu as moi : à l'avenir il faudra t'en contenter.

— Tu es quand même une sacrée môme, Caroline! Il avait raison, le baron, lorsqu'il disait au notaire que tu avais du cran... Alors, on est d'accord?

— Toujours d'accord avec toi, Dédé!

— Demain c'est dimanche : on roupille. Mais lundi matin tu n'auras qu'à téléphoner au notaire.

Le mercredi suivant, j'étais devenue la propriétaire de Villeneuve. Pendant que je faisais, en compagnie de Me Bourineau et de Dédé, mon premier « tour du propriétaire », j'eus la surprise de découvrir, placée sur cales dans la remise des communs, la *Rolls* de Melchior! C'était trop beau! Sans m'en douter, je l'avais achetée avec le tout. Elle resterait là, toujours, cette noble voiture, à côté du taxi *Mercedes* qui viendrait lui tenir compagnie.

— Et Gaston? demandai-je au notaire. Qu'est-il devenu?

— Il s'est retiré en Savoie, son pays natal, après le crime.

Céder un bail avenue Foch, et à bon prix, il n'y a rien de plus facile. Se débarrasser d'un taxi et refiler une licence à un camarade qui en attend désespérément une depuis des années, ce n'est pas non plus très sorcier. Le jour de la fermeture définitive, nous étions quatre dans le salon où nous bûmes, en souvenir du baron, du *Moët*. Il y avait là Bormani, Albertine, Dédé et moi.

L'officier de police nous dit que nous étions des sages et que s'il avait existé un tableau d'honneur pour les Maisons de rendez-vous, ce serait la nôtre qui aurait mérité — après son quart de siècle de bons et loyaux services rendus à la cause éternelle de la galanterie — d'y être inscrite la première. Selon lui, nous fermions la dernières des Maisons qui avaient su maintenir la Grande Tradition.

Il n'était pas question d'emmener Albertine avec nous au château pour qu'elle y assurât un service strictement domestique. Dédé et moi estimions, à juste titre, qu'une servante qui a travaillé pendant des années dans une Maison de rendez-vous est définitivement perdue pour les vertus bourgeoises. Elle avait, d'ailleurs, accumulé, grâce aux pourboires, un joli pécule, Albertine! Bien qu'elle m'eût affirmé, après la mort de Melchior dans ses bras, qu'elle ne ferait plus jamais l'amour, je savais que, plus de trois mois après cet accident, elle y avait repris goût, et même à une cadence accélérée! Deux mois après la fermeture, un jour où Dédé s'était rendu à Paris dans la journée pour y prendre livraison de sa *Ferrari,* il revint à Villeneuve radieux et malheureux. Radieux parce que le coupé deux places grand sport était un véritable bijou de la route... Malheureux parce qu'il me dit en descendant de la voiture :

— Tu ne sais pas ce que j'ai appris cet après-midi par l'un de mes anciens copains qui fait encore le taxi et dont la bagnole s'est trouvée à côté de la mienne dans un embouteillage monstre place de la Concorde?

— Non, mais dis-moi d'abord ce qu'il t'a dit en te voyant au volant de cette *Ferrari?*

— Il a fait une de ces tronches! Et il m'a crié : « Eh bien, mon vieux, tu ne t'embêtes pas! C'est en faisant le taxi que tu as pu t'acheter cet engin? » Je lui ai répondu : « Oui, mon pote, ça paie le taxi, à condition de savoir s'en servir! » Il m'a encore demandé :

— « A part conduire ton bolide, qu'est-ce que tu fiches maintenant comme métier? »

— Et tu lui as répondu?...

— « Je suis rentier!... » Je ne sais pas s'il y a cru, mais ça m'a fait rudement plaisir de dire ça!

— Qu'est-ce que tu voulais me raconter, que ton copain t'a également dit?

— Je te le donne en mille, Caroline! Il m'a dit : « Tu sais, la petite bonniche, qui travaillait dans cette boîte de l'avenue Foch qui vient de fermer ses portes et où toi et moi on a souvent amené des clients, tu ne sais pas ce qu'elle fait? Elle a ouvert une nouvelle Maison qui a l'air de bien démarrer... »

— Qu'est-ce que tu dis, Dédé? Ta sœur « nous » a fait ça?

— Oui, Caroline!

— Quelle salope! Elle aussi a dû recopier « nos listes » en douce!

— C'est probable. Mais, ça encore, je ne lui en veux pas : ces listes, c'est un peu comme celles que les gens du Grand Monde utilisent pour les mariages : on se les repasse! C'est que tu en as fait, toi, des mariages! Ils étaient faux et provisoires, d'accord... Mais pour « la chose », ce n'était pas du toc!

— J'espère tout de même que tu vas aller sermonner Albertine ?

— Certainement pas! Ce serait lui faire trop d'honneur que de me déranger... Pendant que je revenais ici en rodage, j'ai eu tout le temps de réfléchir et j'ai pris une autre décision qui portera beaucoup plus : ma sœur ne mettra jamais les pieds au château! Je coupe définitivement les ponts avec elle... Non, mais tu nous vois, toi et moi, ici, recevant une maquerelle dans la demeure ancestrale des Marnet-Melval ?

— Tu as raison, Dédé... Elle s'est conduite d'une façon infecte à notre égard! On n'a pas le droit de faire des coups pareils quand on est de la même famille.

La *Ferrari* faisait évidemment beaucoup d'effet; ce n'était pas du tout le même genre que la *Rolls*... Me Bourineau, qui s'était révélé pour moi le plus sûr des amis depuis le jour où il m'avait transmis la dernière véritable volonté de Melchior, nous donna cependant ce conseil :

— On ne vous connaît pas encore très bien dans le pays. On sait simplement que vous êtes les « nouveaux châtelains ». C'est pourquoi je crains que cette voiture, aux lignes aérodynamiques et très « dans le vent » n'excite, sinon des convoitises, du moins les ragots qui se répandent toujours plus vite dans les campagnes que dans les grandes villes. Il ne faudrait pas que des gens simples ne vous considèrent que comme étant des nouveaux riches ou des parvenus. Dès que vous êtes devenus propriétaires du château, j'ai commencé à faire répandre, par tous ceux qui viennent à mon étude, que vous étiez des gens aussi charmants qu'affables. Estimant aussi, chère madame, qu'il n'était pas très indiqué que l'on connût, dans la région, votre activité passée, je me suis permis de vous attribuer à tous deux une profession justifiant les moyens dont vous diposez : pour Villeneuve vous êtes de gros commerçants qui se sont retirés, fortune faite.

— Nous vous remercions, maître, dit Dédé, d'avoir pensé à créer notre réputation. Vous avez raison : c'est très important! Et vous n'avez pas tellement menti : Caroline dirigeait un commerce et moi je m'occupais d'une entreprise de transports...

— Quand vous irez au village, poursuivit le notaire, je crois qu'il serait préférable de ne pas vous y rendre en *Ferrari* mais à pied. Ce n'est pas tellement loin du château, puisque l'entrée du parc se trouve dans Villeneuve même... On se salue plus facilement quand on se croise à pied et, du salut de tête à la poignée de main, il n'y a plus qu'un pas, vite franchi! Il faudra que tous les deux vous sachiez donner beaucoup de poignées de main, comme le font les hommes politiques quand ils sont en tournée électorale, et vous verrez que les liens de sympathie se créeront. Si vous savez vous montrer raisonnables au château, sans y multiplier les réceptions trop fastueuses ou trop bruyantes, la sympathie se transformera automatiquement en estime et vous serez définitivement adoptés par tous.

Dédé et moi suivîmes à la lettre ce que nous avait dit cet homme dont le bon sens s'alliait à des qualités certaines de cœur. Me Bourineau est toujours « le notaire » de Villeneuve et je puis dire que, dans ma solitude actuelle, j'ai la consolation de savoir que j'ai en lui un ami très sûr. Il m'a même conseillée pour de judicieux placements qui m'ont permis de consolider et d'augmenter sensiblement ma fortune.

Il n'aurait su être question que Dédé et moi nous donnions de grandes réceptions! D'abord, ayant vu tellement de monde à Paris l'un et l'autre pendant des années, nous n'avions aucune envie de recevoir des invités! Et quels invités aurions-nous pu avoir? D'anciens clients de l'avenue Foch? Des professionnelles qui auraient trouvé très pratique de passer le week-end en compagnie de leurs amis de cœur ou de leurs « minets » sous le toit et aux frais de cette bonne *Madame Carole?* Des chauffeurs de taxi, camarades de travail de Dédé, qui seraient venus « boire le coup », en compagnie du copain arrivé, dans le château? Non! Tout cela n'appartenait plus qu'au passé, comme *Madame Carole* dont le nom de bataille devait être complètement oublié. Je n'ai toujours été, ici à Villeneuve, que Mme Bineau, et je compte bien le rester.

N'avons-nous pas de quoi largement nous occuper dans cette propriété où tout était délabré et tombait en morceaux parce qu'aucun des Marnet-Melval n'avait dépensé, depuis la construction sous la Restauration, un centime pour l'entretien? Pendant vingt mois, nous fûmes submergés sous les travaux entre le château, les communs et les murs du parc qui s'écroulaient et qu'il fallut entièrement refaire... Ça coûte très cher, des murs en pierre! Et les toitures! Et le chauffage au mazout qu'il fallut installer! Et les salles de bains qui n'existaient pas avant notre arrivée! Et tout le confort moderne qui est indispensable quand on habite à la campagne! Aujourd'hui tout a été rénové : Villeneuve est devenu une demeure agréable dans laquelle je ne m'ennuie que parce que je suis seule à en profiter depuis deux années et que c'est trop vaste. Il est certain qu'il faudrait du monde là-dedans pour que ça puisse vivre vraiment.

Pendant ces longs travaux, j'avais pu apprécier une

fois de plus l'admirable sens de l'organisation de mon cher Dédé : il s'appliqua à la restauration de Villeneuve avec cette même fougue et ce même enthousiasme dont il avait déjà su faire preuve lorsqu'il s'était agi de procéder à l'installation pratique du rez-de-chaussée de l'avenue Foch... Dédé était un bricoleur-né, qui adorait travailler de ses mains : à lui seul il valait dix ouvriers! Il savait tout faire : manier la truelle, réparer les robinets, raboter une porte, peindre un panneau, assembler un carrelage, abattre un arbre prêt à mourir, le débiter en planches, que sais-je encore? S'il n'avait pas été là, tel un maître d'œuvre dirigeant tout et sachant surtout commander aux différents corps de métier que nous fûmes contraints de faire venir, les travaux ne seraient pas encore terminés aujourd'hui! Et ils nous auraient coûté le triple!

Il eut aussi l'intelligence de faire travailler le plus possible les gens du pays : ce qui accrut sa popularité déjà grandissante. Il sut se montrer gentil avec tout le monde, n'hésitant jamais — quand il estimait que c'était de la bonne politique — à payer la tournée générale dans l'un des trois cafés du village. Et il prenait bien soin d'aller dans un café différent à chaque fois pour qu'il n'y eût pas de jaloux parmi les concurrents. Sa devise aurait pu être : « Pas de favoritisme! »

Moi, de mon côté, je compris qu'il fallait que j'aille à la grand-messe le dimanche si je voulais être bien considérée. Au début ce fut pour moi une véritable corvée, puis, peu à peu, ça m'amusa : oui, c'était une distraction — l'une des rares d'ailleurs qui me restent encore aujourd'hui — d'écouter le prône du curé et de rechanter avec la foule ces vieux cantiques interminables, aux mille et un couplets, qui avaient marqué mon enfance pieuse en Bretagne. Tout le monde chantait mal et faux;

mais qu'est-ce que ça pouvait faire, puisque le cœur y était! Après l'office, les fidèles se retrouvaient sur la place, devant l'église : celle où j'étais encore avant-hier pour la Toussaint. Dédé, qui sortait d'un café avec les hommes n'allant pas à la messe, venait m'y rejoindre. Nous bavardions avec le notaire, avec le maire, avec le curé... Et quand nous jugions avoir donné suffisamment de poignées de main et avoir écouté assez de doléances — les gens de la campagne sont toujours en train de se plaindre —, nous repartions à pied bras dessus, bras dessous, en amoureux, vers l'entrée de « notre » propriété. Et nous savions que les gens disaient derrière nous : « Ils ne sont pas fiers! »

Nous avions gagné notre grade de châtelains. Le résultat d'une telle tactique fut que, deux ans à peine après notre arrivée, on offrit à Dédé un poste de conseiller municipal et à moi celui de présidente des Œuvres paroissiales : nous étions comblés! Et il n'y avait aucune raison pour que notre situation sociale ne progressât pas encore, s'il n'y avait pas eu le drame terrible qui a fait de moi une femme seule...

Je me souviendrai toujours de ce mercredi de mai où Dédé était parti en voiture pour Paris, où il devait essayer deux costumes de chasse chez son tailleur, car il savait très bien s'habiller... Des costumes dont il aurait besoin en septembre suivant pour accueillir ses invités. Oui, maintenant que le château était en état, il avait décidé de louer, à proximité du parc, une chasse importante qui lui permettrait de faire des politesses aux personnalités de la région. « C'est grâce à cela qu'un jour je serai député! » m'avait-il dit.

Et il le serait certainement devenu! Il aurait fait un excellent député, Dédé, parce qu'il avait la tête solide sur les épaules, parce que, s'il promettait, il tenait parole, parce que, surtout, il n'avait aucune idée préconçue : il préférait être de l'avis de tout le monde maintenant que nous étions devenus riches.

Au moment de monter dans sa voiture, il me dit, dans la cour du château :

— Je serai de retour au plus tard à 17 heures... Veux-tu que je te ramène quelque chose de Paris ?

— Toi, chéri ! Ça me suffit pour être heureuse.

A 17 heures, il n'était pas encore là, et, à 18, je vis arriver le maire de Villeneuve accompagné du garde champêtre et de Me Bourineau. Je compris tout de suite que quelque chose de grave s'était passé.

Le notaire s'approcha de moi en disant :

— Madame, il va vous falloir faire preuve, une fois de plus, d'un grand courage... M. le maire a tenu à venir lui-même vous faire part d'une triste nouvelle qui nous consterne tous...

Ce fut ainsi que j'appris, de la bouche du maire, que le bolide de Dédé s'était écrasé contre un arbre, alors qu'il revenait de Paris, à vingt kilomètres seulement de Villeneuve. Il avait été tué sur le coup.

Quand j'entendis cela, si le notaire ne m'avait pas maintenue dans ses bras, je me serais écroulée. Je perdis quand même connaissance et on me ramena dans ce boudoir où j'écris... On m'allongea sur le divan qui est toujours là. Lorsque je revins à moi, le maire était parti. Par contre, il y avait le médecin du pays, le Dr Lantin — un excellent praticien qui, depuis, est toujours resté mon médecin — ainsi que Me Bourineau. Ma tête était lourde et mes idées confuses... Il y en eut une cependant qui s'imposa à mon esprit, plus forte que toutes les autres parce qu'elle était la plus atroce : j'avais perdu « mon » homme...

Je n'ai jamais voulu aller revoir la *Ferrari* qui n'était

d'ailleurs plus, m'ont dit plus tard les gendarmes, qu'un tas de ferraille. Mais, je suis certaine d'une chose : cette voiture allait trop vite. Et pourtant, Dédé n'était-il pas un merveilleux conducteur qui avait réussi le prodige de ne connaître aucun accident en vingt-cinq années de taxi à Paris ? Je suis certaine également que ça ne se serait pas produit dans l'antique *Rolls* ou dans la vieille *Mercedes.*

L'enterrement de Dédé eut lieu deux jours plus tard. On n'a pas voulu me laisser le revoir une dernière fois, pour m'éviter de conserver en moi l'horrible vision de son visage défiguré. Ce qui me permet de continuer à m'imaginer que l'unique homme de ma vie est mort avec toute sa beauté faite de blondeur et d'un regard bleu...

La population de Villeneuve l'a accompagné au cimetière où je revenais pour la première fois après la cérémonie de l'inauguration du monument de Monsieur Richard à laquelle nous avions assisté, Dédé et moi... Au point où j'en suis de ce récit, j'ai maintenant le droit de l'affirmer : ce cimetière de Villeneuve est bien « la gare régulatrice » de mon destin. Jamais deux sans trois! Le troisième venait de payer à son tour le tribut de mort.

Contrairement à ce qui s'était passé pour le marchand de bestiaux, j'ai voulu que la tombe de Dédé ne fût recouverte que par une dalle toute simple. Dans la différence existant entre les trois sépultures d'un Melchior de Marnet-Melval, d'un Monsieur Richard et d'un André Vasseur, se reflètent trois conceptions différentes de la vie : le premier n'a fait que lui sourire, le deuxième l'a prise au sérieux et le troisième est sans doute le seul qui ait vécu, avec moi, un grand amour.

Quand je me suis retrouvée seule ici, au retour du cimetière où j'avais laissé Dédé, avant de rentrer dans ce château, j'ai été aux communs. J'ai pénétré dans la remise où la *Mercedes* se trouvait à côté de la *Rolls* et je me suis assise, à ma place habituelle, dans le vieux diesel de mes rêves... L'ombre de Dédé était là, je le sais, installée au volant, me disant :

— Moi, qu'est-ce que tu veux, je ne suis qu'un chauffeur de taxi...

Voilà qu'il fait nuit à nouveau : ma troisième journée d'écriture s'achève au moment où je sens que je n'ai plus rien à raconter de mes quarante-six premières années, si ce n'est qu'en souvenir de Dédé, le Conseil Municipal de Villeneuve m'a fait le grand honneur, trois mois après sa mort, de me demander de le remplacer; je ne me suis pas senti le droit de refuser... On vient de frapper à la porte du boudoir : ce ne peut être qu'Angèle qui vient m'annoncer que le dîner est prêt, alors que je n'ai pas plus faim qu'hier ou qu'avant-hier...

★

— Qu'est-ce que c'est, Angèle?

— Madame, il y a, dans le vestibule, un monsieur qui dit que sa voiture est en panne sur la route juste à l'entrée du parc et qui demande s'il pourrait utiliser le téléphone pour demander qu'on vienne le dépanner de Paris.

— Quelle drôle d'idée de venir ici! Il existe pourtant un mécanicien, le père Legros, au village?

— Je l'ai dit au monsieur... Il m'a répondu que c'était fermé et qu'il avait frappé sans succès à différentes portes : on ne lui a pas ouvert; à cette heure-ci, Villeneuve est déjà en train de dormir, madame... Et comme il a vu l'allée du parc avec le château au bout, il a pensé qu'il trouverait peut-être encore ici des gens éveillés? Il m'a priée de vous remettre sa carte.

Après avoir jeté un regard sur le bristol, Mme Bineau dit :

— Marquis de Serignac... Ça c'est un nom, ma bonne Angèle, qui me dit quelque chose... Je le connais depuis longtemps, mais d'où ? Et pourtant, je ne parviens pas à mettre un visage sur ce nom : Serignac ?... Dites à ce monsieur que j'arrive.

Ayant abandonné le petit bureau-secrétaire sur lequel elle était restée penchée depuis le matin pour écrire, la dame en noir prit le temps de se regarder dans une glace ovale, pendue au mur, et d'arranger ses cheveux, avant de rejoindre sa domestique dans le vestibule où attendait un monsieur d'allure distinguée, vêtu d'un costume de sport en tweed et pouvant avoir la cinquantaine.

— Je m'excuse, madame, de vous déranger à une heure pareille... Mais, si vous avez bien voulu lire mon nom sur la carte que je viens de remettre à votre servante, j'ose espérer que vous pensez que je n'ai agi ainsi que parce que je suis réellement très ennuyé.

— Votre voiture est en panne, paraît-il ?

— Oui, madame... Ce ne serait rien si c'était une voiture normale pour laquelle n'importe quel garagiste peut faire une réparation, même provisoire.

— Quelle est la marque de votre voiture ?

— C'est une voiture anglaise : une *Rolls-Royce*, madame...

— Ce n'est pas possible ? Nous connaissons très bien les *Rolls* dans cette maison... Enfin, quand je dis « nous », je me comprends ! Moi aussi j'ai une *Rolls*, cher monsieur, mais il y a déjà huit années qu'elle ne sert plus... C'est un modèle très ancien dont je n'ai pas eu le courage de me séparer : je lui suis restée très attachée, car elle me rappelle d'excellents souvenirs de jeunesse... Je suis même certaine que, montée sur cales comme elle l'est dans ma remise, elle me survivra!

— Je vous comprends, madame.

— Je suis Mme Bineau, la propriétaire de cette maison que l'on appelle assez pompeusement « le château »... Mais je pense que ce n'est pas à un homme tel que vous que l'on peut apprendre ce que c'est qu'un château?

— J'en possède un, en effet, dans le Périgord, d'où je revenais à Paris quand cette maudite panne s'est produite juste devant la grille d'entrée de votre parc... Et je viens vous demander si vous me permettez de faire usage de votre téléphone.

— Certainement... Seulement croyez-vous que l'agence *Rolls* de Paris sera encore ouverte à une heure aussi tardive?

— Je voulais appeler chez moi pour dire simplement que l'on ne s'inquiète pas et que l'on me fasse envoyer ici mon autre voiture conduite par le chauffeur. Dès qu'elle sera arrivée, je repartirai en laissant la *Rolls* là où elle est : il sera toujours temps de s'en occuper demain.

— Le téléphone est dans le petit salon : si vous voulez bien m'accompagner.

Pendant qu'il téléphonait, la dame en noir était perplexe, cherchant toujours à se remémorer les circonstances dans lesquelles le nom du marquis de Serignac était entré dans sa vie... Il y avait déjà une chose dont elle était cependant certaine — elle qui avait une mémoire prodigieuse — c'était de n'avoir encore jamais vu le monsieur. C'était le nom seul qu'elle connaissait...

Quand il revint du petit salon, il annonça :

— Mon chauffeur sera ici avec l'autre voiture dans une heure et demie au plus : tout dépendra des embouteillages qu'il pourra trouver à la sortie de Paris.

— A cette heure-ci, la circulation est plus fluide : c'est une route que je connais bien... Si cela pouvait vous faire patienter, me permettrez-vous, cher monsieur, de vous convier à partager mon frugal repas?

— Oh! Vraiment, madame...

— Si, si! J'y tiens!... Angèle, mettez un deuxième couvert dans la salle à manger et, en attendant que ce soit prêt, vous nous servirez du porto dans le boudoir... A moins que Monsieur ne préfère un whisky?

— Mais pas du tout, madame! J'aime beaucoup le porto...

— Je trouve qu'avec le champagne, c'est l'une des boissons les plus réconfortantes...

Lorsqu'ils furent dans le boudoir, où les feuillets manuscrits s'entassaient sur le secrétaire, le visiteur dit :

— Je suis sincèrement désolé, madame, de tout le dérangement que je vous apporte... Je vois que vous étiez en train de travailler?

— Oui, j'ai beaucoup écrit depuis quelques jours... Il y a, comme cela, des périodes où l'on se sent inspirée...

— Un roman, peut-être?

— Oh, non! J'en serais tout à fait incapable! Ce ne sont que des souvenirs, bons ou mauvais, que je jette sur le papier...

— Des Mémoires? C'est toujours très intéressant quand ceux qui les racontent ont su bien observer leurs contemporains... A en juger par cette pile de pages déjà écrites, j'ai l'impression que les vôtres seront très importants...

— Beaucoup moins que vous ne le croyez! Et qu'est-ce qui est vraiment important de nos jours?

Angèle avait apporté un plateau sur lequel se trouvaient la bouteille de porto et deux verres. Pendant qu'elle servait son visiteur :

— Vous m'arrêterez ?
— Oh, c'est trop, madame...
Levant son verre, elle dit gentiment :
— Buvons à cette panne miraculeuse — parce qu'une panne de *Rolls* c'est toujours, dit-on, un miracle ! — qui nous a permis de faire connaissance dans des conditions tout à fait imprévues.
— A votre santé, madame, et au plein succès de vos écrits !
— Ils n'en auront aucun, puisque je n'ai nullement l'intention de les publier... Aucun éditeur, d'ailleurs, n'en voudrait, car je ne raconte, dans ce fatras, que des choses qui m'ont intéressée personnellement ou des événements auxquels j'ai été mêlée... Un jour viendra où je brûlerai tout cela ! Disons que ce n'aura été qu'un passe-temps destiné à me faire paraître moins longue cette triste période de la Toussaint. Je crois que, maintenant, nous allons pouvoir passer à table ?
Angèle n'était pas comme Marie, la cuisinière de Madame Agnès : une longue expérience de service bourgeois avait fait d'elle un cordon-bleu. Le marquis de Serignac et son hôtesse parlèrent un peu de tout, comme cela se passe le plus souvent entre deux personnes qui ne se connaissaient pas une demi-heure plus tôt. Mais, quand on fut au café, la dame en noir avait déjà compris que le monsieur qu'elle avait eu en face d'elle pendant le repas, n'était sûrement pas n'importe qui et devait posséder une confortable fortune en rapport avec son aisance naturelle et ses origines de bonne lignée. Elle se dit que lorsqu'on possédait aujourd'hui un château dans le Périgord, un hôtel particulier à Neuilly et deux voitures, dont une *Rolls,* même en panne, on n'était pas une relation que l'on pouvait négliger. Et comme elle se sentait très seule, depuis ces deux dernières années,

elle trouva agréable d'avoir eu la chance de tomber sur un pareil convive.

Comme le marquis l'avait prévu, sa deuxième voiture, conduite par un chauffeur aussi stylé qu'avait su l'être Gaston, arriva au moment où le café était bu. La séparation fut très amicale, se terminant par ces mots de M. de Serignac :

— Si jamais vous venez à Paris, chère madame, je me ferai une joie de donner un dîner en votre honneur pour vous remercier de la charmante hospitalité que vous avez bien voulu m'offrir ce soir. Vous avez mon adresse sur la carte et, si vous trouvez plus simple de téléphoner, je suis dans l'annuaire... Au revoir, madame, et j'espère : à bientôt !

Un baisemain, digne de ceux de Melchior, avait servi de point final.

La dame en noir laissa échapper un long soupir quand les feux arrière de la voiture de remplacement disparurent au tournant de la grande allée. Après avoir pris soin de verrouiller intérieurement la porte de son château, elle dit à sa servante :

— Allez vous coucher. J'ai encore à travailler dans le boudoir. Bonsoir, Angèle.

— Madame ne trouve-t-elle pas que, depuis trois jours, elle veille très tard ?

— Je me suis couchée bien assez tôt depuis que j'habite ici ! J'ai comme l'impression qu'il est grand temps que ça change, sinon je deviendrai folle !

Angèle la regarda s'éloigner sans comprendre.

★

... Je reprends la plume que la venue de ce visiteur du soir m'avait contrainte à abandonner au moment d'ailleurs où je m'apprêtais à conclure. Eh bien, le vrai miracle de cette visite, ce n'est pas la panne de la *Rolls*, mais le fait que je viens de réaliser, au moment du départ de mon invité, qu'il ne peut pas y avoir de conclusion au récit d'une vie qui est encore loin, j'espère, d'être terminée! La conclusion, ce sera pour plus tard...

Ce nom de Serignac, je sais très bien maintenant où je l'ai vu! En abandonnant l'avenue Foch, j'ai eu la sage précaution d'emporter mes précieuses listes de clients que j'ai conservées religieusement dans le tiroir de droite de ce secrétaire : tiroir qui est toujours resté fermé à clef depuis mon installation dans cette demeure. Et je viens de trouver sur l'une de ces listes le nom de *Serignac* avec, écrit entre parenthèses, le titre *Marquis*. Le tout est suivi d'un numéro de téléphone à Neuilly... Il ne m'a donc pas menti! Pour le joindre, quand il le faudra, je n'aurai pas besoin de consulter l'annuaire : n'appartient-il pas, ce noble seigneur, au lot des clients qui étaient déjà inscrits sur le carnet jaune de Madame Agnès que Dédé avait recopié? Mais il n'est jamais venu chez elle l'année où j'y ai travaillé, pas plus qu'il ne m'a rendu visite avenue Foch!

N'est-ce pas fantastique de penser que cet homme, qui a réussi à rester invisible dans « nos » salons quand Madame Agnès et moi nous y accueillions le Tout-Paris, est venu ce soir me rendre visite dans mon château de Villeneuve? N'y a-t-il pas là un signe prometteur du Destin qui, en m'adressant un client resté jusqu'alors « insaisissable », semble vouloir me dire :

— Qu'est-ce que tu fais donc, Caroline, dans cette sinistre bâtisse où tu t'ennuies à mourir? Ce n'est pas ta place! Maintenant que tu as pu goûter suffisamment à la Vie de Château, tu dois reprendre le collier et retrouver ta véritable activité, la seule qui te convienne...

Tu n'as pas le droit de te laisser aller à ce *farniente* stérile! Debout, Caroline, et au boulot!

Oui, c'est sûrement une voix de l'au-delà qui vient de me parler : ne serait-ce pas celle de Melchior qui a fait exprès de m'envoyer ici ce soir un marquis en *Rolls?* A moins que ce ne soit celle de Monsieur Richard qui me demande : « Il doit bien exister, pour les clients de mon genre, une marquise de Serignac? »... Mais je crois plutôt que c'est la voix très tendre, et très câline, de Dédé qui me murmure : « Alors, mon petit, on remet ça? Bravo! Tu as du cran. »

Dès demain, j'irai à Paris pour y prendre le vent et pour m'y renseigner. Il n'y a aucune raison pour que je ne rouvre pas une Maison dont on dira, le jour même de l'inauguration :

— Vous ne savez pas la grande nouvelle? Paris redevient Paris puisque *Madame Carole* vient d'y faire sa rentrée...

Cinéma et TV

De nombreux romans publiés par J'ai lu ont été portés à l'écran ou à la TV. Leurs auteurs ne sont pas toujours très connus ; voici donc, dans l'ordre alphabétique, les titres de ces ouvrages :

A la poursuite du diamant vert *1667* ***	**Joan Wilder**
Alien *1115* ***	**Alan Dean Foster**
Angélique marquise des anges	
L'ami Maupassant *2047* **	**Guy de Maupassant**
L'Australienne *1969* **** *& 1970* ****	**Nancy Cato**
Bigfoot et les Henderson *2292* ***	**Joyce Thompson**
Blade runner *1768* ***	**Philip K. Dick**
Bleu comme l'enfer *1971* ****	**Philippe Djian**
La brute *47* ***	**Guy des Cars**
Cabaret (Adieu à Berlin) *1213* ***	**Christopher Isherwood**
Carrie *835* ***	**Stephen King**
Châteauvallon *1856* **** *1936* **** *& 2140* ****	**Eliane Roche**
Christine *1866* ****	**Stephen King**
La couleur pourpre *2123* ***	**Alice Walker**
Coulisses *2108* *****	**Alix Mahieux**
Cujo *1590* ****	**Stephen King**
Des fleurs pour Algernon *427* ***	**Daniel Keyes**
2001 l'odyssée de l'espace *349* **	**Arthur C. Clarke**
2010 : odyssée deux *1721* ***	**Arthur C. Clarke**
Le diamant du Nil *1803* ***	**Joan Wilder**
Dynasty *1697* ** *& 1894* ***	**Eileen Lottman**
E.T. l'extra-terrestre *1378* ***	**Spielberg/Kotzwin**
E.T. La planète verte *1980* ***	**Spielberg/Kotz**
L'exorciste *630* ****	**William P. B**
Les exploits d'un jeune don Juan *875* *	**Guillau**
Le faiseur de morts *2063* ***	**Guy**
Fanny Hill *711* ***	
Fletch *1705* ***	
La folle histoire de l'espace *2294* ***	
Le Gerfaut *2206* ****** *& 2207* ***	
Jonathan Livingston de goéland *15*	
Joy *1467* ** *& Joy et Joan* *17*	
Le joyau de la couronne *2293* **	**Ste**

ner contre Kramer *1044* ***	Avery Corman
endemain du crime *2199* **	Eileen Lottman
rme fatale *2231* ****	Joel Norst
livre de la jungle *2297* **	Rudyard Kipling
ve story *412* *	Erich Segal
ad Max au delà du dôme du tonnerre *1864* ***	Joan D. Vinge
Michigan Mélodie *1289* **	Jacqueline Monsigny
semaines 1/2 *2259* **	Elizabeth McNeill
Mission *2092* ***	Robert Bolt
Les oiseaux se cachent pour mourir *1021* **** *& 1022* ****	Colleen McCullough
Orphée *2172* **	Jean Cocteau
Le paltoquet (On a tué pendant l'escale) *1647* ***	F.-R. Falk
Pavillons lointains *1307* **** *& 1308* ****	M.M. Kaye
La petite boutique des horreurs *2202* *** *illustré*	R. & L. Ea
Peur bleue *1999* ***	
Platoon *2201* ***	
Police *2021* ***	
Poltergeist I *1394* ***	
Poltergeist II *2091* **	
Pu-Yi / J'étais empereur de C	
Qui c'est, ce garçon ?	
Racines *968* *** *896*	
Rencontre	
Robo	

Tu n'as pas le droit de te laisser aller à ce *farniente* stérile! Debout, Caroline, et au boulot!

Oui, c'est sûrement une voix de l'au-delà qui vient de me parler : ne serait-ce pas celle de Melchior qui a fait exprès de m'envoyer ici ce soir un marquis en *Rolls?* A moins que ce ne soit celle de Monsieur Richard qui me demande : « Il doit bien exister, pour les clients de mon genre, une marquise de Serignac? »... Mais je crois plutôt que c'est la voix très tendre, et très câline, de Dédé qui me murmure : « Alors, mon petit, on remet ça? Bravo! Tu as du cran. »

Dès demain, j'irai à Paris pour y prendre le vent et pour m'y renseigner. Il n'y a aucune raison pour que je ne rouvre pas une Maison dont on dira, le jour même de l'inauguration :

— Vous ne savez pas la grande nouvelle? Paris redevient Paris puisque *Madame Carole* vient d'y faire sa rentrée...

Cinéma et TV

De nombreux romans publiés par J'ai lu ont été portés à l'écran ou à la TV. Leurs auteurs ne sont pas toujours très connus ; voici donc, dans l'ordre alphabétique, les titres de ces ouvrages :

A la poursuite du diamant vert 1667 ***	**Joan Wilder**
Alien 1115 ***	**Alan Dean Foster**
Angélique marquise des anges	
L'ami Maupassant 2047 **	**Guy de Maupassant**
L'Australienne 1969 **** & 1970 ****	**Nancy Cato**
Bigfoot et les Henderson 2292 ***	**Joyce Thompson**
Blade runner 1768 ***	**Philip K. Dick**
Bleu comme l'enfer 1971 ****	**Philippe Djian**
La brute 47 ***	**Guy des Cars**
Cabaret (Adieu à Berlin) 1213 ***	**Christopher Isherwood**
Carrie 835 ***	**Stephen King**
Châteauvallon 1856 **** 1936 **** & 2140 ****	**Eliane Roche**
Christine 1866 ****	**Stephen King**
La couleur pourpre 2123 ***	**Alice Walker**
Coulisses 2108 *****	**Alix Mahieux**
Cujo 1590 ****	**Stephen King**
Des fleurs pour Algernon 427 ***	**Daniel Keyes**
2001 l'odyssée de l'espace 349 **	**Arthur C. Clarke**
2010 : odyssée deux 1721 ***	**Arthur C. Clarke**
Le diamant du Nil 1803 ***	**Joan Wilder**
Dynasty 1697 ** & 1894 ***	**Eileen Lottman**
E.T. l'extra-terrestre 1378 ***	**Spielberg/Kotzwinkle**
E.T. La planète verte 1980 ***	**Spielberg/Kotzwinkle**
L'exorciste 630 ****	**William P. Blatty**
Les exploits d'un jeune don Juan 875 *	**Guillaume Apollinaire**
Le faiseur de morts 2063 ***	**Guy des Cars**
Fanny Hill 711 ***	**John Cleland**
Fletch 1705 ***	**Gregory Mcdonald**
La folle histoire de l'espace 2294 ***	**Mel Brooks/J.B. Stine**
Le Gerfaut 2206 ****** & 2207 ******	**Juliette Benzoni**
Jonathan Livingston de goéland 1562 * illustré	**Richard Bach**
Joy 1467 ** & **Joy et Joan** 1703 **	**Joy Laurey**
Le joyau de la couronne 2293 ***** & 2330 *****	**Paul Scott**

Kramer contre Kramer	1044 ***	Avery Cormen
Le lendemain du crime	2199 **	Eileen Lottman
L'arme fatale	2231 ****	Joel Norst
Le livre de la jungle	2297 **	Rudyard Kipling
Love story	412 *	Erich Segal
Mad Max au delà du dôme du tonnerre	1864 ***	Joan D. Vinge
Michigan Mélodie	1289 **	Jacqueline Monsigny
9 semaines 1/2	2259 **	Elizabeth McNeill
Mission	2092 ***	Robert Bolt
Les oiseaux se cachent pour mourir	1021 **** & 1022 ****	Colleen McCullough
Orphée	2172 **	Jean Cocteau
Le paltoquet (On a tué pendant l'escale)	1647 ***	F.-R. Falk
Pavillons lointains	1307 **** & 1308 ****	M.M. Kaye
La petite boutique des horreurs	2202 *** illustré	R. & L. Egar
Peur bleue	1999 ***	Stephen King
Platoon	2201 ***	Dale A. Dye
Police	2021 ***	Catherine Breillat
Poltergeist I	1394 ***	James Khan
Poltergeist II	2091 **	James Khan
Pu-Yi / J'étais empereur de Chine	2327 ******	Pu-Yi
Qui c'est, ce garçon ?	2043 ***	Nicole de Buron
Racines	968 **** & 969 ****	Alex Haley
Rencontres du troisième type	947 **	Steven Spielberg
Robocop	2310 ***	Ed Naha
Rosemary's baby	342 ***	Ira Levin
Sauve-toi, Lola !	1678 ****	Ania Francos
Le secret de la pyramide	1945 ***	Alan Arnold
Le secret de mon succès	2216 ***	Martin Owens
Shining	1197 ****	Stephen King
Le souffle de la guerre	575 *****, 576 ***** & 577 *****	Herman Wouk
Star Trek	1071 **	Gene Roddenberry
Terminus	2122 **	Patrice Duvic
Thérèse Humbert	1838 **	Laurence Oriol
Tous les fleuves vont à la mer	1479 **** & 1480 ****	Belva Plain
37°2 le matin	1951 ****	Philippe Djian
La tricheuse	125 ***	Guy des Cars
Tropique du crabe	2198 ***	André Rossfelder
Un mari c'est un mari	823 **	Frédérique Hébrard
Vas-y maman	1031 **	Nicole de Buron

639

Impression Brodard et Taupin
à La Flèche (Sarthe) le 20 septembre 1988
1339A-5 Dépôt légal septembre 1988
ISBN 2-277-12639-X
1er dépôt légal dans la collection : fév. 1976
Imprimé en France
Editions J'ai lu
27, rue Cassette, 75006 Paris
diffusion France et étranger : Flammarion